プロローグ

この俺、糸原斗真（いとはらとうま）には一つ年下の妹がいる。名前は糸原早紀（さき）。

つまり年子というやつである。

年が近いこともあって、よく言い合いにはなる関係性だが、それでも両親が仕事で忙しいこともあって妹と力を合わせて生活を送っていた。

普通に見れば、そこそこ仲のいい兄妹（きょうだい）関係だと思う。

「兄さん、明日うちに友達呼びたいんだけど」

お互いに中学生生活を送っていたある日、妹からそんなことを切り出された。

「……俺に言っても意味なくね？　父さんか母さんに言わないと」

「言ったんは言ったんだけど、部屋綺麗（きれい）にして変なことしないなら好きにすればって」

「まぁ仕事でいないもんな。別に俺は構わないから、呼んだらいいぞ」

「うん、ありがと」

特に断る理由もなかったので、承諾した。

この選択が後々大きな影響を与えることになるなど全く知らずに——。

「こんにちは。お邪魔します」

「……お、おお。いらっしゃい。ゆっくりしていってくだ……さい」

妹が連れてきたのは、どこかの芸能人かと思わせるような綺麗な女の子だった。

綺麗な身なりだけでなく、こちらにも丁寧に頭を下げて挨拶までされて呆気にとられた。

「じゃあ、凛ちゃんこっちの部屋ね！　兄さん、ジュースとお菓子持ってきてよ」

「ほいほい」

「そ、そこまでしなくても……私にはお構いなく」

「気にしなくて大丈夫ですよ」

相手は年下であることも考えて、最初から敬語で話すつもりなどなかったのに、なぜか自然と敬語で話してしまうような雰囲気。

その時から、彼女の雰囲気に取り込まれていたのかもしれない。

「ほい。お菓子とお茶」

「ありがとうございます！」

「あれ、ジュースじゃないの？」

「まともなものがチョコレートしかなかった。チョコレートにはお茶だろ？」

「ま、そりゃそうだ。ナイス選択」

「じゃあ俺は引っ込むから、あとはお二人でごゆっくり～」

最初はそれだけだった。

彼女とは挨拶をしただけで、まともな会話一つすらもなかった。

それが当たり前。

そもそも、友達の友達が赤の他人であることは珍しくない。

ましてや、異性である妹という年の近い家族の友達と仲良くなることなど滅多にあることではないのだから。

最初こそは圧倒されたものの、特にその後は何を思うわけでもなくその時を過ごした。

しかし、妹と彼女はとても仲良くなったようで、その後も定期的に家を訪ねて来るようになった。

それに加え、妹の性格から、約束しているのになかなか用事で家に戻らなかったりすることが度々あった。

「ごめんね。あいつ約束を忘れるとかはないから、多分なんか用事で時間押してるんだと思う。すぐに帰ってくるから」

「いえいえ、お構いなく」

どんな時にでもニコニコと笑顔を見せる。

整いすぎた可憐（かれん）な顔が笑うのだから、可愛（かわい）くないはずがなく。

目を合わせるとこちらが焦（あせ）ってしまうので、挙動不審な動きをしてしまう。

「……」

「……」

そんなぎこちない空気にならざるを得ない二人だけの時間。

その頃から俺と彼女、間宮（まみや）凛との不思議な距離感の関係性が始まっていった。


「あ、そうそう。凛、兄さんと同じ高校に入学することになったんだよ」

「……そうなのか」

春休みの終わり、明日から新学期というタイミングで妹からいきなりそのような話を切り出された。

妹の口から出た名前の人物を俺自身もよく知ってはいる。

本格的な受験シーズンに入ってからうちに来なくなったが、数カ月前まではよくうちに遊びに来ていた
ちなみに妹は音楽を専攻する学校に進んだため、俺とは同じ高校にはならなかった。

「でも、俺が特にあの子と関わることは無くないか？　そもそもお前が連れてきたことで会ってどうもってくらいだし」

「まぁそうかもしれないけどさ。何かあったらよ」

仲が良いが故に、かなり気にかけている。

良い友情だが、いくら妹からの頼みでも、進んで関わりに行くことはしない。

ただ、良い娘であることは俺もよく分かっている。

そのため困っているようであれば、何かサポートが出来る方が良いだろう。

ただ、妹の考えているようなサポートをする関係の形とは、異なってしまうような気もする。

ただただ同じ高校の先輩後輩、という形で支えることが出来ればと思った。

第1話

春休みが明けて新学期。

殆どの生徒は部活が毎日あるおかげで、生活リズムが崩れているということはないだろう。

ただ、この俺は違う。

部活にも入らず、小学生と同じように丸々一日休みである生活だった俺からすれば、相当きつい。

「よぉ、斗真。随分と眠そうだな」

「ほんと。しっかりしろよな」

一時間目後の休み時間。

起きてからずっと付いてくる眠気とぼんやりと戦っていると、友人二人が声をかけてきた。

二人の名前は、真田遥輝と西川幸人といい、高校に入ってから仲良くなった。

それぞれ遥輝はサッカー部、幸人はバスケ部と運動バリバリのイケてる男。

顔もイケメンで、誰にでも優しいので女子からの評判も相当いい。

とは言っても、しっかりいい彼女が居て、まさにリア充って感じである。

そんなやつらが友達で、しっかり気にかけてくれている俺もすごく恵まれているとは思うが。

「部活してないから、規則正しく起きる理由がなくてな。久々にちゃんとした時間に起きる生活になったら、眠くて仕方がない！」

「部活入れば解決する話じゃん！」

「ほんとそれよ。サッカーかバスケやってみれば？」

「バスケはボールが言うこと聞かん！　サッカーは足の筋をやっちまう！」

「体育を見る限り、そんな風には見えないんだけどな～……」

これは誤魔化す言い訳ではなく、本当の話である。

足は球技とかしている相手でも、そこそこ負けないくらいには走ったり、持久走の体力もボチボチあるので、この二人はまぁまぁ運動が出来るという評価はしてくれているようだが。

球技はともかく、バスケとサッカーは出来ない。

状況に応じて動く位置が流動的になる球技は、特にセンスがない。

まだバレーや野球など、それなりにポジションや状況によって何をやるか分かりやすい球技はマシなんだけども。

「部活もしてないし、春休みの間どうしてたんだよ」

「お前らとのLINEだね」

「いやいや、言うてそれだけで一日潰れんやろ！　それに、俺たち部活してる間は返事返せないし」

「……寝てるかな？」

「マジで怠惰やな」

バリバリ部活でメリハリの利いた生活をしている二人からすれば、呆れるしかないだろうな。

「逆に聞くわ。部活して、俺たちで遊んだ以外にお前らこの春休み、何してた？」

「『彼女と勉強とかデート』」

「アーナルホド、ワカリマシタ」

聞くんじゃなかったと後悔した。

そりゃせっかく時間があるなら、俺とかと遊ぶ他に彼女がいるなら一緒に遊ぶに決まってる。

というか、勉強もしっかりして高め合ってて、完璧過ぎるあたりも何かヤダ。

「お前も早く彼女作ればいいじゃん」

「簡単に言うなよ～……」

「いや、彼女から女子事情色々聞くけどさ、お前の評価言うて悪くないぞ？　普通に気になる子に声かけてみりゃいいじゃん」

「気になる子ね……」

クラスや学年、可愛い人や性格のいい子はたくさんいる。

だが、特段気になる！　といった子はおらず、今に至る。

当然、彼女が出来れば色々と変わることもあるだろうし、何よりこの二人が充実している姿を近くで見ているので、欲しくないわけがない。

「ちょっとでも気になってる人とかいないの？　付き合う付き合わないとか言う前に、そういうところから女子のこととかもっと知って、そこで初めていいなとか思うこともあるぞ？」

「おおう、めっちゃ正論……」

「せめて部活入ってりゃ、昨日入って来た後輩とかそういう今後の縁とかも期待出来たのになぁ……」

「うっ！」

俺のことを真剣に考えてくれているからこそ出る言葉が、俺の心にグサグサ刺さる。

「確かに幸人の言うとおりかも。昨日、入学式前後の部活勧誘でも、結構可愛い子多かったぞ」

「彼女に怒られんぞ」

「まぁしゃーない。彼女がいても、可愛い子がいると、注目してしまうのは男の性（さが）」

彼女が聞いていたら、間違いなく喧嘩（けんか）になりそうなことを平気で言っているので、出来れば近くに彼女がいないことを願っておこう。

そんな中身があるのか無いのかよく分からない話をしていると、少しだけ教室がざわついている。

何やら、外の廊下で何かがあるようだが、俺達は話が盛り上がっていたので、大して気にもしていなかった。

「おい、斗真。お前にお客さんだぞ！」

「へ？」

まさか自分が大きな声で呼びかけられるとも思っていなかったので、素っ頓狂な声を上げてしまった。

声をかけてくれたやつは、俺に何とも言えない顔をし、先程廊下の方を見てざわついていた女子は驚きと少しニヤッと笑っている。

（何なのだろう）

新学期早々、無自覚に変なことをして教師に呼び出されたなど、悪い想像が浮かぶ。

良いことなどでそれなり目立つことは、悪い気はしないが、先生に怒られて悪目立ちすることだけは避けたいが——。

そんなことを思いながら、廊下に出てみると——。

「こんにちは。お久しぶりです」

「お、おお！　久しぶりやね」

「はい」

そこに居たのは、少し前までは見慣れた妹の親友の姿であった。

「改めまして。無事入学しました。早紀（さき）と仲良くさせていただいてます。間宮凛（まみやりん）です」

「う、うん。妹から話は聞いてるよ。入学おめでとう」

まさか会いに来るとは思っていなかったため、こちらもしどろもどろになりながら話を進めた。

以前とは違って、うちの高校の制服に身を包み、より大人っぽくなっている。

もともと綺麗な顔立ちをしているだけに、直視することが難しいくらいの魅力は健在どころかその威力を増している。

「はい、ありがとうございます！　お、お兄さ……あっ」

以前のように話そうとして、途中でまずいことに気がついたのか、きゅうっと顔が赤くなった。

「ご、ごめんなさい……。ここでその言い方はまずいですよね」

「いや、そのほうが呼びやすいだろうし、それで大丈夫だよ。気にしないで」

「はい」

彼女は俺のことを妹と同じように呼んでいた。

もちろんそれは変なことではないし、むしろ自然なことだと感じている。

本人からすれば、少し恥ずかしいかもしれないが、今から無理して言い方を変える必要もないと思う。

「この高校では、俺が一年先輩だから何か分からないこととか困ったことがあったら遠慮なく相談してね」

「はい！　頼りに……してます。〝あの時〟みたいにまたお願いします」

「……あの時ってそんなに大したことはしてないよ？」

「……そうやってすぐとぼける」

そう言って彼女は少しだけいじけたような表情を見せる。

こうして再会するのは久々だが、彼女のこういった仕草は何も変わらない。

本当にずるいと思う。

「ほらほら、休み時間が終わるから。次の授業の準備しないと間に合わんよ？」

「……はい」

何とか気を取り直して、次の授業の準備をさせるために送り出した。

「……」

……少し時間が経てば、何もかも忘れてどうでも良くなって終わると思っていた。

どうやら、俺と彼女の事情はそんな単純なものではなくなってしまっているようだ。

第2話

まさかの訪問に、すっかり目も覚めた。

もちろんこの先、いつかは学校のどこかで会ったりすることはあると思っていたが、このような形で最速で再会するとは思っていなかった。

しかも、会う形が大胆すぎてクラスメイト全員にこの現場を見られてしまった。

彼女が、次の授業の準備へと向かったのを見送った後、自分の席に戻るまでの間に変な注目を言うまでもなく浴びた。

「斗真～？　あの子は一体どういうことかな？」

「さっきまで彼女欲しいっていう話は何だったんだよ！」

席に戻ると、早速二人からの質問攻めが始まる。

「いや、そんなお前らの思うような関係じゃないって」

「そんなわざわざ隠そうとする必要なくね？　わざわざ会いに来るくらい熱々なのに、隠すのも無理だぞ」

「本当にそういう関係じゃないんだってば……」

校内への噂の広がり方はえげつないので、どんなに友人でもはっきり否定しておかなければならないことはしておく必要がある。

……特に恋バナは。

あの子の容姿なら、すでに高い注目を浴びているに違いないし、恋愛事情も気になるはず。

ありもしない噂が入学早々広がって、あの子の友達とかにも広がると、あの子にとって困ったことになることは確実なのだから。

「じゃあ、何でわざわざお前に会いに来たんだ？」

「妹の一番仲が良い友達なんだよ」

「それだけでお前に挨拶に来るのか？」

「まぁ家に遊びに来たときとか、会ったりしてたからだな」

否定することはあっても、友人に対して話すことは何も隠さなくても良いので、素直に全て話す。

「なーるほど、純粋に人の良い感じの子なのか？」

「いやほんとその通り。何で妹と一番仲が良いのか、未だによく分かってない」

「お前が嘘をつくことはないだろうから、マジなんだろうけど……」

「ぶっちゃけ気になったりしないの？　あの子すごく可愛いぞ。正直なとこ、それなりに有名になるくらいには。それで性格もいいんだろ？」

「だろうけど？」

「そうね……」

その言葉は確かにそうなのだが。

俺だって、この二人の立場ならそういう言葉をかけたに違いない。

確かに、あの子は非の打ち所が無くて、とても魅力的。

それは、中学から見ている俺は理解しているつもりだった。

でも踏み込めない。踏み込もうとは思わない。

そしてその理由は——。

「まぁ、妹の友達だからねぇ。そういうことはあり得ないよ」

この言葉が全てである。

そもそも、年の近い兄妹の友達と仲良くなるということ自体が、非常にレアなことだと思う。

そして俺も妹も、中学から高校と、思春期真っ只中。

色々と隠したいこともあるし、触れられたくないこともあるはず。それも異性だから尚

更のはず。

それでも素直さは変わることなく、何でも話してくれるし、協力してくれる妹。

そんな妹の大切な親友に、そんな気持ちを抱いて接することなど、していいわけがない。

妹がどれだけ傷つくか、想像することは出来ない。

そして何より、妹同様に信頼してくれているあの子が困るようなことはしたくない。

この二人を困らせれば、関係性が崩壊するかもしれない。

学校が異なっても、お互いに支え合えるような関係性を壊すような愚かな兄にはなりたくない。

「……何か面倒な事情があるってことが、お前の顔見てりゃ分かるわ」

「だな。まぁこれ以上は聞かないでおくわ」

「すまん。理解が早くて本当に助かるわ」

いつも軽いノリの二人だが、大事な時はすぐに察して気を遣ってくれる。

どこまでも俺にとって、恵まれすぎた友人でしかない。

話が一通り落ち着くと、二時間目の授業を知らせるチャイムが鳴った。

それぞれ席を立って話をしていた生徒たちが一斉に自分の席に戻って授業の態勢に入る。

「はーい。二年生の古文を担当します――」

新学期恒例の、科目担当の自己紹介が始まっている。

「凛ちゃんね……」

妹の親友で、自分にとっても多少なりとも近い存在になったこと。

そして妹の親友であるからこそ、普通に年の近い女の子という存在ではなくなった。

近いからこそ、知っていることもある。

だからこそ、色んなことを考えてしまう。

(早紀に、凛ちゃんに声かけてもらったことを報告しておかないとな……)

数日前からずっと俺に凛ちゃんの事を話していて、気になっていることは間違いない。

このことを話せば、きっとこれから俺が凛ちゃんを助けやすくなったと安心して喜ぶことだろう。

そしてあくまで俺は、妹が大切にする友達を助けられるような存在だけでありたいところだ。

そうすることで、何も波風が立たず良い流れが出来るはずだ。

第3話

放課後になると、部活もしていないので颯爽と帰宅する。

二年生にもなると、部活で中心人物になっていかないといけないこともあって、友人たち含め皆が頑張っているのに何たる体たらく。

ただ、二人に話したときのように別に球技はやらないにしても、部活をするか自体はかなり迷った。

しかし、中学の頃に部活で怪我をして、どんなことをするにしても大変だったこともあってしないことにした。

まだ体験入部などを考えていない一年生が同じように帰っているので、その中に混じってあたかも同じ群れのように見せかけながら帰った。特に意味はないけれども。

そして家に戻ると、まずは洗濯物をすべて取り込む。

家族とはいえ、女性陣の洗濯物には出来るだけダイレクトに触れないようにしながら。

その後は、食材とレシピ本が用意されているのでぼちぼち夕食の準備を始める。

「ただいまー」

「おかえり」

そうしていると、妹が帰ってきた。

「あ、私も手伝うよ」

「その前に自分の洗濯物と母さんの洗濯物の整理だけしといてくれ」

「はーい」

妹は素直に、先程取り込んだ山盛りの洗濯物を整理し始めた。

「今日、凛（りん）ちゃんがわざわざ会いに来て挨拶してくれたぞ」

「え、マジか！」

「うん。良い意味で変わらないな」

「制服姿可愛いでしょ？　私は先に写真見せてもらってるから分かるけど」

「すごく似合ってた。というか、逆に似合わないものが無さそう」

彼女の話を出すと、妹のテンションが一気に上がった。

まるで、自分のことを自慢するかのように話をしている。

「そっか、兄さんのクラスどこって聞いてきたからワンチャン会いに行くのかなって思ってたけど……。嬉（うれ）しかったでしょ？」

「うん……まぁビックリした」

「何よ、そのキレのない返事は！　あんな可愛い子に会いに来てもらってさ！」

「そりゃそうではあるんだけど」

確かに、妹がそう言うのは分かる。

でも、この言葉からも分かるように、妹は俺が一切凛ちゃんに恋愛的な感情を持たないことを前提に話している。

妹は良くも悪くも、考え方が非常にシンプル。

俺があの時考えたように、周りの目とかをそれほど意識するタイプではない。

その大胆さにあっけにとられることもあるが、俺からすれば結構羨ましく思う部分でもあるが。

「何か他に話した？」

「えっと……。いや、短い休み時間の間に来てくれたから、挨拶だけだね。後、何かあればサポートするからってお前が言ってたことは伝えたよ」

「まぁそうだよね。そんな長話出来るような暇もないよね～。というか、そもそもそんなに凛と話したことないもんね」

「そ、そうだな」

妹は、俺と凛ちゃんが少しでも話をして接触出来たことに満足そうな反応を見せている。

そのためか、最後に俺が言い淀んだことを気が付かなかった。

妹は、俺と凛ちゃんが自分の目の前でのみ少し話しているだけのいわゆる顔見知りレベルくらいだと思っている。

それぐらいの関係性で、がっつりめに助けてあげてほしいとか催促してくるあたりが、妹が大して深く考えていない証拠でもある。

「この高校生活で、私以上に凛と仲良くなったりしてね」

そう明るく笑いながら、俺に話す妹。

そうなるのではないかと、自惚れるつもりは全くないが、実際にそうなることを考えると俺は何も笑えない。

妹の知らないところで、俺と凛ちゃんはそれなりに会話をするくらいの仲にはすでになっている。

妹がいない間の少しの時間の積み重ねで、段々とお互いに会話をすることが多くなっていった。

けれども、そんな様子は妹の前では見せることはどちらもしなかったので、妹は何も知らないまま。

「まぁ流石にそれは無いと思うぞ?」

一言それだけ笑いながら言っておいた。

そう言うと、妹は再び可愛らしい笑顔であははと笑う。

「凛、すごくモテるだろうなぁ。中学の頃でも凄(すご)かったもん」

「だろうな。早速、俺の学年でもびっくりするくらい可愛いってツレが言ってたわ」

「だよねー！　マネージャーの誘いとかも多いんだろうな～！　何の部活に興味あるのか聞いてみよっと！」

そう言うと、早速スマホを出して指を素早くフリックさせている。

思い付いたらすぐ行動するところも、妹らしい。

この性格のおかげで、凛ちゃんが何度もうちで待たされる時間が出来ていたわけだが。

普通だったら「何だこいつ」ってなりそうなものだが、凛ちゃんはいつも笑顔でこう言っていた。

「それが早紀(さき)の良いところなので。純粋に人が良くて明るくて」

と色んな人が評価しているらしいので、悪いことではないのだろう。

「ふむ。部活はまだ未定だって。兄さんの部活事情聞いてきたから、くっそ怠惰な帰宅部って言っといたよ」

「事実だからしゃーないな」

煽り（あお）どうのこうの以前に、事実だから何を言われても、何をされても文句が言えない。

「って言うかさ」

「うん？」

「凛が結構兄さんのこと聞いてくるからさ、もう兄さんと凛が連絡先交換して話したら良くない？」

「え!?」

ものすごい声が出た。どこからこんな声が出たのか、自分でも分からない。

「どんな声出してんの」

「ごめん、むせただけ。そこまでしなくてもいいんじゃない？　お前が伝えてくればいいんだし」

「いや話すことならいくらでもあるし、そこから話すきっかけにもなるしいいじゃん」

「いやぁ……だけどなぁ……」

「凛、交換オッケーだってさ。ＩＤ教えておくから早めに追加してね」

「俺の意見無視かよ」

やはり、妹の性格は大胆だし、何も考えていないのだと思われた。

第4話

夕食の後、妹に教えてもらったIDをメッセージアプリの検索欄に入れることにした。

夕食中も散々妹から、きちんと入れて仲良く話をするように何度も釘を刺された。

自慢の友達であることは分かるが、兄にここまで押してくれるやつが世の中に一体どれくらいいるのだろう。

そんなことを思いながら、アルファベットと数字の組み合わさったIDを一文字ずつゆっくりと入力していく。

「お、出た」

検索すると、凛と言う名前のアカウントがすぐに見つかった。

シンプルな名前に、動物写真のアイコン。

タッチして、そのページを開くと「友達追加」のボタンが表れる。

「……」

すぐに追加ボタンをタッチしようとするが手が動かない。

しかし、ここまで妹にもプッシュされているので、登録しないままで誤魔化すことは出

来るはずもない。

ゆっくりと、ボタンの部分にタッチする。

同時に、友達追加したことを知らせる通知が届いた。

—追加したよ。よろしくね—

シンプルな挨拶を一言だけ送る。

すると、すぐにあちらからも友達追加したことを知らせる通知とともにメッセージが届く。

—追加するか、迷ったんじゃないんですか？—

いきなり核心をつくようなメッセージが届いた。

—さあ、どうかなー
—いやいや、だって散々あの頃から交換の話出したら、はぐらかしてたじゃないですか！—

適当にとぼけたふりで誤魔化そうと思ったが、しっかりバレている。

凛ちゃんからは、何度か連絡先を交換してくれないかと言われたことがある。

その度に、妹にバレたら微妙な感じになるし、何かあれば妹経由でなんとかなるやろと言って避けてきたが、今回ばかりはどうにもならない。

─今回は早紀公認、高校には私達しかいませんから連絡も直接のほうがいいですもんね？笑─

─……はい。その通りでございます─

しっかり今まで避けるために使っていた口実も覚えているようだ。

─ここでなら何も気にせずに、やりとりも出来ますよね？─

─分からんぞ？　うちの妹なら平気で内容見るかもしれない─

─……あながち否定が出来ないですね。でもバレた時は仕方無しです！─

「すっかり遠慮がなくなったなぁ」

最初の頃は、何をするにしても恥ずかしそうにしていたが、良いのか悪いのか若干妹の性格に影響されつつあるような気がする。

─まぁこうしてせっかく交換したし、仲良くしていこうや─

─もちろん、そのつもりです。お兄さんにそのつもりがなくてもそうします─

彼女の意志は固い。

何度連絡先交換を避けられても、諦めないところからも分かることではあったが、一度決めたら曲げることがないな。

─そうかい。で、高校生活の滑り出しはどうなんだい？─

—今日、入学テストがありました—

—ほー、手応えはどうだったの？—

—お兄さんにたくさん教えてもらったところが多かったので、間違えるはずがありません—

—たくさんってほどでもないけど—


妹が待ち合わせ遅刻常習犯であることから、凛ちゃんが待っている間に勉強することはそんなに珍しいことじゃなかった。

机に座ってひたすら学習に取り組む姿は、感心させられるものであった。

「頑張るね。はい、飲み物とお菓子」

「お気遣いすいません。少しでも頑張らないと、進みたい高校がありますから」

「そかそか」

そんな話をしながら、彼女の取り組む学習を見て、その丁寧さに驚かされた。

それ以来、物音を立てないように彼女の学習への取り組みを、静かにずっと見させてもらったものだ。

「うーん……」

　彼女は、数学の証明問題や国語の文章問題に苦戦していた。

　俺はそれなりに診断テストの点数を取るために、塾の先生とも研究を重ねて勉強して来た。

　その時のことを、彼女に少しずつ教えた。

「まずは、何をするべきかしっかり考えて。時間が足りないと感じるものほどそれは大事だよ」

「はい」

「証明は部分点マイナスとかもあるから、何を絶対に記載するべきなのかよく見てね。後、ここで引かれても良いように他の問題は必ず取る」

　今思えば当たり前のことかもしれないが、こういうことを早くから取り組めばと俺は非常に後悔した。

　それもあってか、気がつけば彼女に色んなことを伝えていた。

　個人的に早くやっていればという、親が子供にやりがちなことであるが、自分と同じような後悔をさせたくないみたいな感情を、ほとんど関係のない子にぶつけてしまったわけだが。

彼女は嫌がらずに、むしろ信頼して更に勉強の話が広がっていった。

「前回の模試の結果です」

「なるほど。点数はあまり変わってないけど、課題だったところが伸びてきてる。いつも出来てる範囲のところが間違ってるけど、このレベルはみんなきついから特に気にしないで」

「でも……そこは私の得意分野で」

「確かに、得意なところで上手(うま)くいかないことは焦(あせ)る。でも、弱いところも一定ラインまで伸ばすのが一番点数を伸ばす近道だよ。どんなに得意なところを伸ばしても、一定レベルの公立試験ならあんまり意味無い」

まだ時間があるとはいえ、受験生で毎月のように模試をして点数に一喜一憂して不安が倍増するのはよく分かった。

だからこそ、自分の言えることをしっかりと伝えながら模試の解説もする。

基本的に穏やかな時間が多かった中で、少しだけだけど、お互いに真面目に向き合った時間だった。

「……ここに来るのは受験前、今日で最後になりそうです」

「そうか」

「受験前に、あんまり他の人の家とかに行ってインフルエンザとかになってもいけないし、他の人に感染させてもいけないので」

「それはそうだ。これだけ頑張ったのに、体調不良でパフォーマンス不足だなんて一番後悔する」

「はい。これだけ、やってもらったんです。私は結果を必ず出したいです」

そう言った彼女の顔は、一番ある意味らしくない顔をしていたと思う。

「一つだけ訂正しておこう」

「？」

「受験は他人のためにするものじゃない。親のためでもない。塾や学校の先生のためでもない。自分のためだからな。まぁ、受かれば周りが喜ぶのは事実なんだけどな……」

「……もし、私が志望する高校に受かったら、お兄さんは嬉しいですか？」

「当たり前よ。これだけ俺が好き勝手言ったことを聞いてくれた子が受かったら嬉しいに決まってる」

「なら、お兄さんの言うことを今まで全部聞いてきましたけど、最後だけは守れませんね」

「え？」

「私は、お兄さんに高校に受かったことを喜んでもらいたいですからね」

彼女はそう笑顔で言って、受験に向かった。

―お兄さん、私が受かって嬉しいですか?―

―当たり前だ。何だかんだ言って嬉しいに決まってる。頑張った分、楽しく過ごしな―

―そのためには、お兄さんがもっと私にオープンになってくれればいいんですけどね―

―入学テストがいい結果なら、考えてやるよ―

そして、今がある。

第5話

そんな話をしていると、そういったことを思い出すので更に話が続いてしまうもの。

結局、長いやり取りになってしまって、長時間のスマホのブルーライトの影響で目が冴(さ)えて眠れなくなる。

「眠た……」

そして寝不足のまま、次の日を迎える。

昨日と全く同じで、登校して朝から欠伸(あくび)ばかりしてしまう。

俺が寝不足でウトウトしていて授業で怒られるならまだしも、凛ちゃんも同じようなことになっていなければいいが。

「眠そうだねぇ、斗真！」

「ぐふっ！」

元気のいい声とともに、割と強めの力で背中を叩(たた)かれた。

痛いというほどではなかったが、全く想定してない衝撃に驚いた。

「委員長、おはよう」

「あい、おはよう！」

手荒い挨拶をしてきたのは、うちの学級委員長になったばかりの三上結花（みかみゆいか）というクラスメイトだ。

明るい性格で、誰とでもすぐに打ち解けるのがとても上手い。

そして、何よりもうちの学年でとても男子から人気がある。

整った顔立ちに、スタイルもいい。

「寝不足？」

「現代機器を夜に使用する恐ろしさを忘れた結果」

「あー、夜遅くまでスマホ？　まぁそれは分かるかな」

俺は分かりにくい言い回しをする癖があるが、普通に理解してくれる数少ない人物の一人である。

「委員長もこういうことある？」

「あるよ。友達と話してたらついつい……ってことはね！　ってか誰とそんなに夜遅くまで連絡してんの？　例の昨日来た可愛い（かわい）子⁉」

興味津々（きょうみしんしん）といった表情でグイグイ聞いてくる。

確かに凛ちゃんと話していたが、委員長が知りたいところはそこが本質な訳ではない。

「昨日の子と俺は付き合うとかそういう関係じゃないよ?」

「うっそだぁ」

「いや、嘘ついてもいつかバレることだから意味無いことしない」

「えー、つまんなーい」

やっぱり知りたい本質は恋愛について。

みんな、恋愛についての話は本当に好きだよなぁ。

「そういう委員長はどうなんですかね」

「えっ?」

「何か色々聞いてますよ。人気男子との噂を」

「うーん。何かね」

委員長はやはり人気者であることもあって、当たり前のことだが男子の人気者との噂が絶えない。

でもそんな数多くの噂が上がりつつも、彼女が誰かとお付き合いしているという話は聞かない。

彼女に彼氏がいたという話を聞いたのは、一年生の夏休み明けくらい前の一回だけで、それもすぐに別れたと本人があっさり言っていたし。

「委員長のお眼鏡にかなう人がいませんかね？」

「そうかも」

「今の噂になってる人で駄目なら、この学校じゃ無理やね」

「うーん、そういうわけでもないんだけどなぁ。確かにイケメンとか優しいとか基本的な魅力も欲しいけど……。何よりも普通に話して板につく人と一緒がいい」

「ほう??」

性格も明るくて話もうまい委員長が、普通に話して板につかない人がいるのだろうか。

「それに大体、噂になるとしんどくなるのよね、実際のところ。普通に友達として楽しく話してても、急に相手の反応変わったり」

「まぁそりゃ仕方ない。委員長相手に、意識しない方が難しいな」

こんな人相手にそんな浮いた話が広がったら、たじろぐのは普通のことだと思う。

「だからどんな時も落ち着いて、楽しく話せる人がいい！　後、出来ればイケメンで優しくて一途！」

「しばらくの間は無理……。いや、校外とかまで範囲を広げた上で、委員長ならいけるかも」

「お？　割とむちゃくちゃなこと自分でも言ってる自覚があるんだけど、随分と高く評価

してくれるじゃない！」

「だって、委員長ですぜ？」

「ほほう。そこまで褒めてくれるのなら、私のいいところを言ってみてくれたまえよ」

俺が思う委員長の絶対的に良いところ。

圧倒的に良いと思うところが一つある。

「校則ギリギリグレーなラインまで、制服着崩してオシャレしてて教師が文句を言いたそうにしてるのに、成績優秀でクラスもまとめられる模範的な生徒過ぎて文句すら言わせないところ！」

「ふ、ふふ……。あはは！　そこ!?」

俺が言ったことがツボに入ったのか、大爆笑し始めた。

「だって、かっこよすぎない!?　ちょっとでも駄目なところあったら、『あなたのその身なりが、こういうだらしないところを表している』とかネチネチ言われるところを、言わせず完璧！」

「そんなこと褒められたの初めてなんだけど！」

まだ楽しそうに笑っている。

うちの委員長は、真面目な雰囲気を持った感じでは全くない。

スカートは校則ギリギリの短さを攻めてくるし、制服でいかにオシャレに見せるか常に変化を遂げている。

そんなオシャレな委員長に影響される女子は少なくなく、真似する子もいるのであまり教師はいい顔をしない。

しかしクラスのまとめ役もする上に、成績優秀で部活にも真面目に精力的。

素行も良いので、きつく注意しづらい環境が出来上がっている。

女の子としての魅力は最大限に磨きつつ、やるべきことはきっちり。

まさにしっかり者で、俺が常にすごいと感じさせられる部分である。

「いや、本当にかっけぇよ」

「はいはい、ありがと！」

「二人とも朝から盛り上がってんな～」

そこに遥輝と幸人が部活の朝練を終えて、教室に入ってきた。

「二人ともおはよ！　いやぁやっぱり斗真は面白いね！」

「いい感じに会話の軸ずれたこと言うからな」

「そうそう！」

委員長と遥輝が俺をネタに会話をしだした。

実を言うと、一年生の頃に遥輝は委員長に一目惚れしていた。

何とか接点を持った結果、友人になった俺や幸人ともよく話すようになった。

結局、遥輝が告白しようとする前に委員長がほかの人と付き合い出したので、何も切り出さないままになったが。

結果的に今の彼女と遥輝は落ち着いて、委員長への恋愛感情は落ち着いた。

告白していたら、今みたいに気軽に話せるような関係ではなくなっていたかもしれないので、それはそれで良かったのかもしれない。

「じゃあ、私はそろそろ席に戻るね」

そう言うと、委員長は自分の席に戻って行った。

「随分と結花と話が弾んでたな」

「話し上手だからな、委員長」

「それにしたって、あんなに笑ってる結花久々に見たけど」

「確かにツボに入って、大爆笑してた」

「お前ら、相性いいんじゃね？」

「すぐにそういう話に持っていく。さっき言ってたぞ、そういう話で意識されるときついってな」

「結花やっぱり言ってることのハードルたけぇよなー……。ま、狙うならサポートはするから遠慮なく言えよ」

「そんなプラン選ばんから心配無し」

ちょっと話が合うと、すぐ恋愛。

確かに、その流れになるとやれやれといった感じになるので、さっきの委員長の言葉は分かるような気もする。

まぁ、付き合ったことも告白されたことも無いんですけど。

何はともあれ、委員長が楽しく話し相手になってくれたおかげで、目が覚めた。

普通に授業を受けることが出来そうだ。

第6話

今日も長い授業が終わって放課後になると、一斉に部活に向かって生徒たちが散り散りになる。

部活に向かう遥輝と幸人が俺に別れを告げて、教室から出ていく。

「帰宅部の斗真君は、お帰りかな？」

「そうだな、ぼちぼち帰る」

二人が出ていった後、再び委員長から声をかけられた。

「委員長も部活でしょ？」

「そそ、今日も自分の音を奏でるぜ！」

委員長は見た目のイメージにぴったりな軽音楽部。

俺が見る機会と言えば、学園祭などだが、大盛況だった記憶がある。

「斗真も今からの入部も大歓迎だよ？」

「人前で音楽関係のパフォーマンスするなんて、中学時代の時のトラウマ思い出すわ」

「何かあったの？」

「みんなの前で一人ずつ歌わされるんだけど、周りみんなピアノとか習ってて音感あるやつばかりで、拷問だった」

「あっちゃー、ドンマイ案件だ」

「まぁ委員長が、カッコよくやってるのを見てるのが楽しいから」

「そか！　なら、今度のライブも頑張らないとね！」

「うん、頑張って」

「あい！　じゃあ部活行くね！　また明日ー！」

そう言って、委員長は元気よく教室から出ていった。

そんな委員長を見送ると同時に、ポケットの中のスマホが震えた。

―お兄さん、もう帰りましたか？　帰っていないのなら、一緒に帰りましょう―

凛（りん）ちゃんからの連絡で、一緒に帰ろうという誘いだった。

体験入部や見学などしなくていいのかなと思ったが、帰りながら聞けばいいかなと思ってOKと校門前で待ち合わせることを返信した。

５分後、校門前で合流した。

「今日もお疲れ様です」

「凛ちゃんもね。じゃあ、ゆっくり帰ろうか」

「はい」

自転車に乗って、二人揃(そろ)って帰宅の途につく。

「部活の見学とか、体験入部はしなくていいの？」

「あんまり気が進みません。そういうことすると、しつこく誘われて断りにくいですし」

「あー、何か分かる。その辺りは中学校の時と変わらんからね」

体験入部などをするということは、「この部活に興味があります」ということなので、何とか引き込もうとどこの部活も必死。

上級生から誘われることもあって、圧がしんどいのはとても分かる。

「興味ある部活とかはないの？」

「あんまり……」

「そっか。まぁ帰宅部の俺からは、どこが雰囲気いいよとか言えないからね」

さっきの委員長とのやり取りみたいに、友人と話せばどこの部活もある程度の雰囲気は分かる。

でも実際にはやってもないし、見てすらもない。

そんな状態で、勝手に勧めることはできない。

「何も言ってないのに、マネージャーとか誘いに来ますし」

「あんまりマネージャーとかは興味なし？」

「興味なしというかシンプルに嫌ですね。好きでもない人の汚れた服を扱ったりするとか、嫌すぎますね。後、男女関係がややこしくなるイメージしかないです」

「言い方よ。間違ってもそれ他の人の前では言わないようにね……」

男子には計り知れないダメージを与え、今マネージャーをやっている人やこれから考えている人に喧嘩(けんか)を売りかねない発言である。

「こんなこと言うの、お兄さんと早紀(さき)の前でだけですから安心してください」

妹の前で言うのは、少し不安があるのだが。

「なるほどな、そういう考え方もあるよな」

「だから、献身的に男子部員のことを支えられる女性マネージャーの皆さんはすごいです」

「別に女子運動部のマネージャーもあるけど？」

「……それはそれで色々と難しい問題が」

「あー、女の子同士は難しいこともあるもんね。普通に部活もあんまり？」

「そうですねぇ……。吹奏楽部は運動部並みにハードでしょうし……。お兄さんはなぜ部活に入っていないんです？」

「中学時代に部活関係で怪我してから、色々懲りたな」

「なるほど、文化部は考えませんでした？」

「音楽関係はからっきしだし、他の部活はそこまで活発的じゃないからサボりそうな気がして失礼かなって」

結局、何だかんだ理由をつけてやらなかったが、色々と見学したりしたのは楽しかった。

「なるほど、なるほど。色々言ってますけど、ようは面倒になったということですね」

「ぐっ……！」

その通りである。

「そ、そんな俺のことは置いといて。じゃあ今のところは部活はノータッチ？」

「親からは、どっちを選ぶにしても成績を落とさず素行が悪くならなければ好きにすれば良いと言われてますからね。今のところは見送りですかね」

「高校の勉強も大変だしねー」

「そうなんです！　大変なんですよ！」

その俺の言葉を待っていたかのように、声が弾んで反応が変わった。

「せっかくここまで頑張ったのに、これから成績が落ちたのではまずいですよね？」

「……まぁそりゃ当然な」

「でも、私一人ではどうしようもないときが……！」

「部活行かないなら、塾に通ってもいいんじゃない？」

「……」

彼女の反応を見て、俺の返事が間違っていたことがすぐに分かった。

むっとしたような、いじけたような顔になってしまった。

「何でそこで、その返事になるんですかね！」

「いや、最適解でしょうよ！」

「一般的回答など求めていません！」

「えー……」

難しい。最も良いとされる回答で怒られた。

「ここまでの話で、お互いに放課後に時間がある。そして勉強を私はしなくてはならない。

はい、ここまで来れば……！」

「いやー、何も分かりませんねー」

もちろん、俺は最初の流れから彼女が狙っていたことは分かっている。

敢えて惚けたフリをしている。

「……意地悪。そんなに嫌だったんですか？」

するとと本気で落ち込んでしまったのか、声が小さく低くなってしまった。

流石に意地悪しすぎたか——。

「そんな事はないよ。放課後、時間あるもんな。学校とか近くのカフェとか勉強する場所もあるし、よかったらやろ——」

「はい、ありがとうございます！」

「……あれ？」

さっきの落ち込み具合はどこへやら、まるで分かっていたかのような反応の早さである。

「決まりですね！　放課後どれくらいやりますか？」

「……騙したな？」

「はぐらかそうとしても、この辺りはチョロいと早紀から聞いてますから」

妹から悪知恵を吹き込まれて、それを実践したらしい。

凛ちゃんのいつもの雰囲気に、先程の演技はあまりにも悪魔的。

間違いなく焦るし、戸惑わない男などいるわけない。

「言質は取りました。あのときと違って毎日、ですからね！」

「マジか……」

「二人だけの勉強部、ですね！」

そして、周りの下校する生徒に聞こえないように、こちらに顔を寄せて、こう囁いた。

「私は、お兄さんの専属……マネージャーですよ」

「⁉」

「なーんてね、です！」

楽しそうにそう笑いながら、彼女は言った。

（想像以上に、危険な子だな）

顔が熱くなると同時に、そう思うことで湧き上がろうとする感情を必死に押さえつけた。

第7話

一年生である凜ちゃんは、授業自体は始まっているものの、まだ身体測定や生徒証を作成する際に必要な写真撮影など様々なHR扱いの時間が多いとのこと。

俺のように、本格的に一日中全て授業になるのは来週以降とのことなので、来週から放課後に集まって勉強することにした。

場所は、その時の気分や経済状況に合わせて考えるということに。

「どれくらい時間やります？」

「そうだな、ちょっと妹と相談するわ。親が帰り遅いから、帰ってから飯の支度とか家事分担してやってるからな」

「……すいません。そこまで考えていませんでした」

「いや、別に大丈夫。部活してないから、せめて空いた時間に家事ぐらいやれっていうことでやってるってだけだから」

多少夕食の時間が遅くなるだけだし、このことを妹に言えばそんな悪い顔はしない。

「……さっきまで色々言ってましたけど、前向きに考えてくれるんですね」

「何で今更、ちょっとまごまごしてるのさ」

顔を少し赤くして、戸惑ったような様子になっている。

さっきまであんなに大胆で強気だったのに一転、急な変わりようである。

「いや、何かごめんなさい……」

「慣れないことするから……。らしくないよ」

どうやらさっきの行動が、想像以上の恥ずかしさで後からどんどん後ろめたさが増しているらしい。

俗に言う小悪魔的なやつを狙おうとしたのだろうが、凛ちゃんの性格からして妹の影響をそれなりに受けていても、あんまり合っていない。

ただ、威力は凄かったが。

自分も恥ずかしくなるけど、その分更に相手にはあまりにも凄い破壊力。

まさに諸刃の剣。そのことに彼女が気がついて、面白がって乱用しないことを願うばかり。

乱用しだしたら、お互いの心臓……いや段々と一方的に俺の心臓攻められて、間違いなく保たない。

そうなると、もはや諸刃の剣では無くなる。

「じゃあ、私はこっちなので」

「ほい。またね」

分かれ道で凛ちゃんと別れて、自宅に早めのスピードで戻る。

家に着くとすでにドアは解錠されており、妹が先に帰宅しているようだ。

「ただいまー」

「おっかー。ちょっと今日遅かったね。寄り道？」

「んや、凛ちゃんと一緒に帰ってきた」

「へ？」

予想外だったのか、妹から素っ頓狂な声が聞こえてきた。

「一緒に帰ってきたの？」

「お、おお……。そうだけど」

やってしまった。流れで当たり前であるかのように話してしまった。

昨日の時点で、接点をやっと持ってくれたと思って喜んでいた妹からすれば、進展の早さにびっくりするに決まってる。

「めっちゃ仲良くなってるじゃん！　どっちから誘ったの？」

「凛ちゃんからだね。色々高校の話もしながらどうかって、言われてさ！」

実際に部活の話を主にしながら帰ったので、嘘はついていない。

後のことは、凛ちゃんに丸投げして妹から質問攻めにあってもらおう。

「ほうほう、なるほどね！　で、凛は部活動するって？」

「また色々詳しくは凛ちゃんからも聞いてくれたらいいけど、あんまりやりたいものがないらしいよ」

「んー、じゃあ凛も兄さんと同じように無所属ってことになるの？」

「そこなんだけどさ……。高校の勉強も大変だから、凛ちゃんが放課後に勉強を見てほしいって言っててさ。1時間か2時間くらい付き合ってみようかと思うんだけどいいか？」

「ほうほう。……ってか、本当に短時間で随分と仲良くなったんだね」

「ま、まぁ……」

流石の妹でも、一気に展開されすぎて不審に思ってしまったか――。

「いいんじゃない？　無所属怠惰を極めるより、友人にプラス効果を与えてくれるなら、その方が良いに決まってるしねー」

予想通り、前向きな答えが返ってきた。

「理解のある妹で助かる」

「まぁでも面倒くさがりな兄さんがそこまでするなんて、何かあったの？」

しかし、普段の俺を知っている妹からすれば、そこまでやる気を出していることが気になるらしい。

「いやだって、お前が散々世話になってる友達だぞ？　俺からしたら、遊び来るよう呼んどいてまたせてる時点で何回も申し訳なく感じてるんだよ！」

「いやー、その件はね。どんなに予定があっても、頼りにされると助けないといけないし。それに凛はその辺りも理解してくれてるから！」

「お前がそう思ってても、外から見てりゃあ申し訳なくなるっつーの。だから俺に出来ることなら、やろうってやる気出してるわけ！」

へーへーと気だるそうな返事が返ってきた。

どうやら、俺への対応の面倒さに加えて大体納得はしたようだ。

「まぁこれも話のネタに、色々話してくれ」

「女子トークに余計な気遣いと要求を入れるな、キモいから。それに言われなくても聞くし」

妹の機嫌がちょっと悪くなってきたので、それ以上話を続けることをやめた。

いつもなら居心地が若干悪くなるけど、今はとても助かる。
後のことは凛ちゃんが、何とかすると勝手に思っておこう。

第8話

凛ちゃんに攻められて、妹には不信感を抱かれながらビクビクした昨日の出来事から一転。

今日は精神的な圧力ではなく、身体的な激しい疲労の圧力に俺は苦しんでいる。

なぜ、こんなに新学期が始まって最初の一週間がハードなのか。

現在、体育館には聞けばほとんどの人がうんざりするか恐怖する音が響き渡っている。

その音は、音階を一つずつ一定のリズムで刻んでいくもの。

それはどんどん早くなって、それに合わせてシューズ底のゴムと体育館の床に擦れる音が響き渡り始める。

「きっついって……！」

このテストをしているときは、余計なことを話すことは避けるべきだが、そうでも言わないと落ち着かない。

現在、俺がやっているのは春に行われる体力テストの一つ、20メートルシャトルラン。

持久走を選択している学校もあるかもしれないが、この高校ではこちらを選択している。

運動部どころか、部活すらしていない俺からすれば一年の中で一番激しい運動になる。

春とはいえ、最近の四月は暑いので汗も尋常ではない。

こんな新学期早々やるにはハードだが、これからどんどん暑くなるので、逆に早くやる方がいいのかもしれない。

「ほぉ、斗真のやつ頑張るな」

現在、出番ではない遥輝達は俺が必死になっているのを楽しそうに見ている。

本当ならムカつくところなのだが、そんな余裕すらもない。

「あいつ基本的に面倒くさがりなくせに、こういうことはガチなんだよなぁ」

「そうだな。何だかんだ言いながらな」

こういうことは疲れるので、適当なところで止めるやつも多いが、俺はそういう事をしない。

この機会に本気でやらないと、自分の体力がどれくらい落ちているのかなどが全く分からない。

それに、この様子はクラス全員でやっていることなので当然女子も見ている。

二人に対して、女の子に積極的に行くのはどうも気が進まないみたいな言動をしているものの、やはり女子に良いところは見せたいもの。

マジでやってもこればかりは体力測定を理由に出来るし、結果を出せば動けることを見せつけられる。

普段、格好をつけるのは痛く見えるけど、こういう時はそうならないので、せっかくなら張り切ってやってしまえという感じだ。

「だけど、きっついわ……！」

すでに回数は115回を超えている。

おそらく高校男子二年生の平均よりは上回っているはず。

俺と同じグループで同時に始めた者たちは、リタイアしてそこそこ数が減ってきた。

「斗真、120回はいけよ？」

「いや、130回いけ！」

二人はむちゃくちゃなことを言っている。

そのレベルは陸上や、球技やっているやつが到達してまあやるやんレベルだというのに。

進学校の帰宅部男子に求めることではない。

この後、結局125回までは粘って最後はラインに体ごと突っ込んでリタイアした。

本当は心臓に負担がかかるので、NG行為なのだが。

「も、もう無理……！」

「やるやん、帰宅部。うちの部員より普通に持久力あるぞ」

「ほんと。どこからそんな運動量出てくるんだよ」

二人が感心するくらいの体力は維持することが出来ているらしい。

「い、一応最低限は体動かしてるから……」

「本当にもったいねぇなぁ。宝の持ち腐れってこういうことに言うんだな」

二人はそう言っているが、活かすとすれば女の子にいい格好をするためぐらいにしか使う気がないのでどうでもよい。

「いやぁ、糸原君。体力は健在だねぇ」

「ど、どうも……」

体育の教師が、俺に声をかけてくる。

「帰宅部なんだろ?」

「です。やっぱり体力維持は難しいですね」

「だから、うちの部活に入ればいいのに」

「勘弁してください。今になってやっても、もう実戦感覚無いですよ」

俺は中学まで剣道をしていた。

しかし、無理な体勢から打突によって捻挫をしてから本当に痛みで何をするにも制限が

かかることに悩まされてしまった。

……後、高校からＯＫの突きが嫌すぎる。

型の練習で一時的に中学時代にやったことがあるけど、俺がビビりすぎてそれを見た後輩の女の子がすごく気を遣いながらやっていたことはまだ記憶にある。

中学最後の大会で、出来過ぎる成績を残したこともあってこの顧問が意地でも入部させようとしてきた。

まぁ、逃げ出して今があるんですけど。

「まぁいつでもウェルカムだからな。……はい、次のグループ行くぞ！　準備しろー！」

いつも通り一言勧誘して、体育教師としての仕事に戻って行った。

俺は体育館のドア付近に移動して、座り込んだ。

日差しは暑いが風は涼しく、今の俺には有り難いものである。

「お疲れい！」

「おお、委員長」

「やるねぇ、まだあんなに走れるんだ」

「自分でもここまでいけるとは思わなかったね」

「ほれほれ、風を送ってやるよ～！」

委員長は記録用の下敷きを煽いで、俺に風を送ってくれる。

プラスチックの下敷きのようにしなる材質でないため、風がたくさん来るわけではないが、十分ありがたかった。

「私も風に当たりたいからほれほれ！　もっと寄って寄って！」

「委員長……！　ちょっと近い！」

先程、同じように走っていた委員長も風に当たりたいのか、更に俺の横の距離を詰める。

「お？　何を気にしとるのだね」

「いや、汗ものすごく掻いてるから」

「あはは！　確かに頭から水かぶったのかってくらいビシャビシャだね！」

「だからそんなに寄ったら、俺が恥ずかしい……」

流石にこの状態で、女子が近寄ってくるのはまず過ぎる。

「ほー。女子にそんなに関心を持ってないイメージの君でも、そういうこと気にするんだね」

「そういう関係性というよりは、イメージ悪くなる問題だからな」

モテるまではいかなくても、こいつは嫌だなぁという評価を下されることは避けたいものである。

「まま、一年生から仲良くしとる関係だし、シャトルランした後ってこと分かってるから、気になさんな！」

そう言うと、普通に隣に来た。

委員長が何と言おうと、こっちは落ち着かないままなのだが。

「ってか一年の時からつるんでる割には、こうして二人で会話した記憶ってあんまり無いな。だから昨日といい、今といい結構新鮮な感じする」

「あー、確かに言われてみればそうかも！　遥輝と一緒にいるからたまに話してるって感じだったし！　まぁそれでも抵抗無いのは、遥輝の友達だし、話した第一印象悪くなかったからかな？」

「ま、まぁそうかもしれんな！」

委員長が、遥輝の気持ちに気が付いているかどうか分からないし、今更掘り返すような形になってもいけないので一言肯定だけしておく。

委員長の性格や経験を踏まえると、間違いなく大丈夫だろうが、俺の回答次第で結果として遥輝と彼女さんに悪影響を与える可能性も０ではない。

余計な波風は、絶対に立てないように考えて話をする。

「だからか！　ＬＩＮＥでもクラスのグループで一緒なだけで個人で話したことない

「まぁそりゃね。一時期彼氏もいるって言ってたし、対面でまともに話せるならそれもいいけどね。あの時の俺と幸人は、遥輝と一緒にいるやつレベルだったろうし」

「んー、まあ幸人とは普通に話してたけどね？」

あれ、幸人さん？

「そ、そうだったのか」

「うん、まぁでも一時期だね。幸人自体に彼女さん出来てからは全く。遥輝も同様」

「まぁそんなもんだよな～」

「それが普通だよね～。話が続いてもこっちも気まずいからね」

二人は彼女出来てからはメリハリついてるけど、彼女いるのに、委員長との個人的な関わり止めないやつとか多いんだろうなぁ。

「斗真は、個人的に連絡取り合う女子相手とかいないの？」

「あんまりいないね～。そもそも私的に話す女子がいないから、そこまで発展しないね～」

約1名を除いて。そしてその関係性が友達なのかなんなのかよく分かってすらもない。

「ほぉ、じゃあ連絡取る相手として一番可能性が高いのはこの私ってわけだ！」

「そう…なるのかな?」

「最初の相手になってあげようか?」

「え?」

委員長から、そんなことを言われた。

「斗真話面白いし、彼女いないしいいかなーって」

「うん、それは全然構わないけど」

断る理由も無いので、その誘いを受けることにした。

「ん、決まり!」

委員長はニコニコ笑顔で満足そうに頷(うなず)いた。

遥輝と幸人が必死にシャトルランを行う中、予想外な交友関係が更に発展した。

第9話

あれだけ俺のことを煽っていた二人も、シャトルランの後は、走り終えたその場にへたり込んでいた。

流石の運動部で、シャトルランの回数は130回を超えた記録を残した。

ただ、その頑張った姿は委員長との会話に気を取られていたので、ほとんど見ていないが。

何とか俺にとって、一年で一番厳しい体育の授業を乗り越えた。

「二人のどっちか、制汗剤貸してくれ」

「へいへい」

こういう時に制汗剤を忘れる間抜けな俺とは違って、二人は部活をしている関係上、常備している。

幸人から、よく知らない名柄のものを借りた。

着替え終えると、三人で教室まで戻る。

次は昼休みなこともあって、特に急ぐ必要もないのでゆっくりと戻っていると――。

「斗真ー！　これを喰らえー！」

「な、何だ!?」

後ろから聞きおぼえのある声が聞こえたと思ったら、素早い動きで全身に何かを吹きかけられた。

「委員長、何したし！」

「君が汗のことを気にしてたから、優しい私が自前の制汗剤スプレーを、大量に吹きかけてやったのだー！」

何やら可愛らしいデザインの入れ物に入ったやつを俺に吹きつけたらしい。

普通に、慣れない匂いがすでに鼻に襲来中である。

「めっちゃ濡れた感覚するんですけど……！」

「あっはっは！　すぐに乾くから大丈夫だぞ！　では、さらばだ！」

そのまま、面白そうに笑う委員長の友達とともに去っていった。

「マーキングされてんじゃん」

「最低な言い方をするな」

「にしても、俺らが使う制汗剤と全然違う匂いだな……。それにめっちゃ強烈だぞ、お前」

「いや、委員長がものすごい量かけたから匂いが強烈なだけだろ」

　確かに、匂いが違うのは言うまでもないが、明らかに大量にかけ過ぎ。

　自分の鼻で相当匂っているから、他人からすれば相当感じるのは間違いない。

　妹が夏場に使っていた時の匂いと似ているが、普通に慣れない匂いであることは間違いない。

　別に慣れないからといって、嫌な感じかと言えばそこまではいかないけど。

　結局、この匂いが鼻から離れることのない昼休みを過ごすのだった。


　今日の放課後も、凛ちゃんと昨日と同じ場所で待ち合わせて一緒に帰ることになった。

　昨日、うっかりして言ってしまったことが、細かいことを全然気にしない妹でも驚くものであったようだ。

　その後、様子が微妙に変わったので、凛ちゃんにやり取りを全て丸投げした形になったが、果たしてどうなったのか。

「お待たせしました～」

「あい、お疲れ様。じゃあ帰ろうか」

「はい」

ゆっくりと自転車を漕(こ)ぎ出す。

「昨日、妹と話した？」

「ええ。随分と色々聞かれましたね……。何か早紀(さき)に言いました？」

「いや、昨日あったことと今後についての話をしたら、流石のあいつでもびっくりしたらしいわ」

「なるほど、やっぱり大胆過ぎましたね」

と言うものの、やり取り自体はそこまで面倒なものにはならなかったのか、楽しそうに笑っている。

「お兄さんと何があったの⁉　ってすごく根掘り葉掘り聞かれましたよ」

「なんて言ったの？」

「そこは女子トークラインなので秘密です。でも、そんなに変なことは言ってないですよ」

「そっか」

一先(ひとま)ずは安心した。

まぁあいつなら、気になることがあれば朝から突っ込んできそうなものだから、それが

なかった時点で大丈夫かなとは思っていたけど。

「それよりも、お兄さん。聞きたいことが私もあるんですけど」

「ん？　どうかした？」

「何で女性向け制汗剤の匂いがするんですか？」

「へ？　あー……えっと……」

「分かるんですよね、その匂いの制汗剤、私も使うので」

クラスの友達の女子に面白がって付けられたと普通に言えばよかった。

しかし、すっかり匂いが落ち着いたと油断しているところに言われたものだから、びっくりして言い淀(よど)んでしまった。

そして、このタイミングで待ち時間の長い信号に捕まって止まる。

「お兄さん、まさか今流行(はや)りの中性系男子目指してます？」

「いや、まず顔が可愛らしくないから無理」

肌もそこまできれいな白色でもなんでもないし、そもそも顔が可愛らしくなど微塵(みじん)もない。

「ですよね。では何故(なぜ)??」

「ですよねって……。別にそんな意味深な理由は無いよ。友達に面白がって大量にかけら

れた。今はまだマシだけど、かけられた直後はなかなかすごい匂いしてた」

「その友達って女性ですよね？」

「え？　うん、そう」

「なるほどです」

何故か少しだけ、凛ちゃんの声がテンションが下がったように聞こえた。

「その人とは、結構仲が良いのですか？」

「うーん。友達の友達って関係だったのと、俺の友達がその子のこと好きだったから話しにくさもあってそんなに。ちょっとここ数日、話す機会があったからそこからって感じ？」

「そ、そうでしたか」

こうして凛ちゃんに話すために振り返って考えると、明るい性格とはいえ委員長グイグイ絡（から）んで来てるな。

「お兄さんは、その人のことが気になったりしますか？」

「んー。確かにすごくモテる子だけど、気になるとかはよく分からないかな。相手の理想も高いみたいだから、考えたこともなかった」

相手のレベルが高すぎて、気になるとか意識するレベルにすら達していない。

そういうことを考えると、委員長がかつて付き合ってた相手がどんな人かむしろ気になる。

だからといって聞くことはタブーなので、知ることはないんだろうけど。

「その人のことが気になるの？」

凛ちゃんにここまで尋ねられることも珍しい。

もしかすると、部活とかにも入らない予定なら、頼りになる女先輩の一人くらい欲しいのかも。

委員長なら、頼りになり過ぎるくらいなので、もしそうなら紹介しても良いと思うが。

「い、いえ！　お兄さんとどんな感じなのか気になっただけです」

「何で？」

そんなことを気にして聞かれると思っていなかったので、何故かと理由を尋ねてみた。

「……そこまで聞かないでくださいよ」

しかし、彼女は少しの間が空いた後、非難めいた少し小さい声でそう言った。

そしてこちらをちらっと見てきた凛ちゃんの顔は、少し赤くなっていた。

「ごめん」

何が悪かったのか分からなかったが、そんな彼女の表情に押されて、気がつけば謝って

いた。

「もし仮に、その人ともっと仲良くなったとしても、私のことを見放さないのなら……許してあげます」

そう言いながら、凛ちゃんは俺の服の袖を摑む。

昨日といい、この子の仕草は本当にずるい。

心配しなくても、見放すということなどするわけないのに。

信号が変わって進めるようになったのに、二人揃ってしばらく動けなくなった。

第10話

凛（りん）ちゃんを見放すということは、もちろん一度も考えたことはない。

「見放す」というレベルで接してきたとも思っていない。

「本当に、あの頃はしんどかったんだな」

それでもあんな言い方をするのは、あの頃が影響しているということか。


俺と妹や凛ちゃんは、中学時代は同じ学校だった。

なので、俺が卒業するまでは普通に同じ学校の生徒として過ごしてきた。

だが、俺も妹も特にお互いの事情に踏み込むということは言うまでもないが、しなかった。

凛ちゃんが遊びに来るという出来事があったから、彼女とは少なからず関わる機会が出来たけど、それ以外の妹の友達など当然知るわけもない。

凛ちゃんからすれば、そんな全く関係なしで、よく知らない先輩レベルの俺。

それが、良くも悪くも彼女の心を軽くしたのかもしれない。

「今日、あんまり元気ないね」

「え？」

「こうして会う機会が増えると、段々と分かってくるようになって。……ごめん、気持ち悪かったね」

「い、いえ……」

そんな時に、すぐに気がついて口にしてしまう無神経な自分もあれだが。

「……あんまり最近、家でも学校でも居心地良くなくて」

「なるほど。ま、これでも飲みなされ」

ポツリと呟いた時の彼女の表情で、彼女の持つ悩みとしては相当深刻なものなのだろうと感じた。

ちょっといいココアを出して、彼女を自分なりにもてなした。

「そういう状況なら、どこにも口に出せないって感じじゃない？　ここにいる壁になら、何でも言ってもらって結構ですよ？」

「そんな……。悪いです」

「そういうことは、あいつみたいな友達にも言い難いだろう？　ここにいる大した関係性

じゃないやつにぶちまけるのもありじゃない？　……口外しないとかの信用はしてもらわないとどうにもならないけどね。まま、ネットのお悩み掲示板感覚で」

実際に目の前で身バレもいいところなのに、何がネット掲示板だ、と今なら突っ込めるが。

「……友達関係は早紀が優しくしてくれているので、問題ないです。でも、部活で同級生の女の子とうまくいってません。家では、常に成績のことで親が問い詰めてきて、いつも怒ってます」

「……なるほど。息苦しい環境やね」

表情から深刻なことを分かっていたのに、実際に聞いて想像以上に難しいことで悩んでいることが分かった。

大した悩みを持ったこともない俺が、偉そうに聞いてよかったものではなかった。

そして今思えば、凛ちゃんが部活に消極的なのもこの一件が原因なのかもしれない。

「部活では、どんな感じでうまくいってないの？」

「その女の子の気になる人が、私のことを好きらしくて……。当たりがきついですね」

「そういうことか……」

明らかに凛ちゃんへの嫉妬。

青春においてそれは付き物ではあるが、その問題に巻き込まれている本人からしたら、しんどいのは間違いない。

それに、厄介なのは恋愛が絡んでいること。

単純なイジメとかよりも、大人に相談しにくい……いや、出来ない部類のもの。

唯一、相談しようかという親も成績のことで話しにくい環境が出来ている。

妹は部活が違うし、それに友達を厄介なことに巻き込むことは普通したくないはず。

「どうするのが、正しかったのでしょうか」

凛ちゃんは何も悪いことをしていない。と言いたくなったが、それは答えにも慰めにもならないから言わなかった。

そんな適当なことを言うくらいなら、本当に壁として黙っておく方が百倍マシだと思った。

「まずは、その男に関与しない。興味ないことの意思表示。そして怖いかもしれないけど、その女の子へちょっとずつ踏み込んでみるのが最善かな」

出来ることは、嫉妬を抱く相手に対していかにその男との関係性が無いかを目の前で証明するしかない。

女の子の対応に押されて、大人しくしていれば、冷静な見方が出来ない相手からすれば

関係性を肯定しているようにすら見られかねない。

「……」

「とはいえ、普通に怖いことだよね」

あくまで外から考えた無責任な意見にしか過ぎないので、凛ちゃん的にどうなのかは分からない。

「じゃあ部活は楽しくないんだ？」

「残念ながら、全く。こんなことになるなんて思ってませんでしたし」

「そうか」

整った顔立ちは、喜怒哀楽をよく表す。

悲しそうなその表情は、部活をすることがとても苦しそうに見えた。

そして、俺はそんな視覚によって得られた感覚だけで、こんなことを言ってしまった。

「部活……サボっちゃう？」

「え……？」

「俺はもう部活引退してるから、ここにいつもいるしさ。部活してる時間はここにいるとか！　駆け込み寺ってやつよ」

「いや、でもそれはお兄さんに迷惑じゃ……」

「気にしなくていいよ。だって凛ちゃんは、とてもいい子だし。気になるなら、その分早紀とずっとこの後も仲良くしてやってくれ」

「……」

「もちろん、無理にとは言わない。お試しでもいいし」

何かいかがわしいことに、誘っているように聞こえるのが嫌な感じだが。

「……本当にいいんですか？」

「うん。本読むなり、いつものように勉強するなり、こうして話をするなり。何でも良いんよ」

部活をサボることは本当は良くないことだし、そういう方向に誘う自分は最低かもしれない。

でも自分の環境と立場を考えて、出来ることをその時なりに考えて出した結論だった。

「では、少しだけ……」

「あいよ。このことは、早紀含め誰にも言わないから、安心してな」

こうして、彼女はもう少しだけ俺と一緒にいる時間が増えたわけである。

そして彼女の部活の顧問は、形だけでほとんど見にも来なかったので、彼女にとっては都合が良かった。

勉強を一緒にやりながら、彼女の成績を何とか出来ないかとも考えながら教えたり。

少しずつ彼女の明るさと成績は、本来の姿を取り戻すようになって来た。

「あ、そう言えば」

「何？」

こうした形になって約二カ月後。

放課後会うことが当たり前になりつつあった頃に、彼女はさらっと一言。

「部活、正式に辞めました」

「……マジで？」

「……はい！」

面白そうに、笑いながら俺の確認したことを肯定した。

成績が良くなってきたところで、部活のせいで成績がうまくいかなかったと言ったら、親が辞めても良いと許可してくれたらしい。

「で、放課後は勉強して帰ると言ってます！」

「抜かりねぇな」

「はい！　なので、これからもよろしくお願いします！」

今考えれば、悪手でしかないと思う俺の対応で、彼女は何とか悩みを乗り越えた。

だからなのか、彼女は今も変わらずに、俺のことを頼ろうとしている。
そんな純粋に頼ろうとしてくる瞳は、あまりにも威力がありすぎる。

第11話

そんな微妙な雰囲気もあって、お互いの口数はめっきり減ってしまったが、そのまま分かれ道のところまで一緒に帰った。

「ただいまー」

「兄さんお帰り……って、何その匂い」

家に戻ると、妹にも委員長にかけられた制汗剤の匂いを突っ込まれた。

「まだそんなに匂います!?」

「すごくするわけじゃないけど、そりゃイメージに合わない匂いしてたらびっくりするでしょ。ついに女でも出来た？」

「なんつー言い方するんだ」

遥輝（はるき）といい、妹といい、言葉遣いが悪すぎる。

どこからそんな悪い言葉を覚えてくるのやら。

男の遥輝ならともかく、妹にこんな嫌な言い方をしてほしくないが。

「意味は一緒だから問題ないでしょ。いくら兄さんでも、そろそろそういう人が出来ても

おかしくないかなって思ったんだけど」

「友達の子にイタズラでかけられただけ。っていうか、まだ高校生なりたての若造に言われたくない」

「学年的に一年しか変わらないのに、何を偉そうにしてるんだ。っていうか、私は彼氏いるから」

「はぁ⁉」

「いやいや、別に驚くようなことでもないっしょ。凛みたいに家に呼ぶわけでもないから、言う必要も無いし」

「ま、まぁそうだな……」

妹は家族の俺からの目線ではあるが、普通に容姿は端麗だと思う。

委員長とはまた違うけど、性格も明るくてフレンドリーだからモテそうかと言えばモテそう。

しっかしそんな雰囲気を一切見せていなかったので、さらっと衝撃発言をしてくれたものだ。

「まぁ高校が違うから、いつまで冷めずに続くか分かんないけど」

「その発言が出てるお前自身がすでに冷めてね？」

「かもしんないー。今、忙しいのに今度いつ会うかうるさいし」

交友関係を築くことは容易いといった妹だが、あんまり恋愛的な興味がないイメージはある。

そんなイメージ通りと言ったところか、もはや他人のことのように話しているので、別れそうな雰囲気が漂う。

……うちの妹は、付き合ったら、振り回すだけ振り回していくやつかもしれない。

「そのお前の彼氏って、俺の高校にいるの?」

「ううん。受けたけど、落ちて滑り止めの私立に行ったからいないよ」

でも、これくらいライトな感覚のお付き合いしている方が、個人的に良いような気もする。

何だかんだ、高校に入ってから男女関係の話がエグくなってきているので、このレベルの話だとストレスフリーで悪くない。

……これで凛ちゃんと同じように家に連れこもうとしてたら潰してたけど。

「ま、別れたらまた高校で気が合って仲良くなれる人と付き合えばいいし」

「もう手慣れとるな……」

もはや妹は、俺より一段階上に行っている。

「ちなみにそのイタズラしてくる人は、可愛い人とかじゃないの？」

「可愛いよ。こんな評価の仕方はよろしくないが、少なくとも学年で5本の指には入る」

「マージで？　いたずらに関しては、誰にでもそういうことする可愛い子ぶる感じの人？」

「うーん……。分からん！　でも、ぶりっ子とビッチって感じではないなー」

　確かにフレンドリー。

　でも、あそこまで突っ込んでいるとこを見たことがあるかと言えば、そんなこともない。

「お前みたいな立ち位置だけど、ベクトルが違うんだよなぁ」

「面倒くさい言い方だなぁ。もうちょっと分かりやすく！」

「明るい性格だけど、お前みたいな感じじゃないってこと！」

「へぇ、いいじゃん。口説いてみたら？」

「話を続けた俺が馬鹿だったわ」

　分かりやすい説明を求められて、何か有益なアドバイスでもくれるのかと思ったら、遥輝ばりにクソ意見しか出てこなかった。

　そもそも、負けたくないと思っている妹からのアドバイスを期待する時点で、俺も終わってるか。

まわりからはこうして言われるが、委員長とはどう考えても友達って感じなんだよなぁ。

「えー、普通はアピールするくない？」

「いやいや……」

「うーん、信じられん。……あ。もしかして兄さん、凛見てるからじゃない？」

「な、何が……!?」

急に妹から、俺と凛ちゃんを結びつけるような発言が出た。

一瞬で、全身に嫌な寒気が走った。

「いや、だってさ。凛のレベル見てるから、悪い意味で可愛い女の子見慣れちゃって、落ち着きすぎてるんじゃない？」

「あー、なるほど」

セーフ。残念ながら、可愛い女子を見慣れるということはない。

未だに凛ちゃんにじっと見られると、心臓が保たない。

多分、委員長とは3秒も目を合わせられない雑魚である。

「普通、その5本の指レベルの子と仲いいなら、男ならアピるでしょー。それも出来ないとか、男としてどうなの？」

「どんなにお前のほうが進んでても、男のことについてだけは語られたくねぇよ」

割と思考が男に近いような気がするが、だからといって妹にダメ出しはされたくない。

　というか、そういうがっつきが嫌だと委員長は言っていたんだけど。

「本当に贅沢者だねぇ。凜だけじゃなくて、そんな可愛い人と学生生活か。彼女が出来ないくらいで帳尻つけとかないと、割に合わないか」

「かもしれんね」

「ま、でもね」

　妹はニカッと笑いながらこう言った。

「それくらい兄さんが落ち着いているから、凜と仲良くなり始めていることにも、まぁ大丈夫だなって安心出来るからね。サポートよろしくだよ」

「……了解だよ」

　基本的にディスりしかしないのに、こういう時だけは厚い信頼をしてくる妹。

　凜ちゃんといい、こいつもやっぱり俺のことを無駄に信頼してくる。

　こういう風に頼られると、いつもは生意気なのに、こういう時だけ可愛らしいやつだと思ってしまう。

　ただ、凜ちゃんが向ける俺への信頼と、妹が俺へ向ける信頼は一緒なようで、ベクトルが微妙に違う。

妹に素直に打ち明けられなかったことによって生じた微妙なズレが、ここまでのことになるとは。

いつも思うことだが、難しい問題にしてしまったという後悔を感じずにはいられなかった。

「……晩飯の準備でもするかぁ」

「ん、今日はよろしくー。どうせ来週からは、私が準備することになるんだし」

「お前、部活は？」

「やるけど、お気楽なとこだし。多分、兄さんよりも先に帰るから。家事のことは気にしなくていいから、ちゃんと凛のサポート！」

「分かった」

「凛の成績下げたら、兄さんのことゴミ以下の扱いにするから」

何だかんだ、未だに仲良くしてくれる妹にゴミ扱いは流石に堪える。

友達のことが関わっているとはいえ、とても協力的な妹の期待にも応えねばならない。

第12話

夜には、今日の昼間の流れそのままに委員長とメッセージのやり取りをした。

特に何か話さなければならないことがあって交換したわけではないので、ただ雑談するだけの形になったが。

結局、今日ずっと話題になった制汗剤の件を話すと楽しそうな反応を見せていた。

今のところ、異性だからといって友達という枠組みである以上は、特別感は感じない。

ただ、委員長がフレンドリーであるために、調子に乗ってあんまり突っ込んだことは聞かないように気をつけなければならない。

なお委員長からは、『かつて彼女はいたか』とか、『気になる人はいるか』などいきなり根掘り葉掘り聞かれたけども。

正直、委員長とか遥輝や幸人にこういう突っ込んだことをある程度バラしておけば、勝手な噂が広がっても影響力のある三人が訂正してくれそうなので、特に隠す必要もない。

そんなふうに考えているので、委員長の人柄も考えてあちら側から聞かれたことは、全部正直に答えた。

……過去に付き合った話の一つでもあれば、隠したいこともあるんだろうなぁ。

―さっきから私ばっかり聞いてるけど、斗真（とうま）から私に聞きたいこととかないの？―

―うーん、あんまり突っ込んだことを男側から女の子に聞くのは抵抗あるね。さっきまでみたいに逆パターンならありだと思うけど―

―別に何でも聞いてくれていいよ？―

「うーん……」

ここまで言われて、それでも聞くことを渋るのも逆にイメージが悪い。

何か他に絶妙なラインの質問があればいいが、そんなに話し上手なら、とっくに彼女が出来ている。

「ここら辺が異性の相手と話すのが難しいんだよなぁ……」

同性の友達なら安全ラインでも、異性となると途端に危険ラインって感じがする。

同学年ってこともあって、ある程度お互いを取り巻く人や環境も理解出来ているのも、聞きにくさを更に強めている。

「聞いてみるかぁ……」

委員長の性格なら驚いて一歩引かれても、すぐに『ありえんから絶交』とか『もう生理的に無理』とかは言われないだろうし。

もし引かれたら、最大限の誠意と適切な距離感を持って信頼を取り戻そう……。

—言いにくかったら、ごめんだけど。気になると言えば、一時期付き合ってた話が出てたから、そのことについては気になるけど？—

「もうちょいマシな聞き方は出来んのか……」

自分で文章打っておいて、嫌になる。

この保険をかけるような最初の一言が、絶妙にキモくて仕方ない。

世の中のモテる男子は、どうやってこういう内容の話になったときうまく進めてるんだろ。

—ほんほん、なるほどね！　斗真でも、そのことが気になりますか！—

—なる！　昨日の朝の話からすれば、相当ハードル高いだろうし、どんな相手だったか気になるね—

言い方からして、嫌というほど他の男にその真意を訊ねられたことが分かる。

—別に斗真には話してもいいかぁ。他の人にはてきとーに誤魔化して言わなかったんだけど。学習塾でクラスが一緒だった人だね—

—ほー、ってことは校外の人？—

—そそ。その頃、私の友達の周りでみんな彼氏が出来始めちゃって、その流れに乗らな

きゃ駄目なのかなって焦った感じかなぁ―

―流れ？―

―んー。こんな話するのもあれだけど、やっぱりみんな彼氏いるってなると、自分もいないとまずいかなぁみたいになっちゃって。でも、そんな中途半端な気持ちだったから全然続かなかったけど―

―そんな真実があったのね―

―同性にこんなこと話すと何様？　ってなりそうだし、異性に話すとどうなるか分からないし、少なくとも噂は間違いなく広められるから黙ってた。斗真は、その辺り信用してるからよろしく―

―それはもちろん。人気者の委員長でも、悩み事がそれなりにあることが分かって、生意気だけどちょっと安心した―

この真実を聞いただけで、みんなのまとめ役で人望のある委員長でも、交友関係には慎重に考えながら過ごしていることがよく分かった。

委員長の付き合った理由も、他の人が聞けばありえないような理由に聞こえる人もいるかもしれないが、俺は十分過ぎるくらい納得出来た。

基本的に男子は、モテるモテないで彼女の有無が決まるかもしれないが、女子は違うよ

うな気がしているからだ。

女の子同士のグループで、彼氏がいるグループといないあるいは作らないグループがはっきり分かれていることは珍しくない。

その流れに乗らないと、グループの会話やノリについていけない。

男にはない女子特有の難しさかもしれない。

純粋に好意を向けていた塾の男からすれば、悲しい結果になったかもしれないが、それでも委員長と付き合った唯一の男なので、自信を持って欲しい。

―そりゃありますで！　結局その一件で懲りちゃって、ちゃんと自分のスタンスを貫けるようにしようってなったんだけどね―

―委員長はやっぱりすごいわ。そのスタンスを貫く今でも、友達たくさんいるし―

―うむ。まぁ分かったことは、なぁなぁでやり過ごすのは良くないね、うん―

「うっ……！」

最後の一言は、今の俺にはクリティカルヒット過ぎる。

―言えてスッキリしたかも。本当に誰にも言えなかったから。聞いてくれてありがと―

―いやいや、貴重なお話でしたわ―

―幻滅されるかと思った。こんな理由で初彼氏作ってましたなんて―

―むしろ、人気者も人並みの悩みを持ってることが分かって親近感が湧きましたよ？―

―女の子が悩み持ってることで、親近感が湧いて嬉しくなるとかひどいやつだな！―

最初こそは、突っ込んだことを聞くことはどうなのかと躊躇っていたが、聞いてみてよかったかもしれない。

自分のことも隠さずに話してくれる委員長には、何か悩んだことがあったら、話してみても良いのかもしれない。

―ま、私の秘密を知ったんだから、学校で何かあったら、手助け要求するからね？―

―出来ることがあれば、やりますわ―

出会ってから数カ月。

本格的に仲良くなるまで時間がかかったが、また一人信頼出来る友達が増えたように感じた。

第13話

やっと金曜日を迎え、新学期最初の一週間が終わろうとしている。

新一年生の入学式で一日休みがあったのに、いろんな事がありすぎて、なかなかに濃い一週間だった。

と、そんな感じで振り返りつつ、休みモードに入りたいところだが。

「今日は、いつもの待ち合わせ場所と違いますね。まだ帰らないんです？」

放課後、いつも帰るときに合流している校門前ではなく、今回は校舎内のロビーで待ち合わせた。

「来週から勉強する時に使えそうな教室の下見でもしてから帰ろうかなと思って」

「図書室とか、職員室のロビーとかじゃ駄目なんです？」

「人の目多いからなぁー……」

図書室には、必ず同学年で顔を知っているやつがいる。

たまにはありだけど、毎日だとちょっと居心地が悪い。

職員室前にも、自習・補習するようのテーブルが置かれているため、勉強することが出

来る。

ただ俺には、部活の勧誘を諦めずにしてくる体育の教師もいるから、集中している時に邪魔されたくない。

他人に振り回されて、今よりも無駄な時間になるようなことだけは必ず避けたい。

昔みたいに自分の家が毎日のように使えたらいいんだけど、今回はそういうわけにはいかないし。

余っている教室で、施錠時間まで使えるところはある程度あるので、あてになる場所を見つけておきたい。

「まぁ、凛ちゃんからしたら校内探検みたいな感覚で色々と歩き回ってみよう」

「はい」

ただの公立高校とはいえ、建物はいくつかに分かれている。

丸々一年間通った俺ですら、その教室どころか、この建物の○階は一切足を踏み入れたことがないなんて珍しいことでもない。

そんな場所を考慮しつつ、良さそうな場所を探す。

こうして歩き回ると、校舎内にはたくさんの数の教室があることが分かる。

「なんかすっごく埃まみれの教室が、この辺りには多いですね」

「だな。常時、施錠して基本的に使ってないらしいな」

人通りの無い辺の教室は、汚い上に鍵も閉まっていて使えそうにはない。

諦めて、普段も多少は使われるかなというレベルの教室を見てみると――。

「……なるほど。吹奏楽部がいたか……」

思わぬ先客がいた。

「パート毎に分かれて練習とか、ありますものね」

「だな、それなりにみんな散り散りになってやらないと、個人の音出しとか多分できないもんな」

一生懸命部活をしている人達が使っているのだから、これは仕方ない。

俺達がどうのこうの言えるようなことではないし、こちらも邪魔したくない。

「う～ん。なかなか無いな……」

広くてたくさんの教室があっても、様々な理由で使える教室は限定されている。

「……すいません。最初からこんなに困らせてしまって。やっぱり放課後の勉強は、止めましょうか……？」

「いや、無ければ図書室でもいいや。凛ちゃんが気にすることじゃないよ」

もちろん人目より、彼女の成績をより良くするという目的を達成することが大切。

見つからなかったら見つからなかったで、邪魔が入ることも考慮して頑張る方に切り替える。

「この階の教室をざっと見て、駄目だったら来週からは図書室で勉強することにしよう」

「……はい。でも、ここも人がいないし、基本的に施錠されていそうですが……」

凛ちゃんの言うとおり、最初に見て回ったところと雰囲気が似ているので、期待薄だが――。

「……社会科資料室？」

「こんなところもあるんですね。初めて知りました」

「んや、俺も初めてだわ。って鍵がある」

その教室のドアの横には鍵がかけられている。

そして張り紙がしてあり、こう書かれている。

『資料確認等、自由に解錠して確認して構わない。なお、資料の持ち出しやイタズラ目的厳禁！　使用後は必ず施錠すること！』

「ここ、使えるのか。ちょっと入ってみようか」

「はい！」

鍵を差し込んで回してみると、すんなりと解錠された。

軋むスライド式のドアを開けると、西日が窓から差し込んで、その光が舞い上がった埃を照らし出す。

「すごい資料数ですね。図書室の厚みのある本を取り扱っている列と同じ感じです」

「埃がすげぇな。先生含めて、全然使ってねぇだろこれ」

あんな張り紙してても、こんなに放置されていると平気でイタズラするやついそうだが。いや、こんな辺境のとこまで埃まみれになってわざわざ変なことするやつもいないか。

「テーブルもありますよ！」

資料が隙間なく並べられた本棚の奥には、確認するために置かれているであろうテーブルが、窓際に置かれている。

西に傾く日差しが適度に入って、窓から運動場や校区外の風景も見ることができる。

「いい場所だな。ここで勉強するかな」

「静かですし、人も来なそうですね」

もし仮に社会の教師が来ても、勉強していれば特に何も言われることはないだろう。

テーブルや椅子の上に積もった埃を掃除道具を用いて取り除いていく。

「よし、これで使えるな」

教室全体が汚れているので、気になって掃除をしだすとキリがないので、使う予定のテ

ーブル周りだけを綺麗にした。

「ちょっと疲れました。お話もしたいですし、早速ここに座って少し休んで帰りませんか？」

「そうだな、そうしよう」

テーブルに四つの椅子がセットしてある。

それぞれが向かい合うようにして、一つに座ってもう一つに荷物を入れたリュックを置けば良い——。

「よいしょっと」

そう思っていた俺の隣に、凛ちゃんがゆっくりと腰を下ろした。

「え？」

「え？」

俺がそんな彼女の様子を見て、驚きの声を上げると、その声に驚いたのか、彼女も同じような声をあげた。

「凛ちゃん、隣に座るの？」

「逆に違うんですか？」

「いや、向かい合うようにするのかなって思ってたからさ」

「教えにくくないですか？」

そう言って彼女は、一度座るともう動こうとはしない。

「それもそうか……な？」

無理矢理、席位置を変えると彼女は落ち込みそうなので、取り敢えず納得した。

結局、向かい合う席に自分のリュックを置いて、凛ちゃんと俺は隣り合うように座ることで決定した。

「で、話とは？」

「今日、実力テストの結果が返って来ました。それをご報告したいなと思いまして」

そう言って凛ちゃんは、高校生ならおなじみの細長い紙を取り出した。

「学年順位14位……!? すごいじゃん！」

「はい！」

俺が勉強を見始めた頃は、受かるか本当に五分五分のラインだった。

そこから、彼女は頑張ってここまでの結果を出せるようになっていた。

「この順位キープ出来れば、国立難関とかも狙えるから、頑張ってキープしよう」

「はい。まだ、将来とかはよく分かりませんけどね……」

「分からないときこそ、目標を高くしておくといいよ。やりたいことがこのレベルより下

なら、特に気にしなくてもいいし。仮にやりたいことがレベル高くて足りてないのは苦しいからね」

俺は結果表を見ながら、自分の成績が良かったかのように自然と声を弾ませて言った。

この成績から上げることも、キープすることも容易なことではないが、彼女はとても頑張っているので妹の期待も含めてしっかりと応えなければならないと改めて思っていると――。

トンと、肩に重みを感じた。

「お兄さん」

「ん、どした――。――!?」

俺の肩に彼女はそっともたれかかってきていた。

「頑張ったのは成績表じゃありませんよ。そんなに熱心に成績表ばっかり見て」

「そ、そうだな。よく頑張ったぞ」

「それだけですか?　こんなに頑張ったのに」

「……」

彼女が何をして欲しがっているかは、分かっているつもりだった。

そっと彼女の頭を撫(な)でる。

「次も頑張るんだぞ」

「はい」

嬉しそうな声で、しっかりとした返事をする。

こんな現場を見られたら、勉強中などという説明がつく訳がないのだが。

彼女の頭を撫でながら、これからちゃんと勉強としての時間になるのかどうか、そして

やっぱり人目につかないところを探して正解だったと思った。

第14話

来週から勉強するための場所の目処もついたので、帰ることにした。

スマホを確認すると、妹からメッセージが届いている。

—どこで道草食ってんだー！　罰として6枚切り食パンをいつものパン屋で買ってから帰ってこい！—

今週はまだ遅くなる予定になっていないので、寄り道していると思われている。

でも本気で怒っているわけではなく、何か用事があることを察してくれて、家事を進めてくれているからこそのオーダーだろうし。

本当に頼りになる妹である。

「ちょっと寄り道するけど、大丈夫？」

「はい！　どこへ行くんです？」

「帰り道の途中にある、商店街の中のパン屋」

まだ平日も、親が料理を作ることが多かった頃は、何でもスーパーでまとめ買いだったのに、俺と妹が料理をしだしてから、こだわりが増えた。

パン屋は流石に専門であるだけに、食べると美味しいことに気がついてからは必ずパン関係は別に買うようになった。

商店街近くの駐輪場に自分の自転車を駐めて、商店街の中に入る。

「平日なのに、人が多いですね」

「夕方だし、金曜日なのもあるかな」

良くも悪くも、よくある感じの商店街で人情味もあるけど、こんな時間から飲み屋で酔ってるおっさんもいる。

……そういうだらしない大人を見ると、凛ちゃんは連れてこないほうがいいかもと思ってしまったが。

「最近は足を運んでいませんでしたが、その間に随分と変わりましたね。昔からあるお店ばかりのイメージでしたけど、カフェとか出来てます」

凛ちゃんの言うとおり、学生がよくお世話になるコーヒーチェーン店が入っていたり、新旧が融合しつつある。

そんな状態で、うまく調和の取れている商店街は珍しいかもしれない。

ガラス張りで中の様子が確認できるが、おそらくカップルらしい二人組も何組か見られる。

遥輝や幸人はこういうところに、彼女と来るんだろうなぁ。

未だに俺にとっては、友達としか来ない場所でしかない。

「……たまにはこういうところに来て、勉強してもいいですね」

「そうだな」

学生のお財布事情なので、頻繁に来ることはできないが、たまにはこういうところに来て勉強するのもいいかもしれない。

コーヒーチェーン店を通り過ぎて、目的のパン屋に到着。

中に入ると、香ばしい香りに包まれる。

「あら、斗真君！　学校帰り？」

「はい。妹に食パンがなくなってどうにもならんから、途中に買ってから帰れと言われまして」

「相変わらず、妹思いのいいお兄さんねぇ」

すっかりパン屋の店員の人とも、顔馴染になっている。

「……一緒にいる子、もしかして彼女さん？　とっても可愛いけど！」

「こんにちは」

「違いますよ」

妹の友達でとか色々と説明すると、勝手に尾ひれが付いて広がるので、簡単に否定だけしておく。

トレーに、袋に入った食パンを載せる。

そして、並べられたばかりのアップルパイを一つだけ取った。

「じゃ、今日はこれで」

「買食いってやつね！　よかったら、そこのお嬢ちゃんの分もサービスするけど？」

「晩飯も近いんで、一つで大丈夫ですよ」

「じゃあ、このアップルパイ分はサービスしてあげる。二人で仲良く、ね？」

「分かりました。ありがたく受け取ります」

袋に入った食パンと、紙に入れたアップルパイを手渡してもらう。

「ん」

そしてそのアップルパイを半分に綺麗に割って、凛ちゃんに手渡した。

「私にも……ですか？」

「試験も頑張ったしな。買食いという良くないけど楽しいことを教えてみようと思って」

「買食いも何も、私何も払ってませんけど……」

「細かいことはいいの！　放課後の帰りに、こうして甘いものとか食べるのが楽しいの

よ！」

「はぁ……」

いまいち納得出来ていないといった感じだが、受け取ったアップルパイを控えめに小さくかじりついた。

「おいひぃです」

「だろ？」

人通りの多い商店街の中を歩きながら、アップルパイを頬張る。

「中学じゃ校則きつくて、出来ないことだったからな」

「ですね。見つかったら、すぐに生徒指導の先生に呼び出されちゃいます」

「高校でも良くないことだとはされてるけど、怒られることでもないからな」

「なんか悪いことしてる感じがして、ドキドキしますね」

「多少は悪いことも教えてしまうかと思ってな」

中学の頃からいつもずっと真面目に過ごしてきた彼女には、少しぐらいこういうことを知ってもらってもいいのではないかと思う。

こういう機会にでも一度経験しないと、今後友達とかに誘われたときも戸惑うだろうから。

お互いにアップルパイを食べ終わったあとも、商店街の中を散策した。

「こんな物も売ってるんですね……！」

久々に練り歩くのが本当に新鮮だったようで、一つ一つの店に視線を奪われる凛ちゃんは丸で小さな子供のようだった。

今までは、いつも家の中か学校の中で関わることが大半だったので、そんな純粋な反応を見せる彼女に、俺自身も新鮮さを感じながら微笑(ほほえ)ましくなった。

結局、お互いに散策を長時間楽しんでしまって、帰ったときには流石に妹に怒られたが、こんな時間があってもいいなと思えた。

第15話

やっと週末に入ったというのに、あっという間に終わってしまった。

部活もしていないのに疲れきっていて、何もする気にならないまま終わった。

ちなみに遥輝や幸人は、早速練習試合で丸々一日部活漬けだったらしい。

今だと考えられないが、しっかり自分が部活をしていた頃は、練習試合で土日ともに一日無いなんて普通にあった。

そのことを考えると、あまりにも怠惰になりすぎているとも言えるが。

そして今日からは、放課後に凛(りん)ちゃんと勉強してから帰ることになる。

妹に負担をかけることになるから、その辺りは申し訳ないな～とか先週まで思っていた。

しかし、週末に凛ちゃんと遊びに行くことを理由に大量の買い物を押し付けられて大変だったので、そんな思いはどこかへ行った。

というか、妹も凛ちゃんも慣れない新環境なのに、よくすぐ遊びに行く元気があるなと思う。

俺なんて高校入学して最初の週末は、高熱出して寝込んだというのに。

「来月から学校行事が増えるから、定期の範囲を確保するためにも授業のペース早くなるからな！」

そして学校の勉強の内容も難しく、同時に早くなってきた。

凛ちゃんに勉強を教えることもいいけど、自分もちゃんとしないと本当に成績が下降してしまう。

「あー、全く授業内容分かんね」

「遥輝、本気でそこそこやっておかないと。赤点とると、部活出来なくなるんじゃない？」

「そうなんだよなぁ……」

「俺も結構ヤバい。一年の頃は平均くらいいけたけど、二年になってから内容が明らかにキツイ」

部活をバリバリしている二人からすれば、帰ってから『さぁ、勉強だ！』とはならないことはすごくよく分かる。

かといって、やらないと部活自体出来なくなる。

「斗真はいつも余裕そうだよなぁ」

「そりゃ、お前らと違って部活してないからこれくらいはしないと流石にな……」

「何が出そうとか教えてくれ」

「勉強してみて、やっておいた方がより良さそうなやつとかは、教えられるようなら……

ってお前ら彼女に教えてもらえよ！」

「だってあいつ文系クラスだし……」

「……そんなに頭良くない」

一緒に勉強しているという話は一体何だったのか。

何となく分かってきたけど、勉強してるとか言いながら教材を広げてただいちゃついて
るだけのような気がしてきた。というか、多分そうだな。

ちくしょう、やっぱり楽しそうだなこいつら。

「こういう時に、勉強出来るやつが彼女だったら……って思うよな」

「そうか？　逆に俺らがアホなことに対して、冷められそうじゃね？」

「斗真はどう思う？」

「わざとか？　わざと分からない俺に振っているのか⁉」

彼女がいない俺にどんな答えを求めているのか。

いないやつなりに考える意見でも欲しいのか。

そんなわけないと思うのだが。

「このクラスで勉強が出来る女子と言えば？」

そんな俺の悲しみのこもった問い詰めに、二人は反応することなく、次の話を始めた。

「結花じゃない？　何かよくテスト返却の時によく出来てたやつの中に呼ばれてたね？」

「そうだな。見た目の軽さに合わず、優秀なんだよな、あいつ」

確かに二人の言う通りで、委員長は一年の頃から優秀だった。

ここ最近から、まともに絡みだしたこともあって本格的にどれくらいの成績かは知らないけども。

「委員長に勉強教えてーって言えばよくない？　委員長に教えてもらったら、絶対に忘れないし」

「そのことは触れないでくれ……」

「いやいや、散々俺のことだっていじるじゃん！」

ちょっと悪意があったことは認めるが、そんなに落ち込まなくても。

……付き合ってないとかはいじられてもいいのに、その他の恋路は触れるのタブーか。

難しいところだ。

「君たち！　私のことを呼んだかね!?」

そんな話をしていると、委員長が俺たちのところにやってきた。

「いや、結花いっつもテストの点が良いから、どんな感じで勉強してんのかなって」

「ほう！　ついに遥輝もやる気を出したってことかい⁉　彼女にバカはヤダってでも言われた？」

「そ、そんなこと言われれんわっ‼」

あ、言われてるやつだこれ。

何だかんだ今の彼女のことが可愛くて、相当影響されてんだな。

「斗真が頭いいんじゃなかった？」

「うーん。思ったより、授業ペース早くて正直キツイ。遥輝も幸人もやる気出してるし、サポートしたいけど、自分が出来てなきゃ何も出来んからね」

「へぇ、じゃあ斗真もボチボチヤバいの？」

「うん」

「ほぉー。助けてほしいかぁ？」

相変わらず楽しそうに笑いながら、敢えて机に座って悪そうな雰囲気を出す委員長。

見た目とファションがいい感じだから、どんなことをしても雰囲気が出る。

「助けてほしいー」

素直に委員長の勉強事情、すごく気になる。

成績優秀な人の勉強には、色んな要素があって聞けるならどんな人のも聞いてみたい。

「あはは！　そうかそうか‼」

「結花、めっちゃ笑ってるやん」

「楽しそうだなー。何かこの二人、独特な空気感があるくね？」

「いやほんとそれ」

いつの間にか若干、二人が俺と委員長から距離を取っている。

「いいよ！　分からないこととかあったら、遠慮なく聞きな！　優しく教えてやるぞ？」

「わー、ありがとーございまーす」

部活で忙しい二人の勉強事情をどうにかしないという話だったのに、結局俺と委員長との勉強事情が進展しただけになってしまった。

ただこの機会を活かして、なるだけ早く理解することによって、二人にフォローはできそうな目処は立ったので、悪い話ではなかったけども。

第16話

　しかし、そんな二人に対する気遣いだけではいけないことを改めて数学の授業で突きつけられることになった。

「図形と方程式……やっべぇわ！」

　数学史上、一番意味が分からない範囲だった。

　今まで数学で、特段に困ったことなんて一度も無かった。

　だが、これぱかりは全く訳が分からない。

　もともと苦手意識のあった図形に、ゴチャゴチャ線とか式を混ぜられてわけが分からなくなっている。

　確率とかなら、模試レベルに捻(ひね)られても色々と考えたら何とかなること多いのに。

　ただでさえそのような状態なのに、更に追い打ちをかけるのが……。

「えっとですね、教科書p69の問1を……」

「先生、そこ昨日やりましたよ？」

「おお、すまない。えっと、p70の問1をやってください」

　もともとこの範囲をしていた女性教師の方が産休に入ったことで、代替の教師がやっているのだが……。

　その先生の授業がフワフワし過ぎて、何もよく分からないという状態になっている。

　クラスのみんなの話によると、他のクラスで受け持つもう一人の数学の教師と、教え方や進め方が全然違っているらしい。

　この代替教師が教えるうちのクラスだけ、平均点がごっそり落ちるってことも、あり得るかもしれない。

「想像以上に気合入れないとやばいな……」

　そんな危機感を感じることになった授業を終えて、社会科資料室に向かった。

　すでに解錠しており、凛（りん）ちゃんが先に到着していた。

「あ、お兄さん。お疲れ様です」

「凛ちゃんもお疲れ様。そろそろ本格的に授業始まった？」

「はい。中学の時とそれほど授業時間が、変わったわけではないんですけど、疲れますね」

　と笑顔を浮かべる彼女だが、確かに様子からは少しお疲れ気味なのかなと窺（うかが）える。

「慣れてないから、精神的に疲れるわな。周りも知らない人が多いし、友達もまだ仲良く

なりたてで、気を遣ったりするしね。まぁ、段々慣れてくるよ」

「はい！」

「勉強出来るくらい気力残ってる？」

「もちろんです。この時間に出されてる課題少しずつ消化していきます」

「OK。じゃあ、早速やっていこう」

先週と同じテーブルに教材を広げて、早速凛ちゃんが課題を始める。

開いて課題を始めるが、まだ最初の段階であることもあって、中学レベルでも解ける内容ばかり。

凛ちゃんの成績なら、まだ詰まることはないだろう。

とても綺麗な文字で、ノートに問題を書き写して答えをまとめていく。

汚い字で走り書きをする俺と比べるまでもないが、少しは綺麗に書けるようにならねば。

「俺もちょっと勉強してるから、分からないところがあったら、遠慮なく声かけてね」

「はい！」

俺も教材を取り出して、早速今日の数学の問題の復習に着手した。

基礎を一つずつ摑んでおかないと、この範囲の問題を全て取り逃がしてしまう。

例題の解説と解き方をよく見て、何の式を代入しているのかなどを確認して一つずつ問

題を解く。

　問題集の基本問題は解けるようになったが、応用・発展問題になると、途端に解けなくなる。

　これは、委員長がこの辺りに着手して解けたなら聞くしかない。

　それで駄目なら、聞きやすい数学の教師に尋ねるしかない。

　今の教師は訳分からないし、他のクラスを教えている教師は性格がきつすぎて、聞きに行くと小言言われそうだし。

　何でも分からないことは質問しろって言う割には、生徒が質問しにくい環境しかないんだよなぁ。

「ん？」

　ふと、視線を感じて横を見る。

　凛ちゃんが、ペンを置いて机に突っ伏した状態でこちらをジッーと見ている。

「ご、ごめん。質問あった⁉」

「いえ、ちょっと疲れたので休憩です」

「そっか。しんどいなら、無理しないで今日は帰るかい？」

「いえいえ。お兄さんが真剣に勉強している姿、見たことが無かったので、見惚(みと)れてます。

しばらくこのまま見ていますので、続けてください」

「見惚れてるって……」

「お兄さんは、いつも私に優しく笑顔で話をしてくれますから、こんな引き締まった表情を見るのはなかなか珍しいので」

「もしかして、凛ちゃんが悩んでる時も適当なやつに見えた？」

「そんなことはありません。お兄さん、色々と考えていることが表情では誤魔化せても、話のテンポや声調で分かります」

「……情けねぇなぁ、悩み抱えている子にそこまで見抜かれていたとは」

「そんなことないのに」

楽しそうに笑う彼女は、今の突っ伏した状態も相まってより可愛らしく見える。

「真剣に考えているときの顔ってこんな感じなんだなぁって、やっと見れたなって思います」

「見慣れてない俺の表情が見たいってこと？」

「まぁ、そういうことですね！」

「変なところに興味を持ってしまったか。お願いだから、悲しい表情や怒った表情見たいからとかで、悪いことだけはしないで……」

「それは絶対にしませんから、安心してください。でも、見たい表情はたしかにまだありますね。……特に寝顔とか」

「諦めなさい。絶対に凛ちゃんの前では寝ることはないから」

「えー、何でですか」

「そりゃあ、恥ずかしいからに決まってる！」

慢性的な鼻炎持ちで、口呼吸しがちな俺の寝ているところなど、見せられるわけがない。いびきもそうだし、口を開けてよだれを垂らしている寝顔など見られたら、最悪である。

「むー。でも、これから長い期間一緒にいれば、何回かチャンスは……！」

「逆に聞くけど、凛ちゃんは俺に寝顔見られてもいいの？」

「そ、それは……」

少し考えるような様子を見せる。

そして、段々と顔が赤くなってきた。

凛ちゃんは凛ちゃんで、表情が分かりやすいと思うが……。

「恥ずかしい……ですね」

「でしょ」

「それでも！　それでも私はお兄さんの寝顔を、この目で見ます！」

真っ赤な顔で、力強く宣言した。

「……でも、仮に私が寝ていても、寝顔を見るのは禁止ですから！」

「禁止にされても、寝ていたらほぼ確実に寝顔を見ることになるんだけど……」

「ダメなものはダメですから！　何とか察してください！」

そんな凛ちゃんの慌てた口調から繰り出される無茶振りが、しばらくの間続いた。

第17話

その後、気を取り直して凛ちゃんともうしばらくだけお互いの勉強を進めてから帰宅した。

家に戻ると、洗濯物は取り込まれて綺麗にたたまれており、妹が料理に集中している。

「ただいま」

「おかえりー。初回のお勉強会はどうだったの？」

「まだ最初だから、サクサク課題進めた。凛ちゃん自身、入学テストの成績もすごく良くて順調だね」

「そうだったんだ。凛ってば、悪いときなら分かるけど、良いときも頑なに成績のことは言いたがらないから、私からも聞くことないからそれ聞けてちょっと嬉しいかも」

「お、お前には言ってなかったのか……」

俺に対して凛ちゃんは、成績についてずっとオープンだった。

そのことに慣れていて、抵抗なく話してしまった。

友達とはいえ、成績は個人情報で言いたくない人はいくらでもいる。

「大丈夫。その辺りのことは兄さんよりも、私の方が理解してるし。凛との話に出すつもりないよ。あくまでも、私も頑張らなきゃって自分にはっぱをかけるきっかけにする！」

「すまん」

「ううん。むしろ、良いこと知れて嬉しかったし、今の表情で凛に対して、丁寧に接してくれていることが分かったし」

「察しのいい出来てる妹で助かる」

「でも兄さん。私の性格どうのこうの言うけど、そのうっかり癖は、私の前だけにしてよねー」

「いや、本当にそうだ。返す言葉も無い。マジでちゃんと気を付けるわ」

「よし。反省して素直に変わろうとしてくれるところ、いい兄だぞ」

こういう鋭い指摘をする辺り、妹が常日頃から誰に対してもフレンドリーで、コミュ力抜群なところにも繋（つな）がっているのだろう。

大雑把で、適当な感じなところが多そうに見えて、たまにこうして指摘されることは確実にクリティカルヒットする内容でしかない。

「手伝うわ。何したらいい？」

「んーとね、今日の料理には使わなそうなお皿を片付けて、必要なやつを棚から出して並

べといてくれる？」

「了解」

妹がある程度進めてくれている料理の準備を、俺も協力して行った。

夕食後、再び俺は数学の問題と向き合っていた。

基本問題は出来るようになったが、やはり応用・発展問題が出来ないと、テストで満足な成績は取れない。

苦手な分野だから、点数が落ちましたなんていうことは、言い訳になるわけがない。

そして何よりも、凜ちゃんとの勉強指導を再開しといて一発目に成績が下がることはあり得ない。

そんなことになってしまえば、凜ちゃんはもちろんのこと、妹ですら不安にさせかねない。

成績下がって「何やってんだ！」って怒るというより、あいつならまず心配してくるだろうし。

あれだけ気合を入れて、家の役割を受け持ってもらっている以上、もっとしっかりしないと。

「とは思うものの、やっぱり訳分かんねぇ……」

うちの高校は、アウトプット意識をつけることに重点を置いていて、問題集の答えも途中式などの解説が一切載っていないものしか配布されていない。

まぁ全部載ってると、写すやつは平気で写すからこうする理由も分かるけど。

「ダメだ、時間の無駄すぎる。委員長に助けを求めてみよう」

今日言われてすぐに、助けを求められてびっくりされるかもしれないが、とにかく相談してみることにした。

早速、メッセージで数学の問題が分からない旨を伝える。

送信した後、数学を断念して英語の予習に進路変更した。

一時間ほど経った後、突然スマホが振動を始めた。

「電話……？」

手にとって見ると、相手は委員長だった。

フリックして応答モードにする。

『あ、でたでた！　ごめん、ちょっと帰ってからバタついてた！』

「いや、そんなタイミングにこっちこそごめん」

『多分、文面で書くのめんどいでしょ。口頭で言ってくれると早いし。どこがしんどい？』

「シンプルに図形と方程式の範囲がヤバぃ。あの先生もフワフワだし」

『それみんな言ってるー。私も同感だけど』

「基本問題は出来たんだけど、問題集のそれ以降が全く駄目だわ。助けてください」

『え、もうそんなとこまでやってんの⁉』

「苦手だから、さっさとやり方覚えたいなーって。ごめん、そっちのペース乱して」

『ううん。オッケー、ちょっと私もやるわ。どっちにしても、やって分からなかったら誰かに聞かないといけないし。早めにやることは悪いことじゃない』

「本当に助かる、ありがと」

『良いってことよ。私もきっかけ無いとなかなか動かないし』

「これで委員長に一つ借りが出来たな……！」

『まだ何も教えられると決まったわけでもないのに、気が早すぎるよ！　……まぁ正直なところ、私も斗真に頼みたいこと一つあるんだけどね』

「何？」

　委員長からの頼まれ事。出来るなら、応えたいところではあるが。

『六月にある体育祭に向けて、来月に入ったら体育祭運営委員とか決めないといけないんだけど、多分みんなやりたがらないんだよ』

「それで、俺にやってくれってこと？」

『端的に言えばそうだね。部活してないし、女子含めてみんなと話出来てイメージいいし。経験上、団体競技とかすると一回はクラス割れする可能性を考慮しといた方がいいからね』

「なるほど……」

体育祭運営委員。体育祭を行う上で、どこの学校もほぼ確実に存在する一時的な役割であろう。

ピークになると、放課後も昼休みも潰れることは珍しくもない。

つまり、凛ちゃんとの勉強会に影響が出ることは避けられない。

『掛け持ちセーフらしいから、女子枠に関しては私がやれば、こっちは落ち着くんだけどね……。男子枠はどうしても、誰かに出てもらわなきゃいけないから』

「そりゃそうだよな。避けられんことだし」

部活はあるし、シンプルに体育祭へマイナスな印象を持ってるやつもいるだろうし、何より仕事が面倒だから、おそらく男子は誰もやりたがらないだろうな。

『もちろん、部活してないから暇だろうなんてことは思ってないからね。この機会に強引にやらせるような感じになったらそれはそれで私が悲しいし。ちょっと考えてくれるだけ

でいいから！』

「うん。ちょっと予定見ながら、スケジュールつけられるか考えてみる」

『本当にありがと！　じゃあ私は問題をやるぜ？』

「頼むわ。俺は邪魔になるか？」

『んや？　せっかくだし、ちょっと雑談にも付き合えや！』

「オッケー」

寝るまでの間、委員長としばらく雑談を楽しんだ。

話をそこそこしたのに、俺が解き進めるのに苦戦した基本問題をあっさり終わらせた。

早速助けてくれる委員長の頼みを断ることはしたくないし、凛ちゃんとの勉強会もおそろかにすることは絶対にあり得ない。

ここからはもっと自分の動き方と、時間の使い方を最大限考えていくことになる。

第18話

次の日の放課後、いつも通り社会科資料室に集まったところで、凛ちゃんに昨日出た話について切り出してみた。

「体育祭運営委員……ですか？」

「そう、これが結構面倒なやつでな。昼休みとか放課後は招集がかかりやすい」

「確か中学の時も、そんな感じでしたね」

「周りの人はみんな部活やってるから、やりたがらないのよね……」

「なので、お兄さんに白羽の矢が立ったということですか？」

「そういうことになるね」

「なるほどです。ということは、お兄さんと勉強するこの時間の確保が難しくなりますね」

「正式に決まるとそうだね。誰かが、立候補すればしなくてもいいけど、あてにはできないかな……」

考えに考えた結果、誰も名乗りを上げない場合は俺がやることにした。

もちろん委員長の頼みでもあるけど、やはり誰もやらないと、部活をしていないお前が適任っていう流れが出来ると思う。

そこで拒絶すると、周りが白ける。

そんな周りの雰囲気に合わせるということが第一理由で、凛ちゃんとの約束をおそろかにするのは、どうなのかとなるかもしれない。

でもその状況に応じて、一番やるべきだろっていう適任の人が受け入れることはやむを得ないこと。

俺は俺でお前らの要求など知らない、という一点張りでは、集団生活はやっていけない。

「体育祭は六月らしいですから、来月ぐらいから活動するんですかね？」

「うん。期間は一カ月弱くらいかな」

「分かりました。その間は……一人で勉強します」

理解を示すような言葉は並べるものの、やはり表情は元気の無い顔になってしまった。

ただ、俺も何も代替案無しにこんな話を切り出したわけではない。

「平日は厳しいかもしれない。でも、もし良かったら休みの日に会って一緒に勉強しよう」

「土日にですか？」

「うん、あくまでも凛ちゃんの予定次第になっちゃうけど……」

「空いてます！　むしろ、意地でも空けます！」

「お、俺は土日常に暇だから、凛ちゃんの都合に合わせて呼び出してくれたらいいんだよ」

休日代替案を切り出した瞬間、凛ちゃんの表情がすぐに明るくなった。

その様子を見て、俺としてもすごくホッとしたのは間違いないが、想像以上の食いつきようである。

「つまり私さえ予定が無ければ、お兄さんと一日中いても良い、ということになるんですか⁉」

「ずっと一緒にいるのが嫌じゃないなら、もちろんいいよ。平日の約束を一時的とはいえ、早速反故(ほご)にしてしまいそうなんだから」

「……言質(げんち)、取りました」

必ず一日予定を空けるつもりなのだなと分かる反応である。

「土日だし、外で勉強するのもいいね。前見たカフェとか」

「ですね。多分部活で学校開いてますけど、わざわざここまで来てやる必要もなさそうですね」

せっかく休みに長時間勉強するのであるなら、少しオシャレなところで勉強するのもありかもしれない。

商店街散策の時もすごく楽しそうにしていたから、妹のような女の子同士の友達とはあまり行かなそうなところでいい場所がないか、探してみるのもありかもしれない。

「商店街の時はすごく楽しそうだったから、今度もそういう感じで楽しんでもらえそうなところがないか、探しておくよ」

「ありがとうございます。楽しみにしておきますね！」

ニコニコ笑顔で、期待を込めた言葉が返ってくる。

平日の約束を、早くも反故にしてしまうことになりそうな上に、休みの時間を使うのだからしっかり楽しんでもらえるようにしないといけない。

彼女の笑顔を見て、そんなことを思っていると――。

「おでかけもいいですけど、家で二人ゆっくり勉強する。というのも、一つの案ですよ？」

期待の言葉に続いて、そんな提案をしてきた。

「いや、それはさすがに厳しいぞ。聞いていると思うけど、妹は部活の緩めなところで、土日は普通に家にいるぞ？」

「もちろん、それは知ってますよ。だって前の土曜日に、早紀（さき）と遊びに出かけましたからね」

「でしょ。だから無理だと……」

「私の家の方なら、早紀はいませんよ？」

「凛ちゃんの家……⁉」

「ええ。私の家にご招待……。出来ますよ？」

あり得なすぎることで、今まで全く考えとして浮かぶこともなかった。

凛ちゃん＝うちの家に来る存在としてすでにインプットされていたので、一瞬どういうことか全く意味が分からなかった。

「いやいや！　だって休みだし、親御さんいるでしょう⁉　男を連れてくるとか、特にお父様は気を失いかねんぞ！」

「大丈夫ですよ！　だって早紀は何度かうちに来ていますし、早紀のお兄さんだと説明すれば、必ず受け入れてくれます！」

「いや、そうはならんやろ……」

「何でです⁇」

凛ちゃんは何故（なぜ）といった表情をしており、本気で何も分かっていない。

同性ならまだしも、いくら友達の兄だからと言って異性を連れてきて二人っきりになっていたら、誰でも頭に？が浮かぶ。

むしろ、逆に怪しい雰囲気が一気に増す。

凛ちゃんの親御さんを不安にさせる行為であり、論外でしかない。

「と、とにかく！　その案は止めよう！　普通に考えておかしいシチュエーションだし！　親御さんの妹に対する信頼度を落とすわけにはいかない！」

凛ちゃんの親御さんの妹に対する信頼がなくなってしまうことによって、妹と凛ちゃんの友情崩壊なんてことがあったら、大変だ。

親御さんから、「あの子達と関わるのは止めなさい！」と言われ、凛ちゃんが「なんでそんなことを言うの！」と親子間に溝が出来るパターンだってある。

その想像される最悪のケースに繋がる原因は、すべて俺に収束するわけであって。

凛ちゃんと妹の友情を危険にさらすような、少しでも危なっかしい変な行動をとることは許されない。

「分かりました――」

「おお、分かってくれたか……」

「うちの親がいない時なら、良いってことになりますね？」

「え？」

「え？」

　納得してもらえて未曽有の大事件にならずに済んだ、と思ったのに、最終的になぜか疑問を表す発音をお互いにぶつけあうという構図が出来上がった。

「いやいや、ダメでしょうよ」

「いやいや、なぜですか。うちの親さえいなければオッケーみたいな口ぶりだったじゃないですか」

「親御さんいなくてもダメでしょうよ！　仮にも後輩の女の子の家に行くなんて！」

「なーにを言っているんですかっ！　散々、私を自分の家に呼び込んでダメにしておいて、逆パターンだけ無しとはどのような理由があるって言うんですか！」

　そこそこ突っ込みたいところはあるが、凛ちゃんの言っていることは正論だった。

　どっちの家に呼び込もうが、同じは同じ。

「だ、ダメなものはダメなんじゃわ！」

「出ましたね、焦（あせ）ると方言になる癖！　控えめに言って結構ありです！　っと、話がずれましたね！　っていうか、お兄さん。そんなに頑（かたく）なに否定するのには、何か理由があるんですよね」

「さ、さあ？」

「女の子側の部屋に呼び込まれることに対して、ちょっとやらしいこと考えていませんか？」

それも正解。親御さん問題もそうだが、普通にちょっとやらしいイメージも湧いているのは否定できない。

「そんなわけないじゃないか！」

「ですよね。最愛の妹と仲のいい友達に、環境が少し変わっただけでちょっとエッチな感情を出すとか、あり得ませんもんね」

「も、もちろん」

「はい。なら、いけますよね。不純な動機が無ければ、場所が違うだけです。候補に入れましょう」

「いや、でもそれが主な理由ではないんですけど……」

「なら、親にバレても大丈夫だと思います。誠意をもって接してくださるわけですから」

「はい……」

久々に強い力で引き込まれた。

一カ月弱の間、どうか休みの日に凛ちゃんの親御さんが家から長時間離れないことを、

願うばかりだ。

「……今思ったんですけど、平日の放課後対応出来ない期間だけじゃなくても別によくないですか？」

「え？」

「もう今週からそのシステムを、この先ずっと適応しても良いと思うのですが！」

「何でそうなる……」

そんなことをしてしまうと、絶対に休日の凛ちゃん宅に親御さんが不在のタイミングが必ず出来る。

さっき30秒前に祈った切なる願いは、確実に無に帰すことになってしまう。

「もう平日はこうして毎日会う関係ですし、休みの二日間がちょっと増えるだけですし？」

単純にその休みの二日間がちょっと増えると、毎日会うことになる。

そんなに頻繁に会うと、確実に段々と息苦しくなると思うのだが。

「まぁそのことは追々考えることにしよう……」

「分かりました！　お兄さんがもし断ったら、意地悪されたって早紀に相談してもいいですか？」

「やることがえげつなさすぎる。そんなことされたら、俺が家から追い出されるわ！」

そのオプションをチラつかされると、断ることなど出来なくなる。

「流石に冗談です。でもお兄さんさえ良ければ、たまにはお願いします」

「分かった。それはちゃんと約束する」

「はい！」

ニコニコといつものように明るい笑顔をこちらに向けてくる。

今では当たり前だが、最初会ったときの作り笑顔のときに比べたら、本当によく笑うようになったと思う。

整った顔立ちだから、どんな笑顔も様になっているが、やはり自然体が一番良い。

「さ、勉強しよう。休みの日にやる予定が出来たとはいえ、出来るだけこの平日の時間が確保出来ているうちにしっかり進めておこう」

凛ちゃんに伝えるべきことと、今後の予定についてある程度決まったので、再び課題に向き合った。

第19話

夜、自室にて。今日のことを踏まえて委員長に体育祭運営委員の役割を受けられることを報告した。

『おお、それは助かる！』

「決めるときになったら、適当に俺に押し付けるような形でバトン投げてくれれば」

『あいあいー！　取り敢(あ)えず立候補する人がいないか聞いてみて、いなかったら斗真(とうま)を指名すればいいね！』

「うん。それでいこう」

自ら立候補するような性格でもないし、もしかするとやる気のある人もいるかもしれない。

そういうことも考慮して、委員長に適当なタイミングを見計らって投げてもらうことにした。

一年の頃から何もしてこなかったやつが、いきなり立候補するだけで何やかんや言われることがあるからな……。

『しっかし、先に私が斗真を助けると思いきや、先に私がフォロー受けちまったかー』

「別に委員長個人の問題、ってわけではないけどね。俺の場合は、がっつり自分の困ってることを助けてもらってるわけだし」

『そうなんだけど、それでも本当に助かる。うちの担任が何でも私に任せておけば、何とかなるみたいになってるから、仕事とか考えること多くて、結構しんどかったし』

「そうだったのか」

うちのクラスには男子学級委員長もいるのだが、やはり一年の頃からのリーダーシップをとってきた実績をあてにされているのか。

『数学の方はもう少しだけ待って。ごめんね』

「いやいや、急がないよ。というか、そんなに忙しいなら、教師捕まえて聞くから無理しないで」

『んや、これはやらせてくれ。助けてもらいっぱなしなのも許せん！　そして何よりも、私が相当勉強出来るやつだと思い知ってもらいたいし！』

「一年の頃から、成績優秀者バラしたがる先生とかがさんざん褒めてたから知ってる知ってる」

『いや！　実際にその目に焼き付けてもらわねば、気が済まない！　ということで頑張る

わ！』

「そこまで言うなら頼む。期待してる」

『任せろ！　そして斗真だけでなく、あいつら二人へ教える時にも有効活用してくれい！』

「うん、そうするわ。部活も離脱できない立場になって、気合入ってるからな二人とも」

『だねー。一年の頃は、チャラくてバカなやつに目をつけられたなーって思ってたけど。変わるもんだねぇ』

「目をつけられた？」

『流石にあからさまですぐに分かったよ、遥輝が私のことを好きなんだなって。当時の第一印象があんまり良くなかったから、目をつけられたっていう感じ方だったね。今思いかえせば、失礼な女よ』

　気がついているかどうか、疑問には感じていた。

　しかし、波風立たずに落ち着いたので言及することもなく触れなかったのだが、委員長は気がついていたらしい。

「知っていたのか」

　まぁモテるから、そういう相手のことは大体気がつくようになるか。

『で、斗真はそんな遥輝に気を遣って、あんまり関わらないように私から距離を少し取ってた。どう？　さすがに、これは私の自惚(うぬぼ)れ予想かな？』

「いや、正解だよ」

そこまで見抜かれていたとは。よく観察されている。

『斗真って、すごく周りの人に気を遣うよね。ビックリするくらい』

「そうなのかな？　でも、相手を不愉快にさせたくないってなると、やっぱり慎重にはなる」

『うん、そんな感じする。恋愛とかに奥手なのも、そういうところ意識してるの？』

「んー、そうなのかも。ぶっちゃけると、適度な距離感で、女子から頼りに出来る親切な人止まりでいるのが、一番印象良いと考えてしまうね」

『ま、シンプルに踏み込むのが苦手ってことですな！』

「そ、そういうことです……」

回りくどく言ったのに、やっぱり核心をあっさりと突かれた。

確かに、踏み込むことが苦手。

同性相手にすら、友達になる上で踏み込んだ結果その後、険悪になったことも珍しくない。

遥輝や幸人は、基本的にどんな人とも仲良くなれるようなタイプだったから、ああして友達になれたけど。

そして、どこまでも受け入れて頼りにしてくれる子が一人。

今までのことを振り返ると、自分が適度な距離感で接した方がうまくいっていると感じている。

『ふむふむ、なかなかに深い悩みの種なのでは？』

「多分、そうだね。だって委員長に対しても、慣れてきだしたら、段々と嫌われそうって今でもビビってるもん」

『んー、今のところはむしろ話しやすいし、良いイメージしかないんだけどな』

それはまだ委員長と話し始めたばかりだからだと思ったが、そんなことを言ったところで卑屈にしか聞こえないので、止めた。

『ま、のらりくらり過ごしてるように見える斗真でも悩みがあるってことがよーく分かったよ！』

「なんか前、メッセージのやり取りで委員長の彼氏事件の話の逆パターンになったな」

『事件とはなんだ‼』

「いやぁ、元カレさんが今でも引きずってる可能性を考えると……！」

『うぐっ……！　そ、その話はおしまい！』

「だな。こういう話を引っ張るのは良くねぇわ。じゃ、そろそろ明日の準備とか寝る準備するわ。おやすみ」

『あい、また明日！』

話が落ち着いたので、電話を切ろうとした。

『あ、斗真』

その前に、委員長に呼び止められた。

「どうかしたか？」

『恋愛でも交友関係でも何か悩みがある時は、私で良ければ聞くから、良ければ話してね。もうマブダチの関係だろうし！』

「……マブダチって死語じゃない？」

めちゃくちゃ久々に聞いたワードだ。

ギャルならまだ……言うのか？

男子で使ってるやつ見たことないから、久々に聞いた。

『うっさいわ！』

「でも、ありがとう」

『あい！』

交友関係に関して、遥輝や幸人に相談するのが自然な流れなんだろうけど、委員長とくっつけたがったり、思わぬ方向に展開しそうなこともある。

何か困ったときは、委員長に相談してみることはいいかもしれない。

第20話

様々な話が一気に展開されて、バタバタしていたが体育祭運営委員の話がおおよそ決まったところでやっと落ち着いた生活様式になってきた。

普通に登校して、授業を受けて放課後は凛ちゃんと一緒に勉強してから帰る。

相変わらず、この勉強場所にしている社会科資料室には誰も来ることはなく、落ち着いた時間を過ごすことが出来ている。

「こ、このノート渡しとくわ……」

そして委員長は、あの話から約三日後に全ての問題を解き終えてそのノートを俺に提供するという、人間離れした気力を見せつけてきた。

ただ、やはり大変だったのは間違いないようで、大分へばっていた。

「ありがとう。めちゃくちゃ早いな」

「わ、私が本気を出せばこれくらい余裕よ……」

と、言葉だけ見れば強気だったが、自分の席に戻るときにフラフラしていたし、授業中も珍しくウトウトしていた。

そんな様子を見ると、流石(さすが)に申し訳無さしか感じなくなるが、彼女にはこれは譲れないという意地があったとのことなので、黙ってここはありがたく享受する。

休み時間などの空き時間に、嫌がる遥輝を無理やり机に座らせて問題の解き方を教えていく。

同時に、俺もノートを元に解き方をしっかり頭に入れる。

結局、俺がやること自体は減っていない。

それどころか多少増えているが、委員長の頑張りによってこの辺りも相当スムーズに事が進むようになってきた。

しかし、ただでさえ授業をしている中で、休み時間と放課後も勉強。

本当に、ほとんど勉強に一日を使っている状態。

うちは進学校ではあるが、別に全国難関高校なワケでもない。

地域で見ればまぁまぁのレベルの高校にいる受験生でもないやつにしては、相当な時間だと思う。

「うごごご……」

家に帰って、妹が必死にやる家事の手伝いを最初はしてきたのに三日も経(た)たないうちに、何もしない駄目兄が完成した。

帰って来たら、荷物を置いてリビングのテーブルで机に突っ伏して唸っているだけ。普通にキレられてもおかしくない状態。

「はいはい、お疲れ様。もうちょっとで落ち着くから、もうそうやって楽にしてなー」

「すまねぇ……」

こんな近くにいると、不愉快な気持ちにしかならない存在にキレることもなく、黙々と家事をこなす妹。

女子力の高さがすでに漂っている。もう嫁に行けそうなレベル。絶対に許さんけど。見てくれもいいし、レベルの高い女子にさらにステップアップしている。

我が妹として、鼻が高い。

「凛から聞いてるよ。すごく丁寧に付き合ってくれるから、怖いくらい順調だって」

「一年生は、ああして課題をこなす時間をそれなりに取れると、相当無双できるからな。一年生の最高の才色兼備枠は揺るぎないものだぞ」

「やるじゃん。でも、凛の成績が上がって兄さんの成績が微妙だったら、凛に抜かれちゃうよ？」

「そう、威厳がなくなる。だからそっちにも必死よ」

「分かってるならいいや」

順調も何も、今のところ凛ちゃんの力になれているかといえば微妙なところ。

一緒に勉強こそしているものの、当初の勉強を教えるという役割はまだ回ってきていない。

高校一年生の頃から、放課後にこれほどバリバリ課題や自習学習している人はそんなにいないだろうし。

さっき妹が言ったように、凛ちゃんに順位とかで上にいかれると威厳がなくなる。

彼女の成績を見ることは多かったけど、自分の成績を見せたことはない。

「これだけ偉そうに言ってて、私以下だったの？」とかになったら、幻滅されるだろうなあ。

委員長ノートできっちり自分に足らないものを、全て吸収してしまわねば。

「よし、出来た！」

「お疲れ様、ありがとー」

夕食の支度を終えた妹も、俺と同じテーブルにつく。

「ねぇ、兄さん」

「何？」

何を改まって声をかけてきたんだ、と思いながら顔を上げると、笑顔を浮かべた妹がい

る。

言うまでもなく、嫌な予感がする。

「明日は土曜日じゃん？」

「うん」

「すごく勉強を頑張ってるカッコいい兄さんと、週末デートしたいなぁ？」

「は？」

「食材の買い出し……一緒に行こ？」

「え、何で⁇」

我が家では、週末に買い物をすることが日課なのだが、その役割も俺たちが担っている。

最近では、週毎に交代で買い物の役割を担っていたのだが。

今更、一緒に行きたいとか言い出した。

荷物が重いから、荷物持ちでもさせたいのか？

いや、ならはっきりと言いそうなものだが。

「ちょっとしたお出かけみたいな感じで、少し離れたショッピングモールまで行かない？」

「わざわざ何でそこまで？」

「気分転換になるし！」

「……お前、何かそこに欲しいものがあるのか？」

「……」

「素直に言いなさい。怒らないから」

妹はスッと真顔に戻って、言うかすごく迷っている。なぜ分かるかというと、目が右往左往しているからである。

こんなあからさまにおかしい言動で話を切り出されたら、何かあることぐらいすぐにバレるというのに。

「紅オクラが……欲しいんだよ！」

「は？」

「……オクラが紫玉ねぎみたいな色したやつ。あれが欲しいんだよ！」

「……は？」

はっきりと言って、妹の言っていることが分からない。

「料理の彩り(いろど)もあるけど、ちょっと見たことない野菜に興味あるんだよ！　そういうちょっと見ないやつは、近くのスーパーじゃないし！」

「……はぁ」

「さっきから『は』ってしか発音してないけど、どう思ってんの⁉」

「いや別に良いだろ、買いに行けば」

「べ、紅オクラのために遠出するの恥ずかしい……」

「いや、誰もそんな目的だと気が付かんわ！　というか、この年で兄と仲良く二人で食材買い物する方が恥ずかしいだろ！」

「甘い！　甘すぎるぞ！　こんな田舎じゃ、主な遊び場所として利用する私達ぐらいの人が、たくさんいるんだから！　どこで知り合いに会うか分からないじゃん！　そんなところで、紅オクラ厳選しているところ見られたら……」

顔を青くして、震えながら話す妹。

妹の頭の中で、どんな想像が繰り広げられているのか、よく分からない。

しかし、こんなにも感情を表して必死な妹もなかなかに珍しい。

「お願い、兄さん！　このとーり！！！」

「そこまで言うなら、付き合うよ。せっかくだし、昼飯もショッピングモール内で食って帰るか？」

「やりぃ！　ゴチになりまーす！」

「奢(おご)るなんてそんなこと一言も……。あんまり高いもの食ってくれるなよ……」

奢る気などサラサラなくて、妹のお財布事情的にいけるなら、飯食って帰るかどうか尋ねたのに、奢ってもらえるサインだと勝手に感じてくれたらしい。

しかし、放課後の家事を丸投げして感謝はしていると言葉だけ並べていたので、一度くらい奢るのでもいいかと思い直した。

「分かってる分かってる！」

「そう言いながら、早速スマホで高そうなものを探すな」

「ステーキ食べたい！」

「父さんに頼めや！　お前に甘いんだから、一発ＯＫだろ！」

まさかお互いに高校生になってから、二人で買い物に行くことになるとは。

まぁそれくらい俺という兄に、嫌悪感を抱いていないということではあるので良いことか。

そんなシンプルにポジティブに捉えていきたいが、妹がどんな昼飯を選択するのか、今から心配でならない。

第21話

しかしそんな心配も、勉強でクタクタになった体には大したことでなかったようで、ご飯を食べた後は、眠ってしまった。

相当な時間眠ったことで、かなり体力が戻ったことを実感しながら、土曜日の朝……というより昼前を迎えていた。

リビングにいくと、妹が今日行くショッピングモールのチラシを入念にチェックしている。

「あ、やっと起きた。夕食食べてからずっと寝てたのに、よくそんなに寝られるね。風呂(ふろ)入れって言いにいかなかったら、今まで一回も起きなかったんじゃない？」

「おそらく起きなかったな」

「あれだけ寝たんだから、元気でしょ。さっさと着替えて、買い出し資金貰(もら)って出かけるよ」

「あいよ」

週末お決まりの流れである、妹が適当に残した朝飯を口に放り込む。

妹に急かされながら、着替えと親から買い物資金を頂戴する。

その時の、二人で行くと言った時の親二人の驚きようはなかなかのものであった。

その後、いつもよりも多めに資金を貰って、残りは全て自由に使っていいと言われてた。

正直助かった。

早速、路線バスに乗ってショッピングモールへ。

お互い自転車で行きたいと考えていたが、たくさんの荷物を持ちながら交通量の多い場所に行くなと言われた。

「私が停車ボタンを押すー！」

最寄りのバス停に近付くと、妹が体を乗り出しながら、目一杯手を伸ばして停車ボタンを押す。

高校生になっても、言っていることとやっていることが小学生の頃と変わってない。

バス乗らない小学生とか、やたら停車ボタンに憧れる節があるな。

妹の様子にそんなことを感じながら、バスから降りてショッピングモールへと向かう。

週末でたくさんの人で賑わっており、家族連れや友達と遊びに来たであろう人たちも見受けられる。

「よし、今のところは知り合いらしき人はいないな……！　じゃ、早速食品の買い物を先

にしよう！　紅オクラが売り切れたら大変だ！」

「急がなくても売り切れたりしないだろ……」

紅オクラをどこまで神聖視しているのかよく分からないが、取り敢えず先に必要な買い出しをすることにした。

その後に、買った物をロッカーにしまって、ご飯を食べたり、ちょっと他の店も回ってから帰ることになった。

「よし。流れも決まったことだし、サクサク進めていこー」

カートにカゴをセットして、買い物開始。

真っ先に野菜コーナーへと向かい、紅オクラの並んでいるところに急行。

俺の予想通りというか、まだまだ在庫数には余裕がある。

その一つ一つを丁寧に吟味して、どれを買うか過去一番じゃないかというレベルの顔の険しさをしている。

「お嬢ちゃん！　そんなに紅オクラに興味あるのかい？　嬉しいねぇ！」

「あ、はい……」

その結果、その真剣さが野菜を並べていた店員さんに伝わってしっかりと声をかけられてしまった。

妹は恥ずかしそうに、小さな声で返事しながら顔を赤くしていた。

「結局、俺がいなくても知り合いいなくても、声かけられてんじゃねぇか」

「……うるさい」

そんなことがありながらも、順調に必要なものを買い揃(そろ)えていく。

確かに売り場が大きいだけに、良いものも多くある。

買い物を進めるうちに、妹の気持ちも分かるような気がしてきた。

一通り購入する物を手に入れた後、レジでマイバッグに買った商品を綺麗(きれい)に入れてもらい、精算を済ませる。

その後、ずっしりと重くなったマイバッグを何とかコインロッカーの前まで持っていって、空いたところに収納した。

「これで一番にやるべきことは、終わったね！」

「良かったな、知り合いに見つからなくて。あの勢いを見られたら、確かにしばらくは学校内でイジられる」

「……でしょ」

そんな話をしながら、俺達は一階の食材売り場から二階のフードコートなどがあるエリアに移動する。

「フードコート行くまでの間にある雑貨屋、見ていってもいい？」

「いいよ」

俺がそう言うと、目の前のオシャレな雑貨屋に妹は吸い込まれて行った。

可愛らしいものがたくさんあるが、言うまでもなく俺にはよく分からない。

俺は大手のどこぞのショッピングセンターに入っているようなところしか知らない。

近くにある休憩用ベンチに座って、スマホをいじりながら待つ。

妹相手なのでこんなふうに待っているものの、デートとかなら、こういうところに一緒に入って「何がいいね」とか話しながら付き合うものなのだろうか。

自分の分からないものや興味の無いものを、適当な感覚でもいいから、似合うとか似合わないとか言うべきなのか、こうしておとなしく待つべきなのか。

俺はもちろん後者でいる方が楽であることは間違いないが、こんな感じだと冷められるんだろうなぁ。

ちゃんとしたデートの予定など一切無いのに、そんなことを考えていると――。

「あれ？　お兄さん？」

「え？　凛ちゃん??」

聞き慣れた声が聞こえてパッと顔を上げると、昨日も顔を合わせた凛ちゃんの姿がある。

最近は、学生服姿にすっかり見慣れてきたから、逆に私服姿が新鮮に見える。

「どうしてここに？」

「食材の買い物で、妹の強いリクエストでこっちに来たのよ。で、買い物を終えて今はその雑貨屋に妹が——」

「あ、凛じゃん‼」

俺の言葉が終わらないうちに、雑貨屋で買い物を済ませた妹が出てきた。

「お兄さんとお買い物デート？」

「ま、まぁそんなとこ……」

凛ちゃんの質問に、やや目を逸(そ)らしながら適当にはぐらかした。

反応からして、凛ちゃんにも話していなかったようだが、そんな反応をしたら本気で兄妹(きょうだい)デートしているように取られそう。

「ふふ、仲良いんだね」

「ま、まぁね！　凛はどうしたの？」

「両親が買い物に来てて、そこに付いてきたの。買い物してる間、好きに見たいところ行っておいでって言われたから」

「そうなんだ！　あ、言い忘れてた！　いつも愚兄がお世話になってます！」

「いえいえ、こちらこそ！」

「それ、わざわざ改まって俺の前でしなくてもいいでしょうよ……」

先週一緒に遊んでいるのだから、このやり取りは間違いなくしてるはずなのに。

「二人は今からどうするの？」

「今からそこで、ご飯食べる！　凛は、もうご飯食べたの？」

「ううん、まだだよ。どうしようかなってまだ決まってない」

そんな話をしていると、凛ちゃんのスマホが鳴り出す。

「っとと、ごめんね。親から」

スマホを手にとって話をしだす。

「うん。今ね、偶然早紀とそのお兄さんに会ってて……。えっとね、今からご飯食べるって言ってる。えっ⁉　一緒に食べて来たらって？　二人に迷惑だから……！」

凛ちゃんの反応を見る限り、俺達のことを話した結果、一緒に食べておいでと言われているようだ。

「いや、お金は十分持ってるけど、そういうことじゃ……！　って切れちゃった」

スマホを耳元から離すと、凛ちゃんが苦笑いを浮かべながらそう話した。

「いいじゃん！　三人でご飯食べよ！」

「いいの？　でもお兄さんの方がいいかどうか……」

　そんなことを言いながらこちらを見てくる。

　明らかにいつもの雰囲気と違って、前の凛ちゃんモードになっている。違和感しかない。

「拒否するわけないよね、兄さん？」

「う、うん。全然問題無いよ。こういう機会も無いし、行こう行こう」

　なぜか心は落ち着いていないけど、三人でご飯を食べることに関しては何も問題はない。

「ありがとうございます……！」

　その反応と表情、違和感しかないってば。

「んじゃ、行こ行こ！　二人がどんな風な学校生活なのか、更に聞いていこうかなぁ⁉」

「もー、早紀ってば茶化しちゃって。いつも話してる通りだよ？　ね、お兄さん？」

「そ、そうだよな」

　そんな話をしている二人の後ろに付いていくように、フードコートへと向かうことになった。

　大丈夫、ただご飯を食べるだけ。

　そう言い聞かせるが、謎の緊張感が俺を支配している。

第22話

「凛(りん)は何食べる？」

「うーん、どうしよっかなぁ。早紀(さき)はもう決めたの？」

「決めてたんだけど、見てたら迷ってきた……」

二人が仲良く何を食べるか相談している間に、ウォーターサーバーで三人分の水をコップに入れる。

可愛らしい女子学生二人に、ちょい年上に見える男が一人。

ありそうでなかなか見ることのない、特殊パーティだなと思う。

何故(なぜ)か周りからチラチラと見られているような気がして、とても落ち着かない。

「兄さんは何食べるの？」

「そうですね、私は蕎麦(そば)にします……」

「あれ？　そんなチョイス今まで見たことないんだけど。言葉遣いも変わって急にどうした？」

急にどうしたと言われても、目の前の二人に落ち着かないという理由しかない。

そして、そんな本気で頭をかしげている妹の隣でこちらを見る凛ちゃんは、何とも言えない雰囲気があるし。

「じゃあ、凛が頼むものと私が頼むものと半分ずつシェアしよ！」

「いいよ！　じゃあ、私はパスタにしようかな」

「よし！　凛がパスタなら、私はオムライスだ！」

各自食べるものが決まったところで、それぞれ一人ずつ注文しに行く。

「ここから遠い早紀が、最初に注文しに行って来たら？」

「じゃあ、そうしよっかな」

凛ちゃんに促されて妹が注文しに行った。

そして、テーブルには俺と凛ちゃんの二人になった。

「お、お兄さん？」

「はい？」

凛ちゃんに声をかけられて、声が裏返ってしまった。

「どんだけ焦（あせ）ってるんですか。別に変なこと言ったりしませんよ」

「分かってる、それは分かってる」

別に凛ちゃんを信用していないとか、そういうことでは全くないのだが。

「この状況になると、いざ何話していいか分からないんだって……！」

「ま、まぁそうなりますよね。確かにどんな状況であれど、女子二人の間にしっかり入って会話は普通に厳しいですし。でも、そんなに挙動不審になる必要はないですって！」

「それは本当にすまん……！」

分かってたことではある。

高校生にもなって、家族以外の女子とすらまともにご飯に行けていなかったことは。

そのせいで、凛ちゃんの前で飯を食うという行動すら、謎の緊張感がある。

何にもないのに、仕草一つ一つに地雷があるような気がしてならない。

「何も無いんですから、普通にしておいてください！」

「う、うん」

「お？　真剣な顔して二人ともどうした？」

凛ちゃんからお説教を喰らっていると、注文を終えてブザー機器を持って帰ってきた妹がいた。

「な、何でもないよ！」

「うんうん、今度は凛ちゃんが注文しに行っておいで!!」

「わ、分かりました！　では、行ってきますね！」

妹と入れ替わるように、凛ちゃんがテーブルから離れて注文しに向かった。

「ちょっと兄さん！」

「な、何？」

「何？　じゃないよ！　どうしたの、凛が来てから急に様子がおかしいし」

「ごめんごめん。二人の間に入るのもなんか抵抗あるし、どうしていいか分からない。こんなシチュなかなか無いし」

「変に意識してどうするの！　凛いるんだし、ちょっと兄としてもてなしとかしてよ！」

「……どんなことすればいい？」

「ここにあるスイーツ店で、何か私達に買ってくるとか何か無いの⁉」

「なるほど……ってお前にも？」

「父さん母さんから資金が出たけど、その前は兄さんが何か奢ってくれることになってたもん！」

「……分かった分かった！」

色々言いながら、美味しい話は抜かりなく覚えている。

「戻りました」

「おかえりなさい」

「早紀、あんまりお兄さんをいじめたら駄目ですよ？」

「大丈夫大丈夫！　ささ、兄さんは注文に行くんだよ！　ほらほら！」

「はいはい」

※※※※※

それぞれ注文した料理をテーブルに並べる。

「凛、あーん」

「ちょっと、早紀ってば！　恥ずかしいよ……！」

妹がスプーンですくったオムライスを、凛の口元へ運ぶ。

凛ちゃんは、恥ずかしそうな様子でこちらを見ながら戸惑っていたが、そのまま口を開けてオムライスを頬張った。

「うん、美味しいよ」

「じゃ、今度は凛の方からよろしくー」

「じゃあ行くよ？　あーん」

こうして二人が仲良く関わっているところは、家に遊びに来ている時も俺は見ているわけではなかったが、とても美しい友情である。

高校が変わっても、相変わらずのこの仲の良さも美しいし、可愛らしい女の子同士のこの光景も素晴らしい。

ダブルの意味で美しい。

そんなことを思いながら、蕎麦をすする。

そんな流れで二人は仲良く食べているし、男子である上に、黙々と食べている俺は食べ終わるのが早い。

「ちょっと席外すね」

食べ終わったので、トレーを持って席を立つ。

「あ、ごめんなさい。食べるの遅くて」

「いやいや、そんなことないよ。むしろもっとゆっくりしてて」

申し訳なさそうにする凛ちゃんに、気にしないように一言だけ告げた。

蕎麦屋にトレーを返却した後、スイーツ店が密集している場所を見て回る。

「二人に食べてもらうスイーツは何にしようかな……？」

さっき妹に言われたように、何か二人にデザートを買おうと考えていた。

自分で働いてもないのに、小遣いで何を偉そうなことをって思ってしまうところだが、ここは妹に要求されたことを都合のいい理由にすることにしよう。

それに前にもやったし、一回も二回も同じだ。

アイス屋に立ち寄って、妹と凛ちゃんの二人分を購入する。

「味は何にされますか?」

「えっと……」

※※※※

「戻りー」

「おかえりー、っておっ!」

「おかえりなさい。その両手に持っている物は?」

「アイス買ってきた。二人ともどーぞ!」

「やるねぇ、流石うちの兄だ!」

「そんな、悪いですよ」

二人はそれぞれ真逆の反応をする。

妹の反応はふてぶてしく見えるが、こうして素直に喜んで受け取ってくれると嬉しいものである。

凛ちゃんの反応は普通の人の反応だけど、遠慮されると押し付けているように見える。

こうすると、喜んで受け取ってもらうって難しい。

「まあまあ。受け取ってくれないと、俺が悲しい」

「……分かりました」

「凛、気にしないでいいから！」

そんなことを言いながら、すでに妹はアイスを頬張り始めている。

……やっぱりふてぶてしくてムカつくかも。

「兄さん、ちゃんと私の好きな味をセレクトしてくれてる！」

「チョコミントは歯磨き粉の味だから、俺は嫌だけどな……」

「美味しいのになぁ……。チョコミント」

「凛ちゃんは、レモンチーズケーキね！」

「ありがとうございます！」

「お、ここのアイス屋で凛の一番好きな味じゃん。兄さん知ってたの？　それとも偶然？」

妹が、凛のアイスを見ながらポツリとそう呟いた。

それと同時に、二人ともビクリと跳ね上がった。

「え⁉　ま、まぁ……」

「お話の中に出てきたので、覚えていてくれたんですよね？」

「そ、そうそう」

「へぇ、アイス屋の話までするほど、二人とも打ち解けてるんだ。さっきからあんまり二人が話さないから、ちょっと不安だったけどそれなら大丈夫だね」

「も、もちろん」

「好きな食べ物の話からですよね？」

「うんうん」

「あれ？　凛ってそんなにアイス大好きだったっけ？」

「え、ええ‼　大好きです！」

「そうだったんだー。なら、言ってくれたら先週も寄ったのに」

そう言いながら、チョコミントを美味しそうに頬張る妹。

そんな妹の隣で、凛ちゃんがアイスを食べながら軽くいたずらっぽくウインクした。

第23話

実を言うと、凛ちゃんにこうしてアイスを買ったのは二回目になる。

なら、一回目はいつなのか。


「今日は一段と暑いですね……」

「そうだな……。今年は去年までとレベルが違うわ」

夏休みが明けた直後の、八月下旬。

エアコンをフル稼働（かどう）させた部屋の中で、いつも通り勉強を進めていた。

窓を閉め切っているのに、まだまだ多くのセミが忙（せわ）しなく鳴き続ける声が聞こえてくる。

セミは短い生涯の中で、必死に子孫を残すために頑張っている。

だが我ら人間は、暑苦しいというあまりにも軽い一言で煙たがる。

傲慢だとは思いながらもやはり、暑さを増長させているような気がするという言い分は、分かるような気がする。

まぁ端的に言えば、あんまり聞きたくない。

この時期に哀愁を感じることができない辺り、俺も大したやつではないということだ。

「早紀(さき)はすごいです。日焼け止めすごい勢いで塗って、部活に飛び出して行きますから」

「あいつは、常時めちゃくちゃ元気だからな。それに三年が辞めてそこそこ経(た)って、中心になってくる頃だし」

「この気候だと、私なら短時間で体調崩してしまいますね……」

「まぁ、凛ちゃんみたいな子の方が多いと思うよ。あいつの方が少数派だ」

春夏秋冬、いつでも勢いよく家に帰ってくる妹は、俺よりも体が強いに違いない。

寒いとか暑いとか、愚痴を漏らすことはよくあるが、体調不良になったことなどは片手で数えるくらいしか記憶に無い。

「ちょっと話がズレましたね。実は、この夏休みに講習会に行ってきました」

「どうだった？」

「流石、塾って感じでしたね。自分の力じゃ補い切れないくらいの問題量でした」

「だよなぁ。塾の情報量には、素直に頼りたいところだね」

やはり、その分野でお金を貰(もら)ってやっているプロ集団なだけあって、勉強や受験において一番頼りになる場所であることには間違いない。

「あ……。決してお兄さんに教えてもらえることが物足りないってことではありませんので！」

「う、うん」

こちらを見て、慌てて補足を入れる彼女。もしかすると、気分を害してしまったのではないかと感じたのだろう。

ただこの察しの良さが、彼女に余計な心労を与え、対人関係に余裕の無い相手だと、喧嘩（けんか）を売っているように聞こえるので、損でしかない。

真面目で良い子過ぎるというのも、難しいものである。

「本当ですよ……。お兄さんに教えてもらえないと私……！」

彼女を見て、そんなことを考えていたせいか神妙な顔になっていたようで、彼女は相当慌てた様子で話している。

「大丈夫、大丈夫！　嘘（うそ）ついてるだなんて思ってないから」

尚（なお）も、不安そうな顔をする彼女。

こうして本格的に家に招いて、勉強するようになって一カ月ちょっとしか経ってないのに、随分と懐（なつ）いている。

俺が気にしていないと言う言葉をかけても、尚も不安そうな表情は無くならない。

「良くも悪くも、早紀の兄だぞ？　うちは、嫌なことははっきりしてるもんよ」

「……はい！」

妹には、今の関係性を黙っているのに、都合の良い時だけ妹のことを取り上げて信用させる。

我ながらに最低な兄であることは、間違いない。

「夏期講習ってどれくらいあったの？」

「大手のところに行ったので、かなりの日数ありましたね。夏休み初日から始まって、お盆休みを挟んでまた夏休み最終日までありました」

「受験生でもないのに、すごいハード日程だな」

「それには理由があってですね、クラスを決めるためにその塾の全国模試を受けたのですが、なかなか出来が良かったようで、それなりのクラスで行きましょうと押されました」

「なるほど、そういうことか」

「模試の結果が良かったのは、間違いなくお兄さんのおかげですから！」

「言ってくれるようになっちゃって」

「でも、塾が忙しくて夏休みって感じがしなかったですね……」

「まぁそれだけ日程詰まってたらな。お盆休みは？」

「親戚関係とか色々あって、あんまり休みって感じはしませんでした」

「そっか……」

凛ちゃんは、まだ中学二年生。来年は受験生で、嫌でも遊べないことは今の段階から分かっていることだろう。

だからこそ、妹達と遊ぶ時間がより欲しかったに違いない。

「早紀にも、何度か遊ぼって言われたのに、塾で断らなきゃいけなくって……」

「そうだったな。あいつは勉強やらなきゃってシンプルに焦ってたけど」

「……早紀らしいです」

「それがあいつのいいところだよ」

付き合いが悪いことに文句を言わないとか、真面目に勉強していることに素直に感心するところ。

それが、妹のいいところだと俺も凛ちゃんも共通して理解している。

「早紀に、夏休み期間限定のアイス屋に食べに行かない？　って誘われて、その時に見せられた期間限定フレーバーとか食べてみたかったなぁ……」

「限定フレーバー？」

「私、柑橘系とかチーズケーキが好きなんです。その二つが組み合わさってるから絶対に

好きでしょー！　って言われて気になっていたのですが……。もう八月が終わりますし、食べられませんね」

そう言いながら、俺に凛ちゃんはスマホに表示されたアイス屋のサイトを見せてくれた。

確かに、八月三十一日までの期間限定と表示されており、今の二人の状況を見ると間違いなく食べに行くことは出来ないだろうな。

「……」

どうにか出来ないか。

いつもよりも真剣に、頭を働かせた。

※※※※※※※

「妹よ、チョコミントは好きか？」

「あったりめーだろ！　あれよりうまいアイスなどない！」

「なるほどなぁ……」

「もしかして、ご馳走（ちそう）してくれんの⁉」

「うーん、それとこれは別かなぁ」

「なんじゃそりゃ。言って損したわ」

妹の好みは元々分かってはいた。

ただ、買うとするなら一番好きそうなものを買ってやろうと思っただけだ。

そして八月最後の週末。

俺は最寄りのそのアイス屋に立ち寄っていた。

その時に初めて、家族以外の人に食べ物を奢るという行為をした。

この時期に持ち帰りなどという難易度の高さに震え、とにかく店員さんに山ほど保冷剤を入れてもらって全速力で家に戻った。

汗だくで家に戻ると、二つのアイスを丁寧に冷凍庫にしまってから、へたりこんで息を整えた。

そして、妹には部活から帰ってきてすぐにアイスを提供した。

「妹よ、冷凍庫を開けてみよ」

「何？　ってこれは……！」

「チョコミント、食っていいぞ。感謝しろ」

「やりぃ!!　って急にどうしたの？」

「まぁたまにはな」

「食べた後で変なこと言わないでよ？」

「言わねぇよ」

「もう一つは兄さんのやつ？」

「そ、そうだぞ。間違っても食うなよ」

「分かってるよ。レモンチーズケーキかぁ。凛が食べたがってたやつだなぁ……」

そんなことを言いながら、妹はチョコミントのアイスを手にとって美味しそうに頬張った。

凛ちゃんへ買ったアイスは、残念ながら買いたてをあげることは出来ずに、その次の日に渡すことになった。

いつも通り、うちに来て塾の教材と学校の教材をテーブルに置いて勉強を始める。

変わらず真剣に取り組む姿は、いつも見慣れていても感心した。

楽しいことが出来なかった。それだけでも、モチベーションの大幅低下になるはずなのに、そんな様子も一切見せない。

俺は頃合いを見計らって、冷凍庫からアイスを取り出す。

そして、アイスの入った冷たい容器を彼女の頬にくっつけてみた。

「ひぃあ⁉」

ビクリと飛び上がるとともに、可愛らしい驚きの声を上げた。

「ちょっと休憩しない？」

「え？」

「どーぞ」

カップを彼女に手渡すと、そのままフタを開ける。

「これって……」

「食べたかったやつを、用意させていただきました。これで長い夏休みが取り戻せるとは思わないけど、少しだけ楽しんで」

「そ、そんな！　悪いですよ……」

「えー、食べてくれない方が悲しいなー」

「うっ……！　分かりました」

スプーンですくって、控えめに口に運ぶ。

「おいしい……！」

「良かった」

「でも、良いんでしょうか。早紀は何も……」

「あいつにもチョコミント奢りましたわー」

「そ、そうなんですか⁉」

「ま、良くできた良い妹だからたまには、な?」

「はい!」

美味しそうに口に運ぶ凛ちゃんは、とても絵になっていた。

結局、レモンチーズケーキ味は人気になって、常時店頭に並ぶようになったので、焦る必要は無かったのかもしれないが——。

俺達二人にとっては、なかなかに思い出深いものになった。

……妹はかつて奢ってやったことについて、すっかり忘れててちょっとカチンと来たけど。

第24話

昼ご飯も終わったところで、今後の予定について雑談を含めながら話が進む。

「凛、まだ時間は大丈夫なの？」

「うん。連絡も来てないし、まだ大丈夫。二人は？」

「んー、凛が良いならもう少しだけいたいんだけど。兄さん大丈夫？」

「俺は言うまでもなくいいぞ」

特に急いで帰る理由もないので、二人にのんびりしてもらうことにした。

「そう言えば、さっきお兄さんから早紀の強いリクエストでここに来たと聞きましたけど、何が欲しくて来たんです？」

「え!?　えっとね……。そのね……」

凛ちゃん相手になら言っても良いようなものだが、妹は言い淀んでいる。

「別に凛ちゃんにまで隠すことなくない？」

「んー……。紅オクラを求めてここに来た！」

「紅オクラ……ですか。あんまり料理に頻繁に使ってるイメージ無いですけど」

「それで逆に気になっちゃって。ゲットするには、ここに来るしか無かったんだよね」

「随分と料理にお熱ですね。何かありましたか？」

「えー。だって凛が料理上手(うま)いの見てて、素直にいいなぁって憧れてたし。今までは、兄さんと役割分担してたけど、凛と放課後残るようになったから毎日料理をして更に調理力上げるから」

　確かに二人で家事をするようになって、ボチボチ料理のこだわりが出てきてはいたものの、そんな目標があったとは知らなかった。

　っていうか、凛ちゃんが料理が上手いということは初耳だった。

「凛ちゃんって料理上手いの？」

「めっさ上手い。私と比べ物にならん」

「そこまででもないですけどね……。それに最近は料理にご無沙汰ですし」

「まぁ新生活忙しいもんねー。しゃーない」

「そう言う早紀だって、新生活なはずなのですけど……」

「特に何も考えてない！」

「早紀らしいですね～……」

「あ、あとさ言うの忘れてたけど、中学の時から付き合ってたあいつと別れたわ」

「さ、さっぱりしてますね……」

妹の彼氏についての話は、前に聞かされていたけど結局別れたらしい。

聞けば聞くほど、この二人の性格は対極にしか見えないなぁ。

「あー、付き合うんじゃなかった。別れ話切り出したら、あれこれ言われるし」

「彼が必死だったのは知っていますから、何となく想像は付きますけどね……」

「凛は相変わらずモテるだろうし、高校生にもなったら恋愛に興味出てくるかもしれないけど、何となくで付き合わない方がいいかも……」

俺の目線から見て、ライトな感覚でのお付き合いもありだと思っていたけど、妹的には散々で懲りてしまったらしい。

ある程度の交友関係にある程度慣れてから初めて、そういうライトな感覚でのお付き合いが成立するのかな……？

委員長も話し的に、付き合った話をするときは個人的に反省とか後悔を感じていることもあるだろうけど、猛烈に歯切れが悪いし。

そもそも、俺からしても肯定的な意見を言っているが、ライトな感覚で付き合っていい雰囲気になれるかどうか疑問ではある。

「それはご心配なく。私のメンタルでは、ライトな雰囲気でお付き合いしたら、苦しくて

途中でダウンしてしまいますからね。流石にしませんよ」

「うー。恋愛観もちょっとは凛を見習うかー……。マジで今回はウンザリした。二度と同じ失敗したくないわ」

「見習うも何も、私はまだお付き合いしたことありませんけどね……！」

「それもそうなんだよねー。凛ってば、好きになられる経験は腐るほどしてるのに、凛自身が好きになったとか聞いたことないもんなぁ」

「聞いたこともないも何も、誰にもそんな話してないし、するような内容も無かったですからね。あれば、その都度早紀には話してますよ」

「どうだか。成績については頑なに話さなかったじゃんー！」

「そ、それはそうですけどっ！」

「あはは、ごめんごめん。そりゃ隠したいこともあるよね」

「逆に早紀が何でもオープン過ぎるだけなのでは……？」

「そうなのかなぁ。ま、まずは好きな人出来たって話は近いうちに聞きたいなー？　ってか、まずはちょっといいなーって思ってる人とかいないの？」

「うーん、どうでしょうかね」

「えー、それも内緒？」

「少なくとも、一緒に入学した同学年には、いませんね！」

「それは、上の学年にはいるってこと⁉」

「……さあ、どうでしょうか？」

「一番良いところで誤魔化されたー！」

くでーっとテーブルに突っ伏した妹。

それを見て、楽しそうに笑う凛ちゃん。

「まぁでも、そんな話が出てくるだけでも興味深いけどね。今まで本当にそんな話無かったから」

「まぁ少なからず興味はあります」

「でもさ、そうなったら兄さんと今一緒にいるのは難しくなっちゃいそうだね」

「まぁ、いつかはそうなるのが普通だろうし、その時が来たらその時だ」

確かに妹の言うとおり、凛ちゃんに彼氏ができても相変わらず二人で会っていたら、トラブルになるのは間違いない。

そうなったら少し寂しいけれど、いつかは来ることなのだろうと頭に入れておかなくてはならない。

「そんなことはないと思いますけどね？」

「「え??」」

俺と妹の話に、凛ちゃんは一言だけ真っ向から否定した。

「何で?」

妹がそう問いかけるが、凛ちゃんはニコッと笑っただけで何も言わなかった。

そして、そんなタイミングで凛ちゃんのスマホが音を立てた。

「うん、じゃあそろそろそっち行くね……。ごめんなさい、招集かかっちゃいました」

「うん。じゃあね、凛!」

「楽しかったよ。ありがとうね」

「いえいえ、こちらこそアイスご馳走(ちそう)さまでした」

ペコリと頭を下げると、凛ちゃんはフードコートから去って行った。

「うーん、今日の凛は読めなかったなぁ。何で最後だけあんなに頑なな返事だったんだろ?」

「お前に分からないなら、俺に分かるわけねぇよ」

「だよねぇ。あの表情でだんまりなら、本気で言わないってことだろうし。うーん、気になる!」

「ほら、俺達も荷物持って帰るぞ」

「うん」

俺達もフードコートを後にして、コインロッカーに預けた荷物を回収して、帰路に就いた。

今日、最後の凛ちゃんの表情を見ると、彼女も彼女なりに恋愛という複雑な部分に足を踏み込み始めているのかなと感じた。

ともあれ、何かと俺が凛ちゃんの人間関係への障壁にならないように配慮しなければならないとも考えた。

第25話

家に到着すると、妹にすべて持たされた荷物をようやく下ろすことが出来た。

「はい、お疲れー。冷蔵庫への片付けは私がするから、もう引っ込んでもいいよ」

「……はい」

最初誘われた時は、兄妹(きょうだい)デートとか言っていたのに、最後はこのあしらわれようである。

と悲しく感じながらも、収納する要領は明らかに妹のほうが良いのと、どうせ使うのもこいつなので特に俺がやる理由も無い。

自室に戻って、部屋着に着替えてそのままベッドに横になった。

スマホを見ると、遥輝(はるき)や幸人(ゆきと)、委員長から連絡が来ている。

「返信……後でいいか」

話している内容としては、三人とも何気無い日常会話。

今、とても強い眠気に襲われていた。

買い物って意外に疲れる。

凛ちゃんの登場から、予想外の流れになったことも緊張感に繋がって疲れているというのも、あるのかもしれない。

返信は後回しにしてそのまま目を閉じた結果、夕方まで眠ってしまった。

その日の夕食に、早速紅オクラを使ったシャレたパスタを妹が作り出して満足そうにしていた。

確かに美味かったが、特に紅オクラじゃないといけないという特別感を、俺自身は感じなかった。

もちろん、そんなこと妹に言ったら絶縁を申し込まれそうなので言わなかったが。

そしてそんな濃い土曜日に対して、日曜日は何の中身も無い俺らしい怠惰な時間を過ごした。

休みの日にも勉強することは望ましいことだが、平日にそこそこやっている余裕やらあって、何もする気にならない。

ベッドに転がって動画を見るか、本を読むか。

一方の妹は、凛ちゃんとは別に違う友達と遊びに行くと飛び出していった。

「凛ちゃんに、早紀と対極の性格だとか言えるような立場でもねぇな……」

ここにいる兄自身も、妹とスタンスが正反対なような気がしているのだから。

週が明けて、また一週間が始まる。

何だかんだ新学期が始まって二週間ほど経過すると、四月も終わりが見えてくる。

三学期制のうちの学校では、中間試験が五月の中旬に控えているので、ＧＷが明けるとすぐにテスト週間になる。

そんなこともあって、大体みんなテストへの危機感よりも、その前にある休みに対する話ばかりが目立つ。

「ＧＷは二人とも全部部活？」

「俺は練習試合漬けだな。幸人は？」

「一日休みはあるかなってぐらい。うちの高校に他校を呼んでの練習試合と普通に練習って感じかな」

「二人とも大変だねぇ」

「怠惰にはなりたくないが、こうして見るとオールフリーのお前にちょっと羨ましさを感じる」

「そうだろう？」

球技をやる二人にとって、ＧＷは練習時間として貴重なものであることは間違いない。

これだけ休みが続くと、練習試合の予定も組みやすいし。

「彼女もいねぇのに、何してんの？」

「……最初の言葉要らねぇな。ってかそれ春休み明けにも聞かなかった？」

「あー、何だっけ？　大半寝てるだっけ？　いいよなぁ、その時間俺にくれよ。彼女が遊びに行きたいって言ってるのに、部活で断ったら拗ねちまったし」

「知らんがな！」

結局、俺の怠惰ぶりを批判するように見せかけて惚気話になった。悔しい。

「遥輝もそんな感じなんか……」

「え？　幸人も何かあったのか？」

「いや、遥輝みたいな感じとは言わないけど……。会える時間が少ないから、会うときはお互いに気を遣いすぎて最近ものすごく噛み合わないっていうか」

「……」

ダメだ、もう会話に入れない。

「もっと気楽で良くない？」

「そうなんだけど、部活とかで何度か断ってるのもあって、会える時は何とか彼女の良いようにしてあげたいんだけど、相手も同じようなこと考えてるのか譲り合いみたいで逆によそよそしくなる」

「えー……。なんか俺達とは大違いだな」

「……」

「斗真？」

「いや、俺には気にせずに話してもらえたら」

「斗真さぁ……。このGWに誰か遊びに誘ってみたらいいんじゃない？」

俺の微妙な雰囲気を感じ取った遥輝が、やれやれといった感じでそんな提案をした。

「いやいや！」

「なんで日和るんだ……」

本気で残念そうな顔をする二人。

……やっぱりこういう話の時は、俺のことを無視するか、適度におもしろ感覚でいじられる方が楽かもしれない。

そんな友人達にそこそこ冷めた目で可哀想に見られて、ガッツリ傷ついても放課後は、いつもの場所に集まって凛ちゃんとお勉強。

「お兄さん、お疲れ様です」

ニコニコ笑顔と明るい声で出迎えてくれる。

これだけで今の俺の傷付いた心に染みた。

「これだけで十分だ……！」

「？？？」

何のことかさっぱり分かっていない凛ちゃんは、不思議そうに頭をかしげている。

「何かありました？」

「友人達に日常的なマウントを取られているんだけど、今日のは一段と心に刺さったから……」

「そ、そうでしたか……。それは大変でしたね」

勉強を始める前に軽い掃除とともに、その話の続きを凛ちゃんに話した。

「でも、良いご友人さんたちですね。早紀の彼氏について聞いた後にこういう話を聞くと、よりそう思います」

「そうなの？」

「多分、早紀はお兄さんには深く話さないでしょうね。ここだけの話にして欲しいんですけど、それなりに面倒な相手だったんですよ」

「そうなのか。なんか俺の前ではあっさり感で、ちょっと話にあったんだけど、土曜日の反応はちょっと過剰じゃね？　って思ってたのにはそんな理由があったのか」

「そういうことになりますね。そう言えば、土曜日のお買い物した材料で、早紀は料理を

されたのですか?」

「うん。早速紅オクラを使ってパスタ作ったよ。報告は無かったの?」

「早紀は、私に成績のこと言わない～って言いますけど、早紀は早紀で料理関係の話は私に言いませんからね」

「そういうことね」

本人は満足そうにしていたたし、十分レベルは高かったと思う。

それでも、凛ちゃんに敵(かな)わないと感じているのか。

凛ちゃんの料理レベルの高さについて、話を聞けば聞くほど、気になる。

「そんなオシャレなパスタ作ってるなら、見たかったな～」

「凛ちゃんに見せればいいと思うんだけどね。早紀がそんなに意識するなんて、凛ちゃんがどれくらい料理上手なのか、気になって仕方ないんだけど」

「食べに来ます?」

「え?」

「え?」

あくまでも会話を更に広げるために言った言葉が、自分の想定している方向とは別に広がった。

　そのことに対する戸惑いの声と、そんな反応をされたことに対する戸惑いの声が同じ一文字の発音として被った。

「今、なんて言った？」

「え、気になるなら実際に食べに来たら分かるかなって。それで食べに来るかどうかお尋ねしましたけど」

「な、なるほど……」

「あっ！　さっきの話でＧＷに一緒にいる人がいないとも言っていましたね！」

「うん、言ったね」

「ＧＷ、私が昼食をお作りしましょう！」

「どこで？」

「調理をするので、もちろん私の家になりますね」

「えっと、親御さんは？」

「多分いません」

「多分？」

「必ずいません。追い出します」

　最後物騒な言葉が聞こえたような気がするが、表情はニコニコしているので、気のせい

だろう。

「まぁしかし、そのためだけにお邪魔するのもな～……」

「勉強すればいいんですよ！　早紀にもテストが近いことを伝えれば、納得してくれるでしょうし」

「うーん……」

確かにそうなのかもしれないが、やはり大きな抵抗が払拭（ふっしょく）される訳でもない。

「早紀のと味比べ、してみたくないです？　そこで私のご飯食べて、早紀の料理を食べて褒めれば自信を持たせることも……！」

「まぁ確かにそうなんだけど……」

「……やっぱり嫌ですか？」

凛ちゃんからの矢継ぎ早な提案を聞いても、なお決めかねていると、悲しそうな顔をする。

「そ、そんなことないって！」

「なら、たまには恩返しさせてください……！」

恩返しというものを貰（もら）うほどなにかした覚えは無いし、妹と仲良くしてくれていることで十分なのだが、そんなことを言うとより彼女は悲しむか。

「分かった。じゃあ、予定立てながら一日どこか凛ちゃんが都合の良いところで」

　そう言うと、パアッと表情が明るくなる。

　整った顔立ちが明るい表情に変化を遂げるとき、彼女はより魅力的に見える。

「……はい‼」

「じゃ、勉強しよう」

「はーい。あ、そう言えば小テストが、各科目であるとの予告が出ています」

「分かった。じゃあ一科目ずつポイントが抑えられているか確認しようか」

　この後は、お互い真剣に学習に向き合った。

　部活でにぎやかな音が窓から少しだけ入る教室で、二人の話す声とペンを走らせる音だけが響いている。

第26話

こうして勉強するようになって一週間以上経過したものの、慣れてくれば板についてくるものだなと思う。

いくら中学時代にもこういうことがあったとはいえ、学校内でも変わらずに取り組めるとは正直思っていなかった。

あの頃はお互いに受験シーズンを迎えたりして色々あったから、むしろ今の方がより落ち着いていている。

黙々とペンを走らせる凛ちゃんの表情は、あの時と一切変わらず引き締まったもの。

「凛ちゃんは今の時点で、将来の夢とかあるの？」

「将来の夢……ですか？」

「うん。めっちゃ唐突なんだけど」

これだけ意識高く勉強出来れば、行きたい大学へどこでも行けそうだ。

今の時点でどんなことに興味があるのか。

「逆に、お兄さんは理系クラスを選択してますけど、将来にむけて何か方向性とかありま

すか？」

「うーん。正直なところ、理系の方が選択肢が多いよって促された感じかなぁ……。個人的にも数学とか理科がまあまあ好きだし」

「あれ、お兄さんやたら社会強くありませんでした？」

「一番強いのは社会だね。地理なら全く勉強してなくても、模試とか校内模試学年一位になれる」

「やっぱり強いですね」

「ただね……。選択肢が無いのよ。社会って」

「まぁそんな感じしますものね……」

歴史とか地理について極めて高給料の道もあるかもしれないけど、あまりにも狭き門すぎる。

世の中を見れば、上には上がいるわけでその枠を目指すために、全てを懸けるほどの度胸もない。

「って、こんな情けないやつが聞くのもあれだな……」

話振っといて、肝心の俺がここまであやふやで周りに言われたように動いている。

「いえいえ。私もお兄さんと同じで、はっきりと何かやりたいこととかは決まってません

ね……。強いて言うなら……」

「言うなら?」

「早紀にもあんな感じで言われましたし、ちゃんと自分が好きになっていいなって思った人のお嫁さんですかね?」

「な、なるほどね」

心配しなくても、その夢が叶うかどうかはもはや凛ちゃんの決断次第だと思う。

元々、丁寧で慎重な性格だから見定めは間違いないだろうし、凛ちゃんと一緒になることを拒むやつなんて基本いないだろうし。

「こんな話は女子の前じゃ出来ませんし、早紀には笑われそうなのであんまり言えないんですよね。ですから、お兄さんの前でのみの告白になってしまいますがね!」

「まぁイケメン高学歴で、性格も良い王子様がいつかは現れますよ」

将来、この子が結婚する時か、普通に早紀に会いに来た時とかに彼氏を見ることになるだろうけど、見て詳細を聞いた時には、格の違いに絶望するんだろうなぁ。

「な、なんでそんな悲しそうな顔するんですか?」

「なんか現実の厳しさを知った」

「同じ話をして、うちの父とは何か別の雰囲気の悲しさを出してますけども……」

「そんなものよ」

自ら切り出した話から始まったことだが、予想外なところで自分の心にダメージが入った。

まぁ、勝手に自分でふさぎ込んでるだけなのだが。

そんな話をしながら、凛ちゃんの小テスト対策をして今日は帰宅した。

家に帰って、家事をこなす妹の顔を見てまたその将来の彼氏が俺よりも格上になるであろうことを思い返して勝手にテンションを下げた。

「どーした？　なんかテンション低いけど。まさか凛と喧嘩した⁉」

「んなわけない。あんないい子と喧嘩するわけねぇだろ」

「じゃあ、なんでそんなに元気ないの？　みんなの前で先生に怒られるかいじられるかした？」

「そうじゃないけど……。お前からしたらくっだらない悩みだよ」

「お？　童貞こじらせたか？」

「そのセリフ、この世で一番お前に言われたくねぇわ！」

まず家族には言われたくないし、百歩譲って姉とか年上の存在が仮にいて、言われるならまだいい。

年下の高校入りたてのクソガキにだけは言われたくない。

「お、ちょっと元気出てきたか」

「元気が出る前に、悪い副作用しか出てねぇよ」

「まぁ荒療治つーことで！」

気を遣っているのか遣っていないのか。

多分一番近い答えは、兄のことは大して心配してないけど、目の前で萎えられてるとめんどいから面白半分でいじって何とかなればいいなという考えに違いない。

「萎えきってるけど、今日の凛との勉強の進捗具合は？」

「小テスト近いらしくて、その対策を去年のことも踏まえてやった。あと、ＧＷ明けに定期テストあるから、ＧＷ中に勉強するために来てくれないかって凛ちゃんが」

凛ちゃんが今日のうちに連絡を入れるだろうから、俺の口からも今日の話したことを、伝えておくことにした。

「おー、そかそか」

「あれ、驚かないの？」

思ったより反応が大きくない。

あり得たこととばかりに、軽くウンウンと頷いてこちらを見ることも無い。

「だって休み中は、学校に行くのも面倒だし？　出かけるにしてもお金かかるし、どっちかの家でやるってなっても別に驚かないよ」

「俺が凛ちゃん宅へ行くっていうことには？」

「別に何とも。凛は散々家に来てるじゃん」

凛ちゃんにも言われたけど、しょーもないことを考えて意識していたのは俺だけだったらしい。

「で、その日は昼飯作ってくれるって言ってた」

「え⁉　嘘でしょ⁉」

こっちの反応のほうが凄かった。

「いや、土曜日の話の続きになってさ。凛ちゃんが料理上手いっていうの気になるって言ったら、そこからこの話に繫がったわけで」

「マジかぁ～いいなぁ。凛の手作りなんて、私でもなかなか食べる機会無いのに。ってか、凛のご飯食べて、私のご飯との差に萎えたら泣くから」

「そんなに差出ないだろ……」

別に食材レベルも同じだし、凛ちゃんはプロというわけでもないのに。

嫌いになるとか、絶縁するとか言っているときより、泣くからとか言っているときのほ

うが妹的にはマジな反応。

「パスタだって良く出来たって話をしたら……」

「それを言うんじゃないよっ！」

「痛い……」

コンッ！　っとおたまで素早く叩かれてしまった。

「ほんっとありえない！」

「凛ちゃんは凄いって言ってたし、見たかったたって言ってたのに」

「まだまだ！　私の満足出来るレベルまで到達してから、見せることにしてるんだから変なことしないで！　サプライズってやつよ！」

「は、はぁ……なるほど」

何がサプライズなのかは、正直よく分からない。

今後、凛ちゃんにご馳走でもするということだろうか。

よく分からないけど、とりあえず分かったかのような返事だけはしておいた。

「まぁしっかり味わってきな」

「そ、そうするわ……」

「まぁでも、ただでさえ最強に可愛い凛に、そこまでもてなされたら流石の兄さんも好き

になったりしちゃうんじゃない？」

「それは無いよ。あくまでも、お前の友達を助けるための俺だもん。そんな感情抱いたら、凛ちゃんが苦しくなるしお前にも良いことが何も無いからな」

そう言うと、妹はニカッと笑った。

「色々考えてくれてるね。頼んだよ、兄さん」

「おう」

妹にとって何気ない一言が、俺には深く刺さって心をビクリとはね上がらせる。

こうして妹と何気なく話すことで、より凛ちゃんとの関係が難しいものであることを、何度も再認識させられる。

第27話

「まぁ、何だろうね。兄さんと凛が一緒になる世界線ってやつ？　想像がつかないね」

「というか、今のところ凛ちゃんが誰とであろうが、くっつく光景思い浮かばないだろ」

「そうだね。まぁ、テレビに出る俳優レベルだったら、すぐに納得だけど」

やっぱりそこに収束するらしい。

男も女も、容姿が占める重要さの大きさは変わらないらしい。

「仮にだけどさ？　もし、俺みたいなやつだったらどう思う？」

「えー……？」

「あ、もうその反応だけで十分ですね」

俳優レベルのイケメン以外と、付き合っていたならどう思うのか、ちょっとだけ気になったので聞いてみたら、反応がもう悲しい。

俺みたいなやつ、とか言う聞き方がダメだったか。

「兄さんみたいな、っていうところが難しいところだね」

「難しい？　まさに微妙な反応だな」

「兄さんレベルのスペックっていう意味なら、なんかね。で、今の兄さんみたいな立ち位置で真摯に凛を支えているならありかなって思ったりするけど、現状を見るとくっつく想像がつかないっていうね」

「はっきり言って、俺ぐらいの能力じゃ嫌だ……ってことね」

部活もしてないし、勉強でも全国難関レベルには届かないわけだし。そうも言いたくなるか。

「まぁそこまでは言ってないから、いじけるなって！」

女の子は心の中で、こうして男を評価していると考えたら、やっぱり気軽に声掛けとか出来るわけない。

妹ははっきりズバズバ言うけど、凛ちゃんや委員長は優しくて口に出さないだけで、二人とも同じようなことを考えているということなのかな。

……恋愛とかいう以前に、より二人の前で変なことをしないように意識しておかないといけないような気がしてきた。

「あちゃー、随分と私の言葉がダメージになったって顔してんねー」

「いや、なんか現実を見つめ直せってことだと思う」

「そんなに自分を諭すようにしなくても、兄さんは十分ちゃんとしてるよ。私が保証して

やるから！」

トントンと胸を張りながら、軽く叩いて力強く言い切った。

その表情は何故(なぜ)かドヤ顔。

残念なことに、胸を張った割には、常日頃から妹が豪語しているスタイルの良さが分からなかった。

「この私が、自慢とするのが誰よりも最強に可愛い凛と、何だかんだ優しくて頼りになる兄さんだからな！　自信を持て！」

「凛ちゃんと並べてくれるなら、素直に受け止めようかな」

「おう！　そうしろそうしろ！　友達とかにも積極的に行けとか言われんの？」

「言われるね」

「でしょ。友達だって、一緒にいるやつの評価が周りで低いなら、変なことして欲しくない。だけど、ちゃんとしてるからこそ普通にそういう声掛けしてくれるんだって！」

「そんなもんなのかな？」

「そんなもんよ。凛とかには、彼氏や好きな人どうなのって話するけど、他の知り合いとかでたまにいる恋愛関係で事を荒だてるタイプとかには、絶対にそういう話しないし。それくらいは分かるっしょ？」

「確かにそれはそうだな」

「うん、そういうことよ。やってみて駄目だったら、私や友達含めてそれはやめなよって、最初は言うだろうし」

いつの間にか、妹相談室になっている。

鍋の中に入っているものをお玉で混ぜながら、話をしてくれる。

「最初に諭されて、素直に受け止める人と変わらない人がいるしね。兄さんはもちろん前者になるね」

「勉強になります、先輩」

「そんな初な兄よ、好きな女はおらんのか？　先輩と持ち上げるなら、それくらい言っても良かろう？」

「好きな人……ね」

過去を振り返って好きになった人。

……あんまり記憶がない。

「強いて言うなら、小学校の頃の塾にいた同じクラスの子かな？」

「え、随分と遡るな。なぜに、中学時代の思い出が何も無いんだ」

「部活に基本的に必死だったし、勉強もしなきゃいけないし、最終的に怪我して日常生活

に必死になった結果がこれよ」

「ごめん。一緒にいたんだから、ちょっとは察しておけばよかった」

「いいっすよ、先輩」

今思い返せば、ちょっとした厨二病みたいなところもあって、近寄り難い雰囲気も出していたような気がする。

その上怪我で、見た目でもドン引きさせた結果、出会い無し。

「まずは気になる女子を見つけないとなー……。初歩的なとこだけど、ボチボチ拗らせてるから、その最初のステップが一番難しいなぁ」

拗らせてると、隠すこともなくストレートに言い切る妹。

でも、言われていることは事実である。

「先輩の恋愛事情、聞きたいっす」

妹の恋愛については、結果報告みたいなことだけ聞いて俺が勝手にあれこれ想像していただけなので、実際にどんな感じなのかは分かっていない。

「うーん。その時に一番求めるもの、っていうのがあるね」

「難しいっす、先輩。分かりやすく言え」

「段々、クソ兄感出てんぞ。うーん、分かりやすくって言われてもそのまんまなんだよ

ね」

「その時に一番求めるって、イケメンとかは常時一番求められるだろ」

「もちろんそういう子もいるよ。そういう子は、一番求めるものが、容姿でどんな時も揺らぎないってだけでしょ」

「は?? 意味分からん」

妹が何を言いたいのか、さっぱり分からない。

「えーっとね、例えばの話。ドラマの話で、〇〇なタイプの俳優が今人気！ってあるでしょ」

「うん、あるな」

「そこまでライトな感覚じゃないけど、その時の情勢とか、その人が置かれている状況で何を求めているかって変わるじゃん。お金がないなら、お金持ちに憧れるとか。悲しいことがあったら、優しくしてくれる人や面白い人が良いとか」

「あー、なるほど」

段々と妹の言いたいことは分かってきた。

「まぁ確かに、どんな時もイケメンが一番！ってなる人は多いよ。優しさ一番でも、イケメンかそうじゃない人かで受け止め方も変わるしー」

「そんなもんか……」

「でも、美女と野獣っていう言葉があるように、何かがきっちりと合致すると恋愛成立、じゃない？」

「せんぱーい、質問でーす。じゃあ、最近別れた元カレは、先輩が求めているものを持ってたってことですかー？」

「ブブー！　イエローカード！　そういう調子に乗って無神経なところに勢いに乗って入るなんて、あり得ません！」

「イエローカードは真摯に受け止めますんで、とにかく教えろよ、先輩」

「真摯って言葉便利やなー……。ってか気の弱い上級生がヤンキー下級生にいじめられるみたいな古臭いノリやめてくれる？　何だろ、その時は話してて面白かったかな」

「やっぱりお前ってライト過ぎない？」

「いや、相手の告ってくるタイミングが一番良かったね。ちょっとでもタイミング遅かったら無かった。一番最高潮の時に来たから、まぁ良いかなって……。で、後悔した」

「なるほど。意外とチョロいんすか、先輩」

「はい、イエローカード二枚目」

「退場じゃん」

「うん。ということで、この話は強制的に終わりまーす」

真摯に受け止めると言った一分後にもう一枚イエローカードを貰った。

カッカしてるサッカー選手でも、このスピードで二枚目を貰う人はいないだろう。

「でも、ちょっと参考になった。ありがとう」

「いっつもそうやって素直でいりゃあいいのに。真摯って言葉乱用するクソ兄よりも、素直で初な兄のほうがいいわ」

「ちょっとは考えておくわ」

「ま、明日には累積イエローカードは全部消えるから、またなんかあれば相談しな」

「助かります、先輩」

やっぱりこうして話していると、他の家庭の兄妹よりも俺と妹は仲がいいに違いない。

第28話

凛ちゃんの小テストの対策をしているが、俺自身も小テストに追われている。

理系科目は当然授業数が増えることで、把握しなければいけないことも増える。

そのために、内容を確認するための小テストがある。

そして、他の科目も理系の比重が多くなるからこそ一回一回の内容を重視するので、しっかり小テストがある。

端的に言うと、小テストの量が一年生の頃よりやたら増えた。

一年の頃は、英単語と数学、物理の簡単な計算テストぐらいしかなかった。

しかし、今は難易度と量が増えて再登場し、それらに加えて化学、世界史、地理の暗記系のテストまで登場し始めた。全然嬉(うれ)しくない。

凛ちゃんは、真面目でいい点数を取りたいと、いいモチベーションを保っていたが、一年の小テストは別に悪い点数でも、補習や追加課題までは課さないところもそこそこあったので、テスト予告されても全く勉強していない人も少なくなかった。

ただ、二年生からは話が違うらしい。

どのテストも八割取れないと、即補習か再テスト。

または、イエローカードみたいに累積システムだったりして、一定回数で専用課題とかルールは様々で、俺らにストレスを与え続けている。

そして今日も、容赦なく眠くなる五時間目に数学の小テストがあった。

内容としては、みんながテキストの難しめの問題を容赦なく出してきたこともあって、相当な犠牲者が出た。

俺も委員長ノートが無かったら、普通に終わっていた。

二人にもこの範囲まで教えたかったが、そこまで到達するには間に合わなかった。

「あー！　もう無理！」

「いや、俺もきっついわ……」

遥輝や幸人もかなり参っている。

今日の小テストに引っかかった人の多さを考えて、しっかり長めに放課後の補習が決定して、二人とも激しく萎えている。

今までうちのクラスの数学の小テスト不合格者の対応は、追加課題でしかも量が少なかった。

それなのに、補習という処置が出たことが、なお二人の萎える気持ちを加速させている。

正直なところ、教え方がふわふわなのに、更に時間をかけて何を教えるのかは、俺にもよく分からない。

「今日の範囲まで教えられなくてすまん」

「いや……。多分教えてもらってもこれは分からなかったわ……」

「今まで何とかしてくれてたから、責めるわけないって……」

と言いつつも、二人のテンションは最低。

話すごとにどんどんトーンが落ちている。

「トイレ行ってくるわ……」

「あ、俺も行ってくる……」

「おう」

二人とも肩を落としながら、教室から出ていった。

「二人はだめだったの？」

二人が廊下に姿を消した後すぐ、委員長が声を掛けてきた。

「ごめん。想像以上に進むのが早いのと、二人のスケジュール見ながら夜に教えていくのでは間に合わなかった……」

「そっか、そりゃどうしようもないね。正直私も、斗真からの話で問題やる流れになって

なきゃ終わってた。ほとんどやられたみたいで、みんなあの二人みたいに萎えちゃってる」

「この後の放課後に、ボチボチしっかりめの補習だもんな」

「そんなみんなが萎えきってる状況の中、六時間目のHRで体育祭運営委員決めだってさ」

先ほど休み時間になって、数学の教師と入れ替わりで入ってきたうちの担任を見ながら、肩をすくめる委員長。

「誰も立候補しないの決定だな」

「ね。タイミング悪すぎるって話よ。本来ちょっとでも興味あった人も、今の心理状態じゃ名乗り出る気も全くしないでしょ」

「まぁ過程はどうあれ、そのことを委員長は想定していたわけだし？」

「本当に助かる。これで斗真にも無理って言われてたら、完全に詰みだったね」

「ダンマリのHRとか、最近無かったもんな。なかなかに地獄の時間だし」

「本当にそれ。さっさと決めて、自習なり何なりの流れにしたい。切実に」

HRの時間に決め事をする時に、嫌な役割で誰も立候補せずに永遠にも感じられる静寂の時間。

漫画とかによくある、いじりやいじめみたいに強制的な推薦みたいな構図なんてないので、結局何も決まらないまま時間だけ進む。

黙って静かな時間を過ごすのはみんな苦痛だが、こういう時に一番きついのが委員長なんだろうなぁ。

いくら人望があろうが、委員長が直接みんなの前で「やってくれない？」とか言えるわけないだろうし。

どんな声掛けをしても返ってくる反応は無いのに、進行責任を負わされてるから、辛い立場である。

「じゃ、流れ見て話振るからよろしくね」

「うん」

六時間目の開始を知らせるチャイムが鳴ると、まずは担任の教師が教卓の前に立つ。

「この時間は、六月に行われる体育祭運営委員を決めてもらう。まだ活動はしないし、早めに決めることになるが、ＨＲの時間を取る機会がなかなか無いのでな。じゃ、後は学級委員の二人が進行で決めてくれ」

俺が委員長とばかり関わっているので目立たないが、もちろんクラスには男子の学級委員もいる。

ただ、寡黙な雰囲気で常に休み時間も本とか読んでいたり、一人でいることが多いので関わりにくさを感じていて、話した記憶がほとんど無い。

活発的な委員長が司会をして、彼が黒板に書いたり記録を残したりする役目を担っている。

「さぁ、みんな。さっきの時間で、ちょっと気持ちが落ち込んでいるかもしれないけど、体育祭運営委員やってもいいよーって人いないかな!?」

元気よく言うが、全く反応は無い。

こうなることが分かっていて、無理して元気に声を出す委員長の声だけが虚しく響いた。

その上、厄介なことがもう一つ。

担任教師が、何も提案やサポートをする気は無いくせに、無駄な茶々だけ入れるのだ。

その一言一言に、ただでさえ萎え切っている生徒たちがさらに萎える。

何か言いだすごとに、委員長の頬がピクッと吊り上がった。

おそらくは余計な口出しをするな、と思ったのだろう。

……この担任教師、もしかすると寛容なこの委員長に一番嫌われているのでは？

「もちろんみんなには、部活とか、それこそ補習とか課題とか、色々あると思うけど。男女一人ずつ必要だから、何とかやってくれる人……！」

頼み込むような仕草をしながら、こちらをちらっと見た。そろそろフリが来るかな。

相変わらずクラスのみんなからの反応は無い。

予想された静まり返った非常にやりにくい状態……でもなかった。

というより、相変わらず何も切り出さない生徒たちを煽るように教師が茶々を入れてくるために、委員長がイライラしている。

実際のところ、この時間で一番担任が喋ってうるさい。

「斗真〜。体育祭運営委員、やってみない？」

状況が変わらないと見た委員長が、予定通り俺に役割の話を回してくる。

「え、俺？」

一度戸惑いをはさむ。ここまでワンセット。

「うん。部活もしてないし、その他色々なところ見ても適任だと思うから、やってくれないかなーって。どうかな⁉」

委員長がそう言いながら振ると、クラスメイトの視線がこちらに集まる。

素直に引き受けてくれ、という顔をみんなしている。

「んー、そうだな。やってみようかな……」

とんだ芝居だが、お互いに決めたことを自然体で実行するのみ。

「お！　じゃあ、男子は斗真行こうかな！　異論が無い人は拍手で！」

委員長がそう言うと、全員が拍手する。

そんな流れで決まろうとしていた時、担任教師が俺に声を掛けてきた。

「随分と結花のゴリ押し感あったけど、それでよかったのか？」

委員長の眉間にシワが寄った。おそらくは、気安く下の名前で呼ばれたことに不快を感じたためだと思われる。

すんなり手はず通り決まったと思ったら、邪魔しかしない人が邪魔をしに来た形だ。

「もちろん。嫌だったら断ってますし」

「そうか。まぁやるからには、ちゃんとやってくれ」

高圧的でむかつくが、とりあえずここはさっと収めることを優先する。

「じゃあ、女子の方はどうするんだ？」

「誰もいないようなんで、私がします。学級委員と並行してもいいらしいんで。それに何か学級委員とこの役員の兼ね合いがあった時とかは、一番把握が楽になりますし」

「まぁ、結花がやるなら安心だな。糸原と結花が体育祭運営委員になるということで、決

定でいいなら、二人はこの用紙に必要事項をこの時間中に記入しておくこと。あとの皆はこれから自習時間。どうせGW勉強しないんだから、今からやること」

「なんでそんなに高圧的なんだよ……」

まぁその一言には俺も納得だった。

でも、こんなに委員長がイライラすることもあるんだな。

結果としては、打ち合わせ通りすんなりと決まったので良かった。

ただ、二人で用紙記入するときにイライラしている委員長を、静かに宥めることになるとは思わなかったけど。

バキッ

第29話

担任教師にイライラしている委員長に、ひとまずは落ち着いてもらった後、二人で用意されている用紙に名前などの必要事項を記入する。

「意気込みって何よ」

「まぁ……体育祭を盛り上げるために、どんなことに気合を入れてやっていきたいですか？っていうことじゃないの？」

ボチボチ大きな枠が設けられており、意気込みを書けとなっている。

名前欄の枠の大きさと比べると、そこそこ書いてくれという意思が伝わってくる。

「意気込みも何も……これしかないでしょうよ」

委員長はそんな言葉を、自習中の静かな教室内で聞こえないように漏らしながら、ペンを走らせる。

委員長が書いた意気込みはこちら。

「粛々と必要な行動を取るのみ……。なるほどね」

まぁ確かにそれが一番大事なんだろうけど。

多分、こういう言葉を必要として書いてくれと設けられているわけではないと思う。

まだ委員長、怒りが収まってないな。

いつもの明るくほんわか委員長が、こんな固いコメントなのも俺からすれば、面白いっちゃ面白いけど。

でもどうせあの担任が、校閲みたいな感じで確認して、これは微妙だから書きなおせとか言い出しそうだ。

「確かにこの言葉通りではあるんだけど、何ていうか……。みんなが楽しくやれるように頑張りますとか陳腐以下の言葉でもいいから、そうしておこ？」

「ん、私の書いたやつまずかった？」

「悪くはないけど、担任に見せて何だかんだ言われてやり直しさせられることを考えたら、ありきたりの言葉でまとめておく方が間違いないかなって」

「なるほどね！　ごめんね、勝手にイライラしてるだけなのに、そこまで考えてくれて」

「いやいや、前に散々仕事委員長任せって話は聞いてたけど、それが今日よく分かったから」

「本当にありがたい……！」

少し話すと、いつも通りのニコニコ委員長が帰ってくるので、安心した。

この後は、円滑に必要事項を書き終えた。

そろそろ自分の席に戻って、自習をすることを考え始めた時、委員長が一枚紙を取り出して何やら書き始めた。

もうちょい筆談で話でもしようぜ？

そんなことを提案されたので、俺もペンを持ってＯＫと承諾した。

この後、自分達の席に戻らずに筆談で他愛もない話を続けた。

筆談なら、静かな教室でもバレて浮くこともない――。

「二人も記入終わったら、さっさと自分の席に戻って自習しなさい」

「はぁ……」

平和に終わることが出来そうだったのに、最後の最後まで邪魔された。

平和な委員長から、修羅の委員長に変わってしまった。

お互いにため息をつきながら、自分の席に戻ることになってしまった。

そのまま大した集中をすることもなく、六時間目を終えて放課後になり、多くの生徒が怨嗟(えんさ)の声を上げながら補習場所の教室へと向かっていった。

そんな中、俺も凛(りん)ちゃんが待ついつもの場所に向かう。

自分のクラスの小テストの状況を見ると、凛ちゃんの小テストの出来がどうだったかも

不安になる。

彼女がよく頑張っているのが分かっているからこそ、信頼していないわけではない。

今日の俺達のように、普通に難しい問題でうまくいかなかった場合もあり得る。

どういう形でも、うまくいかないと凛ちゃんはすごく落ち込んでしまうだろうし。

そんな不安もあって、足早に社会科資料室に向かった。

到着すると、いつも通り凛ちゃんが先に来ており、解錠して中に入っていた。

「今日もお疲れ様です」

「凛ちゃんもお疲れ様」

いつもと変わらない笑顔と労いの言葉。

今日は一段と色々あったが、これでとても癒される。

「お兄さんに、色々と見せたいものがあります」

「何かな？」

「小テストの結果になります！　色んな科目やりましたけど、こちらに全部あります！」

「どれどれ……。おお、よく出来てる……というか、全部合ってる」

「はい！　パーフェクト勝利です！」

凛ちゃんが俺に見せてくれた小テストは、どれも満点だった。

問題を見ると、簡単なものもあるが、そこそこ難しい問題も含まれており、これだけミスなく全て正解出来ているのは、とてもすごい。

「ミスなく出来ててすごい！　本当に頑張ったね」

「はい！　お兄さんにあれだけサポートしてもらったので、キチンと成果を出せて良かったです」

「後はこのまま定期テストに向けて、勉強を継続して頑張っていけば、大丈夫だからね」

「はい」

「じゃ小テストも終わったようだし、また課題少しずつでいいから進めようか」

俺がそう言うと凛ちゃんは頷(うなず)いて、教材を取り出し始める。

小テストですでに、定期テストの主要な範囲は完璧に抑えて、課題の進み方も順調。

凛ちゃんを完璧にする計画は、狂いなく進んでいっている。

これには妹も、ニッコリに間違いない。

「小テストとかで疲れてるだろうし、ゆっくりめでのんびりしながら少しずつでいいかもね」

「そうですか？　では、一つお話聞いてもらってもいいですか？」

「うん、いいよ。何かあった？」

「お兄さん、体育祭運営委員やるって言ってましたよね？」

「うん。今日ちょうど決める話し合いしたんだけど、誰も立候補しないから正式に俺で決定したよ」

「そうだったのですね。実は私も、体育祭運営委員に立候補してみようかなと思ったりしてまして」

「そうなの？」

「はい。課題とか、お兄さんのおかげでかなりの余裕を持って進んでますし、何よりお兄さんがいないと、この時間に一人じゃあんまり集中して勉強出来なそうですし」

「積極的なのはいいけど、本格的に活動するときには相当暑くなってくるから、大変かもしれないよ？　大丈夫？」

「そこは……お兄さんに甘えるということで」

「なるほど、それなら大丈夫だ。一緒に役員やれば、活動のある日と無い日の共有もしやすいからいいかもしれないし」

「ですです。なので、話し合いのある時に立候補してみようと！　まぁ同じように立候補する人がいたりしたら、ダメかもですけど」

「まぁやれるようだったら、一緒にやってみよう」

凛ちゃんは、ニコッと嬉(うれ)しそうに笑った。

体育祭運営委員として、凛ちゃんがクラスを鼓舞したらそのクラスめちゃくちゃ強くなりそう。

まぁうちも、委員長が鼓舞すればそうなるかもしれないけど、今の状況だと無理……かな?

この期間ずっと真顔で委員長は、任務を遂行するのではないかとすらちょっと思い始めているし。

「何か色々聞いたんですよ。競技ルールを考えたものが、プログラムに入れられたりするって!」

「そうそう、色々あるよ」

単純に興味を持って、楽しみにしている凛ちゃんの姿が純粋でとても良い。

二年生にもなると、部活やら補習やらで、みんな死んだ顔で他のやつが役割を課せられることを祈るという悲しい状況になってしまっているからこそ尚更(なおさら)である。

凛ちゃんには、そんな現実は知らずに、楽しく学校行事に向き合ってくれればと思ったりする。

第30話

凛ちゃんが想像以上に興味を示し始めたので、俺の知っている限りのことを教えた。

「仕事が大変な分、うちの体育祭運営委員はそこそこな権限？　って言い方がよくないかもしれないけど、出した意見が反映されることもあるよ」

「例えばどんなことです？」

「さっき言ったみたいに、役員で考えるプログラムもあるし、何なら過去の体育祭を見直して競技の配点調整とかも出来るよ」

「配点調整？」

「例えば、リレーの配点が多すぎるから、ちょっと別の配点軽いものに移して欲しいとか。あまりにも大幅な変更は、流石に無しだけどね」

「なるほどです……！」

当然このような話し合いは、多数決で一致しないと出来ることではないが、意外と毎年どこかの競技の点数が変わったとか普通にあるらしい。

「割とこういうところは、生徒の自主性に任せるって感じなのかな？」

まぁこういうスタイルだから、役員にやる気があるかどうか不安なんだな、あの担任は。今話してて、何となくそう思った。

「聞くと、改めて色んなことが出来ることが分かりました。色々出来る分、忙しくなるのは当然という感じですね」

「そうそう。多分凛ちゃんのクラスも近いうちに決めて、全クラス決まったらすぐ顔合わせとか軽い確認だけはする、ってことになるかな。本格的なことはテスト明けだね」

テスト前から色々決め事があったら、多分役員の全員がテストの結果が死滅するだろうな。

そう考えると、普段から度々招集されて何かを決めなければいけないこともある中で、部活もこなして、成績優秀な委員長のポテンシャルの高さがエグい。

どこからそんな体力と、要領良く行動するスキルがあるんだろうか。

「ふーむ、色々聞けて興味深かったです！　リフレッシュ出来たので、課題やります！」

「ほいほい」

凛ちゃんが、意気揚々と課題に向き合い始めるのを見て、俺は再び彼女の小テストを見直した。

キレイな字で、理系科目は途中式まで完璧。

模試やテストで、一度点数が上がる良い感覚が身に付くと、そこから飛躍的に伸びていく人はいるが、まさにその理想的なパターンに凛ちゃんはなっていると考えてよいだろう。

「そんなに熱心に見直してどうかしましたか？」

「いや、見れば見るほど完璧だからさ。字の綺麗さとかまで含めたら、俺より圧倒的に上」

「そうですかね？　そんなとこまで褒めてもらえると恥ずかしいんですけども」

「いや、俺もそれなりに字を綺麗に書けるようにならないといけないって再認識した」

俺はもともと字が汚く、クセや筆圧も強いのでより汚く見える。

字は心の乱れ？　とか言われているのだから、そろそろその辺りも落ち着いていきたいけど。

「そうですかね？　私は、お兄さんの書く字は好きですけどね。あ、お兄さんの字ってすぐに分かりますし」

「良いことのように感じるけど、俺の場合は、悪い意味で分かりやすいってことだからねえ……」

「読めるし、いいんじゃないですか？」

「おお、凛ちゃんからそんなライトな意見が出てくるとは」

「私は、お兄さんが書いてくれたって言うのが、いつでも分かるのが好きです。書き込んでくれたポイントが自然と頭に入りますから」

「……」

ニコニコ笑顔でそんな言葉をかけられると、直さなくて良い、むしろ直しちゃいけないような気がしてきた。

……凛ちゃん、人を駄目にするタイプだ。

「駄目よ、そんなこと言ったら本当に直さなくなるから」

「お兄さんが、私のことを何もかも肯定してくれるように、私もお兄さんのことは全て肯定しちゃいますからね。私が駄目になるって言ってた理由、やっと分かりました？」

「うん、分かったな」

しかし俺の場合は、凛ちゃんを否定する要素が何も無いからこそ、全肯定しているわけなのだが。

単純に字が汚いことは、読んでもらう人という周囲の人に迷惑をかけかねないことなので、厳しくしてもらってもいいのだが。

「字綺麗にならないと、お兄さんとはサヨナラです」ってくらい追い込まれたら、本気で直しそう。

　いや、流石にそれは辛すぎるか。

「強いて言うなら、筆圧は弱めにしていただけると、ノートが汚れなくて助かると言えば、助かりますけどね」

「それ、本当に直します……」

　筆圧の強さで、シャー芯などが細かく砕けてノートに広がると、そのせいで黒く汚くなる。

　せっかく凛ちゃんが綺麗に書いたノートも台無しになる、ということである。

　そんなことあってはならない。

「とは言っても、私が汚れる分には何も問題無いですけどね？　私をいっぱい汚して、その都度意識していつかは直っているという形になれば……！」

「言い方よ……」

「？」

　そんな言い方をされたら、尚更汚すわけにはいかないような気がしてきた、凛ちゃんのノート。

「まぁ、意識して直していくわ」

「はい！」

「凛ちゃんがこれだけ結果で示してるし、自分のテストだけじゃなく、字を綺麗にして期待に応えてみせる！」

「んー……。あ！」

何故か微妙な反応をされた後、何かを思い出したのか凛ちゃんは声をあげた。

「どうかした？」

「実はGW一日、両親にどっか行ってきてって言ったんですよ」

「いや、言い方よ」

「で、一日何処かには出掛ける予定だって言ってましたので、その日にご招待させてください」

「うん。凛ちゃんの予定に合わせるよ？」

「ありがとうございます！　それとですね、実は……」

「ん？」

「今週の土曜日も、出掛けていないらしいんですよ！」

「ほー、そうなんだ」

「で、提案なのですが、GWと言わずに今週から来てみませんか？」

「ふむふむ、なるほどね……ってえ？」

「え？」

　このやり取り、何かデジャブを感じる。

「今週？」

「はい！　是非とも来てもらって！」

「……訪問イベント到来が早すぎない？」

「お兄さん、もう体育祭運営委員になりましたよね？　適用期間に入ったものかと思っていますが！」

「それはどうなのよ！　まだ何の活動もしてないのよ⁉」

「ん～！！！」

　俺が承諾しないことに、口をんーっと閉じて不満そうな顔を見せる。

　……この顔、まだ引き下がる気が無いな。

「小テスト……。私、頑張りましたよね？」

「まぁそれは確かにそうだ」

「頑張った分、お願いを聞いてもらっても……！」

「それは字を綺麗にするということでは、駄目ですかね……？」

「……」

「……行きます。せっかくのタイミングだしね！」

「はーい！　もてなしの準備しておきますね！」

駄目だ。凛ちゃんは一度、言い出すとなかなか引かない。

凛ちゃんの性格や容姿で、下を向いて無言になられると、多分断り切ったり、誤魔化し切ったりする男はこの世に存在しないな。

あくまでもGWの予定として、ゆっくりと心の準備を整えていくつもりだった。

なのに、今週末にいきなり行くことになってしまった。

ただ勉強するだけだから、大丈夫と少しずつ言い聞かせて落ち着いてきた心が、一気に乱れに乱れることになった。

「ご飯もご馳走(ちそう)しますね」

「う、うん」

ニコニコと笑いながら、そんなもてなしの言葉を言った後、彼女は再び課題と向き合い始めた。

第31話

その後、しばらくお互いに今やるべき課題を消化するいつもの時間が流れる。

俺の場合は、珍しく文系科目の課題に追われている。

理系と言っても、文系科目が絶滅するわけではなく、普通に授業はあるし、古文や漢文を中心に提出物もそこそこ出る。

個人的には、三国志についてはとても好きなので、全部話のネタがそれだったらいいのにとか思いながら、やっている。

「泣いて馬謖(ばしょく)を斬る」っていう諸葛孔明(しょかつこうめい)が泣いた理由って、馬謖を可愛(かわい)がっていたこともあるんだけど、劉備(りゅうび)が死ぬ前に「馬謖は、絶対に大事な時には使うんじゃない」って言われたのに、思い出せずに使ってしまったことに対する己の愚かさを呪った涙だったらしい。

言葉本来の意味と、意外と違ったり要素があったりすることもあって、面白いこともある。

そういう話が模試とかで出たら、間違いなく無双出来るんだけどなぁ。

「漢文ですか？」

「うん。理系選択しても、ずっと付いて回るね。どうせ共通試験でやることになるから、仕方ないっちゃ仕方ないけどね」

「難しいですけど、その分綺麗に意味が分かると、楽しいですよね！」

「そうなんだよなぁ～」

漢文で知らない時代の話でも、必死に内容に食らいついて読んでいると、分かったときは達成感からか、内容に対する面白さが何故か飛躍的に上がる。

あの現象に、誰か名前を付けてほしい。

「私は古文の方が好きですね！　なんか切ない恋愛のお話とか多いですからね」

「確かにね。俺の場合、記憶に刻まれているのは、好きになった相手が美少女だと思ってたら男だった、みたいな話があって面白かったね」

「そういうのもあるんですね。私は、身分差とか今で言うすれ違いみたいなのが好きですね！」

結局、その後も話が弾んで、帰る時間まで話し続けてしまったが、たまにはこういう時間も悪くない。

そのまま帰る時間になったので、教室の施錠をしてお互いに駐めている自転車を取り

に行く。

校庭を歩くと、運動系部員の掛け声や吹奏楽部や軽音楽部の演奏しているであろう音が、聞こえる。

（委員長、楽しく部活で今日の嫌なことからリフレッシュしてくれたらいいけど）

俺の行動次第で、委員長にしわ寄せがいく可能性しかないことも分かった。

逆に考えると、きっちりやれば必然的に、委員長の負担が減ると考えられる。

引き受けた限りは、責任持って任務を遂行する。

そのことを改めて肝に銘じて、学校をあとにした。

※※※

帰り道は何か特別なことが起きるわけでもなく、いつも通りの道を通って、いつもの通りの分かれ道で凛ちゃんと別れて家に帰ってきた。

「ただいまー」

「……」

俺の帰宅の声に、いつも反応するやつの声が返ってこない。

その代わりではないが、家の中はカレーの匂いがすでに漂っている。

リビングに入ると、ソファでくつろぎながら漫画を読みふける妹がいた。

「あ、帰ってきたのね。おかえり」

「さっき、ただいまって……」

「ごめん、聞こえなかったんだって。だからそんな悲しそうな顔をするな」

遂に兄のことをうっとうしく思い始めたのかと、ものすごい不安に駆られたが、どうやら違うらしい。

「夢中で読んでんな。何読んでんの？」

「最近ドラマ化して有名になったやつー。知らない？」

「ドラマ見ないからなー……」

「原作が漫画っていうドラマが最近多いから、見て面白かったらこうして買ったり借りたりして読んじゃうんだよね」

そういう妹の横には、山積みの漫画が置かれている。

そしてしっかり、お菓子とジュースも手元にある。

完全にリラックスムードになっている。

「今日はカレーだったから、パパっと作れたしね。空いた時間はこうしてのんびりするー」

「いいけど、父さんや母さんが帰ってくる前には片付けとかないと、流石にこれは怒られるぞ」

「それはもちろん！　片付けする時間とかも考えて、私が気が付かなかったら声掛けと片付け一緒によろしくー」

「何でそうなる……」

「可愛い妹が、あのこわーい更年期お母さんに怒られるのは可哀想だとは思わないの⁉」

「むしろ一回怒られた方がいいのでは？」

妹のお口の悪さには定期的に頭を抱えてしまうが、実際のところ、母親はおそらく更年期で些細なことにものすごい剣幕で怒る。

それが正直なところ、妹に相当なストレスを与えていることは間違いない。

女として、どうのこうのって話をされる時の妹の顔は、他人に見せられないからな。

いない時に、こうしてストレス発散するのはありかもしれない。ただでさえ、必死に家事もする上にグレたりせずにいるのだから。

「お願い！　ここにある漫画一緒に読んでいいから！」

「読んでいいも何も、一作品だけじゃなくて？」

「ううん。色んな曜日でドラマはやってるから、好きなやつ集めたら何作品かあったよ」

「ほー。今、お前が読んでるやつは?」

「ふっふっふ。禁断の恋ってやつよ! お嬢様がヤンキー男子に恋しちゃうやつ!」

「一昔前のノリじゃね?」

「あー! バカにしたな? しかし、いいんだなこれが!」

「頼むから、漫画で読んで憧れるだけにしてくれよ?」

少女漫画なのか、可愛らしい女の子とカッコいい金髪青年が載っている。

確かに表紙絵だけで、身分差というか、普段接することのない同士の恋愛ってすぐに分かる。

「平安時代から変わってねぇな、人って」

「は?」

妹には当然なんのことかよく分からないだろうが、凛ちゃんとの古文・漢文の話からそんなことを感じた。

「他の作品は?」

「これも王道よ! 幼馴染との恋! いいよねぇ、何でも理解して受け止めてもらえるって」

「確かに王道で、いつの時代も人気だな」

「いいよねぇ、こんな幼馴染いたら幸せだろうなぁ」

「訂正してやろう。こんな〝イケメンな〟幼馴染がいたら幸せだろうなぁ」

「うるさーい！　幼馴染すらいないやつに、夢を壊されてたまるかー！」

幼馴染も、カッコよかったり可愛かったりすることで、魅力が増す。

そしてそんな幼馴染を、誰よりも知っているということが、更なる魅力を呼んでくれるわけだが。

これがもし仮に、大してイケメンでもない幼馴染とイケメン男子とが同時に求められたら、絶対にイケメンに行くだろ。

ってこれ以上言うと、妹は怒るだろうから言わない。

「そんな冷めたこと言うやつは、もう一つあるこの作品を読め！」

「これは？」

「いいぞ、これは！　学校で大して接点が無かった二人が、ヒロインが辛い思いを一人で抱え込んでいるのを唯一主人公が見つけて、そっと誰にも気が付かれないようにサポートを重ねていくことで、お互いに惹かれていく話だ！　これこそ青春よ！」

「ふーん」

「ふーん……じゃない！　ここに座ってまずは読め！」

ソファをバシバシと叩いて、座るように促される。

読むなら、まず着替えて落ち着いてから読みたいのだが、素直に座って漫画を手にとった。

読んでみると、様々な問題に直面し、苦しんでいるが、一人で必死に抱え込んでいる女の子。

そして、偶然にもそれが分かってしまった青年。

お互いの人間関係に気を遣いながら、バレないように少しずつサポートして、明るい日常を取り戻していく。

その中で、段々と本来の二人の性格が表れるようになることで、お互いに惹かれていく。

でも、バレないように過ごす二人は、お互いに関係性を発展させるために踏み込むということに戸惑いを感じながらも、少しずつ歩み寄っていく。

そんなもどかしさと、甘い二人だけの空間を楽しむ話。

「……幻想だな」

一巻目を読んだ時点で、出た感想はそれだけしかなかった。

「えー、それもだめ？」

「いや、創作物としてはどれもすごくいい。でも、楽しむならこっちの幼馴染の方が、俺

としてはいいかな」

「んー、ならこっち読みな？」

「そうする」

先程、冷めた言葉で突っぱねてしまった幼馴染とのラブコメ漫画だったが、読むとなかなかにハマってしまう作品だった。

「さっきあんなこと言ってたのに、夢中になっちゃって～」

「やっぱり何だかんだメディアミックス化してる作品は面白いな」

「でしょー！　食わず嫌いはだめよ？」

そんな満足そうな妹の横に積まれている漫画の山から、幼馴染ラブコメの2巻目を手に取る。

こうして、最新刊までしっかりと読んでしまうことになるのだろうなと思った。

ただ、先程最初に手にとった作品は、もう二度と読むことはないのだろうなと、ぼんやりと感じた。

「って、もう7時前だぞ！　そろそろ撤収すんぞ！」

「あいあいさー」

俺自身も漫画に夢中になってしまっていて、親がいつ帰ってきてもおかしくない時間に

突入していた。

妹と一緒に、急いで妹の部屋まで漫画を運ぶことにする。

「ほれほれ、男なんだからしっかり持つ！」

そう言って、相当な山を持たされた。

「……」

その山積みの漫画の一番上に積まれているのが、先程読むのをすぐに止めた作品だった。

その作品の上に、幼馴染ラブコメをそっと載せてその作品の表紙が見えない状態にして、妹の部屋まで漫画を急いで運んだ。

第32話

妹の所持している漫画を読み漁った次の日、また変わらぬ一日がスタートする。

大惨事に終わった小テストで、毎日のように繰り広げられていたテストの連続は、ひとまず落ち着いてくれた。

なお、多くの人が参加させられた補習については、したところで何も分からなかったと二人から聞いた。まぁ予想通りって感じだけど。

小テストをやりすぎて、いつでもその態勢ができていることもあって、無いとすごく楽に感じる。

ただ授業を受けて終わりということが、なんて素晴らしいことなんだと感動せざるを得ない。

そんないい感じにリラックスした状態で休み時間を過ごしていると、委員長が近づいて来た。

「今日の放課後、集まる予定になったみたい。予定大丈夫だよね？」

「俺は大丈夫だけど、随分と早く他のクラスも全部決まるんだな」

「まぁ、たまたまうまくみんな予定を組めたって感じなのかな？　休み近くなると、みんなバタバタするからさっさとやろうぜって話になったみたい」

「了解。集合場所の教室とか分かる？」

「うん、さっき聞いた」

「じゃあ、委員長に付いていくってことで」

昨日の話から、凛ちゃんのクラスはまだ決まってなかったから、今日決める時に早速集まらないといけないことは聞いてそうだけど、一応放課後あるからって一言入れておくべきか。

「ってか、凛ちゃんのクラスどこか全然聞いてねぇな……」

放課後以外に凛ちゃんに会うことは無いし、彼女以外の一年生は特に知っている人がいない。

だから「何組の～さんが」みたいな話も無かったから、凛ちゃんのクラスを聞くこともなかったな。

……うちの担任みたいなやつだったら、悪い意味で話題にもなったかもしれないけど、まぁ普通はいないわな。

「地道に探すしかないか……」

あんまり一年生の教室の前で、ウロウロと不審者行動をするのは気が進まないが、さすがに一言もないのは気が引ける。

この休み時間を使って、一年生の教室ゾーンを見て回って何とか見つけて、一言声をかけることにした。

「凛ちゃんは迷いなく会いに来てくれたのに対して、俺はこの雑さ……。無いな」

廊下を歩きながら、そんなふうに思った。

散々探すのにまごついても、「私のクラス、知らなかったんですか!?」って非難されるならまだいいけど、多分「大丈夫ですよ」って笑顔で言われるんだろうなぁ、辛い。

妹みたいにあからさまにダメとか、非難してくれる方が気が楽かもしれない。

まぁ家族にはどんな対応されても、他人に比べたら楽に決まってるか。

自分達の教室がある二階から、一年生の教室が並ぶ一階に降りる。

休み時間ということもあって、廊下で話す人、お手洗いの人などでごった返している。

「これ、お手洗い行ってたら絶対に見つからないけど……。取り敢えず探してみるか」

廊下にいる生徒のことも見ながら、一つずつ開放されている窓から、教室の中を確認する。

いれば、見間違えるような顔ではないが――。

「ん？」

ちょんちょん、と軽く背中を突かれるような感じがして振り返った。

「どうかしましたか？」

そこには、いつもの凛ちゃんがいた。

「お、いたいた。クラスどこか聞いてなくて、見つかるか不安だったけど、見つけてくれてありがとう」

「そんなことだろうと思いましたよ。もうちょっと私のことを知ってくれてもいいと思いますけどね？」

「返す言葉もありません……」

と、言いつつも、非難してくれてちょっと嬉しい俺がいる。

「わざわざ会いに来たようですけど、何かありました？」

「今日、役員の集まりがあるらしい。多分、このあと凛ちゃんのクラスでも決める時に話が出るとは思ったけど、一応報告」

「わざわざありがとうございます！　私も役員になれれば放課後会えるんですけど、なれなかった時はどうしましょうか？」

「なれたかなれなかったかは、集まりの時に分かるから、いつも通りの場所で待っててく

れてもいいし、そのまま帰ってもいいよ」

「じゃあいなかった時は、いつもの場所に用事が終わったら来てくれますか？」

「ん、了解。じゃあ、そろそろ人目も気になるから戻るわ」

なかなかの人混みで話しているし、凛ちゃんが相手だと結構な注目度を、当然だが集める。

「はい！　あ、ちゃんとクラス覚えててくださいね。お兄さんと同じ二組ですからね？」

「ちゃんと覚えておく」

「あれ、凛ちゃん⁉　その人は……もしかして彼氏⁉」

話が終わる直前で、おそらく凛ちゃんの友達であろう人が集まってきた。

……なんか妹に近いタイプに感じる。早めに逃げたいな。

「違うよ。仲のいい友達のお兄さん。その友達は違う学校に行っちゃったから、色々面倒見てくれてるの」

「へぇー、そうなんだ！　お疲れっす、先輩！」

「なかなか元気な後輩だな、頑張れよ」

「うぃっす！　凛ちゃんのこともよろしくです」

「君たちもな」

駄目だ、ちょっとやり取りしただけでしんどい。

妹よりもハイテンションのガンガンの陽キャだ。

……凛ちゃん、意外とああいう子達との相性がいいのかな？

でも、凛ちゃんにも友達が出来て、楽しくやれている様子が見られて嬉しくもなった。

教室に戻ってくると、ホッと息をつく暇もなく授業開始のチャイムが鳴る。

小テストが落ち着いているタイミングで良かった。

いつもよりも緩めの授業をきっちりと六時間受けて、放課後になった。

「よっしゃ。じゃあ、斗真行こ！」

「よし」

スタイリッシュなリュックを背負った委員長の後ろについて、集合場所へと向かう。

三階に上がって、三年生の教室の隣にある特別室に、委員長は迷いなく突撃した。

「お邪魔しまーす」

「あら、結花(ゆいか)早いね。流石(さすが)と言ったところかな？」

「やだなー、会長。嫌味みたいに聞こえますよ」

「いやいや、そんなことないよ」

特別室に入ると、すでに教卓の前にはうちの高校の生徒会長である田上瑠奈(たがみるな)が集まりの

準備をしていた。

眼鏡をかけてキリッとした清楚（せいそ）な女性が、うちの生徒会長である。

正直言って、委員長とは真逆の雰囲気と言ってもいい。

「本当かなぁ？」

「本当ですよ。これで私が会長を終えると同時に、あなたが生徒会長に就任していただければ、完璧ですけどね？」

「やめてよー、ただでさえいろんな教師から面倒なやつって認識持たれてるのにー」

「それも踏まえてよ。それにすごーくあなたのことを信頼している人もいるでしょ？」

「それは言わないで……。先日そういうことがあったばっかりだから！　ってか絶対にいじってるでしょ！」

「まぁ、そうだね」

……意外と見た目の雰囲気に対して、ライトな感じだな。逆に親近感湧いていい感じだけど。

話してる感じ、委員長も結構信用している感じなのかな?

「あ、ごめんなさい。二人で盛り上がってしまって。生徒会長の田上です。今回、二年二組の役員はお二人ということなのですね？」

「そういうこっとー！　斗真は頼りになるから、今回は安心よ！」

「へぇ、男子をそんなに押すって珍しいね。これで生徒会選挙の応援演説してくれる人も確定？　異性からの推薦はなかなか出来ないから、あると面白いよー？」

「だから出ないって！」

随分とこの生徒会長、委員長を後釜にしたがるな。

それだけ委員長のスペックが分かってるってことなんだろうな。

「全クラス集まるまで、座ってゆっくり待っててください」

「なんか準備あるなら手伝うよ？」

「ううん。今日は顔合わせとかで、大したことしないから大丈夫。色々疲れてんだから、休んどきな」

生徒会長に促されて、自分たちのクラスに割り当てられている席に座る。

「すごく仲良いんだな」

「うん。色々なところで一緒になるからね、学級委員と生徒会。最初は絶対に合わないと思ってたけどね」

「同じく。でも、意外と繊細なところもあって可愛いなって思い始めたら仲良くなれたね」

「斗真同様に、話しにくいことを話せる頼りになる先輩なんだ。ただ、生徒会へ入れって

うるさいけど」

「そりゃ結花みたいな子貴重だからね。欲しいに決まってる」

「学級委員から解放されたら、次は生徒会か。まぁ頑張れ」

「斗真まで⁉　否定してよ！」

残念だが、こういうことは大体なるべき人がそのまま周りに押し上げられてなっていくもの。

委員長はまさにその流れに巻き込まれている。

俺はそれを静かに見守ることにしよう。

そんな話をしていると、段々と生徒たちが集まってきた。

俺たちだけだと、それなりに話も出来るが、知らない人が席に着き始めるとみんな静かになり、全員集まるまでそのまま待った。

10分もすると、ほとんどのクラスが集まってきた。

空いている席は前列の一年生のクラスがあと一つ。

「あとは一年二組だけ……ですかね。そろそろ来るかな？」

やがて静かな教室に、廊下から走ってくる二つの足音が聞こえてくる。

「申し訳ありません。場所に迷っちゃって、遅くなりました」

入ってきて、遅くなったことに対する詫びをいれたのは凛ちゃんだった。

何とか彼女の希望通り、役員になれたようだ。

「いえいえ、お構いなく。一年生はこんなとこ来ないもんね。そこの席にお座りください」

文句を言うこともなく、生徒会長は笑顔で指定の席へ促した。

息を切らしながら、席に着く凛ちゃんと男子生徒。

「あの子、前に斗真に会いに来た子じゃない？」

「そうそう。やれるならやってみたいって言ってたけど、なれたみたいだな」

「大人しそうな子だけど、活発的なの？」

「うーん、今回は興味が湧いたって言ってた。でも、友達が活発的な子が多いみたいだから、案外そうなのかも」

そんな話を小声で挟みつつ、生徒会長が話を進めていくのを聞く。

先程言ったように、全体として何をすることになるのかということや、開催前の準備だけでなく本番中の対応などの説明も行われた。

話としては、20分程度。

「役割分担や、準備活動などはテスト終了後に本格的に行います。おそらくテスト後まで

集まることはありませんが、役員であることを忘れないようお願いします。では、各氏名を記入した用紙を提出したクラスから解散とします。お疲れ様でした」

昨日、委員長が機嫌を悪くしながら書いた用紙を提出して廊下に出た。

「んー！　とりま落ち着いたー！」

「これから部活？」

「うん。思ったよりも早く終わったし、今から行こうかな」

そんな話をしていると、凛ちゃんたちも廊下に出てきた。

「お疲れ様」

「お、お疲れ様です……。迷っちゃって流石に焦りました」

「そりゃ焦るわな。まぁ大して遅れてるわけじゃなかったから、気にしなくていいと思うよ」

「そうそう！　気にしないの！」

「こ、こちらの方は……？」

俺と凛ちゃんの話に、委員長も入ってきた。

そのことにびっくりした凛ちゃんが、ちょっと声を小さくしながら尋ねてきた。

「うちのクラスの学級委員。パーフェクトウーマンってやつ」

「斗真と仲良くしてる、三上(みかみ)結花って言いますー！　よろしくね！」

「よ、よろしくお願いします……。し、下の方で呼ばれるんですね」

「まぁ、友達だから！」

「とは言っても、本格的に仲良くなりだしたのは三週間前ぐらいだけど」

「な、仲の良さに時間など関係ない！」

痛いところを突かれたとばかりに言い淀(よど)んだが、勢いで押し切ってきた。

そんなやり取りを、凛ちゃんがぽーっと見ている。

「委員長の勢いに圧倒されてしまっとるな」

「あちゃー、びっくりさせちゃった？」

「い、いえ……。そんなにお二人って仲が良いんですか？」

勢いに押されながらも、凛ちゃんも委員長に質問をぶつけた。

「んとね、他の男子より気遣いが出来るからね！　助かってる！」

「ってか、普通に恋愛感情かけてこないから気楽だって言うのが一番だろ」

「まぁそういうことなんだけど……。初対面の女の子相手に『私モテるから～』みたいなこと言えるわけないじゃん！　……って自分でもう言っちゃったわ！」

「どういうことです⁉」

「何するにしても、気が付いたら恋愛関係に巻き込まれてうんざりしてるのよ、この人。見た目の割にめちゃくちゃ繊細だから。で、そういう危険性の無い俺に目をつけたらしいよ」

「かっこいい先輩アピールしようと思ったのに、余計なこと言うなよ！　……実は、ちょっと恋愛には恥ずかしながらものすごく懲りておりまして。こんな見た目でそんなこと言っててカッコよくなくてごめんなさい」

「い、いえ。十分かっこいいと思いますけども……！」

「おお、なんていい子だ……！」

「私、部活してなくて話せる女先輩いないので、良かったら仲良くしてください、三上先輩」

「か、可愛い……！　もちろん仲良くする！」

ペコリと頭を下げた凛ちゃんに、委員長はギューっとハグをした。

「とことん頼るがいいぞ、後輩よ。そこにいる男より何倍も頼りになるぞ！」

「助けてもらってると感じている相手に、その言い方無いだろ」

「聞いてください、三上先輩。あの人ってば、今日まで私が何組か知らなかったんですよ？」

「えー？　あり得ないよね、もう一カ月くらい経つのに！」

まずい、凛ちゃんが他に頼れる先輩を確保して俺がアウェーになってしまった。

それも、俺たちの学年で一番頼りになる相手。

今後比べられたら、どうしようもなくなりそう。

でも、部活をしない凛ちゃんにとって、同性の先輩がいないことは俺も気になっていた。

もし、委員長と凛ちゃんが仲良くなってくれたら、とても頼りになるのではないかと思った。

エピローグ

凛ちゃんと委員長が少しお話をして打ち解けたころには、教室含めて廊下にはすっかり生徒はいなくなって、遠くのグラウンドや校舎から掛け声や吹奏楽部が演奏する楽器の音が聞こえてくる。

「委員長、この後はどうすんの？」

「まだ時間あるし、このまま部活に行くわ！」

「そうか、じゃあ今日はここで解散ということで大丈夫？」

「うん、お疲れ様！」

「あいよ」

確かに早めに集まりも終わったし、軽音楽部ということもあってみんな集まって演奏したり、今後について話し合う時間は貴重であるに違いないだろう。

帰宅部の俺はそんな貴重な時間を奪うわけにもいかないので、さっさと退却することにしよう。

「お疲れ様です、三上(みかみ)先輩」

凛ちゃんもまたぺこりと委員長に向けて頭を下げる。

「うん、お疲れ様！　……そういえばこんな可愛い後輩とさっきまでいっぱい話をしたのに、まだ名前聞いてなかったぞ⁉」

「確かに……。俺は知ってるから、気にもしなかったな」

委員長はさっき最初に名乗っていたが、凛ちゃんは委員長の勢いに圧倒されて自己紹介をする間もなく、会話が進んでしまったからな。

「今更だけど……。お名前は？」

ちょっと申し訳なさそうに、委員長が凛ちゃんの名前を尋ねる。

「間宮凛と、申します。改めてよろしくお願いします」

改めてかしこまった雰囲気があるせいか、名乗る凛ちゃんの浮かべる笑顔は、少しだけ違ったように見えた。

「凛ちゃんかー！　りんりんって呼ぼうかな！」

「じ、自転車みたいですね……」

そんな少しだけ違和感のある表情も、何も知らない委員長のいつもの高めなテンションにまきこまれてすぐにいつもの表情に戻った。

委員長とそのままそこで解散して、俺たちはいつも通り校舎前で合流して帰路に就いた。

自転車をゆっくりと押し歩きながら、話を再開する。

「すまんな。委員長はいつもあんな感じなんだ。同級生なら嫌な顔をするやつはあんまりいないんだが、後輩の立場である凛ちゃんなら萎縮しても無理ない感じだったし」

「いえいえ。最初はびっくりしましたが、本当に良い人だって分かりましたし」

「まー、人を悪く言ったりすることを一番嫌がるし、無駄だと思っているからな」

今でこそ結構自分の意志を貫くことも増えてきているが、それでも恋愛に巻き込まれることを一番恐れたり、一年生の頃は周りに合わせて彼氏を作って波長を合わせたりしていたわけで。

人と関わることがうまいからこそ、そういうことには人一倍敏感な人ではある。

「でも本当に……お兄さんのことを信頼されている方なのですね」

「うーん、あの人の中で今俺がトレンドってだけなんじゃない？」

「ど、どういうことですか？」

「今の委員長の考え的に、俺といるのが一番スムーズに事が進むってこと」

「そ、そんな考え方なのですか？」

凛ちゃんの表情が一気に曇った。何か違う意味に捉えたらしい。

「いや、何か言い方が悪くて何か俺を利用しているみたいな言い方に聞こえるかもしれないけど、そういうわけじゃないんよ」

「……？」

「委員長が一年生から二年生の今にかけて色々経験してきたことを踏まえて、今の段階では俺とやりとりすることでやりやすいことがあるってことよ」

「それが……先ほど言っていた恋愛感情抜きで関われる関係という話ですか？」

「そういうこと。委員長の性格上、誰にでも明るく人当たりがいい。そして見てもらったから分かるけど、容姿もいいからとにかくモテるからな」

「それに加えて、すごくオシャレでした……」

「校則ギリギリを攻め込んでるからね。そういうところも、ぶっちゃけ校則が厳しいとか不満抱えている人たちからも支持を集めてるからね。まぁその分、優秀なのに先生からちょっと評価厳しめになったりとかあるらしいけどね」

それでも学力・運動・部活・学級委員長としての統率力・地域貢献など非の打ち所がない。

「それでも、あれだけ出来る方なのですね」

「実際のところ、この高校周辺に住んでいる高齢者の方は、委員長の地域ボランティアや日々の挨拶や礼儀正しさを見て、チャラチャラした見た目という認識からオシャレな子って認識を変えて可愛がられてるからな」

「す、すごいですね……」

オシャレが出来ないことに悪い意味で反発して、周りをさらに不快にさせるのではなく、評価を得て認めてもらえるところまで突き進む。

これが委員長のすさまじいところである。

「俺もただただすごいと思うよ」

委員長の能力の高さにはただただ驚きでしかない。大して関わらなかった一年生の頃の時点ですごいことは分かっていたが、最近近くで見るようになってよりすごさを感じるようになった。

「……先ほどの話の続きですが、本当にお兄さんは三上先輩のことが気にならないのですか？」

少しの間の後、凛ちゃんが改めてそんな話を切り出した。

「委員長のこと？　まぁなんであそこまでいろんなことに機転が利くのかとかすごい気になるな。どういう柔軟な考えをしたら、あそこまで視野が広くなるかとか……」

「そうではなく、恋愛対象としてです」

珍しく凛ちゃんが俺の話を途中で遮って、さらに質問をぶつけてきた。

「ならんな」

その問いにシンプルにＮＯという回答のみを伝えた。

「どうしてですか？」

「どうしてって……。そりゃ委員長もそういうの苦手って言ってたし、考えるまでもないってことやね」

「お兄さんの意思は……無いのですか？」

「意思？」

「たとえ相手にそのようなことを言われても、あれだけ魅力的な方に信頼され、距離感が近くなれば気になることもあるのではないかと……」

どうして凛ちゃんが、そのことについてそこまで気にするのかは分からないが、誤魔化すようなことでもないと思ったので、自分の考えをそのまま伝えることにした。

「俺の意思としては、委員長とあのぐらいの関係がいいんだよ」

「え……？」

「付き合うとかそういうことを考えない関係が、一番お互いに素だし、普段言ってしまえ

ば評価が落ちるのではないかと考えるようなマイナスなことも話が出来るってことよ」

「……」

「ここに恋愛感情が入ると、途端に羞恥心とか無駄な気遣いとかが生まれる。それがむしろ委員長と関わるには関係悪化の要素になるってとこかな。だからその恋愛とかの考えはするまでもないってとこだな」

今の委員長が求めているのは、気兼ねなく信頼し、それなりに自分の現状を知ったうえで変わらずサポートをしてくれる人物だと勝手に思っている。

そして俺も委員長のすごさが関わるうちに分かってきたからこそ、出来ればその役をしたいとは考えている。

恋愛とかいう考えがある無いという問題より、する過程にすらいないほど逸脱しているのではないかと考えている。

それぐらい逸脱しているからこそ、委員長も周りから見れば俺たちが付き合いそうなのでは？　と考えるほど距離感が近いのだとも思っている。

「……難しいですね、恋愛とか人と関わることって」

「いや、委員長のキャパが広すぎて普通の学生の考えから逸脱しているような気がするから、真に受けない方がいいよ」

そもそも、周りの雰囲気を察知してとっさに彼氏を作ろうとしたのが高校一年生という時点で、周りを察知し、合わせる能力が高すぎる。

「でも、そんな人とお兄さんも関わっている……」

「俺は委員長のすごさを横からただ見て、調整できるところを触ってくれって言われて、適度に調整フォローしてるだけだから実際のところ何もしてないよ」

「では……お兄さんにとって恋愛は？」

「えっと……」

はっきり言って、分からない。

でもここまで饒舌に話しておいて、ここに来て分かりませんって歯切れ悪く話すなんてめちゃくちゃかっこ悪いのだが。

ここで妹なら、なんて言うんだろうか。

「……さっきの話と逆で、恥じらいとか気遣いとか、俺は恋愛に必要なんじゃないかな……？」

「……なるほど」

何とか回らない頭でひねり出した言葉は、あまり凛ちゃんに刺さらなかったようで、凛ちゃんの反応も歯切れが悪かった。

確かに俺と委員長の関係は、普通の人が詳細に見れば見るほどいびつなものであるのかもしれないと、今になって感じたりもするわけだが。

……待てよ？

委員長との恋愛的要素を凛ちゃんに対して否定した後、自らの頭の中でも考えられないといったように振り返った時、ある一つの考えが浮かんだ。

恥じらいや気遣いが必要と、先ほど俺はとっさに口にした。

おそらくだが、とっさに口にしたことは恋愛に関してあまりにも疎い自分の中で、何とか考えている本音の部分にあたるだろう。

凛ちゃんの勉強に対する頑張りに対して、成績が付いてこなくて悩んだ時。

交友関係において、自分の力ではどうにもならず、苦しさを吐露した時。

夏休み。塾漬けの日々の中で、妹に見せられたアイスのチラシから少しだけ素直な気持ちを話すようになった時。

その時に自分がとった行動って――。

考えた時、一言で表せる言葉は『気遣い』という一言しか出てこなかった。

この子の純粋な頑張りや、悲しみ、少しの羨望を感じた時、いつも自分は微々たることであるが、動き続けてきたような気がする。

妹の友達――。

俺をはじめとする家族を支えるためにあの年から奔走するしっかり者で可愛い妹が、どこまでも信用する子なのだから、当然大切で出来ることであれば助けてあげたい。

最初はそんな感情半分と、絶妙な年齢差と友達の兄という微妙な立ち位置であることから怖がらせてはいけないということから、不干渉を貫こうという感情が半分。

そんな感情の拮抗バランスが、彼女の動作やしぐさから伝わる感情によって少しだけ崩れた時、初めてこの子に声をまともにかけて自分の出来るサポートを行った。

そしてその後に、彼女はいつも笑った。

いつもびっくりするほど綺麗で、おとなしくて真面目なこの子が、嬉しそうに笑う姿というものは不思議と自分の体を動かそうとするものがあった。

そのぐらいの頃から、いつの間にかこの子に口をはさんだかと思えば、自分で何やら動くということが増えてきた。

その時にいつも自分の中に抱いていた感情を一言で表すなら、やはり『気遣い』という言葉しか当てはまらなかった。

だからと言って、委員長に対して気を遣っていないわけではない。

「分かんなくなってきた……」

凛ちゃんに対しても、委員長に対しても彼女たちに何かあって、俺自身で何かできるフォローであれば、動くことに変わりはない。

でも、凛ちゃんには必要以上に俺の個人的なことを話すことはしていないし、しようと思ったことはない。

ただ、委員長には頼るべきことは頼るし、ちょっとだらしないところや後ろめたいこともすでにそれなりに共有しているわけであって。

これも、俺は自然と凛ちゃんに対して『恥じらい』を感じている？

いや、見栄と言った方がいいのかもしれない。

俺はくるっと横を向いて、凛ちゃんの顔を見た。

「どうかされましたか？」

いつものように整った顔が、こちらを見つめている。

自分で言ったことを照らし合わせて、このような結論になる。

ということは、先ほどの発言でこの子はもしかすると──。

「いや……」

その後の言葉が続かない。

こんなことをずっと頭に巡らせているなんて話すことは出来ないし、その代わりの言葉が見つからない。

「何を考えていたのか、素直に言っていただけませんか？」

透き通った瞳が、俺の心を射貫く。

「委員長との関係がそうであるなら、君との関係は一体何なのかってね……」

「！」

「俺が今話したことを結論とするならば、君に今までしてきたことは凛ちゃんにとって苦痛にしかならないような気がしてきた」

自分の中で巻き起こった問題点についての結論が見つかる前に、自分の発言で凛ちゃんを一瞬にして苦しめる要因にしてしまった。

凛ちゃんは顔を伏せて、何も言わない。手をぎゅっと握りしめている。

「君は、早紀の……妹の友達」

早紀の最も大切にする友達である彼女をフォローする。それだけの関係。

だからこそ、気遣いや妹の兄として恥をかけないという感情が湧き上がるということは、自然なこと。

まだまだ俺は、恋愛というやつが分かっていないらしい。

「ダメだ。考えるだけ、無駄なような気がしてきたぞ」

友人たちはどんなにしょうもないことを言っていても、彼女がいて恋愛観というものをそれなりに確立している。

そんな友人の前では多少なりとも利口気な口をきいているというのに、こうして考えてみると明らかに後れを取っていると感じてしまう。

委員長とは、軽めな感覚で関わっているからお気楽でお互いに嫌気がささない。それがこうして今、仲良くしている第一要素だとは思う。

ただこうして考えると、俺が特段難しいテーマと感じてしまう恋愛という感情や興味を、シャットダウンしておきたいという無意識の思いから行動をしている。

異性としっかり向き合うということを基本的に避けたい俺と、自らの恋愛に関してとにかく避けていきたい委員長が絶妙に合致して今の関係性なのかもしれない。

「だとしたら、なんとも情けないというか……」

これで、俺がそれなりに異性と向き合うことが出来ていて今の関係なら、自分で言うの

もあれだが普通にかっこいいと思うのだが。

「お兄さん、ちょっとだけ私の話を聞いてくれますか？」

「ん？」

「まず、私との関係性を〝妹の友達〟と定義することをやめることから始めてみませんか？　そうすれば、今お兄さんが悩んでいることに対する答えが出るのでは……と思います」

「妹の友達という関係性をやめる？」

「やめるというのは少し意味が違うかもしれませんね。その妹の友達ということを意識せずに接してみませんか？」

「そ、そんなことを言われても、君が早紀の友達であるということに変わりはないよ」

「考え方次第、だと思います。今、お兄さんは私を早紀の友達であるからという感情が強すぎると思います！」

「……確かにそうだね」

今、凛ちゃんに対する思いは、何とか彼女のサポート役になろうという思い。妹が大事にする友達を助けてあげたいという感情が全て。

「今、お兄さんがしてくれていることは私に対して苦痛かもしれないと言いましたね？

そんなことはありません。そんなことよりも私は、お兄さんの中で妹の友達だっていう感情が強いことが残念ですけどね？」

「え？」

「私に何でも優しくしてくれるのは、なーんか全て早紀のためにって感じで、ちょっと早紀に嫉妬しちゃうと言いますか……」

　言っている途中で恥ずかしくなったのか、最後の方は口元を押さえながら、話す声が小さくなった。

「い、いや。そういうわけじゃないよ？　そ、そんな言い方されたら、重度のシスコン男みたいじゃん！」

「いや、今のところ十分そうだと思いますけど……」

「嘘（うそ）やん……」

　確かにちょっと可愛いとか、何でも出来るとか自慢したくなるような妹ではあるが。

「だからこそ、これからはそういう関係性は考えずに接してくれませんか？」

「……でも、どうする？　今の考え方捨てた瞬間、冷たくなったら」

「早紀に泣きつきます」

「誠心誠意、尽くさせていただきます」

多分、そんなことをされたら二度と家の中に入れなくなる。

「冗談です。そんなことは考えていません。お兄さんは絶対にどんなことがあっても私を助けてくれます」

「ちょっと俺を神格化し過ぎじゃない？」

「そんなことはありません。伊達に二年間もお兄さんに甘えてきた身ではありませんから！　それに……」

俺の服の裾に凛ちゃんがそっと触れながら、こうぽつりと口にした。

「私も、お兄さんが私自身を純粋に見てもらえるように、行動しようかと思いますので……！」

「お、おお……」

どんな行動をするつもりなのだろうと、自分には何の想像もつかない。

「でも、お兄さんはおそらく何も分かっていないでしょうから、今日はその第一歩ということで……」

そっと俺の服の裾に触れていた凛ちゃんの手が、すっと俺の手を摑む。

そしてそれと同時に、服の裾に手が触れる時とは違う感覚。

「ずっとありがとうございます」

そんな純粋な言葉と、何も知らない自分でも
この感覚がハッキリとどんな状況であるかを理解した自分。
そんな経験をしたことのない状況によって混乱する自分を、
まぶしく夕日が照らし出していた。

あとがき

この作品を出版するにあたって、携わっていただいた担当者様をはじめ、全ての関係者の方に感謝申し上げます。再びこうして出版する機会をいただき、感無量です。

そして、手に取ってくださった読者の皆様に感謝を申し上げます。

前回の作品から続けて手に取ってくださった方、本当にありがとうございます。

読了、お疲れさまでした。

富士見ファンタジア文庫

妹の親友？　もう俺の女友達？ なら、その次は——？

令和３年11月20日　初版発行

著者——エパンテリアス

発行者——青柳昌行

発　行——株式会社KADOKAWA
〒102-8177
東京都千代田区富士見2-13-3
0570-002-301（ナビダイヤル）

印刷所——株式会社暁印刷

製本所——本間製本株式会社

ISBN978-4-04-074361-5 C0193　◇◇◇

「す、好きです!」「えっ? ススキです!?」。
陰キャ気味な高校生・加島龍斗は、
スクールカースト最上位&憧れの白河月愛に
罰ゲームきっかけで告白することになった。
予想外の「え、だって今わたしフリーだし」という理由で
付き合うことになった二人だが、
龍斗はイケメンサッカー部員に告白される
月愛の後をつけて盗み聞きしてみたり、
月愛は付き合ったばかりの龍斗を
当たり前のように自室に連れ込んでみたり。
付き合う友達も遊びも、何もかも違う2人だが、
日々そのギャップに驚き、受け入れ合い、
そして心を通わせ始める。
読むときっとステキな気分になれるラブストーリー、
大好評でシリーズ展開中!

ありふれた毎日も
全てが愛おしい。

「済」みな「キ」「ミ」と、
「ゼ」「ロ」な「オ」「レ」が、
き「合」いする「話」。

ファンタジア文庫

何気ない一言も
キミが一緒だと

経験
経験
お付

著／長岡マキ子
イラスト／magako

学校……じろじろ見ないで
【朗報】
俺の許嫁になった地味子、家では可愛いしかない。
ラブコメ
秘密の結婚生活！

ファンタジア文庫
甘えていい？
家
著者：氷高悠
イラスト：たん旦
親同士の約束で俺に嫁（３次元）ができた!?
相手は地味で目立たない同級生・綿苗結花。
「最近の推しは誰ですか!?」「遊くん…って呼んでもいい？」
趣味もピッタリ、意気投合。
しかも、慣れたら学校では想像できないほど大胆に！
彼女の素顔と、２人だけの生活は可愛さしかない!?
クラスのあの子と

雨音恵
ILLUST
kakao
「一葉さん、早く着替えないと遅刻するよ？」

「勇也君が着替えさせてくれます？」

「はい!?何言ってるの!?」

「ぬーがーしーてー」

「わかった……ハミガキ終わったら脱ごうか」

「え!? え、いや、やっぱり……その……」

「ほら早く！」

「……勇也君!?」

#同棲 #一緒にハミガキ #カップル通り越して夫婦 #糖度300%

I'm gonna live with you not because my parents left me their debt but because I like you

騙しあい。

各国がスパイによる戦争を繰り広げる世界。任務成功率100%、しかし性格に難ありの凄腕スパイ・クラウスは、死亡率九割を超える任務に、何故か未熟な7人の少女たちを招集するのだが――。

シリーズ
好評発売中！

ファンタジア文庫

世界最強の
“不可能任務”に挑む少女たちの
痛快スパイファンタジー！
スパイ教室
竹町
illustration
トマリ

これは世界を救う

久遠崎彩禍。三〇〇時間に一度、滅亡の危機を迎える世界を救い続けてきた最強の魔女。そして——玖珂無色に身体と力を引き継ぎ、死んでしまった初恋の少女。

無色は彩禍として誰にもバレないよう学園に通うことになるのだが……油断すると男性に戻ってしまうため、女性からのキスが必要不可欠で!?

シン世代ボーイ・ミーツ・ガール!

1

王様のプロポーズ

King Propose

橘公司
Koushi Tachibana

[イラスト]——つなこ

最強の初恋
シリーズ
好評発売中!
ファンタジア文庫

切り拓け！キミだけの王道
ファンタジア大賞
原稿募集中！
賞金
《大賞》300万円
《金賞》50万円
《銀賞》30万円
選考委員
細音啓「キミと僕の最後の戦場、あるいは世界が始まる聖戦」
橘公司「デート・ア・ライブ」
羊太郎「ロクでなし魔術講師と禁忌教典」
ファンタジア文庫編集長
前期締切 8月末日
後期締切 2月末日
https://www.fantasiataisho.com/

INDEX

Sister's friend?
Girlfriend?
or....

妹の親友？
もう俺の女友達？
なら、
その次は？

妹の親友？

もう俺の女友達？

なら、

その次は？

or

口絵・本文イラスト　椎名くろ

妹の親友？　もう俺の女友達？
なら、その次は――？

エパンテリアス

ファンタジア文庫

3136

プロローグ

ヴィラ城は、起源を遡(さかのぼ)るとおよそ八百年も前に及ぶという歴史ある建造物である。

土塀に囲まれた素朴な城塞(じょうさい)として造られた建物は、しばらくするとその堅固さを認められ、王の居城として使用されることになり、時代の流れとともにスパニア王国の中枢としての役割を果たすようになっていった。

そして今現在、貿易で大いに繁栄したこの国の威光と栄華を誇るがごとく、ヴィラ城は他国の建築様式をふんだんに取り入れた、絢爛豪華(けんらんごうか)で美麗な城へと変貌(へんぼう)を遂げている。

ひとたび城門をくぐれば、誰もが贅(ぜい)を極めたその美しさに息を呑(の)み、重厚かつ繊細な素晴らしい外観に圧倒されるという。

またこの城は、様々な国の文化が入り交じり非常に先進的なことでも有名で、宮廷には多くの芸術家や科学者、占星術師、錬金術師などが集められ、国王の保護のもとそれぞれの活動や研究に勤(いそ)しんでいる。

宮廷人たちがこの世の春を謳歌(おうか)する、華やかなそのヴィラ城の広大な敷地の片隅に。

――ほとんど人が寄りつかない、高くそびえる黒い塔がある。

「伝説の魔術師マルティンを知っているかい？　グレン」

黒塔内部の長い螺旋階段を上りながら、ランベルトが言った。

このあたりは滅多に人が来ないからか、しんとした静寂の中で、二人分の足音とその間いの声はよく響く。薄暗い塔の中にかろうじて陽の光を届けてくれる壁の小窓から空を眺めていたグレンは、前を進む自分の主人の後ろ姿に視線を戻した。

「知っていますよ、もちろん」

その名前なら、このヴィラ城内だけでなく、町の子どもでさえ知っているだろう。何をまた突然言い出すのだと訝ったが、後ろを振り向かない今のランベルトがどんな表情をしているのか、こちらからは見えない。

「百年以上前、その不可思議な力で多くの奇跡を起こし、当時のスパニア国王を助け、繁栄をもたらしたとされる人物でしょう？」

「そのとおり。スパニア王国を一気に大国へと押し上げた名君カミル三世に仕え、ある時は天変を起こして敵襲を防ぎ、ある時は予言によって莫大な富をもたらしたという『魔術師マルティン』。彼はその力で若きカミル王を助け、導き、まだ不安定だったこの国の礎を強固に築かせた。マルティンの存在がなければ、現在のスパニアはなかったとも言われている」

「……という、『物語』ですよね」

要するに一種の英雄譚だとグレンは思っている。どの国にも、大体そのテの話がひとつやふたつは転がっているものだ。それらは所詮、国と王家に神性や箔をつけて偉大さを強調し、民に崇拝させるために作られたものに過ぎない。

「いや、そうとも限らない」

そこでようやくランベルトが足を止め、後ろを振り返った。母親譲りとされるその儚げな美貌には、ほんのりとした微笑が乗っている。

「過去マルティンという人物が実在し、宮廷に名を連ねていたのは紛れもない事実なんだ。その男は百年前、ある日ふいに姿を消した。理由も事情も不明だが、一説では醜い権力争いに嫌気が差したとか——まあ、それは昔も今も変わりはないけど」

権力争いの当事者の一人でもあるのに、ランベルトは他人事のように肩を竦めた。

「そのマルティンが実際に魔術師だったのか、はたまた何の力もないただの男であったのかは判らない。『魔術師マルティン』の名はこの国に広く知れ渡っているが、それが創作なのか多少は史実に沿っているのか、未(いま)だ意見が分かれるところだ」

　現在においても、それについて真面目に考察し、研究している者は多くいる。それは知っているが魔術にもマルティンにも関心の薄いグレンが「はあ」と曖昧(あいまい)に頷(うなず)くと、ランベルトは微笑んだまま声を低くした。

「……でも実はね、現在も国のあちこちで、マルティンらしき人物を見た、という情報が上がっているんだよ」

「は？」

　グレンは目を瞬(また)いた。

「……百年以上前、すでに成人だったというマルティンが？」

「そう。本物だとしたら、今は百四十歳くらいになるかな」

「あり得ませんね」

「相変わらず、ロマンというものを解さない男だね。そんな頭ごなしに否定するものじゃない。今もってその話の真偽は不明だ。確認しようと思って手を廻(まわ)しても、件(くだん)の人物はいつも煙のように消え失(う)せて、決して捕まらないらしい」

「はじめから見間違いだったという話でしょう。そもそも、その『マルティンらしき人物』がすべて同一であるとは」

「場所は遠く離れ、目撃者も異なるのに、その証言はどれも酷似している。絵姿を描かせれば細部に至るまで一致点が多く、しかも十年前と二十年前のその容姿にはほぼ変化が見られない。そんな偶然があるものかい？　だからね、かの人物については、ずっと囁かれている噂があるのさ」

人差し指を唇に当てて、少しだけ声をひそめる。

「……『魔術師マルティンは不老不死なのだ』、という」

返答に迷ってグレンが口を噤むと、ランベルトはますます笑みを深くした。

「不老不死なんてのは、いつの世でも権力者にとって最高に甘い夢だ。スパニアの現王アーモスもまた例外ではない。そんなわけで、この国の上層部は今まで長いこと、あらゆる手を使ってマルティンを捜し続けていたんだよ」

ランベルトは、決してスパニア国王を「父」とは呼ばない。

「――つまり」

グレンは眉を寄せて、ランベルトの向こう、階段の先に目をやった。日頃から主の唐突な言動には慣れているので、何の説明も聞かないまま黒塔まで供をしてきたのだが、この話の行き着くところはひとつしかないように思える。

「そのマルティンを、ついに見つけることができた、と？」

口にしてから、首を傾げた。何から何まで胡散臭い話だが、せっかく捕らえたその人物を、なぜこんな場所に置いているのかも理解できない。

「いや、違う」

ランベルトはグレンの言葉をあっさり否定した。

「マルティンは未だ見つかっていない。見つかったのは、彼の『弟子』だ」

「弟子？」

「そう。マルティンが自ら魔術を教えたという、唯一の弟子。国王はその存在を探り当て、秘密裏に捕獲することに成功した。しかしその人物は、マルティンなる人間とは無関係だと言い張るし、魔術なんて使えるわけがないと断固として首を横に振る。仕方がないので塔に入れたが、今に至るまでひたすら大人しい虜囚のままだ。もちろん奇跡なんて片鱗も窺えない。もうひと月近くもそんな調子だから、飽きっぽい国王はすでにその存在に関心を失いつつあってね。実際、もう『処分』してしまおうという方向に話が進みかけていたのを、僕が無理やり割り込んで、猶予をもらったんだ。だって、国の一方的な都合でこんな場所まで連れてこられた上に、役に立たないと判ったら殺されるなんて、なんとも気の毒すぎる話だろう？　そう思わないかい、グレン」

にこっと笑いかけられて、グレンは諦めたように大きく息を吐き出した。

「そうですね。――で、俺に何をせよと」

ランベルトが目を細めて頷く。

「国家の思惑に巻き込まれて黒塔に閉じ込められてしまった『ティコ・メイヤー』。当面の間、その人物は僕の庇護下にある。いいかいグレン、おまえはこれから常にティコの傍らでその身を守り、他からの介入・干渉を防ぎつつ、困ったことがあれば手を貸して、せめてこの場所で心安らかに過ごせるよう尽力してやるんだ、いいね？」

「……承知しました、ランベルト王子殿下」

グレンは胸に手を当てて頭を下げ、返事をした。

第一章　黒塔の中

ティコ・メイヤーは今年で十八歳になる、うら若き娘である。

この国では一般的に、「ティコ」は男名として使われる。だからなのか、最初この黒塔の上の一室に足を踏み入れた時、グレンという男はティコを見て少し戸惑ったような顔をした。そんな基本的なことすら、スパニアの第三王子であるという彼の主人からは説明がされていなかったらしい。

ランベルトと名乗ったやたらと綺麗な顔をした王子のほうは、部下の困惑にはお構いなしで、「これからしばらくの間ティコの身柄は自分が預かることになったので、何か不自由があれば遠慮なくグレンに言うように」と優雅な物腰で伝えると、さっさと部屋から出て行ってしまった。

王子にしては人懐っこい笑顔だったが、その必要最低限の情報だけでいきなり初対面の男を置いていかれたティコにしてみれば、たまったものではない。

狭い一室に取り残されたのは、唖然として突っ立ったままのティコとグレンの二人のみ。

彼もそんな形で放り出されるとは思っていなかったのか、「まいったな」とバツが悪そうに頭を掻いたが、王子のそういうやり方自体には慣れているようだった。

グレンはそれから小さく息を吐き出して、ティコに座ることを勧め、自分もその向かいに腰掛けた。

塔の一室とはいえ、ここには一通りの家具が揃っている。ベッドと、部屋の隅に書き物机と椅子、そして中央には小さな丸テーブルを挟んで一人掛けのソファが一脚ずつだ。

ティコがソファに大人しく腰を下ろすのを見届けてから、男は改めて口を開いた。

「ということで、グレン・ルーラントだ。よろしく」

とりあえず、無難に自己紹介から始めることにしたらしい。

「……ティコ・メイヤーです……」

ティコも小さな声で名を口にした。身を縮めながら俯きがちに口を動かすと、後頭部の上のほうで結んだ長い黒髪がさらりと揺れる。いっそこれを解いておいたほうが顔が隠れてよかったかな、と心の中で考えた。

このひと月の間で、身分というものを笠に着た人間の振る舞いは嫌というほど身に染みている。暴力こそ振るわれなかったが、誰もかれも常に横柄で横暴、かつ威圧的だった。

おそらく彼らは自分たちよりも下の者、しかも平民の田舎娘など、同じ「人間」とも認識していないのだろう。
ティコの視線は、向かいに座るグレンではなく、自分のすぐ前にある丸テーブルに据えられている。

こちらの警戒心と緊張が伝わったのか、グレンは少し困ったように笑った。

「まあ、君が今までどんな扱いをされてきたかは想像がつく。すぐに信用しろというのも無理な話だよな。でもランベルト殿下が俺に命じたのは君の保護だ。決して乱暴な振る舞いはしないと約束する。少しずつ打ち解けていけたらいいなと思ってるよ」

気さくな調子でそう言うグレンは、仕種でもそれを示すように、ゆったりとソファに座った姿勢で開いた両手を広げて見せた。

彼は、この城に連れてこられてからティコが目にしてきたような兵の制服や、いかにも気取った宮廷服のようなものは着ていなかった。身につけているのは素っ気ないくらいさっぱりとしたシャツとズボンと長ブーツだし、明るい飴色の髪も無造作に括られて左肩に垂れているだけだ。

腰に剣を帯びている以外は、町を歩いている普通の人々とそう変わりない。

涼しげな目元に、整った顔立ち。第三王子の側近であるなら彼も相当に身分が高いのだろうが、その態度にはこちらを蔑んだり見下したりするようなところはなかった。口調も決して強圧的ではなく、穏やかで柔らかい話し方をする。

ティコは意を決し、きゅっと口を結んで、ようやく顔を上げた。

「――それではお聞きしたいのですが、グレンさん」

「どうぞ」

「ランベルト殿下は、なぜわたしを『保護』してくださるのでしょう？」

「不安かい？」

グレンの声に責める響きはない。ティコはそっと息を吐き出した。

「そうですね……なにしろ、わけが判らないことだらけで、わたしも混乱しているんです。突然家の中に兵たちが押し入ってきたと思ったら、あっという間に拘束され、こんな場所まで連れてこられて。その上、尋問の内容は身に覚えのないことばかり……もう、何を信じたらいいのか」

頬に手を当て、目を伏せる。

食事は毎回扉下部の開き戸から差し入れられるし、暖炉には水を張った大鍋(おおなべ)が掛けられていて、身を清めることもできる。牢(ろう)の中よりはマシなのかもしれないが、外から鍵(かぎ)をかけられ自由が奪われる生活というのは、まったく快適なものではなかった。

「無理もないさ。大変だったな」

グレンは労わるように言ってから、ほんの少し上体を前に傾けた。

「率直に言って、今の君の立場は非常に危うい。宮廷というのは一見華やかだが、内実は欲と保身でドロドロしていてね、陰謀や足の引っ張り合いで罪のない者が陥れられることもよくある。ランベルト殿下は、そのことを日々嘆いておられるんだ。君のことを耳に入れて、この上、一般の民までが上のほうの勝手な都合で犠牲になるようなことがあってはならないと、強い決意を抱かれたんだろう」

それが慈悲か温情か、あるいは気まぐれかは判らないにしろ、ただの村娘の存在などこの大きな城の中では紙屑同然だ。生かすも殺すも上の人間の気持ちひとつ、指一本の動きで決まる。

だとしたら今のティコにできるのは、ランベルト王子が差し出す手を取ることしかない。

「俺もなるべく君の力になれるよう努力する。何かあれば、すぐに言ってくれ」

柔和に笑いかけられて、ティコも少し苦労したが、控えめな微笑みを返した。

「……ありがとうございます、グレンさん」

グレンはそれから毎日、黒塔にやって来るようになった。

この部屋に入るたび、ティコに何か不都合はないかと訊(たず)ね、食事の内容に気を配り、身の回りであった話を面白おかしく披露して、菓子なども差し入れてくれる。

　あまりにも殺風景だからと絵画や美しい布まで持ち込んでくるので、ティコの暮らしは以前よりもずいぶん向上した。

　ここ最近は、「変わりはないか」と扉を開けるグレンを、ティコがソファに座ったまま迎えるのが、すっかり日課になりつつある。

「他に足りないものは？」

「足りないどころか、余っているくらいです」

　この部屋に置いてある家具は最低限とはいえ、どれも決して粗末なものではなかった。ここに来る前ティコが暮らしていた質素な家に比べれば、こちらのほうがよほど上等なくらいだ。

　この上周囲を美々しい装飾品で埋められたら、それこそ落ち着かない。

「殿下が今度たくさんのドレスを贈ろうと言っていたから、新しい衣装棚が必要かなと思っていたんだが」

「お気持ちだけで」

　ティコは急いで辞退した。お金と暇を持て余している人間の発想は、庶民の常識を軽々と超えてくるから怖い。

「でも君、いつも似たような服を着ているだろう」

グレンがまじまじとこちらを見てくるので、ティコは少し赤くなった。確かに、自分が持っている数少ない衣服は、足首までの長さの地味な灰色のワンピースばかりだ。

「これが気に入っているんです。それにわたしのように真っ黒な髪の女には、似合う色なんてそうはないし」

「そんなことはないさ。その艶やかな長い黒髪が映える色はいくらでもあるし、君の瞳はアメジストそっくりの澄んだ紫だ。高貴で希少な色だから、合わせ方によっては――」

目を眇めてあれこれと考え始めたグレンの視線から逃げるために、ティコは顔を明後日の方向に向けた。彼はいつも飄々とした態度を崩さないのだが、時々さらっと歯の浮くようなことを言う。これが貴族の嗜みというものなのだろうか。

「とにかく、もうお気遣いなく。これ以上物が増えたら、眠る場所もなくなってしまいます。ねえ、ヤナ？」

この部屋に唯一ある窓に視線をやって、同意を求めると、そこの窓台で丸くなり日向ぼっこをしていた黒猫が、にゃあ、と眠そうに返事をした。

小さな頭の動きに合わせて、首に巻いたリボンについている鈴が、ちりんとかすかな音を鳴らす。

「綺麗な毛並みの美人さんだな。寝転がっていても気品がある」

猫に対してまですらすら世辞が出てくるとは、一体どうなっているのだ。

「家から連れてきたんだろう？　ずっと飼っていたの？」

「いいえ、一緒に暮らし始めたのは半年前くらいから。わたしの友達なんです」

「友達……そのカエルも？」

グレンの目線が、今度は窓際から部屋の隅にある書き物机のほうへと移る。そこで置き物のようにじっと座っている手の平サイズの緑のカエルに対しては、その口から誉め言葉は出なかった。

「ラデクのほうが付き合いは長いですね。こんな水気のないところに住むのは大変でしょうけど、文句も言わずに我慢してくれています」

「……そりゃ、文句は言わないだろうね」

ラデクは体表をぬめりと湿らせ、石のごとくピクリとも動かず、目を閉じたままである。黙して語らずといった高潔な雰囲気すら漂っているが、実際はたぶん何も考えていない。目を開けていても彼は大体こんな感じだ。

「君が住んでいたのはどんなところだったんだい？」

グレンの問いに、ティコはひとつ息を吸うくらいの間を置いた。

「どんなところ……と言われても、そうですね、ここからはずっと遠く離れた森の中の小さな家、としか説明のしようがないんですけど」

「そこに、一人で？」

「はい。子どもの頃、両親を亡くしてしまって。それから祖父に引き取られたんですが、その祖父も五年ほどでこの世を去りました。その後はずっと一人です」

「しかしそれでも子どもであることには変わりないんじゃ？　よく生計を立てられたね」

「祖父が少しお金を蓄えてくれていたし、別の意味でも財産を残してくれましたから」

ティコはそう言って、書き物机の横を目で示した。

そこには、どっさりと堆く積まれた本の山がある。

「ああ、あれは俺も気になっていたんだ。あの本はすべて君の？」

「正確には、祖父のものです。強引にここまで連れてこられてしまったけど、ヤナとラデク、そしてあれらの本を一緒に持ってこられたのだけはよかったと思っています」

別にそれは親切心からではなく、ティコの身の回りのものをすべて調べる必要があった、という事情によるものなのだろうが。

――しかしそれだけは本当に、不幸中の幸いだった。

「少し見せてもらってもいいかな」

「ええ、どうぞ。どちらにしろ、もうすでに隅から隅まで検閲済みですけど」

ティコは少し投げやりに肩を竦めて言った。

そこにある本はすべてティコのかけがえのない宝物だ。それらが兵たちの武骨な手によって荒々しく扱われ、バサバサと振り回され、粗雑に投げ捨てられていくのを黙って見ているのは、苦痛以外の何物でもなかった。

近年になって流通が進んだとはいえ、本はまだかなりの贅沢品である。ティコが持っているのは原本ではなく、それらを書き写したものばかりだが、それでも紙やインクのことを考えると、庶民にはもったいないくらいの高級品に当たる。かけられた手間や、そこから得られるものの貴重さを思えばなおさらだ。

一冊ずつそっと手に取り、丁寧にページをめくる手つきを見るに、グレンはそういうことをきちんと理解している人間のようだった。

「天文学に……薬草学。驚いたな、錬金術に関するものまである」

彼の声音には、素直な感嘆が混じっている。

「君のお祖父さんというのは学者か何かだったのか？」

「いいえ。でも、相当な変わり者だったことだけは確かですね。自分のことには無頓着なのに、知識を得ることには貪欲で、わたしにもいろいろと教えてくれました。おかげで簡単な薬を作ることくらいはできるようになったので、時々村に出てはそれを少しのお金や食べ物に換えて、なんとか暮らしていたんです」

「なるほど」

返事をしながら、グレンの目は本の中身に据えられたまま動かない。

扱い方こそ異なるが、その真剣な横顔は、兵たちのものとよく似ている。ティコはつい唇を皮肉っぽく上げてしまった。

「お探しのものは見つかりましたか?」

そこでようやく我に返ったように、グレンは本から顔を上げた。ティコを振り返り、ちらりと苦笑する。

「気に障ったならすまなかった。やっぱり少し興味があってね。なにしろ伝説の魔術師マルティンといえば、この国の有名人だから。その弟子だと疑われるくらいなら、よほど怪しげな研究書でもあるのかと思ったんだが」

「それで、どうでしたか」

「いや——何もないな。どれも至極まともな内容だし、率直に言えば、これよりもっと専門的な本がこの城にはいくらでもある」

でしょうね、とティコは心の中で思ったが、口には出さないでおいた。

その代わり、大きな息を吐き出す。

「わたしは何度も言ったんですよ。魔術師マルティンなんてお話の中でしか知らない、誰かの弟子になったこともない、わたしはただの田舎娘で、魔術なんてものとは一切関わったこともなく静かに過ごしてきました、って」

魔術師マルティンの唯一の弟子。

一体、どういう理由でそんな疑いを抱かれることになったのか。

それを誰よりも知りたいのは、ティコのほうだ。

「君のお祖父さんがマルティンの知人あるいは友人だった、ということは？」

「まさか、そんなことがあるわけないですよ。大体、もしも魔術師マルティンが本当にいたとしても、生きていれば今はもうとっくに百歳を超えているんでしょう？　そんなことがあり得ると思いますか？　魔術なんて便利なものがあれば、誰も苦労しませんよ」

「ということは、君は魔術というものに否定的なのか」

「当たり前です。人が『魔術』と呼ぶものは、大体ただの偶然の産物か、化学現象のひとつであって、無知からくる錯覚や思い込みに過ぎません。突き詰めて考えれば、きちんと論理立てて説明できるはずですよ」

「君は女性にしては現実的で理性的だな。本をよく読んでいるだけのことはある」

グレンの言葉は嫌みではなく、本気で感心して出されたものらしかった。

「でもまあ、その意見には大いに同感だ。俺は自分のこの目で見たもの以外は信じないようにしているからね、魔術なんてあやふやなものを信奉する気にはなれない。やっぱりそういうのは、ただの空想の産物なんじゃないかな」

あっさり言って、肩を竦める。

「だが、すべての人間がそう考えるわけでもない。この国でも辺鄙(へんぴ)な場所では、まだ『魔女狩り』なんていう野蛮で残忍な風習が残っているところがあるようだが——」

ティコの指先が、ピクリと反応した。

「……ここのような都市部では逆に、そういう神秘的なものに惹(ひ)かれたり、縋(すが)ったりしようとする人間のほうが多い、ということなんだろうな。そんな連中にしてみたら、君の存在はやっと摑(つか)んだ藁(わら)のようなものなのさ」

不可解な事象の理由付けをするために、他人を陥れるか、持ち上げるか。方向性は違っても、やっていることは同じだ。

「それで人を攫(さら)ってきた挙句、塔の中に監禁しているということですか」

「迷惑な話だな」

「迷惑なんてものじゃありません。この黒塔って、以前までは身分の高い罪人や、ちょっと精神的におかしくなった王族を幽閉するために使われていた建物なんですよね？　壁は全面真っ黒に塗られて不気味だし、今にもお化けが出てきそうだし、こんなところにずっと閉じ込められていたらこっちの精神もどうにかなってしまいそうです」

「そこはあまり現実的でも理性的でもないんだな」

少し笑ってから、グレンはティコの傍らに寄り、膝を曲げて下から覗き込んだ。

「……ランベルト殿下も君には同情しているし、心配もしているよ。国王に逆らうことになるからここから出してやることはまだできないが、なんとかしようと努力はしておられる。可能な限り便宜をはかるようにするから、もう少し我慢してくれないか」

慮るような目がこちらに向けられる。ティコはあの美形の第三王子を思い出し、喉元まで込み上げてきたものをぐっと飲み込んだ。

両手を握りしめて、弱々しい笑みを浮かべ、こっくりと頷く。

今の自分は無力で哀れな権力の犠牲者で、グレンとランベルト王子はこちらに手を差し伸べてくれる優しい救い手だ。

＊＊＊

「──で、現在のところ首尾はどうだい、グレン？」

その夜遅く、ランベルト第三王子に呼び出されて彼の私室まで赴いたグレンは、早速投げかけられたその質問に対して、軽く肩を竦めるに留めた。

「今のところ、報告するようなことは大してありませんね。ティコ・メイヤーなる人物は、現状に不満と不安を抱いても、なんら行動を起こすことはできずにいる、本人が認めるとおり非力で愚直な田舎の娘です。部屋の中にあるものも一通り調べましたが、今のところ魔術に関するようなものは、何ひとつとして発見できませんでした」

淡々と話すグレンの顔からは、昼間ティコに向けていた人当たりの好い穏やかな笑みは綺麗に剝ぎ取られている。冷ややかな空気をまとい無表情で立つその男を見て、ランベルトは面白そうに唇を上げげた。

「大分おまえに絆されてきたかな？」

「それはなんとも言えません。怯えているのかまだ警戒心が解けないのか、あの娘の周囲には目には見えない壁があるようで」

グレンは、今も黒塔の部屋の中にいるはずのティコの顔を思い浮かべた。

頭の上のほうで括(くく)られてもなお腰まで届く、この国では珍しい漆黒に近い黒髪と、さらに珍しい紫色の瞳(ひとみ)を持つ娘。

一人で生きてきたというだけあってしっかりした性格のようだが、完全に大人になりきっているわけでもない。小柄でか細く、いかにも頼りなげな外見と言動をしているのに、たまに目の奥に強い意志と知性が覗くのがどこか不均衡だ。

「純朴な田舎娘、というだけでもない、か？」

「少なくとも頭は廻(まわ)るようですね。『魔術なんてものは無知からくる錯覚や思い込みに過ぎない』と言っていましたよ」

ランベルトは楽しそうに声を上げて笑った。

「おまえと同じことを言うなあ！　二人とも、気が合いそうでなによりだ。いいかグレン、その調子で、あの娘との距離を縮めて完全に心を開かせろ。そして慎重に事の真偽を見極めるんだ。あのティコという娘は、本当にマルティンの弟子なのか」

「はあ……」

グレンは気乗りがしないように顔をしかめ、曖昧(あいまい)に返事をした。

まだ十代の娘を騙(だま)すようなことをするのが嫌だ、というわけではなく、根本的なところが半信半疑だからである。いや本音を言うと、ほとんどの部分は疑で占められているくらいだ。

目で見えるものしか信用しないという主義のグレンは、魔術というものの存在をまったく信じていない。ティコの前で見せている自分の姿は欺瞞で塗り固めたものだが、「魔術なんて便利なものがあれば誰も苦労しない」と言い放った彼女の意見に賛同している、というところだけは嘘ではなかった。

魔術とか、魔女とか、魔法使いとか。

そんなものを無邪気に信じていいのは、せいぜい子どもの頃までだ。大人の場合は、ただ自分の願望や欲や利己主義を満たしたいがための夢想に過ぎない。錬金術師を名乗る連中が真鍮を金に変えたことなど一度としてないように、魔術師というのも想像の中で作られただけの存在だろう。

人はそうやって、ありもしないものに救いを求めたがる。

——現実というのはいつだって冷淡で、容赦なく残酷だから。

その内心を表に出したつもりはなかったが、ランベルトには伝わったらしく、にやりと笑われた。人間らしい心というものをあまり持っていないこの王子は、なぜか他人の考えはおそろしいくらいよく見通せる。

「おまえは本当につまらないな。この世は理屈や論理だけで成り立っているほど単純ではないよ。どれだけ用意周到に準備をしたって、『運』なんてものに人生が左右されることもある。どうしても解明できない謎、というものもある。それはおまえ自身がいちばんよく判っていると思うけど」

グレンの目の端がかすかにぴりりと引き攣ったのを見て、ランベルトはさらに楽しそうにくくっと喉の奥で笑った。

「調べても調べても理由が判らないこと、書物では決して知り得ないこと、もしかしたら人知を超えるかもしれない何か——魔術というものがその条件に当てはまるとしたら、それを知ることによって、グレンの長年の望みも叶うかもしれない。そうは思わないかい？」

「…………」

グレンはそれには答えなかった。無言のまま、目を逸らす。

「そして本当に魔術というものがあるのなら、僕の望みの実現にも近づく。僕はねグレン、一刻も早くあの無能な国王を玉座から引きずり下ろしたいんだよ。この国にはまだ、王のろくでもない気質をそっくり受け継いだ第一王子と、保身のためなら何でもする第二王子、風見鶏のようにくるくる向きを変える第四王子までがいるんだから、早ければ早いほうが

「そうですか」とグレンは気のない相槌を打った。蹴落とす相手がたくさんいて大変ですね、とは思うが、わざわざ口にはしない。

スパニア王国に王子は四人いるが、ご丁寧なことに、全員それぞれ母親が違う。飽きっぽい上に色好みのアーモス王は、妻も愛人も簡単に入れ替えてしまうからだ。

第四王子の母である現在の王妃は今までで最も長く妻の座に据えられている女性だが、それが愛情によるものでないことは周知の事実である。国王の寵愛のすべては、珍しく数年も前から一人の人物に限定して向けられているため、妻のほうは単に面倒だからと放置されているに過ぎない。

その愛人に骨抜きにされてから、アーモス王の政治離れにますます拍車がかかったと言われている。

「僕は必ずこのスパニアの王になる。その目的を達するためなら、使えるものは何でも使うさ。あのティコという娘がもしも『本物』で、ただその力を眠らせているだけなのだとしたら――」

ランベルトは足を動かしてグレンに身を寄せ、声音を抑えた。酷薄な微笑を浮かべ、人差し指でグレンの胸を軽く突く。

「なんとしても目覚めさせ、こちらの手の内に入れて、僕が王になるための手伝いをしてもらう。グレンはあの娘の監視兼懐柔役だ。決して逃げ出さないように見張って、自在に操れるくらいがっちり心を掴め。ああそうだ、恋愛感情は最も強固な鎖になるからね、この際おまえに惚れさせてもいい。あの娘に恋をさせろ、グレン」

グレンは少しの間黙っていたが、やがて小さな息をつき、黒塔の階段での時と同じように頭を下げた。

「……それが命令でしたら」

その時、窓の外から、夜闇に紛れて真っ黒な猫がじっとこの光景を眺めていたことを、二人は知らない。

＊＊＊

——あの娘に恋をさせろ、グレン。

——それが命令でしたら。

「ああ〜、腹が立つうっ!!」

黒猫の口から出てくる二人分の声に、ティコは思わず大声で叫んで机の上にあったインク壺を引っ摑み、壁に投げつけた。

壺は見事に割れて壁と床に黒々とした染みを作ったが、ティコの気はそれだけでは収まらない。

「何が！　惚れさせてもいい、よ！　誰があんな男に！　バーカ！」

子どものような罵声を上げて、ペンを投げ、カップを投げ、紙の束を投げる。ペンは半分に折れ、カップは砕け、紙は床一面に散らばった。

ティコは肩で大きく息をしながら、目の前の黒猫を労った。

「ご苦労様、『黒真珠』。さすが師匠の使い魔は優秀ね。盗聴だけでなく、本人たちの声で再生するなんてすごいことができるんだから」

これならどれだけ距離が離れていても、すぐ傍で聞き耳を立てているのと変わらない。

あの二人の声を間近で聞くと腹立ちも倍増なのだが、それはそれである。

黒猫ヤナの喉を撫でると、彼女は気持ちよさげに目を細めて、にゃあ、と鳴いた。その近くにいるラデクは目を開けてはいるものの、相変わらずぼーっとしている。

「まったくあの二人の腹黒さときたら……これだから人間は嫌い。本当に誰も信用できない」

憮然としてぶつぶつ文句を言うティコの顔つきには、グレンの前で見せていた弱々しさなど欠片もない。

「ふん、ここに来てからひと月もの間、何もしないでただじっとしていたわけじゃないんだから。この国の第三王子が喰えない人物だってことは調査済みよ。なにが同情しているし、心配もしているよ、だか。白々しい台詞にムカムカを抑えつけているのも楽じゃなかったわ。わたしは可哀想な被害者、と自分に暗示をかけていないと顔に出そうになる」

要するに上辺だけを取り繕っていたのはお互い様なのだが、そんな事実ははるか高い場所に作った棚の上に置いて、ティコはグレンとランベルトを罵り続けた。後ろ足で耳を掻いてチリチリと鈴を鳴らすヤナも、眠そうな顔のラデクも、同調はしてくれないが気にしない。

狭い室内にさんざん悪態を響かせてから、ティコはようやく口を動かすのをやめて、大きく深呼吸した。

「はあー……ちょっとスッキリした」

気分を切り替え、改めて机の上に目を向ける。

そこで開かれているのは、グレンも見ていた分厚い天文学の本だ。

あとで汚れた壁と床を綺麗にして、破損したペンとカップも元どおりにしておかなくちゃ、と頭の片隅で考えながら、ティコは本のページに指を置いた。

「──隠れたるもの、姿を現せ。我、魔術師マルティンの弟子、ティコ・メイヤー」

星と月について書かれているそのページは、ティコが指を滑らせていくに従い、中身が変化していった。

なぞられた文字が勝手に動いて形と配列を変え、まったく別の文章へと改変される。新しい文字の中には、はっきりと「魔術」という語句が入っていた。

魔術はたゆまぬ努力と日々の研究・実践から成り立つものだ。マルティンが術をかけてくれた本が無事で、本当によかったと思う。

……まさかこんなことになるとは予想もしていなかった。

「師匠……」

次々に構成されていく文章を目で追いながら、ティコは自分の師のことを考えた。

離れて暮らす弟子のことを心配して、ちょくちょく連絡をくれていたマルティンが、ぷっつりと音信不通になってしまったのは半年前のこと。

いつものように師の伝言を持ってきた黒猫は、どんなに促しても、それっきり自分の主のもとに帰らなかった。師匠の身に何かあったのではと居ても立ってもいられない思いでいたところに起こったのが、今回の一件だ。

自分とマルティンの師弟関係を知る者は誰もいない。仮に誰かに知られたとしても、ティコは住んでいた家の周囲に目くらましの魔術をかけていたから、正確な位置は容易に特定できないはずだった。

長い間それで何事もなくやってこられていたのに、マルティンの連絡が途絶えたすぐ後で、突然ティコの存在と居場所が露見し、こんな場所まで連れてこられた。これを偶然だと思うほどティコは能天気ではない。

マルティンの身に何があったのか。今、どこにいるのか。

――手がかりは必ずこのヴィラ城にある。

「それを摑むまでは、何があってもここに居座ってやる」

忌々しいが、今のところはあのランベルト王子の「保護下」に収まっているしかない。大人しく殺されてやるつもりはないし、上層部に利用されるのも真っ平だ。何も判らないこの状態では、無力な娘を装っているのが最善だろう。

逃げるだけなら、いつでもできる。

「でも絶対あんな男に恋はしないけどね！」

ティコは憤然として大きな声で怒鳴った。

第二章　知識人の集い

グレンは変わらずティコのいる黒塔の部屋に足繁く通ってくる。

毎日のように何かを持ってくるのも同じだが、他の若い娘のように綺麗なものや高価なものではティコの興味を引くことはできないということは気づいたらしく、もっぱら手土産として持参するのは食べ物ばかりになった。

人間のほうは気に入らないが、焼き菓子や果物には罪がないので、遠慮なく食べることにしている。さすが国の中枢だけあって、今までティコが見たことも聞いたこともない、珍しくて美味しいものばかりだ。

その日は、つるんと滑らかな白く瑞々しい果実だった。グレンによると、外国のものだという。口に入れると、甘くてとろりと舌触りがよかった。

「味はどうかな」

思わず頬が緩んでしまったティコを眺め、グレンが好青年そのものの顔で訊ねてくる。

「とっても美味しいです。いつも気を遣ってくれてありがとう、グレンさん」

澄ました顔で返すティコに、グレンは微笑んだ。

「いや、君が言っていたように、こんなところにずっと閉じ込められていたら、気分が塞(ふさ)いでしまうだろうからね。欲しいものがあればすぐに用意させるよ」

茶番である。二人が交わす会話は枯葉よりも薄くて軽い。

もっと狡猾(こうかつ)さや図々(ずうずう)しさが言葉と態度に滲(にじ)めばまだ可愛げがあるのに、彼は最初から何も変わらず一定の距離を取り続けているものだから、余計に腹が立つ。

「変わりはないかい？」

いつものように向かい合ってソファに座り、来るたびに出す定例の質問をしながら、グレンの視線が室内を一巡した。もちろん、壁にも床にもインクの染みなど一滴も残っておらず、インク壺もペンもカップも以前と寸分変わらぬ形を保っている。

「はい、何も」

「それはよかった」

よくよく注意深く見てみれば、こちらを気遣うことを言いつつも、あちこちに向けるグレンの目が「観察者」としての冷徹さを帯びていることが判る。ただ、魔術というものの存在を信じていない彼が、この部屋の中から一体何を探ろうとしているのかはよく判らなかった。

果物の次の一切れをティコが口に入れるのを見てから、グレンが立ち上がる。窓台で寛(くつろ)いでいる黒猫に「やあ、ヤナ」と挨拶(あいさつ)をすると、チリンという鈴の音とともににゃあと返事があった。

　そういえばこれも腹立たしいことのひとつだが、普段は非常にプライドの高い黒猫が、なぜかグレンには甘い。

　ヤナは正式名を「黒真珠(くろしんじゅ)」という、偉大なる魔術師マルティンの有能な使い魔だ。その立ち居振る舞いは貴婦人のごとく優美で淑(しと)やか、主人には忠実だがそれ以外の人間には見向きもしないという誇り高さを備えている。今現在、仮の主としてヤナを使役しているティコだって、はじめのうちはちっとも相手にされなかった。そのヤナが、グレンにはちゃんと返事をするし、あまつさえ頭を撫でることも許している。

　なぜだ。ティコは撫でさせてもらえるようになるまで、ものすごく時間がかかったのに。

　そういえばグレンは二十四歳だと聞いた。猫は猫でもやっぱり女性だから、若くて顔のいい男には弱いのだろうか。ずるい。

　ティコが心の狭いことを考えてギリギリ歯噛(はが)みしている間に、グレンは場所を移動して今度は机の上のラデクにも声をかけたが、そちらは目を閉じて無視されていた。いい気味だ。れっきとした主人のティコにさえ、ラデクは滅多に返事なんてしてくれない。

反応をもらうことは諦めて、グレンはそこに置いてある本を手に取りパラパラとめくった。

何度確認したところで、それはティコ以外にとっては薬草について書かれた普通の本だが、彼は意外とそういうものが嫌いではないらしく、よく興味深そうに読み耽っている。

「……そうだ、ティコ」

本に目線を落としながら、グレンが思い出したように口を開いた。

「魔術師マルティンについて、君はどう考えているんだい？」

さらりと問われて、飲み込んでいたものが喉の途中に引っかかり、咽そうになった。

ごほっ、と一度咳き込んでから、目を瞬く。

「え……え？」

「マルティン・セルシウス。君がこの件に巻き込まれることになった、そもそもの原因の人物さ。君は彼をお話の中でしか知らないと言うけど、それ以上のことはほとんど興味を示さないな、と思って。これだけの本を読むくらいなんだから知識欲と探求心はあるはずなのに、今に至るまで、一度として俺に訊ねてくることもなかったね？　もしかして、それについてはわざわざ聞くまでもない、ということなんだろうか」

パラリパラリとページをめくる手の動きに変化はない。立ったまま本に目をやっているものだ。
グレンは、こちらに背中を見せているので表情も見えない。口調も声も普段の淡々とした
ひやりとする。これまで彼のほうからマルティンの話題を振られたことがなかったから、
正直、油断していた。後ろを向いていても、確実にグレンはティコの様子を窺っている。
「……そのとおりです。今さら聞いたってしょうがないですよ。だって、昔この国の王様
を助けたという『魔術師マルティン』のおとぎ話くらいは、いくら田舎者のわたしだって
知っていますから」
ティコは戸惑ったような声を出して、首を傾げた。緊迫感が漏れないように、ゆっくり
と息を吐く。無意識に、右手が近くにある丸テーブルに触れた。
「おとぎ話か。うん、そう思っている人は多いだろうね」
グレンがようやくパタンと本を閉じて、こちらを振り返った。そこにあるのは内心がま
ったく読めない、いつもの飄々とした表情だ。
「だけど、『マルティン・セルシウスという人物』は、ちゃんと実在していたんだよ」
知っている。
「まあ、そうなんですか。にわかには信じがたいんですけど」
驚いたように目を丸くしてみせると、グレンはいかにも、「そうだろうとも」という態

度で頷いた。人のことは言えないが、苛つく。

「ではこの国には、本物の魔術師がいたと？」

「いや、そこまではね。なにしろずいぶん前の話だし、当時のことを知る証人はもう皆死んでいる。マルティンという名の人間が本当にいたのだとしても、残っている数々の逸話はあとから都合よく脚色されたものなんじゃないか、と俺は考えているんだ。実物はどこにでもいる地味で冴えない普通の男だったかもしれないね。意外と本人が大言壮語ばかりのろくでなしで、嘘が発覚する前に逃げただけ、ということもあり得る」

グレンは笑みながら、絶妙にティコの神経を逆撫ですることを言った。カチンときているのを悟られないように、なんでもない顔を保つのに必死だ。ティコは心から自分の師匠を尊敬しているので、彼に対する暴言にはなかなか冷静でいられない。

「そう、ですか……」

プルプルしそうな手を強く握る。

いっそ窓から突き落としてやろうかと剣呑なことを考え始めたティコに、「そうだ」とグレンが晴れやかに提案した。

「一緒に、マルティンのことを調べてみないか」

「──は？」

一瞬、怒るのも忘れてぽかんとした。

「ヴィラ宮廷の歴史を記した書、というものがあるんだ。宮殿内に保管されていて、わりと自由に閲覧できる。年代ごとに分けられているから、百年前のものを見てみればマルティンという名も載っているかもしれない。すべてが正確に書かれてあるわけではないし、どこまでが事実かという疑問は残るが、多少は面白い記述が見つかる可能性はある」

「え……あ、はあ、それじゃ頑張って」

今ひとつ話についていけず茫然としながらそう言ったら、つかつかと近づいてきたグレンがティコの顔を覗き込んだ。

「何言ってる、君も来るんだよ。一緒にと言っただろう？」

「はあ？」

「宮殿にあると言ったじゃないか。この塔を出て少し歩けばすぐそこだ」

「ちょ、ちょっと待ってください。塔を出てって、そんなことしていいんですか？　だって『国王に逆らうことになるからここから出してはあげられない』って、以前言ってましたよね？」

「ヴィラ城から出してはあげられない、という意味だ。塔から敷地内をちょっと移動するくらいは別に問題ないんじゃないかな」

「ものすごく都合のいい拡大解釈のような気がするんですけど」

「どちらにしろ、俺と君が黙っていれば判らない」

グレンはそう言って、軽く片目を瞑った。

「そうだ、念のためフード付きのマントを羽織って顔を隠していこう。こういうのもスリルがあっていいな」

すっかり楽しんでいる様子のグレンに、ティコは呆れた。

たぶんこれも、ランベルトに命じられた懐柔作戦の一環なのだろう。気を許した素振りで締め付けを緩め、「君は特別」という雰囲気を演出し、共犯のように装って連帯感を作り上げるわけだ。対象が自分でなければ、悪くない手だと思う。

癪に障ったので、こちらも遠慮なく乗っからせてもらうことにした。

「言っておきますけど、どうなっても知りませんよ」

「だったら俺も言っておくけど、城内にはそこら中に警備の兵が立っているし、敷地の周りは高い城壁が囲んでいる。外へ逃げることなんてできないよ。——それこそ、魔術でも使わない限りはね」

忠告のつもりで言ったら、グレンに平然と返された。

ああー、腹が立つ……！

＊＊＊

言われたとおり羽織ったマントのフードを被って塔を出たが、敷地内を歩いても、立っている警備兵たちは、ティコを誰何することも呼び止めることもなかった。こちらを一瞥はしても、グレンの顔を確認すると舌打ちしそうな表情で視線を逸らしてしまう。

どうやらグレンは彼らに好かれていないらしい、ということは判ったが、それにしたって警戒心が薄すぎる。

こんないい加減なことでいいのか、いやむしろ何かの罠なのではないかと疑惑を深めるティコに、グレンは気軽な調子で手を振った。

「だから問題はないと言っただろう？　君のことを知っているのは上のほうのごく一部だけなんだ。俺は一応彼らに顔が知られているし、その俺の連れと認識されれば特に何も訊ねてはこない。……それにこの城の兵たちは、正体不明の怪しげな人間、というものには慣れているからね」

「何を言っているのかまったく判りません」

「これから判ると思うよ。ヴィラ城という場所は入るまでは大変だけど、入ってしまえばある程度は自由に動ける。もちろん、気軽に出入りできないところも多いけど」

歩きながら、グレンはティコに城の構造を説明した。

「ここはもともと城塞だったから、基本的に戦闘と防衛を念頭に置いて造られているんだ。第一廓、第二廓とエリアが分けられていて、いちばん高台にあり盾壁に囲まれたこの場所が第一廓。宮殿、主塔、礼拝堂、馬場などがある。その一段下に第二廓があり、兵や使用人はそこに居住している。あとは武具庫や食料庫、菜園などもある。このすべてをまとめて『ヴィラ城』と呼び、これら全体をぐるっと取り囲む高い城壁を抜ければ、さらに一段下に城下町が広がっているというわけだ」

「はあー……」

ティコは思わず間の抜けた声を上げてしまった。

ここには馬車で連れてこられて、しかもその時は拘束され、左右を兵にぎちぎちに固められていたので、とてもではないが全貌を眺める余裕はなかった。こうして見ると、なんという規模の大きさだろう。

その中でもとりわけ目立つ三階建ての宮殿は、途方もなく巨大で壮麗な建物だった。小さな村や森の中しか知らないティコはひたすら圧倒されるばかりである。

威容を誇るその宮殿に足を踏み入れると、グレンはすたすたと迷いもせずに目指す場所へと向かった。建物内はどこもかしこも豪奢で美しく、輝く壁や床に目が眩みそうだ。

「――さて、ここだ」

目的地はそう遠くなかった。北棟の入り口から少し進んだところによく目立つ両開きの扉があり、グレンがその取っ手に手をかける。

扉の前にも警備の兵がいたが、彼はフードを被ったティコを目にして「またか」という表情をしたものの何も言わず、グレンをじろりと見て忌々しそうに顔をしかめただけだった。

この場所に入るのに、特に許可も必要ないらしい。ティコの混乱は増す一方だ。

ギイ、と小さな音を立てて扉が開かれる。

――途端に飛び出してきた音の洪水に、ティコは飛び上がりそうになった。

「いや違う！　私が思うにこの文献の解釈は」

「待ちたまえ、それでは計算が合わぬだろう！」

「聞いてくれ、僕はついに世紀の大発見をしたよ！」

怒鳴るような音量の声ばかりか、ピアノやハープの音までが聞こえてくる。それらが入り混じって大きな喧騒となり、やかましいことこの上ない。驚いたまま隣を見ると、グレンはさっさと自分の両耳を手で塞いでいた。

「何ですか、これ？」

問いかけたが、耳を塞いだグレンはこちらを見て首を傾げている。その手を摑んで引きずり下ろし、「これ何ですか!?」と大声で叫んだ。

「ここがヴィラ宮殿の名物、『文化と芸術の間』さ。スパニアだけでなく他国からも芸術家、科学者、占星術師、錬金術師などを招いて、それぞれ研究を行ったり、腕を磨いたり、互いの意見を戦わせたりする場だ」

二階分ある広い円形のホールは中央が吹き抜けとなっており、一階では芸術家たちが各々勝手に楽器を演奏していたり、油絵を描いたりしていた。階段を上ってぐるりと輪になった二階部分では、いくつかに分かれたテーブルで、男性たちが声を張り上げ熱い議論を交わしている。

壁のあちこちには絵画が飾られ、棚の上には美しい美術品や工芸品が並べられて、室内の隅には用途のよく判らない機械のようなものまであった。

一言で言えば、混沌としている。そしてうるさい。ティコも耳を塞ぎたかったが我慢した。

グレンが言っていた意味がようやく判った。そりゃこんな変人ばかりが大手を振って宮殿内を闊歩していたら、多少他とは違う恰好をしている娘なんて大した問題ではないと思うようになっても無理はない。

「アーモス王は無類の『新しいもの好き』でね……というより、どんなものでも自分が一番に知り、一番に試してみないと気が済まない性分、と言ったほうがいいかな。誰よりも先に自分が見たい聞きたいという欲求から、新たな芸術を生み出すのも、新しい何かを発見するのも、王の目と手が届く範囲でやれ、と無茶なことを言い出してこうなった」

上体を傾けたグレンが、ティコの耳元まで口を持ってきて話す。こうしないと声が届かないというより、さすがに大声で言うのは憚られる内容だからだろう。

「はあ、なるほど……」

自分で何かを生み出そうという発想はないわけね、とティコは内心で思ったが、口にはしなかった。

「まあ、文化の発展に寄与しているという側面は確かにある。役立つ発明もあったし、進歩した技術もあるよ。そういう意味では悪いことばかりではないんだが……文化と芸術の保護という名目で、莫大な資金が惜しみなくつぎ込まれるのが困った点だな。研究者といっても皆が皆、向上心を持った人間ばかりではないから、金目当ての詐欺師のような輩まで宮廷内に入り込むこともままある。学問にしろ何にしろ、成果が出るまで時間がかかるものもあるのに、王は飽きっぽいから、これといった結果が出ないとすぐに放り出してしまったりするし」

それでティコのことも、ろくに調べもせず引っ張ってきたはいいが、思いどおりの結果が得られないと判った途端、塔の中に入れたまま放置しているというわけだ。そんな人間が君主でもやっていけるのだから、国というのは大したものだと思う。

「彼らの中には魔術について研究している者もいるよ。気になるかい？」

「ぜんぜん」

きっぱり言うと、グレンは小さく噴き出した。

ティコは二階で議論を交わす人々をちらっと見た。

魔術というものは、たとえ知識を得て研究を重ね、なんとか頭で理解したとしても、肝心の魔力がなければ発動させることはできない。理論をいくら学んでも、それだけで魔術師になれるわけではない、ということである。

たまたま持って生まれた力。それがなによりも重要なのだ、皮肉なことに。

ティコと、ティコの母はその力を備えていたが、そういうことは非常に稀で、普通は遺伝や血筋と関係なく魔力持ちは生まれる。師のマルティンによると、この国に魔力持ちは決して多くないという。ましてや魔術師ともなるとその数がさらに少なくなる上に、彼らはできるだけ人目を避けて暮らすのが普通だ。

今もこの国のあちこちには、魔女狩りという忌まわしい風習が残っている。何の力もない人でさえ犠牲になることがあるのに、実際に変わった力を持ち、不可思議な術を使えることが知られたら、一体どれほど激しい迫害があるのだろうと怖れるのは当然のことではないか。

あのように大声を上げて自己主張する人たちの中に「本物」がいるとは、ティコには到底思えなかった。

「それで、目当てのものはどこですか？」

かき鳴らされる楽器の音と男たちの大声に辟易して、ティコはグレンをせっついた。静かな環境にいることに慣れてしまった身に、この場所は少々きつい。

異様な熱気と、交錯する人々の喚き声。

……過去の嫌な記憶が頭の内側をチクチクと刺激して、気分が悪くなってきそうだ。

「ああ、こっちだ。おいで」

グレンもそれ以上解説を続けるほどの興味はないのか、あっさり言って足を動かした。

なるべく目立たないよう俯きがちにして彼のあとについていくと、絵を描いていた男が突然「おお、麗しのヴェロニカ様！　美しい貴女に是非この美しい絵を！」と朗々とした声を上げたので、ビクッとしてしまった。なぜいちいちそう大仰なのか。絵くらい静かに黙って描いたらどうなの、とティコは内心で毒づいた。

大体、男が描いているのはまだ下描きの段階である。この状態ではまだ美しいもへったくれもない。彼の周りの床には折れた木炭がいくつも落ちていて、なかなか下描きから進んでいないであろうことが推測された。

ティコは前を歩くグレンに目をやってから、さりげなく静かに身を屈(かが)めた。

床から拾い上げた木炭の欠片(かけら)を、そのまま自分の手の中に握り込む。

絵や楽器の間を縫うようにしてホール内を歩いていたグレンは、階段下まで来るとぴたっと足を止めた。

壁一面に据えつけられた書棚に、ずらりと本が並んでいる。

「ここにある本は持ち出し禁止だが、基本、この中に入れる人間なら誰でも見ていいことになっている。正式な書庫は別にあって、そちらはいろいろと制限もあるし、王族しか見られない禁書も存在するらしいが」

「こちらは研究者たちのために与えられている本、ということですね」

言いながら、ティコは本の背表紙を左から右へと流し見た。さすがに潤沢な資金が使われているだけあって、どれも装丁が立派できちんとしている。これらのうちの一冊だけでも、驚くほどの金額なのだろう。

なるべく顔には出さないようにしていたが、胸の高鳴りは抑えがたかった。この城にいた頃の師匠について知ることができると思うと、どうしてもワクワクしてしまう。

出会った時、マルティンはすでに長い白髭をたくわえた老人の姿だった。自分でも年寄りだと言っていたし、時々腰が痛いとぶつぶつ愚痴を零していた。

ある時点から容貌にほとんど変化がなくなったらしいが、中身はちゃんと年齢相応に老けているのだと教えてくれたことがある。

そのマルティンが壮年だった頃の記録。本に彼の名前が載っていたとしても、書かれてあるのは事実ばかりではないかもしれない。だが、すべてが虚構というわけでもないはずだ。

師匠が過去を語ることは滅多になかったが、それでも一時期ヴィラ城に滞在していたことは間違いない。その当時は、さぞかし使用する魔術も威勢がよかったのだろう。天才魔術師マルティンの隆盛期。それは興奮してしまうというものだ。

「ここだ」

グレンが指したところを覗き込むと、そこには『ヴィラ宮廷の歴史』という同じ題名の分厚い本がずらりと並んでいた。背表紙には小さく年代も表記されていて、マルティンがこの城にいたとされる時期のものもちゃんとある。

その本に指をかけ、グレンが手前に引き抜いていく。

ティコは期待を込めてそれを見つめていたが、彼のその動きは中途半端な位置でぴたりと止まった。

「……？」

本はまだ半分が棚に収まったままの状態だ。なかなか取り出されないことに焦れて、ティコが彼の顔に目を移す。

グレンもまたこちらを見返し、やんわりと微笑んだ。

いや、口元は確かに笑みの形になっているものの、その目は笑っていなかった。

え、と戸惑って、ティコは思わず一歩後ずさった。

「そうだ思い出した。こんな小難しい歴史書よりも、ここにはもっと面白い本があるんだった。ティコ、そちらを先に見てみないか？」

「面白い本？」

ティコが問い返すと、グレンは目を細めた。

「――マルティン・セルシウスの手稿」

「え？」

目を丸くするティコに笑いかけて、彼は出しかけていた歴史書を戻し、再び書棚のほうに視線を戻した。

何かを探すように、本の背表紙の上に指を滑らせていく。

「つまり日記のようなものかな。俺も実物を見たことはないんだが、聞いた話によると、薄い小冊子で、マルティンが日々の些細（ささい）な出来事を記したものらしい。しかしなにしろ、内容が細々としすぎていてね。その日食べたものだとか、天気だとか、そんなことばかりが延々と書かれている退屈な内容だから、正式な書庫に保管するまでもないとこちらに置かれているんだそうだ。魔術の研究者たちの間でさえ、まったく価値がないと一顧だにされていない代物だというよ」

「日記……」

今度は別の意味で、ティコの心臓が跳ね上がった。

マルティン自身の手で記された手稿。日々の些細な事柄だけが書かれ、誰からも見向きもされていない。

だとしたらそれは、マルティンの術がかかっているという可能性が高い。

ティコの手元にある本と同じだ。マルティンの魔術をかけられたものは、決して普通の人間の前では正体を現さない。その下にあるはずの真の姿を見つけるためには、術を外すしかないのだ。本人か、あるいは同等の力を持つ魔術師が。

術を外した時、果たしてそこには何が書かれている？

　グレンがちらりとティコを見た。

「興味あるかい？」

「……どうでしょう」

浮足立つような気持ちを抑えつけ、苦労して曖昧な笑みを作った。

「俺は興味があるな」

「どうしてですか？」

ティコは本心から不思議に思って訊ねた。グレンも興味がある？　術を外せない人にとっては、退屈極まりない内容なのに？

「だって、マルティンの自筆が確認できるのは、その手稿だけだというからね。稀代の魔術師と呼ばれた人物は、どんな文字を書くんだろう。……知りたくないかい？」

そう言われて、重要なことに気づいた。背中が水をかけられたようにさーっと冷える。

　グレンは相変わらず穏やかな態度のまま、唇の端をゆっくりと上げた。

「俺はね、魔術というものには懐疑的だ。でもマルティンが実在した人間である以上、足跡を辿るのは不可能ではないと思っている。城から行方をくらませたといったって、本当にぱっと存在自体が消えたはずがない。生きた人間には食べるものも住むところも必要だ。

城を出てどこかで生活していたのなら、彼に関わった人間も必ずいる。マルティンは独身だったというが、城を出た後に恋人や妻を持ったかもしれない。まずはそういうところから調べてみるべきなんじゃないかと思うんだ。……ああ、うん、本当に君がマルティンという人物と無関係だということがはっきりすれば、助けられる確率も高くなるしね」

最後の言葉は非常に付け足し感がすごかったが、言っている内容に嘘はないらしい。

ティコはひそかに奥歯を噛みしめた。

つまりグレンは魔術というものを信じてはいないが、「普通の人間」のマルティンとティコの間に何らかの繋がりがある、という疑いは抱いているわけだ。ひょっとしたら、ティコが口実として作り出した「祖父」というのがマルティン自身なのではないか、と考えているのかもしれない。

マルティンとティコに血縁関係はなく、正真正銘赤の他人だが、その推論自体はさほど的外れではない。

いや冷静に感心している場合ではなかった。これはまずい。大変まずい。グレンがじっくり見ていたティコの本は確かにマルティンが書いたもので、過去のマルティンが書いた文書と照合すれば、一発で筆跡が同一だと知れる。

ティコがマルティンの身内ではないにしろ関わりがあることが判明すれば、せっかく忘れかけてくれている国王が再びティコに興味を示すだろう。そうなれば師匠の手がかりを探るどころではない。

やられた。

焦りが出そうになる表情を引き締めた。最初から手稿の存在を明らかにせず、歴史書で釣ってわざわざティコをここに連れてきたのは、隠蔽（いんぺい）工作を防ぐためと、こちらの反応を見るためだ。不用意な言動は自分の首を絞める。

急いで対策を考えよう。要するに、手稿と塔の中にある本、それらを並べられないようにすればいいのだから――

必死に頭を絞りながら、さっき拾った木炭を握り直した時、グレンが「……あれ」と不審げな声を出した。

「おかしいな……ない」

書棚に向けられた彼の口元からは、さっきまで浮かんでいた笑みが消えている。

「このあたりにあるはずなんだが……抜かれている」

指し示す場所には、歴史書ほどの厚さではないが、確かにぽっかりとした空間ができていた。

どこかに紛れ込んでいるのかもしれないと何度も確認したが、「マルティン・セルシウスの手稿」は見つからなかった。

難しい表情をして考え込むグレンとは逆に、ティコは心からほっとした。どうやら幸運の女神はこちらの味方をしたようだ。

「まああ～、残念ですねえ。わたしも見てみたかったんですけどお。マルティンさんが毎日何を食べていたのか、とっても興味があったのに～」

両手を組み合わせて眉(まゆ)を下げ、大げさなくらいに残念がってみせたら、グレンに睨(にら)まれた。安心しすぎて、嫌みが隠しきれていなかったらしい。

「……ちょっと警備の兵に聞いてくる。君はここを動かないでくれ」

「はい」

真面目な顔で言われたので、殊勝に返事をしておく。もちろんここから動くようなことはしない。

かつかつと靴音を立てて去っていくグレンの背中を見送り、彼が部屋の外へ出て行くのを確認すると、ティコは手の平を広げてそこにある木炭に目をやった。

この幸運を無駄にするわけにはいかない。グレンが見つけるよりも先に手稿のある場所を把握し、なんとか手に入れておかなければ。

マルティンの手稿があったと思われる場所の前に行き、周囲を窺(うかが)う。誰もが自分のことに熱中していて、こちらを気にしているような人はいなかった。

ティコは書棚の空いた部分に、木炭で小さな円を描いた。

その中に五芒星と古代文字を記し、魔法円を作成する。

失せ物探しは極めて初歩の魔術だから、構築する術式も単純だ。素早く書き終えると、円の中にそっと自分の人差し指を置いた。

少しずつ、指先から魔力を注ぎ込む。ティコはこの調整が下手なので、慎重に力を制御した。使う力は最小限で済ませること、そうしなければ反動が怖い。

木炭で描いた魔法円が、ティコの魔力に反応して淡く輝いた。

マルティン・セルシウスの手稿。現在の在り処を示せ――

普通ならこれだけで充分のはずだった。術式も何も間違えていない。失せ物捜しの術はきちんと発動し、術者であるティコに回答をもたらしてくれるはず……だった。

ティコはすぐに違和感に気づいた。

発動の仕方がおかしい。魔法円が異様な光を放っている。まるで危険を示すように輝きが明滅した。初歩の魔術がこんなにも強烈な反応を示すはずがないのに。

ひとつ小さな息を吹き入れたら、それが不気味なうねりを打ち、暴風になってこちらへ返ってくるような。

「えっ……」

ぞわりとした悪寒が走る。咄嗟に魔法円から指を離した、その時だ。

バン！　という激しい音ともに、赤い閃光が迸った。

＊＊＊

扉の前に立っていた警備兵は、グレンの問いに対して知らぬ存ぜぬの一点張りだった。

「ここの本はすべて外には持ち出し禁止ですので」

「だからなくなるはずがない、と。そのとおり、普通ならね。しかし実際、消えているものがある。どうしてだろうね？」

グレンは微笑を浮かべて訊ねたが、兵は露骨に嫌そうな顔をした。

「外には出ていないのですから、このホールの中にあるんでしょう。失礼ですが、捜し方に問題があるのでは？」

おまえの目が節穴なんだろ、いちいちこちらの手を煩わせるんじゃない、と言いたいらしい。兵のバカにした目つきと嘲るように吊り上がった唇が、雄弁にそう語っている。

兵はグレンよりも少し年上くらいだった。だからこそ余計に、ただの警備兵でしかない今の自分の立場と引き比べ、悪感情が剝き出しになっているのだろう。慣れているので、グレンはそんなものを今さら気にしたりはしない。

「ここには高価な美術品も数多くあるから、入った者が出て行く時には簡単に身体検査をするよね」

「無論です」

「本を持ち出した人間はいなかった？」

「いるはずがありません」

「うっかり見過ごしたなんてことは」

「あり得ません」

「だったら検査の目をすり抜けた誰かがいるということかな」

「バカバカしい」

兵は鼻で笑った。グレンも少し笑って、声の調子を変えずに続けた。

「──じゃあ、『そもそも検査なんてされることはない誰か』だ」

その言葉に、兵の笑みがぴたりと止まる。

「自由にここを出入りし、何を持ち出そうと、警備兵が止めることも咎めることもできない誰か。違うかい？　そういう相手なら、君たちは何を目にしようとも、揃って見て見ぬふりをするしかない。それとも小金でも摑まされたかな、最近は城内でも賄賂が横行していると聞くしね」

グレンの口元に浮かんだ薄笑いを見て、兵がカッとなったように声を荒らげた。

「おい、我々を愚弄するのもいい加減にしろ！　一体何様のつもりだ！　いいか、きさまが宮廷内で大きな顔をしていられるのは、ただ第三王子のお気に入りだからだということを忘れるなよ！　もともときさまは宮殿に立ち入ることすら許されない、ごく下っ端の兵だったんだからな！　どんな汚い手で王子に取り入ったのかは知らんが――」

兵の言葉はそこで途切れた。グレンが素早く腰から抜いた剣の柄頭で、その腹部に鋭い一撃を叩き込んだからだ。

うぐっ、と兵が一瞬息を止める。

平時の城内では、警備兵は簡素な胸当てと手甲、そして脛当てくらいの防具しか装備しない。一応手に長槍を携えてはいるが、それを使う腕と才覚が持ち主になければ意味がないと、たった今露呈した。

「こ、この……」

少しだけよろめいて、兵が再び顔を上げた時、そこは憤怒と屈辱で全体が真っ赤に染まっていた。片手で腹を押さえながら、もう片手で握っていた長槍を持ち上げる。

が、刃先がこちらに向かってくるよりも早く、グレンがひゅっと空を切って兵の脛を蹴りつけた。均衡を失ってその腕が下がったところで、また剣の柄頭を使って手首を打ち据える。

兵が短い叫び声を上げ、弾き飛ばされた長槍が、静かな宮殿の廊下に耳障りな音を響かせた。

空手になった兵は手首を押さえたまま立ち尽くし、茫然とその様子を眺めていた。武器を手離したとはいえ戦うすべは他にいくらでもあるはずなのに、そんなことにも頭が廻らないらしい。

ここが戦場なら、グレンはすぐさま心臓を一突きしてとどめを刺す。いくらスパニアが平和な状態が続いているとはいえ、国の中枢にいる兵がこの程度とは、あまりにもお粗末だと言わざるを得ない。

自分の趣味や道楽にしか関心がない国王と、それにおもねる連中ばかりが牛耳る宮廷政治の弊害が、こんなところにも表れつつあるということだ。見栄の張り合いと華美を競うだけのこの場所で、緊張感など維持し続けられるわけがない。

芯の部分がグズグズに腐っていたら、周りも徐々に黒ずんでいく。賢君であったカミル三世が築き上げた輝かしい大国は、ほんの百年でずいぶんと形を変えてしまった。

このままではきっと、スパニア王国は衰退の一途を辿ることになるだろう。

……だとしても、自分には関係ないことだが。

グレンは笑みを浮かべ、身じろぎもせずに固まっている兵の耳に顔を寄せた。

「君の言うとおりだよ。以前はともかく現在の俺は第三王子のお気に入りだからね、多少の権限は与えられているんだ。警備兵の非礼を注意するくらいは許容範囲というものさ。それにしても君、ちょっと隙がありすぎじゃないかな。これじゃ、何か突発の事故が起きでもしたら、大怪我を負いかねない。気をつけないと」

低い声で忠告をすると、兵の顔からすうっと血の気が引いた。

「……それで、誰がここにある本を持ち出した？」

「し、知らな……」

「この部屋は毎日清掃と確認が入る。絵画一枚、蔵書一冊でも失われていたら、直ちに問題になるはずだ。自分の要求を押し通し、君たちに口止めしている誰かがいるんだろ？」

「俺は……」

「…………」

「君、名前は？」

「名前」

繰り返すグレンの口角は上がっているが、その眼には冷たく非情な光がある。兵はちらっと床に転がった長槍を一瞥して、ごくりと喉仏を動かした。

「……テ、テオドル」

「ここで騒ぎ立てたら困るのは君だよ、テオドル。事実、この中で貴重品が紛失している。俺がそれを堂々と指摘してやれば、場合によっては君がその責任を負わされて、首を切られる可能性が高い。これは決して、比喩ではなく」

テオドルという名の兵は、さらに青くなって震え出した。それをあり得ないと言い返すほど愚かではないようだ。

「別に聞いたところで何をしようと言っているんじゃない。ただ知っておきたいだけなんだ。君はこっそり俺に耳打ちして、あとは知らん顔していればいい。簡単なことだろう？」

言い聞かせるようにして囁くと、テオドルは迷うように何度か口を開けたり閉じたりした。少しして、ようやく決心したのか声を出しかける。

「――……」

しかし、出てきた名前はグレンの耳には届かなかった。

テオドルがその言葉を出すのと同時に、扉の向こうから何かが爆発するような大きな音が響いてきたからだ。

グレンはすぐさま扉を開け放ち、室内へと踏み込んだ。

中は大変な騒ぎになっていた。誰もが立ち上がって目を瞠り、驚愕に満ちた顔をしている。わけも判らず叫んでいる者や、「何があった！」と怒鳴り散らしている者もいて、なおさら混迷の度合いを深めているようだった。

騒ぎの元はすぐに判った。階段下の書棚に行儀よく収まっていた本の大半が床に散らばり、無残な様子を曝している。その周辺は薄っすらと白い靄のようなものが立ち込めていた。

その中で放心したように座り込んでいる娘の姿を目に入れて、グレンは勢いよく床を蹴って走り出した。

「ティコ！」

駆け寄って声をかけたが、ティコは紫色の目を大きく見開いて、ほぼ空になった書棚を凝視していた。もう一度名を呼んで摑んだ肩を揺さぶると、ようやく何度かぱちぱちと瞬きをして、グレンを見た。

「あ……ああ、グレン、さん」

「大丈夫か。何があった？」

「何って……何が、あったんでしょうね」

まだ自失の状態から抜け出せないのか、ぼんやりとした口調でおかしなことを言っている。問い詰めようとしたグレンは、彼女が自身の右手を左手で包んでいることに気がついた。

左手の指の隙間から、じわりと赤い血が滲み出している。

その手を無理やり引き離して確認し、息を呑んだ。

右手の人差し指の爪が剥がれて出血し、おまけに爛れたように真っ赤になっていた。

激痛があるはずなのに、ティコはほとんど表情も変えていない。一時的に痛みを忘れるほど、精神的な衝撃のほうが大きかったのだろう。その顔からはすっかり血の気が引いている。

ざわざわとした騒ぎはどんどん大きくなる一方だ。周囲の目は一斉にフードの外れてしまったティコの顔に向けられていた。その中には先程やり合ったばかりのテオドルの姿もある。

「くそっ」

小さく舌打ちして語気荒くそう言うと、グレンはティコの身体を抱え、自分の肩に担ぎ上げた。

人だかりの中を突っ切り、あっという間に去っていく二人を、ホール内の人間たちは誰一人止めることもできず、ただ突っ立って眺めているだけだった。

＊＊＊

「……で、何があったんだ」

グレンはティコを肩に担いだまま黒塔の部屋に戻ると、すぐに一人で外に飛び出していき、治療道具を抱えてまたやって来た。

血を洗い流し、消毒して、薬を塗ってから清潔な包帯を巻く。少々乱暴だが手際よく傷の手当てをしながら、器用なことに口のほうは質問攻めだ。

今になってずきずきと主張し始めた痛みに顔をしかめ、ティコは適当な受け答えをした。

「いきなり書棚から本が飛び出してきたんです」

「そんなわけあるか」

「なんだか変な機械がたくさんあったし、暴発でもしたのかも」

「階段下にはそんなものなかっただろ」

「もしかしてあそこにある本、生きてるんじゃないでしょうか」

「頭でも打ったのか混乱しているのか、どっちなんだ？」

グレンは文句を言いつつもまめまめしく手を動かし、事情説明を要求する合間に、「他に痛むところはないか」「水分を摂れ」「あとで痛み止めの薬を持ってくる」という言葉を早口で挟んでくる。何を考えているのかさっぱり判らない男だが、意外と世話焼きの面があるらしい。

白い包帯が巻かれていく自分の手に目を向けて、ティコは半分上の空だった。痛みは痛みとしてあるが、それとは別に、思考がぐるぐると頭の中を巡っている。

――術が弾かれた。

ティコが発動させた失せ物捜しの魔術が、他の魔術によって妨害された。事前にそういう術式が仕込まれていたのだろう。あの書棚を念入りに調べてみれば、どこかに魔法円が見つかるはずだ。

他者の魔術を阻む魔術は、かなり高等な技術を要する。しかもあれは、相当に強力な術だった。普通の結界であれば触れても少し痺れる程度なのに、もっと禍々しいほどの敵意、あるいは悪意があった。ティコの注いだ魔力がごく微量で、しかもすぐに手を離したから、これくらいの怪我で済んだのだ。下手をしたらもっと致命的な深手を負っていた。詮索する者は誰であろうと容赦はしない。向けられた魔力にはその数倍の魔力でもって攻撃する。

あそこにあったのは、そういう苛烈で独善的な意思の表明だった。

……この城内に、「本物」の魔術師がいるということか。

その人物は自分の力を公にはしていないのだろう。マルティンのことだって、もはや半分以上伝説になっているくらいだ。グレンだけでなく、ティコを黒塔に閉じ込めた国王ですら、本当に魔術の存在を信じているのかは怪しい。

正体を隠し、ひっそりとヴィラ城に生息している、もう一人の魔術師。だとしたらマルティンの連絡が途絶えたのも、ティコがここにいることも、それと無関係ではないはずだ。

相手が誰なのか判らない。自分は自由に動けない上に、大っぴらに魔術を使うことができないから対抗策も限られる。それにマルティンが現在どんな状況でいるのかも判然としないときては、迂闊な真似もできない。

この戦いはティコにとって不利な条件ばかりが揃っている。

しかしだからといって、諦めるわけにはいかなかった。マルティンは魔術の師匠であると同時に、死にかけていた幼いティコを救ってくれた恩人でもある。

きっと突き止めてみせる——と決意も新たにぐっと唇を引き結んだティコは、

「ティコ、聞いてるか？」

「うるっさいわね、ちょっと黙ってて」

自分の態度が素に戻っていることに、ちっとも気づいていなかった。

「……おい、被（かぶ）っていた猫が完全に剥がれ落ちてるぞ」

と、ため息とともにグレンが呆（あき）れ顔で言った。

第三章　城下町探索

——闇の中、ちらちらと赤い炎が揺れていた。

あれは松明（たいまつ）の炎だ。いくつもの灯火が縦横無尽に動き回り、獲物を探して彷徨（さまよ）っている。暗闇に蠢（うごめ）く無数の赤は、まるで人の血に飢えた獣の眼のようだ。なんとおぞましく、恐ろしい光景なのだろう。

林立する木々の間から聞こえてくるのは、人々の怒声と罵声（ばせい）ばかりだった。男性だけではなく、女性の苛立（いらだ）つ声も混じっている。その中でもひときわ甲高く、まるで人の心に爪を立てて引っ掻（か）き傷を作るような女の叫び声が、闇夜を切り裂き響き渡った。

「早く！　早くあの魔女を捜し出すんだよ！　まだ遠くには行っていないはずだ！　逃がしたら大変なことになるよ！」

急（せ）き立てるようなきんきん声は、聞いている者の心にも焦りを生じさせ、不安をかきたてる。人々の立てる足音がより荒々しくなった。

「逃がしてしまったら、きっとあの悪い魔女はおまえたちに報復しに来るよ！　あの変な

力を使って、村を焼き尽くしてしまうかもしれない！　そうしたらおまえたちはお終い
だ！　そうならないうちにさっさと捕まえなけりゃ！」
　彼らの中には、自分たちがしていることへの罪悪感を多少は抱いていた者もいただろう。女の言葉はその罪の意識を怖れへ変え、自身の行為を正当化するための理由へと変えて、巧妙に煽り立てた。呼応する怒鳴り声が大きくなり、狂乱するような興奮状態がさらに高まっていく。

　幼いティコは膝を抱え、小さく身を縮めて、茂みの中でガタガタと震えながらそれらの声を聞いていた。

　子どもの自分でも、彼らに捕まったらどうなるのかという想像は容易についた。母の髪を乱暴に摑み、引きずってどこかに連れて行こうとした人たちの顔は、まるで魔物にでもとり憑かれたかのように常軌を逸して歪んでいた。母が隙を見て自分の手を取り逃げ出していなければ、きっとあのまま母子して殺されていただろう。

　なぜこんなことになってしまったのか。

　母は決して「悪い魔女」などではなかった。いつだって優しく、困っている人がいればにこにこ笑いながらすぐに手を差し出す、ひたすら無垢な人だった。

「天から授かった特別な力」――母がそう呼んでいた力を、他人のために惜しみなく使っ

てあげていただけだ。

それなのに、その恩恵をさんざん受けたはずの人々は、手の平を返すように母を容赦なく打ち据え、「裁きを受けろ、この魔女め」と憎々しげに睨みつけた。

どちらが恐ろしいのか。どちらが凶悪なのか。浅ましい嫉妬に駆られた一人の人間の虚言と讒言にあっさりと耳を傾け、彼らは母を禍と決めつけた。「魔女」という単語ひとつで、母がこれまでやってきたことのすべてを否定し、その人間性からも目を背け、勝手な思い込みを重ねて、ありもしない罪を作り上げた。

自分たちの醜さも愚かさも直視せず。

だったら最初から、彼らを助けなければよかった。誰が困っていても、知らぬふりをしておくべきだった。今になって気づいても、もう取り返しがつかない。

――その力を自分以外の誰かのために使えば、待っているのは手酷い裏切りと、身の破滅だけなのだ。

松明の炎はもうティコのすぐ近くまで迫ってきている。恐怖が極限まで膨れ上がり、気を失ってしまいそうだ。全身から血の気が引き、ぼたぼたと滴り落ちる涙が膝を濡らした。

魔女は火炙りだと誰かが叫んでいた。だったら自分も生きたまま火に焼かれるのか。人はどうしてそんな恐ろしいことができるのだろう。

つい昨日までは幸せだったのに。大好きな母と二人、貧しいけれど毎日笑って暮らしていたのに。

隠れている茂みがガサッと鳴った。ごつごつと骨ばった男の指が、自分の頭のすぐ上に現れる。

見つかる——とティコは息を呑(の)んだ。

「いたぞ！」

鋭い声にぎゅっと強く目を瞑(つぶ)ったが、それと同時にこちらへ向かってきていた手が引っ込んだ。「あっちだ！」という大声が離れた場所から聞こえて、複数の足音がバタバタと一斉に遠ざかっていく。

周囲から人の気配がなくなると、がちがち嚙(か)み合わない歯の根を必死に押さえつけ、ティコはよろめくように立ち上がった。人々が向かっていったのとは反対の方向へ、覚束(おぼつか)ない足取りで歩き出す。

涙はとめどなく流れ出るが、口を両手で塞(ふさ)ぎ、嗚咽(おえつ)が漏れそうになるのを死に物狂いで我慢した。

見つかったのは母だろう。それが判っているのに逃げるしかない自分が、なによりも悔しく、腹立たしく、情けなくてたまらなかった。

でも——「あなただけは逃げて、生き延びて」と言った母の最後の言葉を裏切ることもできない。

胸が張り裂けそうに痛かった。目の前の闇よりもなお真っ黒な絶望感が全身に広がって、息が詰まりそうだった。いっそ本当に死んでしまえればどれほど楽だろう。

ティコは一人、たった一人で、これから先を生きていかねばならない。もう誰一人信じられず、決して誰にも心を許すことなどできないこの世界で。

そんな地獄のように孤独な人生を送っても、なお生命を持続せねばならないのか。

ただ、母が他の人にはない力を生まれ持っていただけで。

——なにが「天から授かった特別な力」だ。

そんなものは要らない。それは母とティコからすべてを奪うだけで、何も与えてはくれなかった。人を不幸にするだけの力なんて、欲しいはずがないじゃないか！

身体の中で、今まで感じたことのない何かが大きく渦巻いていた。のたうち回って暴れ、外に出せと訴えている。脈打つたびに胸が圧迫され、激しい苦痛が間断なく襲いかかる。

ティコの内側で、正体不明の何かが、乱れ、猛り、咆哮を上げていた。

長いこと森の中を彷徨って、細い川が流れている場所へと辿り着いた。ばしゃんと水音を立てながら倒れるように川の中に半身を沈め、水を飲んではげえげえ吐いた。胃の中のものをすべて吐き出して意識を失い、目が覚めたらまたふらふらと歩き出した。

それから二日もの間、小さなティコは流離い続けることになった。少しでも休めば、またあの手が自分を捕まえるのではないかという強迫観念が、足を止めさせない。苦しくて、悲しくて、怖かった。でも、自分を助けてくれるものは何もなかった。

ティコはどこまでも一人きりだった。

履いていた靴が擦り切れ、あちこち傷だらけになり、空腹で体力が完全に尽きた。しまいには気力も失くして、ボロ布のように地面に転がった。

……もう、どうでもいい。

そんなことを思いながら虚ろな目で空を眺めていた時、ふいにどこからか声が聞こえた。

「これはこれは……魔力の気配を感じて来てみれば、こんなにも幼い子どもだったとは」

ふわりとティコを抱き上げたその老人は、立派な白い顎鬚を揺らし、驚くように目を見開いていた。

「……今日はずいぶん、顔色が悪いな」

その日、塔の部屋にやって来たグレンは、ソファに座るティコの顔を見るなり開口一番でそう言って、眉根を寄せた。

「気分でも悪いのか？」

「いえ別に」

「この間の傷が痛むのか」

「平気です」

「化膿しているといけないから、ちょっと見せてごらん」

「大丈夫ですから――」

ティコの素っ気ない反論を無視して、包帯が巻かれた右手を確認するために、グレンの手が伸びてくる。

まだ夢の中の景色が完全には消えていない頭の中で、その長い指と、幼いティコを追い詰める武骨な指の幻影が重なった。

茂みの向こうから伸びてくる、恐ろしいけだものの爪。

ぞくりとした怖気が背中を走った。

思わず身体ごと仰け反るようにして避けたティコに、グレンが目を瞠る。その顔を見て我に返り、気まずい思いで視線を逸らした。

駄目だ。今日はいつものように表情も態度も取り繕えない。

ここ数日、「文化と芸術の間」で起きた一件について調べようとして、それがまったく上手く進んでいないことも理由のひとつなのだろう。

グレンや第三王子のように、名も顔もはっきりしている人物について探りを入れるのとはわけが違う。どこの誰かも判らない相手に手を伸ばそうというのは、周囲がまったく見えない霧の中を歩いていくのに似ていた。何にぶつかるか判らないから、神経を遣うし、時折ひどく不安になる。

だから久しぶりに、昔の夢まで見てしまったのだ。いつもは胸の奥深くに閉じ込めてあるはずの過去は、ふとした時に浮上してきて心をかき乱す。ティコはまだそれを落ち着いて受け入れる境地には至っていない。

こんなところを、この男の前では見せたくはなかったのに。

「……ちょっと夢見が悪くて。申し訳ないんですけど、今日は」

帰って、と続けようとしたら、その前にグレンが口を開いた。

「体調が悪いわけではないんだな？」

「──はい」

「だったら俺はこれで失礼するよ。あとで、食事と一緒に何か甘いものを届けさせる。今日はもう邪魔はしないから、ゆっくり休むといい」

普段と何も変わりない口調でそう言って、さっさと扉を開けて部屋から出て行く。気を悪くしている様子はなかったが、そもそも感情をそのまま表に出すような人間ではないので、実際のところはどうなのかよく判らなかった。

しかしどうであれ、今は一人にしてもらえるのが心底ありがたい。バタンと扉が閉まる音を耳に入れて、ティコは深い息を吐き出した。

＊＊＊

「あの娘を城下町に連れていくって？」

グレンの言葉を聞いて、ランベルトはきょとんと目を瞬いた。

「ちょっと意味が判らないな。現在の彼女は一応『虜囚』という扱いで、あの黒塔から気軽に外出できる立場じゃないはずなんだけど」

「ですから殿下に頼んでいるんじゃないですか。さすがに城の敷地内から出すのは俺の一存でできることじゃないので、根回しをお願いします」

グレンの言い方と態度は、「依頼」というよりは「要求」に近かった。

「おまえが忠誠心なんてものをカケラも持っていないのはよく知っているけど、主人に対してはもう少し控えめに『お伺い』するものだよ」

にこやかな顔をしたランベルトは、凍てつくような空気を発しながらそう言うと、掛けていたソファにゆったりと背中を預けた。

「――で、どうしてまた？」

グレンは扉の前でまっすぐ立ったまま、表情も変えずに告げた。

「若干、精神的に不安定になっているようなので、気分転換が必要かと」

「あの娘は思っていたほど純朴でも愚直でもなかった、おまけに何かを隠しているのは間違いないようだ、と最初の報告を撤回してきたのはついこの間のことだったよね。現在のその状態が演技ではないと言い切れるかい？　一度は見事に騙されたおまえが」

からかうように言われて、グレンは苦々しい気分で口を曲げた。それについては自分でも、不面目だと思っているのだ。

「……あの外見と『田舎の娘』という先入観を、まんまと利用されました。でも一旦化けの皮が剝がれた以上、再び同情を引くような真似をするほど頭が悪いとは思えません」

あれは結構ふてぶてしいところのある娘で、簡単にこちらの思惑に乗るような生易しい人物ではない。グレンがそのように意識を切り替えた以上、あちらもこれまでとは対応を変えてくるはずだ。

だから今日の彼女が見せた「弱さ」は、演技ではないと思っている。

あの時、青い顔をしたティコは、全身でグレンを拒絶していた。まるで近寄ったものすべてを弾き返すような目は、おそろしいほどに頑なで、痛々しいくらい何かに怯えていた。頬の涙の跡は拭っても、両目が赤く腫れていることに気づいていなかったのは、おそらく今まで誰からもそれを指摘されることのない、孤独な境遇に置かれていたからだ。

語られた生い立ちはどこからどこまでが本当なのか定かではないが、猫とカエルを「友達」と言い切るあの娘が、森の中の小さな家でどんな日々を送ってきたのか――その一端を垣間見た気がする。

人を欺くくらい強かでありながら、危ういまでに脆い部分もある。不均衡、とはじめにグレンが抱いた印象は間違いではなかった。

「だとしたら」

と、ランベルトは目を眇めた。

「それは『憔悴したところで優しくして、こちらに依存させよう』という、おまえの作戦なのかな」

その問いに、グレンは一瞬言葉に詰まる。

そう言われてはじめて、自分がそれを考えてもいなかったことに気づいた。ティコの様子を見た時に、むしろ真っ先に思いつくべきだったのに。

少し迷って口ごもり、グレンはなんとかその疑問に対する答えを見つけ出した。

「いえ……ティコは他人に対する警戒心がかなり強いようなので、このまま黒塔に閉じ込め続けていては、依存する前に潰れてしまう可能性のほうが高いかと。殿下にとっても、それは歓迎できる事態ではないのでは？」

「ふうん」

ランベルトは意味ありげににやりとしてから、「判った、手配しよう」と許可を出した。

「ところで先日の件だけど」

ころっと切り替わった話に、グレンが少しだけ身を乗り出す。

「何か判りましたか」

あの日、「文化と芸術の間」で起きた不可解な出来事。

そもそもティコを塔から連れ出してあそこに向かった目的は、マルティン・セルシウスの筆跡を確認し、それをティコに直に見せて反応を見ることにあった。手稿の存在をランベルトから聞いて、グレンが考えた策だ。

それが蓋を開けてみればあの有様である。まさか肝心の手稿が姿を消しているとは思っていなかったし、その後であんな騒ぎが起こるとも予想していなかった。グレンは未だにあの事件の顛末がほとんど摑めていない。

しかも、ティコの手当てを終えて再び出向いた時にはすでに、話を聞いたテオドルという警備兵はそこから姿を消していた。まったくわけが判らない。

ランベルトはグレンを見て、美しい顔に冷然とした微笑を刻んだ。

「……後手に廻ったね、グレン」

「は？」

「僕が調べさせたら、先日何か騒ぎが起こったのは確かだが、どこかの粗忽者が並べてあった本を引き抜こうとして何冊か床に落としてしまったらしい、という話ですっかり片が付いていたよ」

「そんな馬鹿な」

グレンは唖然とした。あの音とあの惨状で、何をどうすれば「本を床に落としただけ」ということになるのだ。大体、それではティコの酷い怪我の説明がつかない。

「じゃあ、マルティン・セルシウスの手稿は」

「なかった」

「だったら」

「違う、『そんな本ははじめから存在しなかった』という意味だ。あの書棚にある蔵書はすべて目録に記載してあるが、改めて目を通したら、マルティンの手稿はそこに載っていなかった」

　こともなげに言われて、グレンはますます困惑した。

「いや……でも、俺にあの本のことを教えてくれたのは殿下でしたよね？」

「うん。以前までは確かにあったはずなんだけどね。でも証拠として残っているものが何ひとつないのではしょうがない。そしておまえと話したという警備兵も、一向に見つからない。他の兵に聞いても、テオドルなんて名前のやつは知らないという答えが返ってくるだけだ。なんらかの事故があったとおまえは言うが、その被害者が表に出ることはないわけだし、騒ぎは起きず、紛失した品物もなく、口を滑らせた兵もいないとなれば、結論はひとつしかない。――あの日あの場では、『何事もなかった』んだ」

　グレンは眉根を寄せて沈黙した。

　自分には理解しがたい何かが底のほうで起きている気がして、足元がむずむずする。

　手稿の消失を含めたあの一件を隠匿しようとする動きがある、ということか。……誰が、何のために？

「この世は理屈や論理だけで成り立っているわけではない、と僕は言っただろう？　グレン、あの娘にはやっぱりとんでもない秘密があると思わないかい？」

うきうきした愉悦を隠さないランベルトに問われたが、グレンは「またその話か」というように小さく息を吐き出した。

「俺が疑っているのは、あくまで、ティコがマルティンの身内ではないか、ということです。彼女がもしも本当に魔術師の弟子だったら、わざわざ俺が殿下に頭を下げて許可を取るまでもなく、もうとっくにあの塔からも城からも逃げ出していますよ」

「おまえ、いつ僕に頭を下げたっけ？　ま、それはともかく、あの娘にはあの娘の、『逃げないでいる理由』があると僕は踏んでいるんだ。そうでなけりゃ、せっかくの手駒候補をそう簡単に城外に出すことを許しはしないさ」

「逃げないでいる理由……って、なんですか」

「それを調べるのがおまえの役目なんだよ、グレン」

にべもなく言い切られて、グレンは口を噤んだ。

それから、ふと思いついた。

「そういえば、ティコが魔術師マルティンの弟子だという情報は、そもそも誰が持ってきたものなのか、殿下はご存じなんですか」

「さてね……僕もそこまでは。おまえも知ってのとおり、国王は興味を惹かれれば後先考えずすぐに手を出さずにはいられないところがあるからね。誰であろうと、王の耳に吹き込んでその気にさせるのは易しいことだったろうさ」

　そして国王の周りには、そういう廷臣が後を絶たない。歓心を買うことが目的の者もいれば、政治以外のことに熱中していてもらいたいと考えている者もいる。誰から聞いたかなんて王自身も忘れているかもしれないし、特定するのは至難の業だろう。

　しかしどちらにしろ、嫌な感じがする。

　この件の背後には、何かもっと入り組んだものが隠されているのではないか。

「ところでグレン、僕が言ったことをちゃんと覚えてるかい？」

「なんです？」

「あの娘がおまえに恋をするよう仕向けろ、と言ったはずだけど。そっちは順調なのかな」

「ああ……」

　グレンは今になって思い出したというように声を上げた。

「『それが命令でしたら』、なるべく努力はしますがあまり期待しないでください、と言いませんでしたっけ？」

　そういえば途中で切ったかな、ととぼけつつ、主から氷の礫を投げつけられる前に、グレンは部屋を出た。

＊＊＊

翌日、いきなりグレンに「城下町に行ってみないか」と誘いをかけられ、ティコは疑心暗鬼の面持ちで彼を見返した。

次は一体何を企んでいるのだ。それとも今度こそ田舎娘を手練手管で誑かそうというつもりか。

そう思ったが、昨日不甲斐ない姿を見せてしまった自分に対する怒りもあり、ティコは少々ムキになって了承した。そっちがその気なら受けて立ってやる、という気分である。

無駄にやる気を滾らせて、ティコはグレンとともに黒塔を出た。

城の周りは高く長くそびえる城壁に囲まれている。その出入り口はひとつだけ。上部が見張り台にもなっている厳重な城門の前に立つ兵は、フードを被ったティコに胡乱な視線を向けたが、グレンが署名の入った仰々しい羊皮紙を見せると、非常に勿体つけた態度で二人の通行を許可した。

門を出て少し坂を下っていけば、町並みが一面に広がっていた。無数の建物がひしめくように立ち並ぶ、驚くほど大きな町だった。

町の中心部へと向かう道はそれなりに大きいが、それ以外の路地は狭い上に複雑に曲がりくねっている。その両側に二階建てや三階建ての細長い家がびっしりと立っていて、非常に窮屈そうだ。

ティコが住んでいたのは国はずれの農村部だったので、都市部の景観は城内とはまた別の意味で圧巻だった。

人が多い。そして賑やかだ。昔、母と暮らしていた村とは比べ物にならないくらいの豊かさと活気がここにはある。

どんな小さな家でも、一階部分が大きく開いて仕事場や店になっているという構造は同じだった。外から見ると、何かを一心不乱に作っている職人も多くいる。それらは靴であったり、武具であったり、良い匂いのするパンであったりと多岐にわたるようだ。

そして通りにもまた、様々な物売りがいた。甘い香りのするタルトや、薄く切ったパテをそれらの商人から買って、立ったまま頬張っている人もいるし、水やほうきなどの日用品を買う人もいる。

道の端に座っている女性が、脇にある籠からにゅるんとした黒い蛇のような生き物を取り出すのを見た時には、ティコはぎょっとしてその場に立ち止まった。

「ん？　君がいたところでは、うなぎは食べなかったか？」

グレンに訊ねられ、こわごわとその黒いものに目をやる。カエルのラデクを友にしているティコは、蛇も、それに似たものも、まったく好きではない。

「あれを、食べるの……？　嘘でしょ」

「庶民は串刺しにして炭で焼いて食べることが多い。宮廷ではシチューの材料になったりするかな。旨いよ。買ってやろうか」

「い……要らない」

ティコは引き攣った表情でぶんぶんと首を横に振った。

いかにもぬめぬめとした身体のその奇妙な生き物を、売り主の女性はなんということもなく手で摑んでいる。ぐねんぐねんと身を捩るさまがどうにも不気味だ。

後ずさって辞退するティコを見て、グレンが軽く笑い出した。

「今さら、『か弱い娘のフリ』をしなくても」

「皮肉はやめてください。本気で嫌なんです」

「あれを摑むのはコツが要るらしいぞ。つるつる滑って、捕まえようとするとすぐに手の中から逃げてしまうそうだ」

「似てる……」

黒くて、摑みどころがなく、手を伸ばせばするりと逃げてしまいそうなところが、この男とよく似ている。なるほど、嫌な感じがするわけだ。

まじまじと目の前の人物を見ながら呟（つぶや）くと、うなぎ男は「何が？」と首を傾げた。

「なんでもないです。うな……いえグレンさんは、よくこうして町に出るんですか？」

「いや、最近はあまり。俺は殿下の近くにいることが多いし……」

そこまで言って、グレンは曖昧（あいまい）に言葉を濁した。無関係の人間に詳しく言う必要はない、ということだろう。

彼にとってティコは、「利用価値があるかないか」という理由で関わっているだけの娘に過ぎないのだから。

もぞりとした不快さが胸に込み上げる。ああ嫌だ。これだから、人間は嫌いだ。

信じれば裏切られる。油断すれば足を掬（すく）われる。笑顔の下には、いつ牙（きば）を剥（む）くか判らない獣性が隠れている。それがティコにとっての「人間」というものだ。

――食い殺されるだけの存在になんて、絶対になるもんか。

強張（こわば）った顔を見せないように横を向き、ティコは無理やり意識を逸（そ）らした。感情を見せて、グレンに付け込まれる隙を与えたくはない。

せかせかと通りを歩く大勢の人たちは、フードを被った娘のことなど誰も気に留めなかった。彼らの中には子どもの姿もよく目についたが、遊んでいるのはなぜか男の子ばかりだ。女の子はみんな、家の中で手伝いでもしているのだろうか。

そんなことを考えていたら、後方から「わあっ！」という叫び声が響いた。

え？　と視線を戻すと、顔のすぐ前にグレンの大きな手の平が迫っていた。驚く間もなく、ガツッと何かがぶつかる鈍い音がする。

「こら、危ないぞ」

どうやら、路地で遊んでいた子どもたちのうちの一人が蹴った石が、方向を誤ってこちらに飛んできたようだ。

地面に転がった石を見たら握り拳くらいの大きさがあって、少しぞっとした。これが頭か顔に当たっていたら、ティコの傷はもうひとつ増えていただろう。

「悪い悪い、失敗しちまってさ」

走ってきた男の子は、グレンに注意をされても、あまり反省の色なくへへへと笑って舌を出しただけだった。腰を屈めて拾おうとするその手が届く前に、「おっと」と素早く出されたグレンの靴が石を押さえつける。

男の子はむっとしたように唇を突き出して彼を睨み上げた。

「なんだよ！」

「なんだじゃない。往来での石蹴り遊びは禁止だって親から言われなかったか？　窓を割ったり怪我人を出したりする前に、もうやめておくんだな」

「ちぇっ、偉そうに」

危険な遊びを止めるのは大人として正しい行為ではあるが、生意気盛りの男の子には、グレンのその分別臭い態度が非常に鼻についたらしい。不満そうなむくれ顔で口を大きく曲げてから、

「こんな道の真ん中で棒みたいに突っ立ってるほうも悪いんだよ。恋人同士ならそれらしく、隅っこでベタベタくっついてな！」

と、いきなりティコの背中を突き飛ばしてきた。

「えっ」

突然だった上に、まさかこちらにとばっちりが来るとは思ってもいなかったティコは目を丸くした。

足で踏ん張ることもできずによろめいて、前方に倒れかかる。

「ティコ、危な――」

驚いたのはグレンも同様だったようで、すぐにティコを受け止めるため両手を差し伸べてきた。

その手を掴めばたぶん何も問題はなかったのだろう。グレンに支えられて、事なきを得

たはずだ。それなのにティコは咄嗟に、自分の手を前に出すのではなく、後ろへと引っ込めてしまった。

「は？」

ここで避けられるとは予想していなかったグレンまでが体勢を崩す。

お互い前のめりになったティコの頭とグレンの顎が、ごちんと勢いよく激突した。「いた」「いてっ」と声を上げ、両者の足元がますます覚束なくなる。

「え、わ、ちょっ」

慌てるティコと、止めようとするグレンの足が交差して絡み合った。もつれた状態になって身体が傾き——結果、二人揃って地面にすっ転ぶという、より悲惨なことになった。

「お熱いことで、お二人さん！」

口笛を吹いて囃し立て、男の子はティコたちを助け起こすこともなく、くるっと身を翻し、とっとと逃げていってしまった。

「あの悪ガキ……大丈夫か、ティコ」

グレンは四つん這いになり、尻餅をついたティコの上に覆い被さるような恰好になっている。

ただでさえこの醜態に恥ずかしい思いをしていたところに、呼気がかかるほどの至近距離に彼の顔があることで、完全にティコの頭に血が上った。

「だ、大丈……いった！」

「いって！」

狼狽えてすぐに立ち上がろうとしたら、もう一度ティコの頭とグレンの顎がガツンとぶつかった。さっきとまったく同じところである。目から火が出るくらい痛かった。

「邪魔なんですけど！」

「君が意味不明な動きばかりするからだろ！」

頭を押さえたティコと、自分の顎に手を当てたグレンが怒鳴る。痛みに苛立ちながら眉を逆立て、互いに険悪な雰囲気で睨み合った。

「…………」

沈黙が落ちる。

少ししてから、二人同時に、ふはっ、と気の抜けた息を吐いた。

グレンが下を向き、肩を震わせて可笑しそうに笑い出す。ティコは逆に天を仰ぎ、両手で顔を覆って火照った頬を隠した。

……こんな、どこからどこまでも間抜けなことってある……？

「ちょっと待て、今どくから。痛むところはないか？　頭以外に」

赤くなった顎を擦りながら、グレンが身を起こした。

よく見たら、顎だけでなく彼の手の甲も赤くなっている。そちらはたぶん、飛んできた石からティコを庇った時のものだろう。

思い返せば、グレンは倒れる時も不自然に身を捻り、ティコに自分の体重をかけないようにしていた。彼一人だけであったなら、こんな風にみっともなく地面に這いつくばるような羽目にはならずに済んだだろうに。

突き飛ばされたのは不意打ちだったとはいえ、それ以降の成り行きの大半は、おそらく自分の行動に原因がある。

ティコは少しもじもじしてから、意を決して口を開いた。

「あの……ありがとう。ごめんなさい」

この男に頭を下げるのは不本意だが、仕方ない。渋々ながら礼を言って謝ると、グレンは変な顔で見返してきた。うなぎを見たティコが「なにこの奇妙な生き物は」と思った時のような目をしている。なんだその顔は。

「……なんです？」

「いや――なんだかこういうの久しぶりだなと思って」

「何がですか」

「俺も子どもの頃はああやって、危ないからやめろと言われる遊びをしたりイタズラをしたりしたもんさ。そういうのってさ、次に何が起きるか判らないから、わくわくするだろ？　人とは違う何かを発見できるのが楽しいというか、新鮮というか……長いことそんな気持ちからは遠ざかっていたが、まだこういう感情が自分にも残っていたのかと驚いた」

何を言っているのか判らない。要するに、ティコのことを新たに見つけた面白いオモチャとでも思っているということか。どこまでも失礼な男である。

「グレンさんにも子どもの頃があったということが驚きです」

ふんとそっぽを向いて言い返してやると、グレンが笑った。

「まあ、あまり可愛げのない子どもだったことは否めないな。……俺は家の中で大人しくしていることが好きじゃなくてね。そんな時はいつも姉が外に連れ出して、日が暮れるまで一緒に遊んでくれたんだ。悪さをするとよく叱られたけど、それでも嬉しかったよ。そうやって俺を構ってくれるのは、身近ではあの人だけだったから」

ティコは身長差のあるグレンの顔を見上げた。彼の顔は空に向けられ、その目はどこか遠いところを見ている。

いつも飄々として、笑みを浮かべていてもどこか乾いた目つきをすることの多い男が、この時はずいぶんと柔らかい表情をしていた。

——そんな顔もするんだ、とティコは心の中で呟いた。

彼は彼で、城の中と外とでは気の持ちようが違うのかもしれない。王子の面倒を見つつ、ティコの監視もこなさなければならないというのでは、ゆっくりする暇もないだろう。

ティコは息とともに町の空気を吸い込んだ。確かにここは賑(にぎ)やかではあるけれど、規律や堅苦しさとは縁のない、普通の人々が営む日常が流れている。

自覚はしていなかったが、何が潜んでいるか判らない、閉塞(へいそく)感に満ちたあの環境下で、自分もずっと神経を張り詰めさせていたようだ。

それがふわりと緩んだようで、少しだけホッとした。


——が、それも町の中心部へ進むまでの話だ。

建物の密集度が高くなり、それに伴って人の多さと喧騒(けんそう)が増すにつれ、ティコの精神は明らかに変調をきたしてきた。

顔から血の気が引き、額には汗が滲(にじ)み、息苦しさがどんどんひどくなってくる。

ゆったりと町の案内をしていたグレンも、ティコのその変化に気づいたらしい。気分でも悪いのかと何度か訊ねられたが、ティコはそのたび首を横に振った。

「大丈夫です」

「大丈夫って顔色じゃないだろう。疲れるほど歩いていないはずだがな……とりあえず、少し休もうか」

「平気ですってば」

「君は自分の体調も把握できないのか？　さっきから身体の震えが止まらないこと、判っていないわけじゃないんだろ。ほら、こんなに――」

震えてる、と見せようとしたのか、グレンがティコの手を掬い上げた。

指先同士の軽い接触だったのに、そこから伝わる自分のものではない熱と感触が、ティコにぞっとするほどの恐怖心をもたらした。

「やめて！」

激しい調子で言葉を出し、グレンの手を叩くように払いのける。グレンは少し驚いたような顔をしてから、ぐっと眉を寄せた。

「……ティコ。何をそう怯えているのかは知らないが」

「わたし、別に怯えてなんて――」

「何がどれくらいつらいのか、本当の『大丈夫』と『我慢できない』の境界はどこなのか、きちんと言葉にしてもらわなければ、俺も対処できない。断りなく触れられるのが苦手なら、言ってくれれば決してそういうことはしない。そんな調子ですべてを撥ねつけるばかりでは、何の解決にもならないぞ」

その声にわずかに怒気が混じったが、ティコは頑固に口を引き結んだ。

……何を言っているのだ。

本心からそんなことを言っているわけではないくせに。どうせこれも「懐柔」のための作戦なのだろう。絶対にそんなものに騙されたりはしない。

ティコにとって、マルティン以外の他者から向けられる手はいつだって、自分に差し伸べられるものではなく、自分を追い詰め捕捉しようとするものでしかなかった。ティコの中には、幼児体験で刷り込まれた人間に対する嫌悪感と不信が、すでに抜き去りがたくしっかりと根を張ってしまっている。

人は嫌い。人は信用できない。人は怖い生き物だ。

自分ではない他人に周りをぎっしり囲まれると、途端に昔の恐怖心がぶり返し、震えが止まらなくなるくらいに。

「ティコ――」

ため息をつきながらグレンが名を呼ぶのと被って、

「ちょっと、あんたたち！」

と、後ろから怒鳴りつけるような音量の声がかけられた。ティコはビクッと身を竦ませ、グレンが顔を上げてそちらを見る。

あたふたと足早にこちらに向かって来たのは、白い前掛けをした中年の女性だった。

「なにか？」

グレンがさりげなくティコの前に出て、上っ面だけの愛想のいい返答をする。

女性は顔にまだ血の気の戻っていないティコの様子にも頓着せず、まくし立てるように声を張り上げた。

「ねえ、このあたりで女の子を見なかったかい⁉　マリエっていう、赤みがかった茶色の髪で、黒いスカートを穿いた、十歳の子だよ！　あたしの娘なんだけど、ちょっと目を離したら姿が見えなくなっちまって！　頬に小さな痣があるから、見たらすぐ判ると思うんだがね！」

女性はそれ以外にも身長や肉体的特徴を早口で並べ立てたが、「いや、見てないな」というグレンの返事も早かった。

「俺たちは大通りを歩いてここまで来たが、そういう子はいなかったと思う」

「ああ、そう……」

女性は目に見えて肩を落としたが、すぐに気を取り直してまた飛び立つようにその場を離れた。近くにいる人を片っ端から引き留めては、同じ質問を繰り返す。

グレンは無言でその様子を眺めているが、涼しげな目元にはなんとなく険しいものが表れていた。

「なに……どうしたの？」

女性の勢いに呑まれて、ティコの気も削がれてしまった。自分の娘の姿が見えないというだけで、少し大げさすぎるのではないかと、ぽかんとしたのもある。外はまだこんなにも明るく、あちこちから子どもが騒ぐ声もよく聞こえてくるというのに。

グレンがこちらを向き、上体を屈めて声をひそめた。

「──城からの道すがら、あまり女の子を見ないとは思わなかったか？」

「あ、うん……外に出ているのは男の子が多いなとは思ったけど」

「ここ六年くらいかな、この町では時々、女の子どもが忽然と行方不明になる事件が起きるんだ。突然ふっと姿が見えなくなって、それっきり。戻ってきた子は一人もいない」

発言の中身もそうだが、なによりグレンの暗い表情に、背中が寒くなった。

「攫われる……ということ？」

「だろうな。しかし犯人も、女の子ばかりを狙う理由も手口も、一切が不明だ。毎回、住人たちが躍起になって捜すんだが……骨の一本すら見つからない」

不穏な言葉にはかえって真実味が込められて、悲愴さを際立たせる。ティコはさっきの女性が向かったほうへ目をやった。

彼女は半狂乱になって、通行人に娘を見なかったかと問いただしている。皆、気の毒そうな表情はしているものの、差し出せる答えは誰も持っていないようだった。

「だからこの町では、女の子どもは滅多に一人では外に出ない。大概、親と一緒にいるか、複数で行動するよう強く言い含められる。女の子は気軽に遊び回ることもできないんだ。それでもこうして消える子は後を絶たない。一体どうなっているんだか」

「そう……」

ティコは、娘を案じて懸命に捜し回る女性に視線を向けたまま返事をした。

ただひたすら心配し、泣きそうになりながら無事を願い、必死になって我が子を助けようとしている母親の姿が、こちらの心までも激しく揺さぶってくるようだった。

「ああ、マリエ、一体どこにいるんだい！　早く母さんにその姿を見せておくれ！」

――ティコ、ティコ、私の可愛い娘。あなただけはどうか逃げのびて。

おかあさん。

思い出すたび胸の痛くなる記憶が蘇り、ティコは手を拳にして強く握りしめた。

あそこにいるのは、子を想う「母親」という生き物だ。最後の最後までティコを守ってくれた母と同じだ。ティコは自分の母を救うことはできなかったが、あの「母」に手を貸してあげることはできるかもしれない。

でも——

ぐっと歯を食いしばる。

でも、それをしては駄目なのだ。自分が魔術師であると知られるわけにはいかない。たとえ、いなくなった子どもを見つけるすべを持っているのが、この場にティコしかいなくとも。

他人を助けるためにこの力を使った結果、彼らから糾弾されて非業の死を遂げた母。決してそれと同じ道は選ばないと、あの夜、自分は誓ったのだから。

「……ティコ」

ティコと同じように、子どもを捜す女性を目で追いながら黙っていたグレンが、そちらを向いたまま名を呼んだ。

「一緒に来てくれ」

そう言うと、返事も聞かずに歩き出す。ティコはここから離れられることにほっとするような、後ろ髪を引かれるような気分で、彼のあとに続いた。

てっきりそのまま城に戻るのかと思ったら、彼の足は大通りから外れ、別の方向へと進んでいく。

入り組んだ道を迷いもなく歩いているが、周りの景色はどんどん雑然としたものになりつつあった。建物が小さく路地もさらに狭いこのあたりには、物売りの姿もない。

古びた家はあちこちが欠けたり割れたりして補修される様子もなく、ちらほらと見える住人たちの顔はどこか疲弊して、着ているものもかなりくたびれている。

確かに城下町はティコが暮らしていた田舎よりもよほど豊かだ。しかし貧困層がまったく存在しないというわけでもないらしい。いや、周囲との差が明確で目に見える分、こちらの貧しい人々のほうが心情的に苦しいかもしれなかった。

身を寄せ合うようにして並んでいるそれらの建物のうちのひとつに、グレンは入っていった。

ティコが開かれた間口から中を覗(のぞ)いてみれば、どうやらそこは鍛冶(かじ)屋であるようで、中央に勢いよく炎の上がる火床があり、壁には種々の器具や鉄製品が並べられている。

「イヴァンじいさん」

グレンが声をかけると、椅子に座って小槌(こづち)を振り上げていた老人が振り返り、驚いた顔をした。

火の前にいたため頬が炙られたように赤らんでいるが、皺に埋もれた細く小さな目は穏やかで、見るからに実直さが伝わってくる風貌の人物だった。

「グレンじゃないか。おまえさん、一体どうしていたんだね。この数年、ちっとも顔を見せないから心配していたんだぞ」

「すまない、いろいろと忙しくてね。じいさん、突然で悪いんだけど、少しの間、この娘を預かってくれないか？」

「はあ？」

その言葉を出したのは老人だけでなくティコもだが、グレンはティコのほうはまるっきり無視して、老人にだけ笑いかけた。

「ちょっと事情があって、俺が面倒を見ているんだけど」

「誰がいつあなたに面倒を見てもらいました？」

「少しだけ野暮用ができて、彼女から目を離さなきゃいけない。田舎から出てきたばかりでこの町には不案内だし、放っておくと迷子になってしまいそうだから、その間だけここで見ていてもらえないかな。ほんの一時間くらいでいいんだ」

「人を子ども扱いしないでくれませんか」

「礼はするから」

ティコの反論など聞く耳持たずで頼むグレンに、老人は戸惑っているようだった。考えの読めない微笑を顔に張りつけたグレンを見てから、不満げにむくれたティコを見る。

「礼なんてどうでもいいが……その子は一体……いや、おまえさん、あれから何を」

分厚い前掛けを手でこすりながら言い淀む老人の言葉を、グレンは手を上げて遮った。表情は変わらないが、彼のその目の中に何かを見つけたのか、老人が口を閉じる。

グレンはそれからようやく、ティコのほうを向いた。

「ティコ、悪いがここで少しの間待っていてくれないか。なるべくすぐに戻る。心配しなくても、イヴァンじいさんは信頼できる人だよ。仕事の様子でも見物しているといい」

ティコは思いきり文句を言ってやろうと口を開きかけたが、グレンの顔を見て、言葉を飲み込んだ。

いつも飄々としているこの男が、今はずいぶんと頑なな空気をまとっている。何を言ってもそのまま壁に当たって跳ね返ってきそうだ。

グレンはティコの監視役も担っているはず。それを放り出して遊びに行くような性格だとも思えない。

旧知であるらしい老人を頼ることにしたのは、どうしても一人で動きたいが、ティコを放置しておくわけにもいかない、という苦肉の策なのだろう。

「……女の子を捜すつもりですか」

ため息交じりにそう訊ねると、グレンは何も抗弁はせず、「悪い」と謝った。

「時間を置けば置くほど、いなくなった子どもを見つけられる可能性は低くなる。人手は多いに越したことはない。結果がどうあれ、必ず一時間で切り上げるから、君はここで大人しくしていてくれ」

「その隙にこっそり逃げ出して、森に帰るかもしれませんよ」

「一時間程度だと、君の足じゃこの町から出ることもできないぞ。その間に俺は馬で市門に向かい、そこで君を待ち受ける」

「役目の放棄で、あとで叱られるんじゃありませんか」

「処罰は甘んじて受けるさ」

グレンは少し笑ってそう言うと、足早に建物から出て行った。

その背中を見送るティコの隣に立って、老人が「やれやれ、忙しない」とぼそりと言う。

「――また、子どもがいなくなったのか」

呟く声には、痛ましさとともに不安と諦めが滲んでいた。驚き、焦る段階は、もうとうに通り過ぎたということだろう。それほどまでにこの町では、子どもが姿を消す事件が相次いでいるのだ。

「こんなことがいつまで続くんだか。すぐ近くに兵がたくさんいるというのに、城の連中は何もしてくれやしない。もうこれ以上、泣く親を見るのは御免だよ。グレンもきっと、あれこれ思い出さずにはいられないんだろうねえ……」

そこで彼は言葉を切った。小さな目には、何かを案じる色がある。どうやらそれは、グレンの過去に起因するものであるようだった。

「イヴァンさんは、グレンさんのことをよく知っているんですか」

「まあ、昔はしょっちゅうここに来ていたからね。鍛冶の仕事に興味があったのか、長いこと飽きもせずに眺めていたよ。将来はこういう職に就くのもいいかななんて言うから、そんなこと軽々しく言うもんじゃないと説教してやったもんさ。あの頃のグレンは、家を出ることばかり考えていたからなあ」

グレンは自分の家が好きではなかったらしい。貴族には貴族の悩みがあるということか。そんな贅沢(ぜいたく)な悩み、ティコにはさっぱり理解できないが。

「以前は、考えていることがすぐ顔に出るような、感情豊かな子だったんだがね……あの件以来、すっかり変わってしまって」

「あの件？」

ティコが聞き返すと、何か苦いものを飲み込んだような顔をしていた老人は、そこで我に返ったように目を瞬いた。ティコのほうを向いて、取り繕うような笑みを浮かべる。

「いや、なに、なんでもないよ。……さて、グレンに頼まれたからには一時間しっかりとおまえさんを預かっていなけりゃな。しかしどうしたものかね、若い娘さんは鍛冶場を見ていたって何も楽しくはないだろうし、そもそもここは暑いからなあ」

ぐるりと自分の仕事場を見回して、困ったように言う。

彼の言葉どおり、間口が開放されているにも拘わらず、ごうごうと音を立てて炎が燃え盛っている火床が真ん中に据えてある室内は、むっとした熱気で充満していた。

「狭くて悪いが、あの小部屋の中にいてもらってもいいかね？」

老人の指す方向に目をやると、隅に小さな扉があった。たぶん、休憩する時などに使う場所なのだろう。

ティコは「はい」と素直に頷き、足を動かした。

そこに向かう途中、火床の傍らに転がっていた木炭を拾うことも忘れずに。

その小部屋は、休憩所というよりは、収納庫と言ったほうが近かった。一応机と椅子はあるが、周りをぎっしりと鍛冶に使うと思われる道具類が取り囲んでいる。

部屋には小さな窓がひとつ。

ティコは扉を閉め、ふーっと大きな息を吐き出した。

グレンはいない。何も事情を知らないあの老人も、こちらをまったく警戒していないようだ。この一時間をティコがどう使おうと自由、ということである。

マルティンのことを調べてもいい。少しでも自分の有利になるような情報を集めてもいい。グレンの目が離れた一時間、どうとでも動ける。

――その間、彼はずっと女の子を捜し廻(まわ)っているのだろうか。

「馬鹿みたい」

ぽつりと小さく呟いた。

たった一時間で、グレンに何ができるというのだ。少しだけ捜索を手伝えば、それで気が済むのか。そんな偽善行為に、一体どんな意味がある。結局見つけられず、中途半端なまま城に戻り、ランベルトから叱責(しっせき)を受けることになるだけかもしれないのに。

誰も何も救われない。グレンも、あの母親も、次の誘拐に怯(おび)えるこの町の住人たちも、いなくなった子どもも。

昔、「普通の人々」がティコに与えた悲哀と絶望と恐怖を、今度は彼らが背負うのだ。いい気味だと思えればいっそ楽だったかもしれない。あるいは、自分とは無関係だと割り切れたら。でもそのどちらもできず、ティコの心は重苦しくなる一方だった。

娘の名を呼ぶ女性の声と、眉を下げた老人の顔が、頭の中を廻っている。

いなくなった女の子。

グレンには見つけることができなくても、ティコにはできる、かもしれない。

「……ああ、もうっ！」

腹立ちまぎれに、ティコは乱暴に机の上に飛び乗った。

高い位置にある窓枠を掴み、よいしょと身体を持ち上げ、足をかける。野育ちのティコにとって、窓から外に飛び降りて見事着地するなんてことは朝飯前だ。田舎者の運動能力を舐めてもらっちゃ困る。

窓から出たところは隣家の壁がすぐ間近に迫る路地だった。ただでさえ狭苦しい上に、不用品や家に入りきらない荷物などが地面に直接置かれていて、人目を遮るにはちょうどいい。

誰もいないことを確認し、ティコは手にした炭で、建物の外壁に魔法円を描いた。

その真ん中に、ばちん！　と威勢よく手の平を叩きつける。

「召喚に応じよ、我が忠実なる使い魔、ラデク・ルディック！」

しばらくの間を置いてから、白く輝く魔法円の中から、もぞりと何かが蠢いた。

平らな壁面がぐにょんと盛り上がり、同時に手の平の下の硬い壁の感触が湿り気を帯びた軟らかいものに変わる。

次いで、普段と同じ眠そうな目が現れ、吸盤のついた手が出てきた。動きのすべてがゆっくりなラデクは、召喚の時も非常にじれったい速度でやって来る。

ようやく全体が壁の魔法円から出てくると、ラデクはそのままぴょんと跳んで下に降り、ぐえ～こ、と緊張感の欠片もない呑気な声で鳴いた。

「ラデク、仕事よ。時間がないの」

げえ～ろ。

「女の子を捜して。えっと、赤みがかった茶色の髪、黒いスカート、顔に小さな痣のある十歳の子。名はマリエ」

ぐえ～こ。

「急いでね。確か、身長はこれくらい……」

げえ～ろ。

手で示しながら説明するティコに返事はしてくれるものの、ラデクの間延びした顔つきは何も変わらない。ティコが指示を終えると、ラデクは緑色の身体をぬめりと光らせ、くるっと向きを変えて、のそのそと四つん這いで動き出した。

三歩ほど進んだところで、その姿がふうっと霞に巻かれたように消える。

感情や知性があまりなく、簡単な命令しか実行できないとはいえ、ラデクは探索が専門の使い魔である。マルティンや、正体不明の「もう一人の魔術師」を見つけ出すのは無理だったが、名前と特徴が判っていて近距離内ならば、その人物の痕跡を辿ることは可能だ。

――どうか、上手くいきますように。

ティコは壁にもたれてしゃがみ込み、手で両耳を塞いで目を閉じた。

主人と使い魔は感覚を共有できるが、かなり神経を集中しないと難しい。わずかでも気が逸れると途切れてしまうから、周囲の音も遮断して意識を一点に向ける。

少しして、ラデクが見ている景色がティコの頭の中に流れ込んできた。

とはいえ、全部が明確に見えるというわけではなく、一瞬現れてはすぐに消えるものもある。暗闇の中にぼんやりと浮かび上がるのは景色の一部ばかりだ。

曲がり角……荷車……チーズの店……行き交う人々の足。

雑多な情報が、猛烈な速度で流れていく。

ティコはこの町の地理に明るくない。必死にそれらを追いかけて、頭に叩き込んだ。

下から見上げる形になっていることもあれば、上方から俯瞰するように広範囲が見渡せることもある。それらの景色の中に、先程見かけたうなぎ売りの女性の姿があった。だったらここはあの近くか、と当たりをつける。

薄暗い場所に移った。建物内のようだが、ここはどこだろう。

床に藁(わら)が散らばっている。何に使うのかよく判らない道具が至るところに置かれているから、人が生活するところではない。

……物置？

屈(かが)み込んだ男の背中が見えた。彼は何かをぶつぶつと呟いているようだ。周りに他の人間の姿はないから、独り言だろうか。紅潮した頬に、うっとりと上擦った目、恍惚(こうこつ)とした表情。様子がどこか尋常ではない。

男は両手に麻袋を抱え込んでいた。ひどく大事なもののように頬ずりをして、また何かを呟く。手に入れた宝物がちゃんと入っているかを確かめるように、そろそろと袋を小さく開けた。

その中に、赤みがかった茶色の髪の毛が覗(のぞ)いた。

「！」

ティコはすぐさま路地から飛び出した。

脇目もふらず疾走する娘に、住人たちがなんだどうしたと怪訝(けげん)な目を向けてくる。その視線をすべて無視して、ティコは道をひた走った。ラデクが見せてくれた経路を思い出しながら一心不乱に駆ける今のティコには、それ以外のことに気を回す余裕がない。

町は広く、持久力にも限界がある。半分くらい進んだところで、すでにティコの息はすっかり上がってしまっていた。肺が破れそうに苦しい。それでも足は止まらなかった。

走って走って、もうすぐ目指す場所に辿り着く――という時。

「ティコ！」

聞き慣れた声が鋭く耳に突き刺さり、後ろから腕を掴まれた。

「君、どうしてここにいる!? まさか本当に逃げるつもりで――」

「グレンッ、女の子を見つけた！」

眉を吊り上げた怖い顔で問い詰めようとしたグレンは、ティコの短い言葉だけで状況を理解したらしい。さっと表情を改め、叩き返すように「どこだ！」と訊ねてきた。

「この先の角を左に曲がっていちばん奥の家！ 隣に小さな物置がくっついてる！ その中にいる男を捕まえて！」

グレンは間髪を容れず身を反転させて駆け出した。あっという間に姿が見えなくなる。

ここまでずっと走りづめでとうに体力を消耗し尽くしていたティコは、彼のその速さに追いつけない。

滴る汗を拳で拭い、呼吸を乱しながらようやくそこに到着すると、すでにその扉はグレンによって蹴破られた後だった。

　グレンは中にいた男を完全に制圧していた。飛び込むや否や行動に移したと見えて、男は何がなんだか判らないというように茫然とし、片腕を背中に廻された恰好で床に押しつけられている。

　腕は今にも折れそうな角度で曲げられているし、後頭部を掴む手は男の顔の形が歪むほど力が込められているようだ。その躊躇のなさと容赦のなさに一瞬腰が引けそうになったが、ティコは気力を奮い起こしてそちらに駆け寄り、近くに転がっていた麻袋を勢いよく開けた。

　中に押し込められていた女の子は、目を閉じて反応がなかった。でも息はある。気を失っているのだろう。

　その頬には小さな痣、間違いない。

「本当にいた」

　グレンが驚いたように目を見開いている。確信もないのに物置の戸を破壊し、見知らぬ男を組み伏した彼の行動力のほうが、どちらかというと驚きだ。

「おい、おまえがあの子を攫ったんだな？　今までの誘拐もすべておまえの仕業か」

　グレンの問いに、男は何も答えなかった。口は動いているが、ぶつぶつ呟く声は小さすぎて、何を言っているのか聞き取れない。

彼はグレンに乱暴な扱いをされているというのに、泣きも怒りもしなかった。いや、むしろ微笑んでさえいた。その瞳がひどく空虚なものであることに気づき、背筋が寒くなる。

グレンはぐいぐいと加減なく男の頭を床に擦りつけていた。冷淡に吊り上がった唇は、どこか凄みがある。気のせいか、周りがどす黒い空気に包まれているように見えた。

「このままおまえを城に連れていく。みっちり話を聞かせてもら――」

その言葉がふいに途切れた。

グレンは動きを止めて、急に真顔になった。少し間を空けてから、どういうわけか自分の手を放し拘束を外してしまう。だらんと伸びた男の腕が、力なく床に落ちた。

意識のない女の子を抱いていたティコは目を瞬いた。

「グレン――さん？」

問うようにして名を呼ぶと、グレンはゆっくりとこちらを振り向いた。その眉が真ん中に寄っている。

「……すまない、ティコ。失敗した」

「どうしたの？」

「先に持ち物を調べておくべきだった」

倒れた男の背中に乗せていた膝を上げ、グレンが立ち上がる。しかし男はうつ伏せになったまま、ぴくりとも動かない。

グレンが捕らえていたのは男の片腕だけ。空いているもう一方の腕は、自分の身体の下に隠されていたから、気づけなかった。

その手に握ったナイフで迷わず自分の胸を突き刺した男は、笑いながら事切れていた。

＊＊＊

犯人の目的も正体も明らかにはならなかったが、女の子は無事、母親の元へと返された。

ティコは無理やりグレンに連行されて、母子と対面することになった。

グレンには「麻袋を担いだ男を見つけて追いかけていた」と説明したが、女の子の証言によってはまた違う言い訳を考えなければならない。

だが、身構えていたティコに、二人は何度も頭を下げ、ただ礼を言うばかりだった。

「ありがとう、ありがとう、この子が帰ってこなかったらどうしようかと思った。あんたのおかげだよ、本当にありがとう」

母親はそう言って号泣し、マリエという娘のほうは、しっかりと母に抱きつきながら、

「助けてくれて、ありがとう。この恩は一生忘れません」

と大人びた言葉を口にし、笑みを浮かべた。

マリエは可愛らしい女の子だった。怖い思いをしたのだろうに、幼いこの子のほうが今にも倒れそうな母を支えているように見える。血の気の戻った頬、涙の滲む目には、きらきらとした眩いまでの生気が溢れていた。

ティコは複雑な思いで、彼女たちを眺めた。

……この「力」を使って、誰かから感謝されることがあるなんて、考えてもいなかった。

母の持つ力は、母を悲惨な死へと追いやった。それは忌むべきもので、疎外されるべき異端であったからだ。

ティコがそれと同じ力に目覚めたのは、皮肉なことに、母を失った直後のことだった。咆哮を上げながら自分の内側で暴れる正体不明の何か。それが魔力だとマルティンから知らされた時、ティコは驚き、怒り、嘆き、そして慄いた。

まるで呪いのようにべったりと、母と自分の人生に張りついて離れない、と言われているようで。

それでも魔術を教わることに同意したのは、母のように何も知らないままでいたくないと強く思ったのと、どうせ今さら自分から引き剝がせないのなら、この変な力を操るすべを身につけたほうがいいと考えたためだ。

だから寝食を忘れて必死に勉強した。文字を習い、様々な術を学び、力をコントロールすることを覚えた。そして師匠以外の他人には、決して必要以上には近寄らなかった。

自分にも母と同じ力があると判れば、また利用された挙句に裏切られ、死を望まれるようになるだけだ。だったら最初から接点など作らず、関わらないでいればいい。

あちらは普通の人間、自分や母やマルティンのような特殊な力を持つ者とは、所詮住む世界が違うのだと、そう自分に言い聞かせ続けてきた。

魔術師としての自負は抱いているが、その力に対する相反する感情も、ティコには未だ離れがたく残っている。

こんな力さえなければ、今も自分は母親と二人、村の中で幸せに暮らしていたのではないかと——

ティコの中には常に葛藤がある。誇りはあるが、一方でどこか疎む気持ちもある。力が自分の拠り所でありながら、その力をどう使うのが正しいのか、未だによく判らない。

もしも師匠に訊ねていたら、彼はティコにその答えを教えてくれただろうか。

それとも、いつものように「それは自分で考えて見つけなければならないんだよ」と穏やかに諭されるだけだっただろうか。

会いたいな。早く師匠に会いたい。

「本当に君は少し目を離すと何をしでかすか判ったもんじゃない」

頭を下げる親子の傍らで、グレンが文句を言っている。さっきからずっと説教していたのに、まだ足りないらしい。意外としつこい男である。

「……ま、でも」

だがそこで、彼はふっと目元を緩めた。

ぴったりとくっつくように身を寄せ合う親子を見やる。母親の服を強く握りしめるマリエの小さな手を見つめるその瞳には、優しい色が浮かんでいるような気がした。

「必死になって町中を走り廻った甲斐があったというものだな。——よくやった」

褒めるように言って、手を上げかける。駆け回っているうちにフードが外れ、乱れてしまったティコの髪を直そうとしたのかもしれないが、その手は中途半端なところで止まって、苦笑いとともに再び引っ込められた。

ああそうか。「断りなく触れられるのが苦手なら、言ってくれれば決してそういうことはしない」って言っていたもんね……

そう思い、ティコはなんとなくむず痒いような気持ちになった。

グレンは時々、変に律義で、調子が狂う。

本来黒塔の中に囚(とら)われているはずのティコは、これ以上目立つ行動はできない。もちろんグレンも同様だ。

というわけで、死んだ男については町の自警団に任せ、グレンのほうからも後ほどランベルトに報告することにして、二人は親子に別れを告げた。

鍛冶(かじ)屋に戻ると、イヴァン老人が仰天した顔ですっ飛んできた。てっきり小部屋の中にいるものと思っていたティコがいつの間にか消えていて、泡を食って捜していたのだそうだ。さすがに申し訳なくなって謝罪と事情説明をすると、彼にまで泣かれてしまった。安(あん)堵(ど)と喜びが同時に襲ってきて、収拾がつかなくなったらしい。

二人がかりでなんとか老人を宥(なだ)め、ようやく城への帰途に就く頃には、もうすっかり夕焼けが空一面を鮮やかな赤で染め上げていた。薄くたなびく雲が残照で輝いているのを見上げて、なんとも長くて短い一日だったなと、ティコは大きく息をついた。

「ティコ、城門を通る時は忘れずフードを……ん!?」

外れたフードに改めて視線をやったグレンは、ぎょっとして目を剝(む)いた。

「ラデク!?　いつの間に!?」

フードの中では、カエルのラデクがちんまりと丸くなって目を閉じている。

ティコは、なに驚いてんの？　という顔をした。

「え、はじめからここにいましたけど」

「ウソだろ！」

「ラデクもたまには外に出たいだろうと思って、一緒に連れてきたんです」

「最初フード被ってたよな!?」

「ずっとわたしの頭の上に乗ってましたよ？　ねー、ラデク」

ティコは同意を求めたが、ラデクは返事をしなかった。

グレンが腕を組み、しばらく黙り込む。ようやく口を開いた時、彼は非常に厳しい顔つきをしていた。

「堂々と嘘をつけば誰もが鵜呑みにすると思ったら大間違いだぞ、ティコ。……君は一体、何を隠してる？」

「何って、なんですか」

「それを俺が聞いているんだ。君はもしかして、マルティンの身内どころじゃなく、本当に……」

「自分の目で見たものしか信じない、と断言していたのはどこのどなたでしたっけ？　グレンさんは何を見たんです？　想像だけで決めつけるのだったら、あなたも第三王子も、わたしを城まで引っ張ってきたスパニア国王と同類ということじゃないですか？」

　畳みかけてやると、グレンは眉を寄せて小さく唸った。反論できないらしい。

「だったらいずれ言い逃れできない証拠を掴んで、君の目の前に突き出してやるさ」

「楽しみにしてます」

「その時に君がどんな顔をするのか、俺だって楽しみだよ。いいか――」

　意外と負けず嫌いなところがあるらしいグレンが言い返してきたが、その声は途中で飲み込まれるようにして消えた。

　ん？　と見ると、彼は動きを止めて、ティコ越しに何かをじっと目で追っている。

　ひどく真剣なその眼差しに、一瞬、心臓が跳ねた。

　彼の視線が向けられているほうに自分も目を向ける。道の先では、立派な黒い馬車がガラガラと音をさせて走っていくところだった。

　その馬車はまっすぐ城へと向かっていた。身分の高い人がどこかに出かけて、帰るところなのだろう。

「――ずいぶん豪華な馬車ですね」

「ああ。車体に王家の紋が入っているのが見えるか？　あの馬車に乗れるのはヴィラ城でも一握りの者だけなんだ」

「王族……ということですか？」

グレンはランベルト王子の側近なのだから王族には慣れているはずなのだが、その声と口調はひどく遠く離れたものについて語っているように聞こえた。

「いや、王族だったらさすがに護衛がつくよ。それに、窓にカーテンがかかっているから、中にいるのは女性だ。あの馬車に乗れる立場で女性となれば、その条件に該当する存在はごく限られる」

「ふうん……」

グレンには手の届かない、王族に近しい高貴な女性、か。

「憧(あこが)れてる、とか？」

からかうように言ってみると、グレンはようやく馬車から視線をこちらに戻して、ほんの少し笑った。

「……うん、なんとかして近づきたいとは思ってるんだけどな」

お近づきになりたいと狙っているがままならない、ということか。

なんだか面白くない気持ちになって、「へえ」とティコは不愛想な相槌(あいづち)を打った。

第四章　舞踏会潜入

城下町に行ってから数日が経った。

グレンはあの後でランベルト王子に事の次第を伝え、然るべき部署にきちんと報告をしたらしい。町の自警団からもヴィラ城へ連絡があり、調査の手が差し向けられたそうだ。

だが、死んだ男がどこの誰なのか、何のために女の子を攫っていたのか、これまで行方不明になった子たちはどうなったのかは、結局何も判らなかったという。

黒塔の部屋でグレンからその話を聞いたティコは、思いきり顔をしかめた。

「要するに、『判ったことはひとつもない』ってことですか」

「そのとおり」

「…………」

「舌打ちするな。君、最初に被っていた猫は一体どこに放り捨てた？」

向かいに座るグレンが、そう言って苦々しい表情をする。

「わたしは今も非力でか弱い田舎娘ですけど」

「非力でか弱い田舎娘は、そんなに偉そうな態度をしない」

「でもこの城には、わたしと違って身分があって力もある人がたくさんいますよね。なのに誘拐犯の身元も調べられないなんて、揃いも揃って能がないんですか。それとも足りないのはやる気のほう？」

ずけずけと暴言を連発するティコを諌めることは諦めたのか、「まあ、両方かな」とあっさり認めて、グレンはため息をついた。

「……率直に言えば、『関心がない』の一言に尽きる。城の兵たちの仕事は城内の平穏を保つことであって、町での些細な揉め事に出張っていくことはまずないんだ。平民が反乱を起こしたとか、税収に影響が出るほど秩序が乱れるとかになれば別だがね。今回の件も、調査なんてのはただ形だけで、実際の中身はほぼなかったということさ」

「些細な揉め事って」

ティコはむっとして眉根を寄せた。

「だって、今まで数年もの間、たくさんの女の子が姿を消していたんでしょう？　町の人たちがずっと不安に過ごしていても知らん顔をしていたくせに、ようやく謎の一端が摑めたこの時になっても、さらに放置し続けるということ？　誘拐の理由も方法も判らないままじゃ、またいつ同じことが起きるか判らない。民あっての国なのに、ここは一体、何を守るための城塞なんですか」

ティコにとって、「人」というものは皆、利己的で自分勝手な生き物だった。

でもその人間同士の間でも、弱い立場の者は、救いの手を差し伸べられることなく、虐げられ、踏みにじられるだけなのか。

そう考えるとひどく寒々しい気持ちになって、ティコは責めるように言い募った。

「残念ながらそれが現実というものだよ、ティコ」

グレンの声がふいに冷たくなった。淡々とした口調に変化はないのに、こちらに向けられた瞳が突き放すような硬質さを帯びる。

「この国には決して乗り越えられない壁があるんだ。君も身に染みて実感しただろうが、都市と農村では貧富の差が顕著だし、どこでも差別というものはある。毎日汗水たらして働かなければ生きていけない人間もいれば、働かなくても肉やワインをたらふく腹に入れられる人間もいる。特に現王は、とうの昔に政治に興味を失い、日々享楽に耽るのみだ。『民のため』なんて発想のない主君に仕える連中が、自分のことしか考えないという状態になるのは、当然の成り行きだと思わないか」

彼の表情からは、国のそういう現状を憂いているのか嘲笑しているのか、まったく読み取れなかった。いや——むしろ、「どうでもいい」と考えているようにしか見えない。

自ら女の子を捜すために動いた、あの時のグレンとは別人のようだ。果たしてどちらが本当の彼なのか、ティコの頭は混乱するばかりだった。

「以前も言ったが、宮廷というところは決して綺麗なものじゃない。アーモス王が政治から離れている分、廷臣たちが裏で激しく権力争いをしているのが実情だ。自分たちだって足元が確かではないのに、町での誘拐騒ぎになんていちいち関わってはいられない、と思うのは普通のことだろう？」

揶揄するように唇を上げる。

そう思っているのは宮廷の人々であって、グレン自身の考えは違うのかもしれない。だがその顔と言い方はこちらの反発心を煽る効果しかなくて、ティコの表情が固くなった。

「そう、自分の欲望のために平気で他人を切り捨てたり利用したりするのは、ごく当然のことだとグレンさんは言うんですね。だったら、この城の人たちとあの人攫いの男の間に、どんな違いがあるっていうんです？——これだから、人というのは信用できない」

最後の言葉は嫌悪感が隠せず、吐き捨てるように口から出た。

「……君はずいぶんと潔癖なようだが」

グレンの口元に浮かぶ微笑は、くっきりとした皮肉に彩られている。

「目的を達するために人や物を利用するのは、俺はちっとも悪いことだとは思わない。俺だって、必要なら躊躇なくそうするね。そして君にも、大なり小なりそういうところがあるはずだ。そうじゃないか？　自分だけが高く美しい場所から他人を見下ろしているとでも思っているなら、それは大間違いだ」

舌鋒鋭く切り返された反論に、心臓がぎゅっと縮んだような気がした。グレンのこんな醒めきった表情は、はじめて見る。

「わたしは——」

言い返そうとして、その言葉を否定できないことに気づき、口を閉じた。

ティコがこの黒塔に留まっているのは、マルティンの行方を探るためだ。だから差し出された手を取るふりをした。

誰かに都合よく利用される存在になるなんて真っ平だとずっと思っていたが、ティコだって、グレンとランベルト王子を自分の望みのために利用している。

そのおまえが偉そうに他人を咎められるのか——そう言われた気がした。

「どちらにしろ、この点で俺と君が噛み合うことはないんだろうな。今日はこれで失礼するよ」

ティコが口を結んで黙ってしまうと、グレンはソファから立ち上がり、素っ気なく背中を向けた。

＊＊＊

黒塔の階段を下りながら、グレンはすでに後悔していた。

大人げない真似をしてしまったな、と思う。町での誘拐騒動が大して調べられることもなくそのまま闇へと葬り去られるだろうというのは、はじめから予想していたことであって、特に落胆したわけでもない。むしろ深入りされたらグレンとティコの関わりが浮上する危険性もあったので、面倒なことにならなくてよかったと安心したくらいだった。

表面上だけ彼女に同意し、場合によっては憤慨してみせることだってできたはずだ。適当に相手に合わせてやるのは、グレンにとって大して難しいことではない。今までずっとそうしてきたように。

妙に苛ついて、言わなくてもいいことまで言ってしまったのは、なぜだろう。

髪を振り乱して自分の娘を捜していた母親の顔が脳裏を過ぎったためか。それとも、汗だくになって町を走り回るティコの姿を思い出してしまったためか。

平民の子どもが何人攫われようが殺されようが、貴族連中が一片の関心も持つことはない。それをよく知っているグレンなのに――いや、それを物分かりよく見過ごすのが当たり前になってしまったグレンだからこそ、そんな自分がやけに腹立たしく思えたのかもしれない。

　今回はたまたま関わり合ったから対応しただけ。子どもの捜索に手を貸したのも、少々個人的な事情によるものだ。普段のグレンは宮廷の他の連中と同様に、小さな問題には見て見ぬふりを通す。そんなことよりも自分には大きな目的があるからというのを卑怯な言い訳にして。

　それを指摘されたような気がして、ついティコに当たってしまったか。

　自分らしくもない。思わず自嘲する。

　ティコと接するようになってから、少しずつ自身の何かがおかしくなり始めていることくらいは自覚があった。あの娘は毎回ことごとく予想の斜め上の行動をするものだから、そのたびこちらは驚かされ、振り回される。

　呆れるくらい強情な面があるティコは、一方で、稀有なほどに素直な性質も併せ持っていた。自分が悪いと思えば謝るし、礼を言うことも知っている。権力側の勝手な都合で虜囚となり、不自由な生活を強いられている今の状態において、それは決して「当たり前」のことではない。

　まっすぐに向けられる紫の瞳は、宮廷人たちのように濁りも澱みもなく、何の不純物も混じっていないように見える。

　彼女には彼女の思惑があるとしても、だからといってあの性格では、そのために誰かを貶めたり陥れたりしようとする方向には思考が進まないだろう。

　ある意味愚かで、健全だ。

　……そして、心が綺麗すぎる。

　人は信用できないと言い、人と関わるのを怖れるくせに、人を助けるために奔走するなんて、バカみたいに矛盾している。

　自分の弱みを他人に見せることを極端に厭い、周囲を固い殻で覆っているが、あの娘の本質はそういうところにこそあるのではないか。

　誰かに頼ることも、助けを求めることもせず、あの細い身体で一人、必死に足を踏ん張って立っているティコ。

　貴族は誰もが狡猾で計算高く、いつも自分の踏み台となるものを探している連中ばかりだ。彼女のような人間を宮廷内に放り込めば、あっという間に潰されてしまうだろう。

　――本当にマルティンの弟子だったら、なおさら。

　動かし続けていたグレンの足が、ぴたっと止まった。

　胸の奥で何かが疼いた気がして、その部分に自分の手を当てる。

グレンは今まで、ランベルトの命令には、その内容の如何によらず、いつも黙って従ってきた。それが彼と交わした契約で、取引だったからだ。

それなのに今ここに来て、はじめて躊躇を覚えている。

可愛げがないし、時々やたらと癪に障る言動をする娘だが、ティコが宮廷人たちに寄ってたかって利用される未来を想像すると、ひどく不快な気分になった。

彼女はたぶん栄達も名声も望まない。それよりは、ひっそりと森で暮らすことを選ぶだろう。そしてそちらのほうが、ティコの生き方として相応しい気がする。

だが、その考えをランベルトに伝えるのは気が進まなかった。どうせ口にしたところで一蹴されるのは目に見えているし、それどころか大笑いされて余計なことまで言われるに決まっているからだ。

――とうとうあの娘に情が湧いたかい？

とか、あの王子は言う。絶対に。

「……バカバカしい」

小さな声で呟いて、グレンは再び階段を下り始めた。そんなこと、あるわけがないではないか。

「情」なんてものは、七年前のあの時にすべて捨て去って、もう自分の中には存在しないのだから。

＊＊＊

「やあ、元気だった？」

と軽い口ぶりで挨拶して黒塔の部屋に現れたその人を見て、ティコは呆気にとられた。

グレンと少々気まずい別れ方をしたのは昨日のことだ。今日彼がここに来たらどんな顔をしようかと悩んでいたため、その屈託のない明るい笑顔と突然の再登場には、余計に唖然とさせられた。

ランベルト王子に続いて部屋に入ってきたグレンは、主人の傍だというのに非常に渋い顔をしている。

「あ……ええと、ランベルト王子殿下、ごきげんよう……？」

胡散臭いこと極まりない人物だが、一応この国の第三王子である。下手なことをして不敬と騒がれても困るのでソファから立ち上がって頭を下げたが、こういう場合、どんな言葉が適切なのか、田舎育ちのティコにはとんと判らない。そういえば、最初に彼がここに来た時は、ティコに挨拶させる間も与えずに、自分の言いたいことだけを言って去ってしまったのだった。

一体どうしてまた今になって姿を見せたのか——ティコは立ったまま、ちらっと丸テーブルに目をやった。

ランベルトはこちらの様子にはまったくお構いなしで、さっさと向かいに腰掛けると、朗らかに笑った。

「あはは。気にしないで、グレンにするように話したらいいよ。君の本性はすでに知れてるし、そもそも王族相手の礼儀作法なんて何も判らないに決まっているしね。お猿さんが人間ぶって気取ってみてもただ滑稽なだけだよ、そうだろう？」

ニコニコ顔をしているのに、言っている内容はえげつないくらい毒がある。グレンも性格が悪いほうだと思っていたが、この人物はその比ではなかった。

猿呼ばわりをされても平伏して畏れ入ってやるほど、ティコは大人物ではない。お言葉に甘えて無礼な田舎者として相対することにして、ソファに座ってふんぞり返った。

「本性が知れているのは、お互い様かと」

「うん？　グレンはともかく、僕ははじめから何も隠してはいないけど？　僕はいつもこんな感じだし、嘘も言っていない。言う必要のないことを黙っていただけさ」

「さようで……」

あっけらかんと返されて、ひくひく引き攣る唇で相槌を打った。

ランベルトと会うのはこれが二度目で、再会してまだほんの少ししか経っていないが、すでにティコはこの王子を好きになれそうにない予感でいっぱいだ。

ランベルトの後ろに立つグレンにじろりと目をやると、すまん、というように軽く頭を下げられた。

グレンはいつもと同じさっぱりとしたシャツとズボンといういでたちだが、ランベルトのほうはこれ見よがしに装飾の多い煌びやかな衣装を身につけている。立ち襟の宮廷服は、前面と袖先に凝った刺繍が施され、窓から射し込む光に反射して輝いていた。性格は最悪だが顔は美形なので、よく似合っているのがまた腹立たしい。

「グレンから聞いたよ。町では活躍したそうだね？」

「ただ単に偶然と幸運が重なった結果です。それに、まったく問題の解決には至らなかったようですし」

楽しそうな問いかけに、嫌みなくらい殊勝げに返す。その言葉に含まれる皮肉をきちんと理解したらしく、ランベルトの唇が弧を描いた。

「町の子ども十人の命よりも、今日一日の楽しみを取る。それが今のアーモス王の考えだからね。国民のことは、金を生み出す鶏の群れとでも思っているんじゃないの。まあそれでも、このあたりはまだいいほうさ。中央に富が集中しすぎているから、国の端のほうなんて酷いものだ。ここまで無策でもなんとか体面を保っていられるのは前時代の財産があるからだけど、それを食い潰したら他国から一斉に叩かれるだろうね」

容赦のない国政批判に、ティコは眉をひそめた。

確かに、自分が母と住んでいた国はずれの小さな村は非常に貧しくて、多くの住人は毎日の暮らしに喘いでいた。彼らの日常は城下町の貧困層よりもさらに過酷だ。

生活が困窮し、未来への展望もまるで見えない。その暗く荒んだ感情とやり場のない怒りが、彼らをあそこまで凶暴にさせた一因だったのだろうか。

「……殿下ご自身のお考えは、また別ということですか？」

「当たり前でしょ。あんな豚と一緒にされたら困る」

猿の次は豚ときたか。彼の毒舌は、身分が下の者に限るわけでもないらしい。

「お父上ですよね？」

「うん、残念ながら。血が繋がっているというだけでほぼ他人だけどね」

「それでも国王陛下に諫言できるのは殿下だけなのでは？」

「そんなことであれが真人間になったら苦労しないよ。諫言なんて手間のかかることをするくらいなら、殺しちゃったほうが楽なくらいだ。まったく、とっとと勝手に死んで玉座を空けてくれるといいんだけどねえ、そう思わない？」

綺麗（きれい）な笑顔のまま、さらりととんでもないことを言う。ランベルトは平然としているが、ティコのほうがげんなりしてきた。

なんでこんなのを連れてきたの、ともう一度グレンを睨（にら）みつけると、今度は目を逸（そ）らされた。

「というわけで、なるべく早くあの男を排除するために、僕はひとつでも多く手駒が欲しいんだ」

何が「というわけで」なのかまるで判らないが、ランベルトは当然のごとく会話を続行した。

「手駒って言いましたね。もう白々しい建前を通す気もなくなったということですか」

「さっきも言ったけど、僕ははじめから嘘も建前も言っていない。よく考えてごらん、『もしも仮に』君が本当の魔術師だとして、脅したり押さえつけたりすることに、一体何の意味がある？　下の者には命令すればいいとしか考えていないこの城の連中は、どいつもこいつも頭が空っぽなんだ。魔術というものが本人の意志によって使われるなら、双方納得の上で手を結ぶのが最上の方法だと思わないかい？　僕には僕の望みがあるように、君には君の望みがあるのであれば、互いに協力すればいい結果が出るのではないかな」

ティコは無言を貫いた。

昨日のグレンの言葉が頭の中を廻り、頑固な拒絶とわずかな迷いがせめぎ合っている。

さんざん利用されて裏切られた母のようにはなりたくない。ランベルトは間違いなく、

「利用する側」の人間だ。でも、自分だって――

「君は魔術師マルティンの弟子？」

「……何のことだか」

「だったら、縁者？」

「違います」

「魔術って実在すると思うかい？」

「わたしに訊ねられても」

「実は最近、宮廷内に、魔術を成功させたという人物が現れてね」

「知りま――は？」

唐突な内容に、続けて否定しようとした言葉が宙に浮いた。

その意味を飲み込んでから、改めて表情を引き締める。

魔術を成功させた人物――もう一人の魔術師？

ティコがどんなに探っても、その存在について知り得たことは未だ何もない。それがこ

んな形でランベルトから情報を与えられるとは思ってもいなかった。

彼の言い方だと、その人物は「文化と芸術の間」にいたような研究者なのだろうか。ティコはマルティンのように魔力の気配を感じ取ることはできないから、もしかしたらあの時あの場にいたという可能性もある。

「興味ある？」

目を細めたランベルトに問われて、はっと我に返った。

「まあ……わたしがこんなところに来る羽目になった理由でもありますし……魔術というものが本当にあるのなら……」

「だよね。というわけで、今度の宮廷舞踏会に、君を連れて行ってあげることにしたから」

「は⁉」

曖昧に首を傾げてぼそぼそ言うと、また意味の判らない「というわけで」から突拍子もない結論が導き出されて、ティコは驚愕した。

グレンも聞かされていなかったのか、同じく「は⁉」と面食らっている。

「ぶ、舞踏会って――」

「ああ、心配しなくても衣装その他はこちらで用意するから大丈夫。あまり目立たないように——なんてわざわざ言わなくても、元からそんなに目立つような容姿でもないか。国王が物好きだから、舞踏会にはいろんな種類の人間が集められることだしね」

あははと笑いながらいちいち腹の立つことを口にする。カチンとくるのは後回しだ。

「どうしてわたしがそんな場所に行かなければいけないんですか」

「察しの悪い娘だね。だから、その人物が今度の舞踏会に招待されているんだよ。完成した魔術とやらを披露するために。ま、余興のひとつかな。君も直接見たいでしょ？」

金色の瞳(ひとみ)がティコの顔を覗(のぞ)き込む。きらきらとした子どものような無邪気な光をたたえながら、その目はどこか得体の知れない不気味さを孕(はら)んでもいるようで、出そうとした声が喉(のど)の奥で止まった。

「殿下、どういうつもりです。俺はそんなこと聞いていませんでしたよ。ティコをこれ以上衆目に曝(さら)すような真似をするのは——」

言葉を飲み込んでしまったティコの代わりに、食ってかかるように問いただしたのはグレンだった。目つきがいつもよりも険しくなっている。

「グレンがそれを言うのかい？　今までにも、おまえがついていながら、彼女はさんざん注目を浴びる事態になっているじゃないか」

「それとこれとは別です。今度の舞踏会には、宮廷のおもだった顔ぶれが出席するんでしょう？　貴族だけでなく王族も勢揃いするような、そんなところに」

貴族だけでなく王族も勢揃い。その言葉に、ティコはぴくりと反応した。

束の間、頭に浮かんだのは、窓にカーテンの引かれた黒馬車と、それを見つめるグレンの横顔だった。

「だったらおまえがぴったりティコに張りついて、彼らの視線を遮ってやるんだね。別に最初から最後までその場にいろなんて言いやしない。田舎育ちの娘に、ほんの少しだけ華々しい宮廷の雰囲気を味わわせてやるのさ。いい思いつきだろう？」

ランベルトはグレンの意見などにはまったく取り合わず、軽く手を振った。

「僕はね、興味があるんだよ。何が起きるのか、何も起きないのか。いつ、誰が、どう、動くのか。……というわけで、これは決定事項だ。反論は許さないよ、グレン」

最後は有無を言わさない口調でそう決めつけて、悦に入ったように笑う。

その美貌がまっすぐこちらを向いて、挑むような表情で訊ねた。

「どうする？　ティコ」

ティコはまだ何かを言おうとしているグレンを一瞥してから、頷いた。

「――行きます」

＊＊＊

それから三日、グレンは黒塔にやって来なかった。

どこで何をしているのか、どうして来ないのか、連絡もないから一切判らない。

これまで顔を見せない日は一日もなかったのに。

忙しいのか、それとも、身体の具合でも悪いのか。

ヤナに頼んで探ってもらおうかと何度か考えたが、結局やめた。だってそれではまるで、彼が来ないのを気にしているみたいだ。食事はちゃんと運ばれるし、グレンが姿を見せないからといって、別にティコにとって不都合があるわけでもない。それなのにこちらから行動を起こすことには抵抗がある。

ひょっとしたら、ティコに対して怒っているのかもしれない。結局、あの言い合いをした後、グレンとは直接口をきいていなかった。彼はもともと役目としてティコの懐柔を命じられていただけなのだし、もう知ったことではないと放り出すことにしたのか――

「……別に、こっちだって知ったことじゃないけど」

独り言のように呟（つぶや）いて、窓台で眠っているヤナの頭を撫（な）でる。チリチリという鈴の音を耳に入れながらも、ティコの目はガラス窓の外へと向いていた。

高い塔からは、眼下の景色がよく見渡せる。ここは城の敷地の端にあるのと、不気味な外観をした黒塔はそもそもいわくつきの建物であるから、滅多に人は寄りつかない。やって来るのはよほどの物好きか、この塔に用事がある者くらいだ。

長い間じっと見つめていたが、いつまで経っても窓の下に人影が現れる気配はなかった。

ふ、と息を吐き、今度は視線を城壁の先へと向ける。

ここからは遠すぎて、城下町はまるで小さな箱の集合体のようにしか見えない。あそこでは今日も、多くの人が行き交い、子どもが走り回り、住人らが仕事や商売に精を出しているのだろうか。

女の子たちはもう安心して外に出て、笑えるようになっただろうか。

乾燥した空気。入り混じる数多の匂い。圧倒されそうなほどの賑やかさと、人々の活気溢れる声。楽しいこともあれば苦しいこともあるのだろうが、住人たちは皆、生きることに懸命で貪欲だった。

グレンが町へ連れ出して実際にこの目に見せてくれるまで、ティコはそんなことを考えたことはなかったし、想像することもなかった。

ずっと森の中の小さな家で暮らし、ほとんど他人とは関わらず過ごしてきたティコの世界は狭い。国の成り立ちや経済の仕組みを理解し、人より知識があったとしても、それは本当に「知っている」ということにはならないのだと痛感した。どれだけ本をたくさん読もうとも、実際に経験し、体感しなければ、どうしても知り得ないことはある。

——自分だけが高く美しい場所から他人を見下ろしているとでも思っているなら、それは大間違いだ。

グレンに投げつけられた言葉が、棘のようにティコの胸に引っかかっている。

それと似たようなことを、以前、マルティンも口にしていたのではなかったか。

『私は心配なんだよ、ティコ』

長く白い眉を垂れさせて、彼はティコにそう言った。

『まだまっさらな子どもの時に、酷い悪意に曝され、人間の負の面だけを目の当たりにしてしまったおまえは、それが人というものだと深く心に刻みつけてしまった。そして今も、その傷に強く縛りつけられている。いいかねティコ、人というものは確かに、醜く浅ましいところもあるけれど、そうではないところも多くあるのだということを、おまえは少しずつでも認めて受け入れていかねばならないよ。どんな人間も清濁を併せ持っていて、どちらが表に出るかは、その者の心の強さ弱さによって決まる。おまえもそうだし、私もそうだ。私は弱いが、おまえはもっと強くなれる』

そんなことはない、とティコはその時、躍起になって否定した。マルティンが弱いなどということがあるものか。彼は偉大なる魔術師で、その術を私欲のために使わない清廉な人格者だ。普通の人とはまったく違う。

ティコの反論に、師は困ったように首を振った。

『そうではない。私は多少特異体質ではあるが、それでもやっぱり人間であることに変わりはないのだよ。だからこの齢になっても、進むべき道に迷い、惑い、悩み、時に足を止めることもある。……ティコ、魔術師を特別だなどと思ってはいけない。他の人と違うことができるというのと、自分が他の人と違う存在だと考えるのは、まったく別のことなのだ。それはすぐに、危険な思想に繋がりかねないということを、常に肝に銘じておきなさい。魔術師もまた人だ。人は人の枠からは出られない。人だからこそ、人を必要とするのだ。人と交わり、人を知りなさい、ティコ』

マルティンのその言葉が、ティコの頭の中で反響している。

高い塔から眺めるだけの遠い景色は、自分に何も与えてはくれない。

そんな調子で悶々としていた四日目の朝、ランベルトがまた突然やって来て、ティコは塔から出された。

そしてそのまま宮殿内の一室に放り込まれたと思ったら、侍女らしき女性たちに一斉に囲まれた。

「あとで迎えを寄越すから。じゃあ、せいぜい磨いてもらってね」

と言い置いて、ランベルトはすぐに出て行ってしまった。何がなんだか判らず茫然と立ち尽くしていると、今度はあっという間に服を剝ぎ取られ、洗われ、ドレスを着せられ、髪を結われて化粧された。

つまり今日が例の舞踏会なのか、と合点がいったのは、すっかり身なりを整えられた後のことだ。あっという間に侍女たちも立ち去り、ぽつんと一人になってから、それならそれで最初にそう言ったらどうなの、と改めて腹が立ってくる。彼女たちは彼女たちで、ランベルトから言い含められていたのか、何を聞いても答えてくれなかったのだ。

この城の人間は、誰もかれもティコのことを手のかかる猿くらいにしか見ていないのだろうか。ドレス姿では暴れることもできずムカムカしていると、扉がノックされた。

「誰？」とつっけんどんに返事をして、ランベルトだったら絶対に文句を言ってやろうと息を吸う。

「俺だよ、グレン」

扉越しに聞こえた声に、吸い込んだ息が止まった。

たった三日空いただけなのに、ずいぶん久しぶりなように思えて喉が塞がる。ぎゅっと唇を結び、自ら歩いていって扉を開けた。

グレンは普段とは違い、きっちりとした衣装に身を包んでいた。形は先日ランベルトが着ていたものに近い宮廷服だが、あれよりもずっと装飾が少なく、色味も抑えめだ。でも、よく似合う。すらりと引き締まった長身と整った顔立ちが、いつもよりもずっと凛々しく見えた。

「……よく似合う」

一瞬、心の声が漏れてしまったのかとドキッとしたが、その言葉を出したのはグレンのほうだった。

瞳の色よりももう少し濃い紫のドレスをまとい、黒髪を緩やかに結って控えめな飾りを施したティコの装いを、上から下までざっと眺めて、目元を和ませる。

「綺麗に仕上がったな。そのドレスは俺が選んだんだ。……君には、そういう落ち着いた色が合うと思った」

その唇がいつもよりも優しげに綻んでいた。

小さな針が胸に突き刺さるような痛みが走る。この顔もやっぱり打算から来る上辺だけのものなのかという気持ちと、でも少しはそこに本心もあるのではないかという気持ちが同時に生じて、どうしても心が揺らいでしまう。

どちらなのだろう。そして自分は、どちらであって欲しいと願っているのだろう。

その内心を悟られないように、ティコはいつもよりも不愛想な顔でつんと顎を上げた。

「……元気そうですね。最近姿を見せないから、どこかで野垂れ死んでいるのかと思ってました」

思いきり憎まれ口を叩いたつもりなのに、自分の唇から出たのはやけに拗ねたような声だった。すぐに恥ずかしくなり、むっとして口を閉じる。

「ああ、すまなかった。殿下に黒塔に行くことを禁じられていて」

グレンが申し訳なさそうに言って頭を掻く。ここでランベルトが出てくるとは思っていなかったので、ティコはびっくりした。

「禁じられてって……どうして？」

「そのほうが面白いから、と言っていたな。鍵も取り上げられたし、こっそり行かないよう見張りまでつけられた。意味が判らなくて何度も聞いたんだが、なにしろああいう人だから」

どうやらあの王子は、多方面でいろいろと企んでいるらしい。彼に対するティコの好感度は下降線を辿る一方だ。

「それに、なんだかんだと用事を申し付けられて、ほとんど時間が取れなかったのもある。君を舞踏会場に入れるための下準備も必要だったんだが、それ以外にも次から次へと」

小さく息をつくグレンの顔には、よく見ると憔悴が滲んでいた。よほど多忙だったらしい。自分は優雅に寝そべりながら、命令ひとつでグレンを右に左にとこき使う王子の姿が、容易に想像できる。

「でも、ずっと気になっていたんだ。変わりはなかったか？」

毎日のようにグレンの口から出ていた問いかけをされ、ふいに胸が詰まった。もしかしたら、自分はずっとこの言葉が聞きたかったのかもしれない。

一日のうち塔の窓から何度も下を覗いては、誰の姿を捜していたのだろう。

「別に……何も、変わりはないです」

小さな声で答えて、視線をわずかに下に向ける。自分の内側で変わったものがあったとしても、ティコはまだそれを直視できない。強情だ。自分でも少しイヤになるけれど。

「それならよかった。俺が行かないから、寂しがっているんじゃないかと思ったんだが」

その言葉は、故意にからかうような調子を含んでいた。彼の顔と声は以前と同じままで、何のわだかまりもないように思える。それでティコの心も軽くなって、「まさか」とそっぽを向いた。

グレンが笑って、わざとらしく恭しい仕種で手を差し伸べてきた。

「じゃあ、行こうか。よろしかったらお手をどうぞ」

おどけるような態度だが、その手は空中で浮いたまま一定以上近づいてはこない。ティコを怖がらせないためだろう。

少しためらってから、ティコはそこにそうっと手の平を重ねた。今は、恐怖も不快さも湧いてこない。逆に、強張っていた何かが解れていくような安堵感だけがあった。

自分は「寂しかった」わけではなく、「不安だった」のではないか——と、今になってようやく気づいた。

＊＊＊

そのまま、どこぞのご令嬢のようにグレンにエスコートされて、大広間へと向かった。

歩いている間に簡単な見取り図を頭に描く。どうやら以前に行った「文化と芸術の間」は宮殿の北の端のほうにあり、舞踏会場となっている二階の大広間はそれよりもずっと中央寄りにあるようだ。

その場所へ到着すると、すでに舞踏会の真っ最中だった。開け放たれた大扉の向こうでは、流れる音楽に合わせて着飾った人々がゆるやかにダンスを踊っている。

扉前に立つ兵はさすがにこの間よりもずっと警戒が厳重だったが、グレンが苦労して根回しをした甲斐あってか止められることも睨まれることもなく入室を許可され、二人はこっそりと人の輪に交じることに成功した。

「もう少し人の少ないところに行ったほうがいいか？」

ティコが雑踏と喧騒を苦手としていることは、もう見透かされているらしい。首を横に振ってから、グレンの腕に置いている自分の手に少しだけ力を込めた。

確かに人は多いが、広く開けた場所であるためか、息苦しさを覚えるほどではない。それに貴族たちは誰もが囁くような小声で会話をし、ほほほと小さな口で笑うばかりなので、これだけの大人数だというのに静かなものだ。

そしてこの大広間は、華侈の限りを尽くしたところでもあった。天井のシャンデリアでは無数の蠟燭がぐるりと輪になり、揺らめく炎でクリスタルの飾りをきらきらと反射させている。磨き抜かれた真っ白な壁と床、彫刻が施された柱は威厳に満ちており、そこに集う人々の美々しい宝飾品とともに燦然と輝いていた。

「ご感想は？」

「目がちかちかする」

耳元で訊ねられて正直に答えたら、グレンは笑いを噛み殺した。

ティコも年頃の娘なので、綺麗なものに対する憧れがないわけではない。とはいえ、この場所にずっといたいかと問われれば、やっぱりお断りだというのが率直な気持ちだ。

自分の価値観とは馴染まない、というのも無論ある。でもそれ以上に、ここにいる人々の互いに探り合う視線、言葉を交わして嘲るように上げられる唇、相手によって卑屈さと尊大さを入れ替える態度が、ティコはどうしても好きになれそうになかった。

そう言うと、グレンは頬を緩めた。

「君はやっぱり健全だな」

彼のその言葉は、褒めているのか皮肉っているのか、それとも暗に幼いと言われているのか、ティコには判らない。しかし一直線に向かってくる楽しげな視線に柄にもなく上擦って、慌てて本当の子どものようにきょろきょろと会場内を見回した。

人波の向こうのはるか前方の壇上では、立派な椅子に座った数人が並んでいる。その中央、最も上等そうな衣装の装飾品過多な太った男性が、ランベルトの父親で、スパニア国王アーモスに違いない。

王の隣の椅子には王妃らしい女性が座っているが、彼女は夫である王のほうには不自然なくらい目を向けようとしなかった。細身というよりは痩せぎすの、手に持つ扇を小さく開け閉めする動作が神経質さを感じさせる女性だ。遠いので表情まではよく見えないが、とりあえず笑っていないのは確実と思われた。

原因はおそらく、国王にしなだれかかるように寄り添う女性の存在だろう。

その態度を窘めるどころか腰を抱いて相好を崩している国王は、隣に座る王妃の存在すら忘れているようだった。

「おお、相変わらずヴェロニカ様はお美しい」

ティコの近くにいる男性たちのうちの一人が、上気した顔でため息を漏らした。それに同意するように、他の男性らの口からも、羨望と賛美の言葉が次々に出てくる。

ヴェロニカ……どこかで聞いた名だと考えて、思い出した。「文化と芸術の間」で、絵を描いていた男が出した名前だ。あの時の彼も、こんな顔をしていた。

「あの人は？」

声をひそめて訊ねると、グレンはほっとしたようにこちらに顔を戻した。どうやらグレンも今の今まで彼女のほうに目を向けていたらしい。

「あの方はヴェロニカ様といって、まあその……平たく言うと、王の愛人だ」

その声も小さく抑えられている。ふうん、と気のない返事をして、ティコは再び壇上の女性をちらっと見た。

遠目にも、彼女が素晴らしく美しい女性だというのは判った。濃い栗色の髪は凝った形に結い上げられ、胸元が大きく開いたドレスはしなやかで均整のとれた肢体を強調させている。妖しいほどの魅力を全身にまとわせるその姿は、まるで大輪の花が咲き誇り、そこだけ光が当てられているかのように人の目を惹きつけた。

愛人という立場であそこまで堂々とできるということは、それだけ国王の寵愛が深いということなのだろう。中には彼女に冷ややかな目を向ける同性もいるが、それをあからさまに言葉にも態度にも出せないのは、ヴェロニカという人物の権勢がことさら強いことの証に思えた。王妃でさえ、彼女のことは見て見ぬふりをせざるを得ないほどに。

「とても、綺麗な人ですね」

棒読みな口調で言うと、またヴェロニカのほうを見ていたグレンは、こちらに向き直って苦笑した。どうしてもそちらに目が向いてしまうのを、彼自身も止められないようだった。

「……そうだな。利害関係は別にしても、彼女の信奉者は数多いよ。一度でも言葉を交わすと、身も心も奪われるくらい心酔してしまうらしい」

恋の虜になる、というわけだ。

「グレンさんはあの人……あの方とお話ししたことはあるんですか？」

「いや、俺の立場ではなかなか難しくてな。国王が離したがらないというのもあるが、彼女自身も警戒心が強くて、近づくことも容易じゃない」

なるほど、だから去っていく馬車を黙って見送ることしかできないというわけか。

普段は何かに対して強い興味を持つことがなさそうなグレンが、ヴェロニカの姿をじっと見つめながら口を動かしている。ティコはその横顔から目を背けた。

胸のあたりがちりちりする。

と、そこへ、年嵩の男性がそっと背後から近づいてきた。女性に見惚れていても気は抜いていなかったらしく、大きな手の平が背中に廻ってティコを引き寄せる。やって来た男性はグレンの後ろに立ち、「ランベルト王子殿下がお呼びです」と耳打ちをした。

「殿下が？」

グレンは目を瞬いて、顔をしかめた。

「あの人は今度は何を……悪いが、今は無理だとお伝えしてくれ」

「ランベルト王子殿下がお呼びです。グレン様お一人で、とのことで」

年嵩の男性は無表情のまま同じ言葉を繰り返し、新たな一言も付け加えた。グレンがますます渋面になる。応じなければ、男性はこの後もずっと「殿下がお呼びです」と言いながらついて廻りそうだ。

「――仕方ない。ティコ、すまないが、少し待っていてもらえるか。すぐに戻るから」

「判った」

「なるべく壁に寄って、目立たないようにしていてくれ。もし誰かが声をかけてきたら、顔を伏せて、『どうぞお許しを』と言えばいい。それが断る時のマナーだから、よほどの礼儀知らずでもない限り、相手はそこで引き下がる」

「判った」

「くれぐれも言うが、俺が戻るまで、どこにも行かず、動かず、何もせず、大人しくしているんだぞ。いいか、何かが起こっても、絶対に余計なことをするなよ」

いちいち言葉を区切って念押しするように言う。しつこい男だ。

「息くらいはしてもいいんですよね？　早く行ったほうがいいですよ」

背中を押して急かすと、グレンは何度も後ろを振り返りながらその場から離れていった。

そんなにうるさく言われるまでもなく、ティコだってわざわざこんなところで目立つことをしようなんて思っていない。

指示されたとおり壁に張りつくようにして立ち、さてどれくらい待つのやらと考えていたら、「やあ」と横手から声をかけられた。

見ると、そこでニコニコしているのはランベルト王子である。今日は一段と煌々しい衣装を身にまとっていた。

「え、たった今、グレンさんが捜しに行きましたけど」

「うん、知ってるよ。僕が人を使って追い払ったんだ。ちょっと邪魔だったから」

何をしているのだ、この王子は。

「一体、何を企んでいるんですか」

ティコがねめつけてやると、ランベルトは相変わらず罪悪感の欠片もなくあははと機嫌良さそうに笑った。

「別に大したことじゃないよ。ただささ、使える手駒は多いほうがいいじゃないか」

「は？」

「執着心のない人間ってのは、案外使い勝手が悪いってこと。せっかくの機会をみすみす見逃すのは勿体ないだろう？」

「は？」

「この三日間の苛ついたグレンは見ものだったたよ。あれが怒るところを久しぶりに見た」

「は？」

「というわけで、あいつがいないうちに、例の男を見せてあげる。こっちにおいで」

ランベルトはまた勝手に話を完結させて、ティコに向かって手招きし、踵を返して歩き出した。意思を疎通させるのはもう諦めて、ティコもここに来た目的を果たすべく、彼について足を踏み出す。後でグレンに説教されるかもしれないが、それは自分の主人にこそ言ってもらいたい。

人の間を抜けながらしばらく歩いて、大きな丸テーブルの周りに多くの人々が興味深げな顔で集まっている場所に着いた。彼らはランベルトに気づくとさっと場所を空け、全員で礼を取った。

テーブルを挟んで向かいに立つ二十代後半くらいの男性が、驚いたように目を瞠り、慌てて同じく礼を取る。

ランベルトは鷹揚に手を振り、にっこりと人懐っこい笑みを作った。

「面倒なことはいいんだ。君が噂の魔術師なんだろう？　よかったら僕にも見せてもらえないかと思ってね」

「ええ、ええ、無論ですとも。私が編み出した魔術を、ぜひ殿下にもご覧いただきとうございます！」

ティコはランベルトの後ろから、その男性を観察した。

誰かからの借り物なのか、派手な盛装が一目で判るほど身体に合っていない。この場所に出入りできるのだから貴族ではあるのだろうが、あまり身分は高くないようだ。

「私が編み出した魔術」と声も高らかに言うところを見るに、彼には自分が魔術師だということを隠すつもりがさらさらないらしい。いやどちらかというと、ひけらかすように喧伝している印象さえあって、なんともいえない違和感を覚える。

「後ほど、国王陛下にもお見せすることになっているのです。まずはこちらをご覧ください。私、魔術師エリクが長年にわたる研究の末、作り出した魔法円を！」

声を張り上げて男性が丸めた羊皮紙を取り出し、大げさすぎるくらいの動きでテーブルの上に広げた。取り囲んでいる観衆が、一斉に感嘆の声を上げて見入る。

ティコもそれを見た。

見た瞬間、いっぺんに興味を失った。

描かれた魔法円は、出鱈目もいいところだったのである。配列はめちゃくちゃだし、そもそもまったく術式としての意味をなしていない。それっぽい記号や文字が非常に緻密かつ複雑に描き込まれており、見た目としては美しく仕上がっているから、絵画として飾る分にはいいかもね、という代物だ。

ランベルトはちらっとティコを見て唇の端を上げたが、何も言うことはなく再びテーブルに置かれた魔法円のまがい物に目をやった。

「いかがでしょう、殿下」

「うん、すごいね」

何がどうすごいのか具体的なことを一切言っていないのに、エリクという自称魔術師は感激したように頭を垂れた。彼はこれを本当にちゃんとした魔法円だと信じているのだろうか。何を根拠に？　と逆に不思議になってくる。

「それでは、こちらが私の魔術でございます！」

そう言いながら、取り出した一枚の紙幣を魔法円の上にかざし、エリクは妙に甲高い奇声を発した。

「天と地を司りし神よ、今ここに未知の力を使いしことを許したまえ！　我の手は神の御手となり、求める者に富をもたらし繁栄を与え、永遠の安寧を約束せん！　魔術師エリクの名の下に！」

長々とした詠唱をしながら、彼の手がゆらゆらと紙幣を揺らす。何が起こるのかと、観衆の目はそちらに釘付けだ。

声が唐突にぴたっと止まり、周囲が固唾を呑んで見守る中、ふいに空中から数枚の紙幣が出現し、宙をひらひら舞って魔法円の上へと静かに着地した。

おお、とどよめきが広がった。

その一連の出来事を、ティコは「ええ……」と引いた目で眺めていた。

エリクが延々と芝居がかった台詞（せりふ）を諳（そら）んじて紙幣を揺らし、観衆の視線をそこに集中させていた時、もう片方の手がさりげなく後ろ襟のあたりに伸びたのを、ティコはしっかりと目撃していたからだ。

たとえあの魔法円が正しいものだったとしても、魔力を注がねば術は発動しないのに、そこに触れもしなかった。彼は明らかに、魔術についてまったく知識がない。

要するに、何もかもがインチキだ。

興奮してはしゃぐ人々の中から抜け出して、ランベルトが微笑みながら「どうだった？」とティコに訊（たず）ねた。

「あれは魔術ではなく、奇術です」

エリクが器用なのは認めるが、しかしあれが「魔術」であるわけがない。自分自身が本気で魔術だと信じているのならともかく、彼は最初から周囲の目を欺くことを意図してやっている。

ティコのすっぱりした評価に、ランベルトはくくっと笑った。

「あんな単純な手口で、言うに事欠いて『神の手』とは恐れ入るよね」

醒（さ）めた言い方からして、この王子の意見もティコとそう変わりないようだ。いかにも性根が曲がっていそうだから、見え透いた誘導には素直に引っかからないだろう。

「判っていて、放っておくんですか？」

エリクはこれから国王の前でも同じことをするという。そこで誰かに指摘されれば、王を騙ったと罪になりはしないか。

そう思いながら問うと、ランベルトは手で埃を払いのけるような動作をした。

「問題ないよ。余興のひとつと言っただろう？　たとえ誰かが欺瞞に気づいたとしても、わざわざそれを口にするようなことはしない。なぜなら他にもそういう輩は宮廷内にたくさんいるからさ。占星術師は水晶玉の中にありもしない影を見つけ、錬金術師は水銀で細工をして卑金属を貴金属に変えたと主張する。あいつらは、王を喜ばせて多額の褒賞金を引き出すことしか考えていないんだ。……見てごらん、ティコ」

顎で示された方向に目を向けると、エリクの元には人が群れをなしていた。口々に彼の功績を称え、繋がりを得ようと躍起になっている。おもねるような顔で面会の予定を取りつけたがる貴族たちを相手に、エリクは満面の笑みで頷いた。

「国王に気に入られれば、彼の名は一気に上がる。その前に後ろ盾になっておけば連中のほうにも利益が廻ってくる。これから多くの貴族があの男に金をつぎ込むよ。投資した分は、あの『魔術』とやらで倍にして返してもらえばいいと考えているんじゃないの」

「ああ、それで……」

ティコは小さく頷いた。上から降らせるのなら花でも水でもよかったのに、わざわざ紙幣を使ってみせたのは、観衆たちの欲を煽るためでもあったわけだ。あざとく強欲なのは、どちらもそう変わりない。

そういえばグレンも以前、金目当ての詐欺師のような輩まで宮廷内に入り込むこともままある、と言っていたっけ。

「今後、あの男が金を集めるだけ集めて逃げたとしても、騙された人間が愚かだったというだけ。でも、くだらないよね。愛人の色香に溺れて廷臣の傀儡と化した国王も、暇人だらけの集まりであるこの宮廷も。誰一人として、国のことなんて考えていやしない。どいつもこいつも興味があるのは自分のことだけなんだから。……君にも一度、その目で見てもらいたかったんだ。じゃあね」

ランベルトはそう言い置いて、浮かれている人々のほうを一瞥もせず、その場を立ち去った。

一人取り残されたティコは、エリクのほうに顔を戻した。

押し寄せる貴族たちを捌くためか、彼は帳面に一人一人名を記してもらっていた。この舞踏会が終われば、順番に面会し、どこからどれだけ金を搾り取るかの算段をつけるのだろう。帳面に増えていく名の一覧に、彼はひどく満足げだ。

——一方では本物の魔力が迫害され、かたや一方では、見せかけだけの空虚な魔術が崇拝される。

それは結局、それだけ魔力や魔術というものが人々にとって未知なものだから、というところに帰着するのではないか。

知らないからこそ、必要以上に恐れ、崇めようとするのだろう。彼らの無知が闇雲な畏怖や恐怖を引き出すのなら、自分の力と存在を隠してばかりの魔術師のほうにも問題があるのかもしれない。

このような詐欺が横行してもそれを正す者がいなければ、人々の誤解と無理解ばかりが積み重なり、魔術に対する人々の認識は事実から乖離していくだけだというのに。

そこまで考えて、ティコは深いため息をついた。

とはいえ、現在の自分が彼を糾弾することなどできるはずがない。それをすれば、では「本物の魔術」とはどういうものなのか、を証明しなければならなくなる。

仕方なくまた元の場所に戻るためのろのろと足を動かし始めたティコの横を、二人の男性が声をひそめて会話をしながら通り過ぎた。

「……よろしいのですか。あのような身分の低い者に、多額の資金援助を約束して」

「なに、構わんさ。陛下があれを気に入れば、話の持っていき方次第で、どんどん金を出してくれるだろうからな。我々はいかにして、より大きく陛下の興味を引くかを考えねばならん。最近、これといった楽しみもなく退屈しておられたようだから、しばらくはあの男の『魔術』にのめり込むだろう」

「いわば国王の新しい遊び道具というわけですな。いやはや、陛下がご自分の趣味と愛人に、湯水のように金を使うため、この国の財政は悪化していく一方だとか」

「そんなもの、また税率を上げてやれば済むことだよ。そのために平民というものはいるのだから。それよりあの愛人は力を持ちすぎた。そろそろ別の女をあてがって、宮廷の勢力図を書き換えなければ……」

二人はひそひそと話しつつ去っていったが、ティコはその場にぴたりと立ち止まった。

なるほど、ランベルト王子が言っていたのはこういうことかと納得する。宮廷貴族の中で、この国のことを真面目に考えている者は、果たしてどれくらいいるのだろう。誰もが自分のことばかりに目を向けて、民の生活にはまったく無関心だ。

ただでさえ苦しい日々を送っている人間にとって、税率を引き上げるということが何を意味するか。それを少しも考えず、「そんなもの」の一言で切り捨てる。

城下町での一件と同じだ。弱者はどこからも救いの手を差し伸べられず、声を上げても聞き入れられず、押し潰されてもただ我慢するしかない。

そしてその弱者が、自分よりもさらに弱い者に、溜め込んだ自らの不安と憤懣をぶつけることになる。

母を襲った悲劇は、それが最悪な形で表出したもののうちのひとつだった。現在の状態が続く限り、きっとこれからもどこかで似たようなことが起きる。

その負の連鎖は、一体どこで断ち切ればいい？

「…………」

ティコは後方に目を向けた。

エリクは観衆たちに、自分の「魔術」の素晴らしさを熱心に説いている。彼は弁舌も巧みだった。宮廷人たちを誑し込んだその手腕で、これからアーモス王の心を摑むのだろう。

……美しく華やかな世界の足元で、今この瞬間も、新たな犠牲者が生まれているかもしれないのに。

しばらくして、ようやくエリクの元から人の波が引いていった。それを見届けると、ティコはくるっと身体の向きを変え、彼のほうへと近づいた。

ぎっしりと書き込まれた名前を見ながら上機嫌のエリクが、寄ってきた娘を見て、ん？という顔をする。

「いえ、わたしも先程の『魔術』を拝見して、感銘を受けたものですから。よろしかったら少しお話を伺えたらと思いまして」

ティコの申し出に、エリクはあっはっはと声を上げて笑った。

「困ったなあ。僕はこのとおり、先約がぎっしりでね。ひと月ほどは相手してあげられそうにないんだ。……まあ、夜のほうなら、なんとか予定を空けられないでもないがね」

下心満載の目つきで、頭からつま先までを不躾にじろじろと眺め廻された。頑張って気持ち悪さに耐え、ティコはなんとか笑みを浮かべた。

「では、時間が空きましたら、連絡をいただけますか？　この帳面に名を書いても？」

「ああ、いいとも」

でれっとやに下がった顔で帳面を開き、ペンを渡される。ティコは薄いレースの長手袋をした手でそれを受け取り、適当にでっち上げた名前をさらさらと記した後、小さな円を描いてその中に記号と文字を書き入れた。

エリクが不思議そうに首を傾げる。

「なんだい、これ」

「今、若い女性の間で流行っているおまじないです。またお会いできることを願って」

「なんだい？」

そう言うと、エリクはまた笑った。今度は「鼻で笑った」というほうが正しい。

「まったく女の子というのは他愛ないことが好きだね。しかもこんな子どものイタズラ書きのようなもので！　僕の素晴らしい魔法円を見たかい？　本物とはああいうものだよ。おまじないなんてものには、何の効力もない」

「そうかもしれません」

あなたの魔法円と同様にね、と心の中で付け加えて、最後にぐっと人差し指で円の中心を押す。それからすぐに、その場からそそくさと離れた。

少し進んでから見返ると、エリクは浮かれきった顔つきで、丸めた羊皮紙と帳面を大事そうに抱え込んでいた。

ティコはようやく元の場所に戻って、再び壁際に立った。音楽に乗って踊る男女を眺め、ふうっと小さく息を吐く。

結局、エリクは「もう一人の魔術師」とは何の関係もなかった。マルティンの件もまたこれで振り出しに戻ったということだ。

……師匠は今頃、どこでどうしているのだろう。

無事でいてくれれば、それでいい。「自分はひとつの場所に長くいられないから」と言う師との共同生活は五年ほどで終わってしまったが、もしかするとこういう事態もあることを彼は予測していたのかもしれない。

マルティンが家を出て行ったあの時、ティコも森を出て、強引にでも同行していたら、こんなことにはならなかったのか――

視線を下に向けて、そんなことをぼんやりと考えていたら、

「やあ」

とまた声をかけられた。

あの王子はよほどヒマなのか、今度こそ嫌みのひとつでも言ってやろうと顔を上げて、ティコは目を瞬いた。

自分のすぐ前に立っているのはランベルトではなかったのである。かといってグレンでもない。まったく見知らぬ若い男だ。

グレンよりも少し年下くらいだろうか。エリクと違い、立派な衣装をさらりと着こなしているが、妙に馴れ馴れしい態度といい、だらしなく緩んだ口元といい、どことなく甘やかされたお坊っちゃん臭が滲み出ている。

「よかったら、僕と踊ってくれませんか？」

「は？」

かけられた言葉に、ティコは今度は目を白黒させた。まさかこんな田舎娘を誘うような

男がいるとは思ってもいなかったので、すっかり油断していた。

　こういう時はどうしたらいいのだろう。グレンはなんて言っていたっけ？

「……いえ、どう」

「どうぞお許しを」と言って顔を伏せればいい、とのことだったが、その断り文句を最後まで出す暇も、顔を伏せる余裕も、男は与えてはくれなかった。突然ずいっと距離を詰められ、すぐ近くまで顔が迫ってくる。ティコは壁際に立っていたので、これ以上後ろには退（さ）がれない。

「どうか、ぜひお名前を。貴女（あなた）のような美しい方を存じ上げなかったのはなんという不覚。そのしっとりとした滑らかな黒髪、宝石のような瞳（ひとみ）、洗練された素晴らしい衣装、さぞや高貴な家のお嬢さんだと推察しますが――」

　ランベルトが聞いたら爆笑しそうな台詞（せりふ）を吐きながら、男はじりじりとにじり寄ってくる。ティコは今さらながら「お許しを」と口にしてみたが、相手は平然と聞こえないふりをした。グレンの嘘つき、ちっとも諦（あきら）めてくれないんだけど!?

　大体、ティコが高貴だなんて、この男の目は節穴もいいところだ。おおかた、身につけている衣装と装飾品でしか判断していないのだろう。グレンが落ち着いた色を選んだとはいえ、腐っても王子であるランベルトが後ろについているためか、それらの質はかなり極上なのだ。

「あの、わたし、連れが」

「そうつれないことを仰らず。こんな場所に貴女を置き去りにする薄情者は放っておいて、今この時を楽しみましょう。僕はダンスが大の得意なんです。さあ――」

男の腕が上がったと思ったら、避ける間もなく手を取られた。

途端に、ぞくっと鳥肌が立つ。グレンの時は大丈夫だったのに、別の人間との接触は自分でも驚くくらい拒否感が強かった。すぐに引っ込めようとしたら、その前に男にぐっと握られてしまい、ますます顔から血の気が引いた。

「やめ……」

「失礼」

悲鳴じみた声が口から出かけたところで、横から伸びてきたもうひとつの手が、男の手首をがっちり摑んだ。

そのまま強引に引き剝がされて、男が目を見開く。

「そちらのご令嬢の相手は自分です。無粋な真似はなさらぬほうがよろしいかと」

いつの間にか戻ってきていたグレンが、微笑を浮かべたまま男の手首を摑んでぎりぎりと締め上げている。みしみし音がしそうなくらい強く力が込められているのは、男の顔色を見れば判った。

「いっ……！　ぶ、無礼な……僕を誰だと」

「了承も得ずいきなり女性に触れる行為は無礼ではないと？　あなたが誰でも構わないが、決闘でもなさりたいならいくらでも受けて立ちますよ。どうします？」

　相手に口を挟む隙も与えないような早口だ。笑っているのに、目が怖かった。珍しい、グレンが怒っている。

　彼の全身から発される剣呑な空気に、お坊っちゃんは怯んで後ずさった。

「け、決闘なんて……僕は別に、なにもそこまで」

「ですよね、無駄な諍いはしないに越したことはない。では」

　雑な返答とともに手首を解放されると、男は忌々しそうに口の中でもごもごと罵倒しながら去っていった。

　冷ややかにその背中を見送ってから、グレンがティコのほうを向く。

「ティコ、大丈夫だったか？」

　てっきり文句を言われるか叱られるかと思っていたのに、最初に出されたのはその言葉だった。向けられる目には、こちらを心配するような真摯さがある。

　ティコは急に落ち着かなくなって、こくこくと慌てて首を動かした。今何か言うと、声が裏返ってしまいそうだ。こんな時こそ、軽い感じでからかってくれればいいのに。

「まったく礼儀知らずな男だ。ベタベタと図々しい。ちゃんと顔は覚えたからな」

　グレンは不愉快そうにぶつぶつ言ってから、ようやく気を取り直したらしく、ティコの姿を改めて確認するように見た。

「ここにいる間、他には何事もなかった？」

「はい、なんにも」

　もちろん嘘だが、ティコの返事にグレンは安堵するような顔をした。

「グレンさんは殿下に会えましたか？」

「ああ、ずいぶん捜し廻ったけどね。だけど結局、大した用事でもなかったんだ。あの人は一体何がしたいのか、時々本当によく判らない」

　まったく同感だ。

　思わず深く頷いた時、会場のどこかで叫び声が上がった。

　グレンが驚いたように「なんだ？」とそちらに目をやる。騒ぎが起きたのは、ここから離れた場所らしい。にも拘わらず、男性の痛切な悲鳴はよく聞こえた。

「ああ、なんてことだ！　わ、私の魔法円が……！　誰か、誰か早く水を持ってきてくれ！　このままではすべて燃えてしまう！　まだ陛下にお見せしていないのに！」

泣き声混じりの懇願は、次いで絶望的な呻きに変わった。

「どういうことだ、帳面がだんだん熱くなってきたと思ったら、いきなり火が……！　ああ、くそっ、こちらもすっかり灰になってしまった……！」

「帳面から火？」

場内に響き渡る大声に、グレンが困惑した表情になった。ざわめきとともに増えていく人だかりのほうを見て、それからティコに視線を戻す。

その両眉が真ん中に寄った。

「……敢えて訊くが、君は無関係なんだよな？」

「わたしは今、ここであなたと話していましたよね？」

不思議そうに首を傾げたら、グレンはものすごくイヤそうな顔になった。

「ティコ」

「はい？」

「ちょっと頬に触っていいか」

「はっ!?　頬!?　なんで……って、いたたた！　何するんですか！」

まだ許可したわけでもないのに、グレンの人指し指が伸びてきてティコの頬をぐりぐりと突いた。

上がっていた眉が下がり、「変な顔」とぷっと噴き出す。

「自分でやっておいて！」

「君のしれっとした顔を見たら無性に腹立たしくなった」

「子どもか！」

ぷんぷんしながら解放された頬を手で擦った。グレンは意外と大人げない。

「意外と……か」

ふと手を止めて、小さく呟いた。

考えてみたら、今までティコは何度もこれと同じことを思った。グレンの新しい一面を見つけるたび、「意外と」という驚きとともに。

でもそれは本当は、驚くようなことではないのだろう。ティコが最初の印象から、グレンという人物像を勝手に作り上げていただけ。グレンが本当はどんな人なのか、知りもしないし、判っているわけでもないのに、「意外と」なんておかしい。

グレンのことを、「何を考えているのかさっぱり判らない」と思っていたが、そんなのは当たり前だ。

だってティコはずっと、彼を知ろうとも、判ろうともしていなかったのだから。

グレンには確かに冷たいところがある。必要があれば人でも物でも利用する、という言葉も嘘ではないのだろう。しかしこれまでの間に見てきた彼の人となりは、決して嫌なものばかりではなかったはずだ。

怪我をしたらまず治療を優先し、理由は聞かずに配慮を見せた。ティコの言葉を疑うことなく信じて、人攫(ひとさら)いのところへ駆けていった。困った時には、助けてくれる。

それらは断固とした「事実」として、そこに存在していたのに。

それさえ見ないふりをして、すべてを否定してしまうのは、母を死に追いやった村人たちと何も変わりはないのではないか。

自身の無知に気づくことなく、闇雲に怖れ、嫌悪し、距離を取る。

塔から町の景色が一望できるからといって、それだけで何もかもを知ったつもりになるのは恥ずべきことだ。

「愚かなのはわたしも同じか……」

ぽつりとこぼした言葉はグレンの耳には届かなかったようで、「どうした？」と顔を覗(のぞ)き込まれた。

「疲れた？」

「ううん」

「せっかくだから、もう少し楽しんでいけばいい。何か飲むなら貰(もら)ってくるけど」

「気にしないで。グレンさんもわたしのことには構わず楽しんでください」

せっかく憧れの女性がいるのだし……とは言わなかった。喉に声が引っかかるような、変な感じがする。

「俺はいいんだ。もともとこういう場は あまり好きじゃない」

「そうですか？　でもさっきから、グレンさんをちらちら見ている人も何人かいるようですけど」

明らかに秋波を送ってきている女性たちの存在に、グレンだって気づいていないわけではないだろう。

でも彼はそちらには視線を向けず、ティコだけをまっすぐ見つめている。

「今日の俺は君のパートナーだと言っただろ？　踊るなら教えてあげようか」

「ご、ご冗談を」

手を差し出され、ティコは慌てて後ずさった。根っから田舎育ちの自分に、ダンスなんて踊れるはずがない。またランベルトにお猿さん呼ばわりされるのは御免だ。

顔色を失くして露骨な逃亡態勢に入ったティコが可笑しかったのか、グレンが明るい笑い声を上げた。

その顔は、はじめの頃ティコに見せていた嘘くさい笑い方とはまったく違っている。

意外と、可愛い。

自分から近寄ってみなければ、見えないものもある。判断するのは、それからでもいいのではないか。

「あの、グレンさん、この間のことなんですけど――」

この間のこと、が何を指しているのかすぐに判ったらしく、グレンは急にバツの悪そうな顔になった。

「ああ、俺も君に言っておこうと思っていたんだ。あの時は……」

が、互いに向かい合ったところで、ティコはぴたりと動きを止めた。その視線が自分の後方に据えられていることに気づき、グレンが訝しげに眉を寄せて振り返る。

そして、彼もまた固まった。

「ごきげんよう」

澄んだ声で挨拶し、美しい微笑とともに現れたのは、国王の愛人のヴェロニカだった。

硬直から解けたのはグレンのほうが先だった。

さっとティコの姿を隠すようにして前に立ち、胸に手を当てて礼を取る。ヴェロニカは赤く彩られた唇をゆるりと上げ、彼に目を向けた。

「あなたはランベルト殿下の側近の……グレン、といったかしら？」

「名を覚えていただき、光栄です」

返事をして頭を下げるグレンの声音は、常ならぬほど強張っていた。憧れの女性に声をかけられ、名を呼ばれたというのに、そこに感激や喜びは感じられない。

ただ、ぴんと糸を張ったような緊張感だけが伝わってくる。

「そちらのお嬢さんはあなたのお連れ？　なんて可愛らしい方でしょう。ぜひ紹介していただきたいのだけど」

ヴェロニカの台詞に、こちらを窺っている貴族たちが目を剥いた。なぜよりにもよってそんな地味な娘にと、誰もが驚愕と嫉妬の感情を顔に出している。

「とんでもないことです。こちらの娘は身分が低いため、とてもヴェロニカ様にご挨拶できる栄誉を与えられる者では――」

グレンの目がほんの一瞬こちらを向いた。その表情は、これまで見たことがないほど切羽詰まっているようだった。固い顔が下に向けられ、「ご容赦ください」と許しを請う。

後ろから覗く彼の首筋に、汗が光っていた。

「ほほ、真面目なこと。そんなことを言うのなら、わたくしだって元の身分はうんと低いものですわ。陛下の寵愛を得てのし上がった性悪女……宮廷のお喋り雀たちがわたくしのことをどう噂しているか、自分でも判っていますてよ」

遠巻きに眺めている女性たちのうちの何人かが目を逸らした。ヴェロニカはそちらを完全に無視して、頭を下げたグレンをじっと見る。

息詰まるような逡巡の間を置いて、これ以上は断りきれないと判断してか、グレンの身体がゆっくりと動き、一歩分横へとずれた。庇ってくれていた彼の背中が移動し、対面に立つその女性の姿が露わになると同時に、ティコは深く顔を伏せた。

手が震えている。ドレスで隠れた足も震えていた。蒼白になったこの顔を、相手に見せたくはない。ティコが抱いている感情が、緊張などではなくはっきりと恐怖であることを、悟られるわけにはいかなかった。

「顔をお上げになって、可愛いお嬢さん」

「……どうぞ、お許しを」

掠れた声を喉から絞り出す。下を向いたティコの目に見えるのは、ヴェロニカが身につけている色鮮やかなドレスだけだ。

──どうして。

頭の中は疑問符だらけで、収拾がつかないくらいの混乱に満ちている。

なんだこの、魔力の波動は。

ティコは今まで他人から魔力を感じ取ったことはない。それは自分がマルティンと違い、未熟だからだと思っていた。

でも、違う。まるで違った。魔力を持っていると一口に言っても、その保有量は様々だとマルティンが言っていた。今までティコが誰からも魔力を嗅ぎ分けることができなかったのは、それがあまりにも小さいものだったからだ。マルティンの近くにいたティコは、無意識に彼を基準として考えてしまっていた。

自分の母を含め、他の魔力持ちは皆、些少な力しか持っていない。そのことを今、明確に理解した。

それほどまでに、ヴェロニカの魔力は強大だった。

暴力的なまでに全身から揺らめくそれを、他の人たちは何も感じることはできないのか。上から押し潰されそうな圧迫感で、ティコは立っているのもやっとという状態なのに。

そして間違いない。この魔力は、「文化と芸術の間」でティコの術を弾き飛ばしたのと同じものだ。

「慎み深いお嬢さんだこと。お話ししたかったのに、残念だわ」

ヴェロニカがそう言って、上体を傾けてティコの耳に自分の唇を寄せる。近くに立つグレンが、一瞬呼吸を止めたのが判った。ティコはそのまま身動きもできず、ただ震えを抑えつけるのが精一杯だ。

「――ねえ、お嬢さん。魔術師マルティンの唯一の弟子をこの城にお招きするよう、陛下に進言したのはこのわたくしですのよ」

他の誰にも聞こえないくらいの小さな声で、囁き(ささや)が落とされる。咄嗟(とっさ)にぱっと目を上げると、彼女の細められた目とかち合った。

濡れ(ぬ)たように黒々とした双眸(そうぼう)が、まっすぐこちらに据えられている。唇は確かに微笑の形になっているのに、その目はまったく笑っていない。壮絶なまでに際立って美しい顔をしているだけに、それがたとえようもなく恐ろしく見えた。

ティコは拳(こぶし)を握り、奥歯を噛(か)みしめた。

これは宣戦布告だ。

「それでは、またね。どうぞ楽しんでいらして。もう少しで愉快な見世物が始まってよ」

意味ありげな言葉を残して、ヴェロニカはドレスの裾(すそ)を優雅に翻し、ティコとグレンに背中を向けた。

コツコツと足音が遠ざかり、ようやく全身から力が抜ける。足元がふらついたところを、グレンが手を出して支えてくれた。

「大丈夫か、ティコ」

「――大丈夫」

「何事もなくてよかった。どうして彼女は君に興味を……さっき、何を言われたんだ？」

どうやらあの時の台詞はグレンにも聞こえなかったらしい。ティコはまだ血の気の戻らない顔で首を横に振り、「大したことじゃない」と言おうとした。

が、その言葉は出し終わる前に、耳をつんざくような悲鳴にかき消された。

「誰か、誰か！　ここに人が倒れているわ！　血を吐いて、息をしていない！」

ティコとグレンが弾かれたようにそちらに顔を向ける。ぎょっとして動きを止めた人々の隙間から、会場の隅で倒れている男性が見えた。

心臓が収縮して胸郭を激しく締め上げた。今度こそティコの身体がぐらりと大きく揺れて、背中に廻（まわ）ったグレンの手に強い力が込められる。

口から赤い液体を垂らし、目を開けたまま絶命しているのは、あの自称魔術師のエリクだった。

ティコが素早く顔を戻すと、目線の先に立つヴェロニカが、こちらを振り返って艶（あで）やかな笑みを浮かべていた。

第五章　神の雷

舞踏会での一件は、「病死」として片付けられた。

昔から、宮廷内での人死には珍しいものではない。不自然な事故死もあれば、明らかな毒殺もある。

廷臣たちの思惑や陰謀が渦巻くこの場所では、人間の生命さえ遊戯盤の駒のひとつとして数えられることが多いのだ。

今回の場合、死んだのが身分の低い男であったことから、余計に大した騒ぎにはならなかった。その遺体はさして調べられることもなく埋葬され、宮廷の輝かしい記録を汚すわけにはいかないという理由で、舞踏会に出席した者の名簿からも名が抹消された。

表向きには、その日一人の男が死んだという事実が残っただけ。国王も「死ぬ前に魔術が見たかった」という言葉を残念そうに出したのみで、それっきり彼についての言及はなかったという。

その件はすぐに人々の記憶の下のほうに埋没し、あっという間に風化していく――はずだった。

宮廷内に奇妙な噂が出回り始めていることにグレンが気づいたのは、舞踏会から二、三日経ってからのことだ。

例の男はどうやら誰かに呪い殺されたらしい、という怪しげなその話が、どこから出たものなのかは判然としない。しかしグレンがそれを耳に入れた時にはすでに、噂はコソコソと人から人へ、少しずつ形を変えながら伝わって、すっかり流布されていた後だった。

時に起こる不審死に超自然的な理由付けがされるのは、別におかしくはない。誰かの出任せが面白おかしく脚色されて、人の口の端にのぼることもよくある。しかし今回ばかりは、そこに聞き捨てならない尾ひれがくっついているのが問題だった。

——男を呪い殺したのは、どうやら闇のような黒髪の若い娘らしい、と。

恨みでも買ったか、あるいは痴情のもつれか、あるいは魔術師を自称する者を本物が許せなかったのか。

一体何がどうしてそんなことに、とグレンは慌てて噂の出どころを調べようと躍起になったが、それはまったく首尾よくいかなかった。こちらが潰そうとすればするほど、どんどん別の「証言」が出てくるからだ。

死んだ男と黒髪の娘が言葉を交わしているのを見た、と話す者がいる。

舞踏会場の端に影のようにひっそりと立っていた、と怯(おび)えながら口にする者がいる。

そこに集う人々を憎々しげに睨(にら)みつけていた、と鼻息荒く言う者がいる。

事実と虚構が入り混じり、宮廷人たちの声は日に日に大きくなっていく一方だ。当然、「黒髪の娘」についての議論も盛んに交わされ、正体を突き止めて裁きにかけようと張り切る人間まで出てくる始末だった。

もしも本当にそんな存在がいたら、次に狙われるのは自分ではないかと危機感を覚えているのかもしれない。あるいは、あくまで退屈しのぎのお遊びのつもりなのかもしれない。

しかしどちらにしろ、異様に興奮した彼らの顔つきは、グレンの焦燥を駆り立てた。

大きな流れが決まった一点へと向かい出したら、それを途中で堰(せ)き止めるのは不可能に近い。ただ、飲み込まれるのみだ。

――このままでは、ヴィラ城内で「魔女狩り」が始まる。

「不思議だよねえ」

ランベルトもこの一件については承知しているようで、薄(う)っすらと笑みを浮かべながら首を傾げた。

「あんなにも大勢いた招待客たちの中で、なぜ『黒髪の娘』だけが注目されるようになったのかな。まるで誰かが巧妙に誘導でもしているかのようだ。その娘とおまえが一緒にいるところを見ていたものもいて、僕があそこにいた誰かを呪殺するために娘をあの場に潜り込ませたのではないか、なんて噂もひそかに流れているらしいよ。半分くらいは間違っていない、というのがまた厄介だよね」

私室内で本を広げ、優雅に寛いでいた王子は、そう言ってくすくす笑った。

呑気なその態度に、グレンが眉を吊り上げる。

「楽しんでいる場合じゃありません。この話、陛下にはまだ伝わっていないんですか」

「そのようだね。これを聞けば、さすがにあのボンクラも黒塔に閉じ込めてある娘のことを思い出すだろうし。ただ、ティコのことを知るのは他にもいるから、そいつらの耳に入った場合、どういう行動を起こすかは予測できないな。そもそも、何の力も見せないティコは、『処分』の方向で処遇が決まりかけていたんだ。不要なら引き取ると僕がそこに割り入ったわけだけど、人を呪い殺すことができると知られたら、きっとまたあの娘の扱いは大きく変わることになるだろうね」

グレンはそれを聞いてひやりとした。

もしもそんな風に思われたら、ティコは「不要」どころではない存在としてあちこちから触手を伸ばされる。その際の扱われ方が、どれほど非道で屈辱的なものになるかなんて、考えたくもなかった。

彼女は今、風が吹いたらすぐにでも転落しそうな、細い綱の上に立っている。

「……ティコは誰かに危害を及ぼすような娘じゃありません」

低く声を発するグレンをちらっと見て、ランベルトが唇を上げた。

「だったらそれを証明する必要がある、ということさ。このままでは、ティコのことが明るみに出るのも遠い話じゃない。でも僕はどうやらおかしな疑いを抱かれているようだから、あの娘のために動くことはできないよ。下手をすると、こちらまで飛び火しかねないからね」

場合によってはティコを見捨てることになる、とランベルトは言外に通告した。

彼には彼の立場というものがあり、抱いている野望のために犠牲は厭わない性格だというのもよく知っている。

しかし、ただでさえ不安定な立場の「平民の娘」であるティコが、さらに第三王子の庇護下からも外れたら、もはやその存在はヴィラ城内において、獣の口の中に放り込まれた赤子も同然だ。

グレンは目を伏せて、強く拳を握った。

「それで、ティコはどうしてる？」

「――最近、体調の悪い日が続いているようです。顔色が悪く、いつも怠そうで、食事もよく残しています」

そして夜あまり眠れないのか、いつも寝不足の顔をしている。日ごとに憔悴していくようにしか見えないのに、本人は「大丈夫」と繰り返すばかりだ。

城下町に続き、二度も人の死を目の当たりにしてしまったのだから無理はないとグレンは思うのだが、これも別の人間の目から見ると「やっぱり罪の意識があるのではないか」というように映るのかもしれない。

「グレン、僕がおまえに下した命令は何だったか、覚えているかい？」

唐突に訊ねられ、グレンは当惑した。

「もちろんです。常にティコの傍らでその身を守り、他からの介入・干渉を防ぎつつ、困ったことがあれば手を貸し、せめてこの場所で心安らかに過ごせるよう尽力すること……ですよね？」

「そして、事の真偽を見極めよ、だ。しかし今のおまえは、情で目が曇ってしまっているね。それでは何が真実で何が偽りかも判らないだろうさ」

「俺は、情なんて……」

持っていない、と言いかけたグレンの口が止まる。

現在の自分が、それを声に乗せて言い切れなくなっていることに狼狽した。

ランベルトが綺麗な微笑を保ったまま、「グレン」と名を呼んだ。

「おまえさ、本当はもう、とっくに判っているんだろう？」

さらりと問いかけられ、グレンの喉はさらに詰まった。

「——何をですか」

「決まってる、ティコの正体についてだ。あの娘の周りばかりで不可解な現象が発生し、彼女が黒塔を出るたび、必ずと言っていいほど何かが起こる。それをただの偶然の連続と考えるほど、おまえは愚かじゃない」

「……まだ、その確証を得ていません」

返した声は我ながら固かった。ランベルトが鼻先で笑う。

「そりゃあそうだろうね。おまえは途中から、その確証を得ることにまるで積極的じゃなくなった。いやむしろ、あの娘を厄介事に関わらせないようにして、自分はそこから目を逸らしていた。なぜか？　答えは簡単、それをはっきりとした形で暴いてしまえば、ティコが窮地に陥ることになると危惧したからさ」

グレンは下を向いて黙り込んだ。

ティコを舞踏会に連れて行くことに反対し、「何もするな」とくどいほどに念を押した。もしも再び「何か」が起きたなら、その時こそ自分は、現実を直視しなければならなくなるかもしれないから――

ランベルトがそこで声の調子を変え、問いの内容も変える。

「グレン、男の遺骸は調べたんだろう？　どうだった？」

「……少なくとも、病死ではないと思います。かといって、毒物反応も見られない。身体のどこにも傷はありませんでした」

「これぞまさしく『不審死』というやつだね。呪殺されたという証拠はないが、それを否定する根拠もない。あの男に遺族がいたなら、きっとこう思うのではないかな。……なんとしても死の真相を知りたい、と」

「――……」

グレンはその場に立ち尽くした。じわりと額に汗が滲む。

七年前の自分の叫びが耳元で聞こえるようで、眩暈がしそうになった。

――絶対にこれを「なかったこと」にはしない。なんとしても俺は真実に辿り着く！

その時の、頭が破裂しそうな怒り、目の前が黒く塗り潰されていくような絶望、身の焦げるような悲嘆が、ありありと蘇る。

無言のまま石になったように身じろぎもしないでいるグレンを見て、ランベルトは「やれやれ」と肩を竦めた。

「もっと客観的な男だと思っていたけどね……グレン」

「――は」

「おまえは以前、『どうしても真実が知りたい』と強い口調で僕に言ったよね？　そのためなら、自分の人生も生命も投げ出して構わない、と。そのおまえが今は、自分のすぐ前にあるものから目を背けている。真実というものはいつだってそこにあって逃げやしないのに、逃げているのはおまえのほうだ。何を迷う？　何をためらう？　おまえの足を止めているものは何だ？　その答えが出せなければ、どう動けばいいのかなんて、そりゃ判るはずがない。いいかいグレン、現状を覆したいと望むのなら、まずは自分自身の心と向き合え。考えるのはそれからだ」

言うだけ言って、ランベルトは読んでいた本に目線を戻してしまった。こうなると、もう何を言っても訊ねても、主人が言葉を返してくることはない。

グレンは唇を引き結び、部屋を退出した。

＊＊＊

夜空を割るような激しい雷鳴が轟いている。

小さなランプが明かりとしてあるだけの黒塔内の暗い部屋が、一瞬、窓の外の白い稲光によって皓々と照らされた。それから一拍の間を置いて、ドオン！　という激しい衝撃音が響き渡る。

「ひっ！」

その大音量に、ティコは文字どおりその場で飛び上がった。

今までなんとか我慢して椅子に座り精神を集中させようと努力していたが、もうそれどころではない。やだやだもうやだ、と上擦った声で呟きながら、立ち上がって室内をぐるぐると歩き廻る。その行動に何の意味もないことは承知しているが、じっとしていられないのだからしょうがない。

ティコは昔から、嵐が嫌いだ。いや、大風や大雨くらいなら大丈夫だが、そこに雷が加わるともうダメなのだ。この音と光はティコをひどく落ち着かなくさせる。要するに、大の苦手なのである。

なぜならこの国では、雷は「神の剣（つるぎ）」と呼ばれ、嘘偽りをもって神を怒らせると、その剣が天空から投げ落とされて大地をも溶かす、という言い伝えがあるからだ。

うんと幼い頃、母親からその話を聞かされて以来、ティコは雷を怖がるようになった。

雷が鳴るたび、自分がついた小さなウソを思い出して、剣を落とされたらどうしようとぶるぶると震えていたものだ。

そして成長した今も、その恐怖心は克服できていない。むしろ大きくなった分、我ながら性質（たち）の悪い嘘をつくようになったという自覚があるので、なおさら怖い。

「雷は単なる自然現象だって師匠が……まだ解明されてはいないけど、いずれもっと学問が進めば論理的に説明がつくものなんだから……そうよ、そうよね……魔術師はいついかなる時も冷静に理性的に……ひ、ひあああっ！」

師の教えをぶつぶつ諳（そら）んじてみたが、再びの大音量ですべてが吹っ飛んで、悲鳴を上げた。

「ヤ……ヤナ、大丈夫？　怖かったら、抱っこしてあげようか？」

心配というよりは自分のほうが縋（すが）るようにして目をやると、大粒の雨雫（あめしずく）がガラスを叩（たた）いているというのに、黒猫はいつもと同じように窓台のところで悠然と丸くなっていた。

無論、ティコのことなんて完全に知らんぷりである。

普段何があってもどっしり構え、ティコの気持ちを落ち着かせてくれるラデクは、今は不在だ。

ラデクが「仕事」を頑張ってくれているのに、その主たる自分が無様なところを見せるわけにはいかない。そう自分を叱咤して、ティコはなんとかずるずると床を這って書き物机に近づいた。その姿がそもそも情けないということは考えないでおく。

机の脚に手をかけ、よろよろと立ち上がろうとしたその時、無情にもまた眩い稲光が闇夜を鋭く切り裂いた。

ドオオオン！

「きゃあああっ!!」

さっきまで四つん這いで移動していたのは何だったのかというくらいの速度で、ティコはベッドへすっ飛んでいった。勢いよく剝ぎ取ったシーツを頭から被ってすっぽりと全身を覆い、手と足を縮めたダンゴムシのような姿勢で丸くなる。

がたがた震えていると、雨音に混じってノックの音が聞こえた。まさかこんな時に訪問客がいるとは思わず、空耳だろうと返事をしなかったのだが、

「まだ起きてるか？　開けるぞ」

という聞き慣れた声とともに鍵が開き、扉の向こうからグレンの顔が覗いた。

すでに習慣になっているのか、いつも必ずティコが座っているソファに目をやり、そこが空いていることに気づいてベッドへと視線を移す。

「……何してるんだ？　ティコ」

きょとんとした表情のグレンは、シーツの中に潜って目だけを出すという奇怪な姿になっているティコを見つけて、首を傾げた。

「べっ……別に？」

赤くなった頬をシーツで隠しながら、ティコはもごもごと口ごもった。

「そ……そろそろ寝ようかなと思って……」

「シーツの中で？」

「……知りませんか、田舎ではこうして眠るのが普通なんです」

「さっき悲鳴が聞こえたけど」

「気のせいじゃないですか」

「雷の音よりもすごい声だった」

そこでこらえきれなくなったように、グレンはぷっと噴き出した。ベッドへと近づいてきて、ティコの傍らに腰掛け、丸くなったシーツの上からぽんと軽く手で叩く。

「怖かったな。もう大丈夫だから」

その声を聞いたら、ティコの胸の奥がじんわりと温かくなった。まるでそこに、明るい火が灯ったかのように。

「……どうしたんですか、こんな時間に」

素早く目元を拭い、ようやくシーツから頭を出して訊ねると、グレンは「うん……」と曖昧な返事をして、窓のほうへ顔を向けた。

しんとした静寂の中で、雨の音と、風が窓ガラスをカタカタと揺らす音が響いている。雷鳴はまだごろごろと轟いているが、不思議とさっきほど怖くはなかった。

思えば、嵐の夜に誰かと一緒にいた記憶がティコにはほとんどない。母もマルティンも、同じ家で暮らしたのは、本当に短い間だけだったから。

雷が鳴ろうが、大風が吹こうが、ティコは一人で耳を塞ぎ、目を閉じて、震えながら、嵐が通り過ぎていくのを待つしかなかった。何をしても、どうやっても、怖れは取り除くことも薄れることもなかったのに。

一人と二人とでは、こんなにも違う。

「――ティコ」

しばらく黙り込んでいたグレンが、ぽつりと呟くように名を呼んだ。

その顔はまだ窓のほうへ向けられたままで、こちらに戻ってこない。いつもとは違う彼の態度に、今度はじわじわと緊張が喉元までせり上がってくる。

それをなんとか飲み下して、ティコは「……はい」と小さく返事をした。

「今日、『文化と芸術の間』に行って、書棚を調べてきた」

どくん、と鼓動が大きな音を立てた。

「隅から隅まで。誰もこんなところは見ない、というようなところも。……そうしたら、おかしな模様が描かれているのを見つけた。棚板の裏だ。驚いたよ、まさか本当にそんなものを発見するとは、思ってもいなかった」

グレンの声は淡々として乱れがなかった。笑ってもいなければ、怒ってもいない。ティコはシーツの端を手の中に握り込んだ。

「円の中に、不思議な記号と見慣れない文字が、毒々しい赤で書かれていた」

それはティコが描いた失せ物捜しの魔法円ではなく、他者の術を弾くため、すでにあそこに仕込まれていたものだ。だが、魔術を知らない人から見れば、その二つに大した差異はないだろう。どちらも不可解で気味の悪い図形、そうとしか映らない。

「普通の人」にとって、それらは等しく「異端」なのだから。

グレンがようやくこちらに向き直る。ティコの口が動きかけたのを遮るように、軽く手を上げた。

「今は黙って聞いてくれ。俺は自分の目で見た事実だけを話す」

真面目な視線がこちらに向かってきて、ティコは口を噤んだ。

「……城下町にも行って、改めて住人たちから話を聞いた。だがあの日、『麻袋を担いだ男』の姿を見た、という証言は誰からも得られなかった。あんなに人通りの多い町中で、ティコ一人だけがそれを目撃したということになる。で、俺は思い出した。君はあの時俺に向かってはっきりと、『女の子を見つけた』と言った。実際に麻袋を担いだ男を見たのだとしても、どうしてその中に入っているのが女の子だって判ったんだろう」

息をひとつ吐く。

「舞踏会では、火の気のないところでいきなり男の持っていた帳面と羊皮紙が燃えた。殿下に聞いたよ、やつの『魔術』はインチキそのもので、実際はただの詐欺師の類であったとね。俺が離れていた間、君がそいつと話していたところを見た人間が複数人いる。その時、君が何かを帳面に書いていたとも聞いた。……そして男はその後、血を吐いて死んだ」

窓の外を閃光が走る。一瞬弾けた白光が、グレンの顔の鋭い線を浮かび上がらせた。

「──宮廷では今、黒髪の娘が男を呪い殺したという噂でもちきりだ」

ティコは小さく両肩を揺らした。

「わたしが彼を殺したと……グレンさんも、そう思ってるんですか」

そして自分の口から出た声も、情けないくらい揺れていた。

いわれなき罪を着せられて、村人たちに集団で追い詰められた母の姿が脳裏に蘇る。

母がどれだけ否定しても、彼らはまったく聞く耳を持ってくれなかった。

自分とは違う力を持っているから。ただそれだけで人は容易く疑惑を膨らませ、勝手な確信を得る。以前のティコなら、結局こうなるのかという苦い思いとともに、早々にすべてを放り出し、諦めてしまっていただろう。

……でも、今はただ、怖かった。

グレンはしばらくの間、口を開かなかった。その形相が一変し、自分を面罵してくるのを覚悟して、ティコは身を縮めた。

この魔女め。おまえの力は災厄を招く。さっさと正体を現すがいい化け物が——

しかし時間が経っても一向に、それらの言葉が投げつけられる気配がない。

ティコに向けられる彼の眼差しは静かなままで、忌避の色は浮かんでいなかった。

重い沈黙が支配した後で、彼はふっと息をついて肩から力を抜いた。

「——いや、思わない」

短く言って、口元に苦笑を刻んだ。自分で自分に呆れるように。

「君はそういうことはしない。何か理由があったとしても、たとえそれを可能にする手段を持っていたとしても、そんな道は選ばない。君は時々突拍子のない行動をするし、白々しい嘘もつくが、そこに狡猾さや悪意を感じたことは一度もなかった。知恵が廻るようで抜けていて、猫を被っていてもすぐ脱げる。隠しているつもりかもしれないが、感情もよく表に出る。そして実は、相当なお人よし。それが、今まで自分の目で君という人間を見てきた俺が出した結論だ」

「…………」

シーツを掴むティコの手が震えた。唇を強く結び、下を向く。

鼻の奥がつんとして痛かった。様々な感情が一気に喉元まで込み上げる。今まで必死に保ち続けてきた防波堤が決壊して、何もかもが溢れ出てしまいそうだった。

「だけど、君がただの田舎娘だとも、もう思わない。現在、宮廷での君の立場は非常に悪い。このままでは上のほうからの関与が避けられなくなるだろう。どれだけ否定しようが、今度は放置されることはない。宮廷人たちはそれぞれの目的で、こぞって君を手中に収めようとする。それこそ手段を問わずにだ」

グレンはそう続けて、ティコの顔を覗き込んだ。

「ティコ、今夜ヴィラ城を出ろ。この嵐で城の警備も手薄になっている。今しか機会はない。……俺は君を逃がすために、ここに来た」

真剣な口調で、はっきりとそう言った。

それはもちろん、ランベルトの命令によるものではないのだろう。彼のその言葉は、明確に主人の意に背くものだ。実際にティコを許可なく城から出したら、叱責どころでは済まないに違いない。

しかもグレンは、きちんと調べた上でティコが無関係ではないと確信したからこそ、ここから逃がそうとしている。

激しい風雨の中、闇に紛れ、一人で黒塔までやって来て。

彼のその行動が打算からくる演技だとは、ティコには思えなかった。いや、思いたくなかった。そこまで疑うことは、どうしてもできなかった。

もう無理だ、意地を張るのも限界だ。

自分の心まで騙すのは、もうやめよう。

裏切られるのが怖いからと信じる気持ちに蓋をするのは、たぶんいちばん愚かなことだ。

マルティンも、きっとそう言う。

人と交わり、人を知りなさい。

「――グレン」

ティコは顔を上げ、シーツをするりと滑らせて落とした。

ゆっくりベッドから下りて、グレンの正面に立つ。彼はベッドに腰掛けているから、いつもは見上げないといけないその顔がすぐ間近にあった。

自然とティコの口元に微笑が浮かんだ。

「わたしを信じてくれて、ありがとう。逃がしてくれるというその気持ちは嬉しい。でも、わたしはまだここから出て行くわけにはいかない」

グレンの眉が寄った。

「どうして」

「しなきゃならないことがあるから。わたしはそのために、この場所にいる」

腿の上に置かれたグレンの手が拳になって握られる。表情が引き締まった。

「……君は、やっぱり」

無言の間を置いて出されたそれはもう、問いではなく、確認だ。

ティコは頷き、まっすぐグレンと目を合わせた。

「そう。わたしはマルティン・セルシウスの弟子、魔術師ティコ・メイヤー」

神の剣の前で、偽りなく告げた。

ティコはそれから、これまでの一連のことを語った。母のこと、自分とマルティンの関係、そしてヴィラ城に留まることを決めた理由も。

ベッドに二人並んで座り、なるべく感情を交えず淡々と話す。隣のグレンはずっと固い表情をしていたが、途中で言葉を挟むことはしなかった。

「なるほど、行方不明になった師匠のことを探るため……その件に『もう一人の魔術師』が関係していると、君は考えているんだな？」

すべてを聞き終えてから、それだけを問いかける。ティコは黙って頷いた。

何ひとつとして嘘は言っていない。しかしその話の中で、ヴェロニカの名前だけは、どうしても出せなかった。

グレンにとって彼女はどういう存在なのか、ティコにはよく判らないからだ。他の男性たちのようにただ憧れを抱いているだけなのか、それとももう少し踏み込んだ感情なのか。

それが恋と名のつくものであった場合、グレンはどうするだろう。驚くのか、怒るのか、否定するのか。

……ヴェロニカとティコ、どちらを信用するのか。

ティコは胸のあたりの衣服を握って細い息を吐いた。その部分が絞られるように痛い。

「君の母親は魔力持ちだったということだが……魔力持ちと魔術師は別のものなのか？」

だから、その質問にはかえってホッとした。今はとりあえず、余計なことを考えないでおこう。

「うん、そうね……魔力というのは、第三の目のようなもの、かな。第三の目を生まれつき備えていない人に、あとから新しい目をつけることはできない。三つめの目を持って生まれたとしても、開け方が判らないとその目が見えることはない」

「……どんなに努力しても、後天的には得られない？」

「そのとおり。でも、魔力を持って生まれても、自分で気づいていない人もたくさんいる。すごくよく勘が働くとか、そういう人は結構、魔力持ちだということを自覚していない場合が多いかも」

グレンは口を曲げて、頭の中で該当する誰かを探すような顔をした。

これまで「架空のもの」という箱の中に入れて見向きもしなかった事柄を、すんなり取り出して受け入れるのは簡単ではないだろう。そうやって彼は、なんとか言われていることを少しずつ噛(か)み砕き、飲み込もうとしているようだった。

「わたしの母も、よく判ってはいなかったと思う。ただ、自分に人とは違う力があることには気づいていて、それを『天から授かった特別な力』と呼んでいた」

だからその力を、人のために使うことに躊躇がなかったのだ。母はあまり頭の良くない人で、けれど信じられないくらい、純粋で心の清らかな人だった。

持って生まれた『特別な力』で天気を言い当てたり、失くしものを見つけたりして、よく人を助けていた。村人たちから頼られたら、すぐに頷いて、見返りを求めることもなかった。その親切心が仇となり、村近くに住む呪術師の女性に陥れられるまで。

病気治癒の祈禱や雨乞いなどを請け負い生計を立てていた呪術師にとって、すべてをただの「善意」で行う母は脅威でしかなく、焦りと妬みの対象でもあったのだろう。

「魔力を自分の意志で使用して扱うのが魔術。わたしの母は魔力を持っていたけれど、術を操ることはできなかった。魔術は魔力を持つ者が知識を得て理論を学べば、努力次第で習得可能なんだけど……これは、やってみせるほうが早いかな」

言いながら、ティコはベッドから立ち上がった。書き物机から紙とペンとインク壺、そしてランプを持ってきて床の上に置き、自分も腰を下ろす。グレンを手招きして、同じように床の上に座らせた。

紙にペンで円と五芒星を描く。

「これが術の元となる、魔法円。ここに記号と古代文字を入れていく」

「その記号や文字にも、ひとつずつ意味があるのか？」

「もちろん。わたしも理解するまで三年かかったから、詳しい説明はしないけど」

グレンは大人しく口を閉じた。

「術の種類によって中身は変わるの。一般的に、術が高度になればなるほど魔法円の構成も複雑になるし、消費される魔力量も増えていく」

「魔力は魔術を使うたび、減っていくということか」

「物事はなんでも等価交換が基本ということよ。何かを得るためには、何かを差し出さなければならない。錬金術は物質を別の物質に変質させることを目的とするけれど、魔術は術者の内部にある魔力を他のものに変質させる」

そこまで説明したところで、ティコは魔法円を完成させた。

「これはかなり基本的な術式。この魔法円に、術者であるわたしの魔力を注ぎ込むと、魔術が発動する」

紙に描いた魔法円の中心に、人差し指を置く。そこからゆっくりと魔力を注いだ。魔力は目に見えないからグレンは不思議そうな顔で見ているが、やがて魔法円が淡く発光し、そこからふわりとした白い煙のようなものが生じると、大きく目を瞠(みは)った。

ティコは慎重に魔力を注ぎ続けた。指先に集中し、体内の力の巡りをコントロールする。基本の魔術は魔力消費が少ないから、かえって抑えるのが難しい。

白く細い煙が、魔法円の外周に沿ってゆらゆらと立ち上る。火が出ているわけではないから、臭いはない。薄い帯のような白煙の輪が空中で漂い、徐々に狭まって一本の柱となった。くねくねと不思議な動きをしたかと思うと、ぐにゃりと形を変え、四本の枝のようなものを出していく。

そのうちの二本が手となり、残りの二本が足となっていくのを、グレンが息を止めて見入っている。

が、ティコにちらっと視線をやって、訝しげな顔つきになった。

「おい、ティコ」

は、と短く息継ぎをして、ティコは煙の人形を操った。

白煙を出すのは基本の魔術でも、そこから形を変え、さらに長く動かし続けるのは、決して楽なことではない。一定の魔力量を放出するのはただ面倒なだけだが、それと同時に減っていくものが徐々に負担となっていく。

白いもやもやとした人形は、手を動かし、足を動かし、クルクル廻った。それだけ見れば楽しげだが、魔法円に置いたティコの指先は小刻みに震え始めている。

「ティコ……ティコ、もういい！　手を離せ！」

額に汗が滲み出てきたところで、グレンに怒鳴られた。ゆっくり指を魔法円から離すと、白煙の人形がさあっと霧散して消えていく。

「――判る？」

大きく息をつきながらティコがそう言うと、グレンは頷くような首を傾げるような、あやふやな仕種をした。

「魔術を発動させるには、魔力と同時に、本人の生命エネルギーを消費するの」

生命エネルギーは、「生命霊気」または「神の息吹」などとも呼ばれる。この宇宙全体に存在する生命原理であり、人間だけでなく、すべての生物に宿るとされているものだ。

永遠の謎であり、真理の源。

世界の摂理を乱すことにもなりかねない魔術というものは、きっと禁忌に触れるのだろう。だからこそ、神の領分にあるそれを代償として捧げる必要があるのかもしれない。

「単純なものなら少し疲れるくらい。でも、術が複雑になればなるほど、魔力とともにごっそりと、この生命エネルギーを削られる。文字どおり、自分の命を削るということよ。魔力と生命エネルギーは減少しても時間を置いて休息を取れば回復するけど、一度に大量に削られたら両方尽きる。魔力が尽きれば当然、術はそこで途切れ――」

「生命エネルギーが尽きると……？」

「倒れるか、最悪の場合死ぬ」

あっさり言うと、グレンは息を呑んだ。

「魔術は決して万能じゃないの。なんでもできるというわけじゃない。……人を呪い殺すなんて簡単に言うけど、炎を出したり刃物を飛ばしたりという間接的なものならともかく、特定の人間をあっという間に死に至らしめるなんて高度な魔術を使おうとすれば、普通は仕掛けた術者の魔力が足りなくなるか、身体のほうが保たなくなる」

ましてや、平気で笑って立っていられるなんて、あり得ないはずなのだ。

普通なら。

グレンは黙り込み、考える顔になった。

「――じゃあ、あのエリクという男の死は、魔術とは何の関係もないんだな？」

その表情と声には、安堵と落胆の混ざり込んだ複雑なものが滲んでいた。魔術で直接人は殺せない、ということに安心しているのが半分、そして死の原因究明が遠ざかったことに落胆しているのが半分、というように見える。

しかしその問いに、ティコは答えなかった。

今も脳裏には、エリクの死に顔がはっきりと焼き付いている。決して善人ではなかったが、それでもあのような最期を迎えなければならないほどの罪は犯していなかった。おそらく、彼の死はティコにも責任がある。

　しばらくの間を置いてから、呟くように言葉を落とした。

「……あれから、ずっと考えていたの」

　立ち上がり、今度は書き物机から大量の紙の束を持ってくると、再び腰を下ろした。

　バサッと音を立てて床に置かれたそれを見て、グレンが「これは……？」と目を眇めた。

その紙には一枚一枚、少しずつ異なる魔法円が描かれている。

「わたしは、ひとつの仮説を立てた。でもそんなこと、本当に可能なのかどうか、まったく確信が持てなかった。だから昼も夜もずっと検証を繰り返して……だけど未だに答えは出ていない」

「それでこのところ、調子が悪そうだったのか。いや待て、検証って、それにも生命エネルギーとやらを消費するんだろう？　無茶なことをして……大丈夫なのか？　ちょっと触るぞ」

　断ってから、伸びてきたグレンの手が、ティコの額や頬に触れる。医者が患者を診るような手つきだったのでティコは避けもしなかったし拒みもしなかったが、ふわりと撫でるような感触に、羞恥心と戦うほうが大変だった。ここが暗くてよかった。

「……で、えーと」

　なんだっけ、何を言おうとしていたんだっけ。ようやく大きな手が離れていったが、頭がまだ上手く廻らない。

「あ、そう、仮説ね。つまり通常は、魔術によって人を殺すことは難しい、という話。不可能ではないけど、自分に跳ね返ってくるものを考えると、リスクのほうが大きい。毒や凶器を使ったほうがよほど楽だと思う。――でも」

「でも？」

こちらを覗き込むグレンを、ティコは真面目な顔で見返した。

「もしも術発動時に、他人の生命エネルギーを使うことが可能だったら？」

グレンが言葉に詰まる。

ティコは目線を下げ、床に積まれた紙束をじっと見据えた。その可能性を思いついてから、構築し続けた新たな魔法円だ。

他人の生命エネルギーを吸収し、自分の代替エネルギーに転化するなんて、考えれば考えるほどあまりに忌まわしく恐ろしく、円を描く手もずっと震えていた。

もしもそんなことが実現できたのなら、術者はほぼ何の痛手もなく望みを叶えられる。命の尊厳が理解できない者、自分以外の犠牲に良心の呵責を覚えない者ほど、他人の生を踏み台にして魔術を行使し、大きな利益を得られるだろう。

まごうかたなき、邪法だ。

「……そんなこと、本当にできるのか？」

グレンに抑えた声音で訊ねられ、ティコは曖昧に首を傾げた。

「理論上ではできるかもしれない、としか。もしもできたとしても、大量の魔力が必要になる」

机上論としては可能でも、大半の魔術師はそんなことを思いつかないだろう。たとえ思いついたとしても、実行するのはまず無理だと諦める。倫理的にも、能力的にも、箍が外れた術者でなければ。

それほどまでに常識はずれの魔術だ。ティコだって未だに信じられないし、信じたくもない。

でも。

「……でも、そう考えると、城下町での度重なる誘拐騒動も納得がいく」

グレンは最初、その意味が判らなかったらしい。眉を寄せてティコの顔を見ていたが、徐々に表情に理解の色が広がって、目が大きく見開かれていった。

口元に自分の拳を持っていく。押し殺すような声が絞り出された。

「——攫われた子どもたちは、その生命エネルギーの代替品として使われた……？」

「老人よりも若者のほうが、生命エネルギーは横溢なの。そして、男よりも女」

女性は、新しい命を誕生させる身体を持っているからだ。若い女性ではなく子どもを狙ったのは、そのほうが攫いやすかったからなのか、あるいは他に理由があるのか。

そもそも、数年も前から誘拐が続き、住人たちも警戒しているのに、次から次へと被害が絶えないというのが異常なことなのだ。子どもを攫う過程でも、なんらかの魔術が働いているとしか思えない。

「生命エネルギーとやらを無理やり奪われたら、その人間はどうなる？」

グレンのその問いに、ティコは目を伏せた。

「……まず間違いなく、生きてはいられない。人体はほぼ水分でできているから、はじめはそこから消失していくことになると思う。肉体が干からびたようになり、それとともに熱を奪われ、内臓の動きが止まり……」

重い口調で続けようとしたところで、ティコの舌が止まった。

すぐ前にいるグレンが、真っ青になっていたからだ。

凍りついたかのように、身動きひとつせず、虚空を凝視している。彼の周囲だけが時間を止めてしまったように見えた。

その瞳(ひとみ)はぎらぎらと燃えるような異様な光を放っている。

一度短い息を吐き出したかと思うと、グレンは突然、頭を掻(か)きむしるように髪の中に自分の手を突っ込み、まるで倒れ込むような動きで顔を伏せた。

「ああ、くそっ……そうか！　そういうことだったのか！」

低く呻(うめ)くような、悲痛な声だった。床に打ちつけるように振り下ろされた拳は、白い線が浮き出るほどに強く握りしめられている。

「グ……グレン？」

その語調の激しさに、ティコは戸惑った。いつもあれだけ冷静に物事を眺めるグレンが、ここまで衝撃を受けるとは、正直、予想外だった。ティコはまだ彼のことを見誤っていたらしい。

もともとグレンは魔術というものに否定的だったのだし、こんな話に嫌悪の念が湧くのも、受け入れられないのも当然のことだ。

これを魔術というのなら、人々が怖れるのも無理はないと、ティコでさえ思う。

……一体何のために、この世に魔力などというものが存在するのか。

「気分の悪いことを聞かせて、ごめんなさい」

肩を落としてティコは謝ったが、グレンは顔を下に向けて、ぴくりともしなかった。何かに耐えているかのように拳が握られたまま、呼吸音すら聞こえない。

重苦しい無言の時間がしばらく過ぎてから、ふ、と軽く息を吐き、ようやくグレンが顔を上げた。

顔色はよくないが、表情はいつもの彼のものだ。いや――どういうわけか、その目はいつもよりもずっと澄んでいるように見える。

嵐の後、晴れ上がった青空のように。

「すまない、ティコ」

グレンは微笑を浮かべた。

彼の顔つきも口調も、静かで落ち着いている。

「教えてくれてありがとう。ようやく、ずっと疑問に思っていたことが解けて、すっきりした」

「え……あ、うん……？」

よく判らないながら、ティコはへどもどと返事をした。さっきからのグレンの目まぐるしい変化に、気持ちがついていかない。ずっと疑問に思っていたことって？　城下町で続いた誘拐騒ぎのこと？

「すまなかった、話を続けてくれ」

なんとなく釈然としなかったが、グレンにこう言われてしまえば、ティコも先へと進むしかない。

「ええと……それで、肝心の術者なんだけど」

しかしここで、話を進めるのも難しいことに気づいた。

当たり前のことだが、ここまで来たら、その邪悪な術を行使している魔術師の存在を明らかにしなければならない。その人物についての心当たりは無論ティコにはあるが、グレンにとっては思いもよらない相手だろう。

術のことであれだけ動揺していたのに、その渦中の人物がヴェロニカだと知ったら、グレンがどんな反応を示すのか想像がつかない。

「あの……実は今、ラデクに調べてもらっていて」

結局、その名前を出すのはやめた。

「ラデク？」

グレンの目が書き物机のほうに向かう。いつもその上に座っているカエルの姿はない。

「そういえばいないな。どうしたんだ？」

「その魔術師を捜しに行ってもらってる」

「カエルに？」

「ラデクはわたしの友人で、そして使い魔でもあるの」

「カエルが？」

グレンの目が今までで一番疑わしげなものになった。失礼な、とムッとする。ラデクはちょっとのんびりしているが、ティコの可愛い大切な使い魔なのに。

「ラデクは探索に特化した使い魔なの。お願いすれば、ちゃんと聞いてくれる。攫われた女の子だって、しっかり見つけ出してくれたでしょう？」

「は？　じゃあ、あの時もラデクが？」

「そう。黒塔から召喚して、捜してもらった」

「だから君のフードに入ってたのか！」

今になって合点がいったというように、グレンが声を上げた。なぜか少し悔しそうだ。

「ラデクはどうやってあの子を見つけた？　君はその結果をどういう方法で知るんだ？」

「魔術師と契約した使い魔は主と感覚を共有することができるから、この場合、対象の追跡をするラデクが見ているものが、わたしの頭にも流れ込んでくる。ただ、ものすごく集中しないといけないんだけど」

「うん……最初から最後まで何を言っているのかさっぱり判らないが」

グレンは困惑するように言ってから、首を傾げた。

「つまり、今、ティコの頭の中では、ラデクの見ているものが見えているということか？」

「だから集中しないと無理だと言ったでしょ。ずっと頑張っていたけど、嵐が来て、雷……が……」

そこで、ティコの顔がみるみる青くなった。今度驚いたのはグレンのほうだ。

「どうした？」

「お、思い出した……」

今までそれどころではなくて完全に意識の外に放り出していたが、現在も窓の向こうは嵐の真っ最中である。そのことを思い出した途端、ゴロゴロと鳴り響く不吉な音と、ピカピカ瞬く白い光が、ティコの耳と目の中に飛び込んできた。

さっきよりはやや遠ざかったとはいえ、ドオン！　と神の剣が振り下ろされる音も。

「ひゃっ！　ああもうっ、ずっと忘れてたのに！　どうして思い出させるのよー！」

ぱっと両耳を塞いで眉を上げ、叫ぶように文句を言う。完全に理不尽な八つ当たりをされて、グレンは不本意そうな顔をした。

「どう考えても俺のせいじゃない」

「というわけで、この嵐が通り過ぎるまで、わたしは何もできない！　以上！」

「なんだか殿下に似てきたな」

とてつもなく失礼なことを言って、グレンは立ち上がった。ベッドの上に放り出してあったシーツを取ってきて、ふわりとティコの頭から全身に被せる。

視界が覆われて、何も見えなくなった。

「これなら多少はマシになるんだろ？」

シーツの膜の向こうから、グレンの笑いを含んだ声がする。ティコの頭が布の外側から大きな手によって包まれ、ぐっと前へ引っぱられた。

額が、硬いのにしなやかな壁に当たる。

「シーツ越しなら、大丈夫か？」

聞こえてくる声と一緒に、壁が上下している。どうやらこれはグレンの胸板らしい、ということに気づいた。

つまり、抱き寄せられている。あちらからすると、シーツの塊を抱き込んでいるだけかもしれないが。

「……だ、大丈夫」

本当のことを言うと、心臓がばくばく大暴れしてうるさいし、暑くもないのに汗が噴き出してきたくらいだ。でも、グレンが今どんな表情をしているのかは見えないし、自分のこの赤く火照った顔も彼には見えないだろうと思うと、安心するような気持ちもあった。

不快感や恐怖心は、どこを探しても見つけられそうにない。

シーツ越しに伝わる手の感触と律動は、不思議と外の音を遮断し、ティコの気持ちを落ち着かせてくれる。

「……グレン」

「うん？」

「グレンは、魔術師というものが嫌じゃないの？」

「難しい質問だな」

グレンの小さな笑いとともに、振動が伝わってくる。それから少し考えるような間を置いて、静かな声が聞こえた。

「少なくとも、魔術師だからという理由で、ティコに対する見方が変わったわけじゃなかったな。俺にとって、君は今でも、頑固で、手強くて、目を離すと何をするか判らない跳ねっ返りで、時々無性に腹立たしい娘だよ」

「そこまで言いたい放題言って欲しかったわけじゃないんだけど」

グレンがまた笑った。

「ただ――君を見ていると、自分が失くしたもの、捨てたと思い込んでいたものを、取り戻せるような気になるんだ」

ぽつりと呟くようにそう言ってから、耳の近くで囁くような声が落とされた。

「城下町に行った時、マリエというあの女の子にも会った。元気そうだったよ。ティコによろしくと笑っていた」

「——うん」

ティコは微笑んだ。

マリエとその母親の笑顔を頭に浮かべた。二人はこれからもあの賑(にぎ)やかな町で暮らしていくのだろう。彼女たちの平穏と幸福は壊れずに済んだ。そのことが、素直によかったと思えた。

かつてないほどに、心が凪(な)いでいる。雷や雨風の音も聞こえない。

そっと目を閉じたら、闇の中に、ちらちらと景色が浮かんできた。ラデクごめんね、もう大丈夫。

——さあ、魔術師ヴェロニカのもとへ。

意識を集中させ、ラデクと視覚を共有した。

深い水の中に潜るようなこの感じは、おそらく使い魔との繋(つな)がりが強固になっているというしるしだ。だからなのか、普段よりもずっと景色が鮮明に見える。使い魔と一体化しすぎることは危険だと、師匠は言っていたけれど——

まず見えたのは塔の外の風景だった。雨に濡(ぬ)れた芝があり、風でざわめく植え込みがある。それらの景色が次々に移り、変転していく。国王の愛人というからには宮殿内に部屋があるのかと思ったが、ラデクはそちらに行こうとはしない。ヴェロニカが現在いるのは別の場所ということだ。

しかし、城の敷地内であることは間違いない。嵐だからか、警備の兵は以前に見た時よりも格段に数が少なかった。これなら確かに、ティコが城外に抜け出すことも可能だったかもしれない。

石像のある噴水……激しい風に飛ばされそうな庭園の花……しなる木の枝……そう、ここを曲がると門に行くはず。でもラデクが向かうのはそれとは反対方向だ。

井戸があって、その先に……

「建物が見えた」

ティコは目を閉じたまま呟いた。

「尖塔(せんとう)がある……色ガラスのついた窓……正面扉を通って……長椅子が並んでいる」

「尖塔に色ガラス……」

シーツの向こうから、グレンの呟く声が聞こえた。

「建物の奥に扉……その向こうに、下へと続く階段」

「階段?」

グレンが不審そうに繰り返す。

狭い階段を下りると、ずらりと並んだ黒い箱があった。どれも蓋が閉じられている。それらの間を進んでいけば、さらに扉が見えた。

この塔のように、真っ黒に塗られた扉だ。

扉は狭い部屋へと通じていた。暗くて全体はよく見えない。あちこちで揺らめく蠟燭の灯火に照らされているのは、素っ気ない灰色の壁にずらりと並ぶ本と、上等そうな床の敷物、大きな鏡などだった。

そして、濃い栗色の髪の女性。

……見つけた。

「みぃつけた」

その声は、ティコのものではない、赤く彩られた唇から発された。にぃ、と満足そうに吊り上がっている。

爛々と輝く黒い瞳が愉悦に満ちて、こちらを射貫くように見つめていた。

鮮やかな色の衣装に包まれた手が伸びてきて、身体を――

「あっ……！」

突然、激しい苦痛に襲われて、ティコは叫び声を上げた。

ぎりぎりと身体を締めつける頑丈な指から逃れられず、呼吸ができない。グレンが驚いてシーツを剝ぎ取り、蒼白になったティコを見て目を瞠った。

「ティコ！　どうした、苦しいのか!?」

違う、苦しいのはティコではなく、ラデクのほうだ。

ヴェロニカは偵察に来た使い魔のカエルを見つけて、逃げる間も与えずに捕まえた。彼女の指にぎっちりと巻きつかれ、容赦なく締め上げられて、ラデクはもう声を上げることもできないでいる。軟らかな身体が捩れるように形を変え、吸盤のついた手がぴくぴくと震えていた。どんなにもがいても振りほどけない。

ラデクの苦悶が、感覚を共有していた主であるティコをも苦しめている。

「く……」

圧迫する強い力に抗えない。胸郭が軋み、内臓もひしゃげてしまいそうな痛みに、歯を食いしばる。脂汗が顔中を濡らした。

間近でヴェロニカの楽しそうな笑い声が聞こえる。

「お馬鹿さん。こんな小物を使役しないで、あなた本人がいらっしゃい。マルティンのことが知りたいのでしょう？」

囁くようにそう言うと、彼女は今度はどこか別のところに向かって声を張り上げた。酸欠で視界が朧げになってきたティコには、その言葉をかけられている相手が誰なのか、もう確認することはできない。

「もうすぐ望みが叶いますわ、ご主人様！」

王の傍らにあってさえ堂々として居丈高な振る舞いを崩すことのなかったヴェロニカが、若い娘のように含羞を滲ませ、声を弾ませている。

そして彼女は笑いながら、手に渾身の力を込めた。

ぐしゃりと握り潰されて、ぎゃっ、とラデクは悲鳴を上げた。その肉体が四方に弾け飛ぶ。

「ラデクっ……！」

その名を叫ぶのと同時に、ティコの目の前が真っ暗になった。胸部と腹部の圧迫感が消え、ようやく呼吸ができるようになる。床に転がり、咽るように咳き込んだ。

「ティコ！」

グレンの怒鳴るような声が遠ざかる。

ティコの意識はそのまま暗闇へと沈んでいった。

第六章　対決

濡れて額に張りつく前髪を手でかき上げ、グレンはぽたぽたと全身から水を滴らせながら、その建物の奥にある小さな扉を開けた。

カツ、カツという靴音を反響させ、細い階段を下りていく。

石造りの屋内は空気がひんやりとして、少し黴臭かった。そしてなんともいえない陰鬱さを帯びている。しかしこの場所を考えれば、それも当然というものだろう。

──なんという皮肉だ、礼拝堂とは。

上階は荘厳で神聖な神への祈りの場だが、ひとたび地下へと下りれば、そこは埋葬まで死者を安置するための、静謐な眠りの場となっている。

壁に付けられた小さな燭台の炎が照らしている地下室内は、黒い棺が左右に数基ずつ分かれて置かれているだけの、殺風景な眺めだった。

ヴィラ城内で死人が出た場合、通常はまずこの棺の中に納められ、それから墓地へと運ばれる。王族や身分の高い貴族の場合はまた異なるが、兵や使用人が死んだだけなら特に誰も注意を払わない。

その棺の中に、小さな子どもの遺体が一緒に詰め込まれていたとしても、見咎められることはなかっただろう。恰好の隠し場所だ。この悪事に加担して、なおかつ口を拭っている人間は、聖職者の中にもいるに違いない。

グレンは棺の間を通り抜け、その向こうの黒い扉へとまっすぐに進んだ。

左手で取っ手を摑み、ノックもせずに大きく開ける。

部屋の中は狭かった。そもそもここは死者の記録を保管したり、細々とした作業や手続きをするための場所だ。誰だってこんなところ、頼まれもしないのにわざわざ近寄りたくはない。

その部屋の中に、数多の書物や豪華な家具を持ち込んで、優雅に寛いでいる人間がいるなんて、きっと国王ですら想像もしていないだろう。

ましてやその人物が、自分の寵愛している愛人であるなんて。

「……あら、カエルの次は、王子の犬が来たというわけ？　いつになったら当人が来てくれるのかしら。逃げるのだけは上手なんて、困った子。そんなところまで師匠そっくり」

凝った装飾の椅子から立ち上がり、ヴェロニカが微笑んだ。

一歩ずつ近づいてくるにつれ、甘い香りが鼻をつく。

こんな場所でも、彼女は華美なドレスをまとい、髪を整え、しっかりと化粧を施していた。余裕があるというよりも、そうやって飾り立てることこそが、この人物のなによりの自己主張であるように思えた。

部屋の中央には、上等な円形の織物が敷かれている。四方には立派な燭台。優美な曲線を描く猫脚のテーブルの上に置かれているのは、古ぼけた小冊子だけだった。

ここにいるのはヴェロニカのみで、他に人はいない。それなのに、どういうわけか妙な圧迫感がある。

グレンは素早く視線を一巡させてから、ヴェロニカに向かって穏やかな笑みを返した。

「こんばんは、今日は素晴らしく良い晩ですね。突然の無粋な訪問をお詫びします」

「ええ、わたくしも嵐の夜は大好きよ。月も星もない闇はすべての姿を隠し、雨や雷はすべての音を消してしまうから。……あらあら、ここまで来るために、確かに無粋な真似をしたようね？」

ヴェロニカの目線が、抜き身の剣を握ったグレンの右手に移る。蠟燭の炎を反射してきらりと光る白刃には、透明な雨水と一緒に赤い血が混じって付着していた。

「殺してはいませんよ。あまりにも聞き分けがないので、強制的に退いてもらっただけです。あんな連中に、せっかくの逢瀬を邪魔されたらかなわない」

建物の外に立っていた男は二人いたが、どちらも言葉を発することなく、いきなりグレンに攻撃をしかけてきた。相手が誰なのか確認することも、理由を訊ねることもしなかったのは、そう命令されていたからなのだろう。彼らは揃って呆けた顔つきをしていたが、向けてくる力には一切の手加減がなかった。

何かに憑かれたようなその表情も、思考能力を失ったような無反応さも、城下町でマリエを攫った男とそっくりだった。

「わたくしのお人形を壊してくれたのは、これで二回目ね。使い捨てとはいえ、作るのは結構な手間なのに。こんなことなら、あなたもさっさと心を抜いておくべきだったわ」

ヴェロニカの白く細い手がするりと動いて伸びてくる。グレンはそれを避けることなく、まだ濡れている頬を触れられるに任せた。

「そんなにわたくしに会いたかった？　わたくし、気づいていてよ。ランベルト王子の傍らで、あなたがいつもわたくしのほうをじっと見つめていたことを」

しっとりと潤った柔い指の腹が、頬を滑るように撫で、顎へと移動する。外の雨で冷え切ったグレンに負けず劣らず、その手は氷のようにひんやりしていた。どこか淫靡さの滲む指の動きと、妖艶に細められた黒い瞳を受け止めて、グレンは口の端を上げた。

「――そうですね。俺はずっと長いこと、あなたに近づきたいと願っていた。それはもう、焦がれるほどに」

＊＊＊

目を開けた時、ティコはベッドで横になっていた。

シーツはきちんと下に敷かれ、薄い布団が身体を覆っている。それを認識してからぱちりとひとつ瞬(まばた)きをして、跳ね上がるようにがばっと上体を起こした。

「え……」

周囲はまだ暗かった。雷の音はもう止んだようだが、雨は依然として窓ガラスを打ちつけている。気を失っていたのは、そんなに長い時間ではないらしい。

今ひとつ状況が摑めなかった。失神してしまったこととその経緯は覚えているが、それ以降が判らない。

ラデク……と思い出して、胸がまた苦しくなった。息苦しさはなくなったのに、痛みのほうは一向に消えてくれない。大事な使い魔をあんな目に遭わせたのは、間違いなくティコの軽率さと思い上がりが原因だ。

だがその時、室内に自分以外の人の気配があることに気づいた。はっとして居ずまいを正し、そちらに顔を向ける。

「……グレン？」

そろりと囁くような声を出すと、こちらに背を向けてソファに座っていた人物がゆっくりと振り返った。ランプの仄かな明かりでもその顔はちゃんと見て取れて、驚きで身体を硬直させる。

「やあ、ようやくお目覚めかい？」

そこにいたのはランベルト王子だった。

「な……なんでここに？」

ティコは啞然とした。

どうしてこの男は、毎回こちらの意表をつく登場の仕方をするのだろう。彼に対するティコの好感度はすでに地を這うくらい低いので、今さら怒るのも馬鹿馬鹿しくなってくるくらいだが、それでもこの顔を見ると嫌な予感しかしない。

「グレンが挨拶ついでに君の足止めを頼みに来たんだよ。主人をこき使うとは、いい度胸をしてるよねえ。でもこれが最後だからとやけに真剣な顔をするからさ、仕方なく足を運んだというわけだ」

ランベルトは肩を竦めてそう言ったが、ティコは何から何までまったく判らず、混乱するばかりだ。挨拶？　足止め？

これが最後——って、何が？

「グレンはどこに行ったの」

布団を撥ね除けベッドから出ると同時に、詰問するような声が口から飛び出した。

緊張で足元がぐらぐら揺れるような感じがした。顔が板のように強張っている。ランベルトの返事を聞く前から鼓動が大きく暴れていた。さっき感じた胸の痛みが、さらに息もできないほどの激しさを伴ってぶり返す。

「それは君のほうがよく知っているんだろう？　僕はグレンから詳しく事情を聞いていないんだ。あいつはただ、『やっと真実が判った』と言っていただけだし」

「——真実」

ティコは呟くようにその言葉を繰り返した。

グレンは何に対して、そう言ったのだろう。魔術について？　ティコとマルティンの関係について？　今までに起こった事件について？　それとも……

「なにしろグレンは、七年前からずっとそれだけを追い求めていたからね」

「な、七年前？」

思いもよらない方向へ向かっていく話に、ティコはひたすら茫然とするばかりだった。

七年前──というと、グレンはまだ十代の頃だ。

「君は聞いていないかな？　グレンには二歳違いの姉がいてね」

「姉……」

その人についてなら、グレンの口から一度だけぽろりと出たことがある。城下町で、子ども時代の話をした時に。

家にいるのが好きではなかったグレンを外に連れ出して、遊んでくれたという姉。

「グレンは、まあ貴族の間ではよくある話なんだけど、母親が夫以外の男との間に作った子とされていて」

ランベルトはまるで天気の話でもするかのような調子で言った。

「実際はどうか判らないんだけどね、母親は否定していたし。ただ、父親を含め、周りはほとんど疑っていたようだ。でもだからといって、さすがに証拠もないのに家を追い出すのは体面上できなくて、グレンはルーラント家の長男として育てられた。他に男児が生まれなかったから、そうせざるを得なかったという事情もある。だけど厄介なことに、グレンは父親にも母親にも似ていなくて、ほとんど空気のように扱われていたらしい。父親からは徹底して無視され、母親からも邪険にされて」

ティコはぐっと奥歯を嚙みしめた。

そんな家庭環境の中で、姉一人が、グレンに愛情を向けてくれた。

時に遊び、時に叱り。

自分を構ってくれるのは身近では姉だけだったと、懐かしそうに語っていたあの言葉には、どれほどの重さが含まれていたのだろう。

「唯一自分を大事にしてくれた姉がヴィラ城の高貴な女性の侍女になることが決まった時、グレンも一緒に喜んだそうだよ。なにしろ貴族とはいえ底辺のほうにいた彼らの身分からすると、驚くほどの大出世だ。いずれ裕福な男の目に留まって夫人に収まり、一生余裕のある暮らしをすることも夢じゃない。姉に幸せな人生が訪れることを祈りながら、グレンは彼女を送り出した」

しかしその祈りは、あっという間に打ち砕かれることになる。

家を出てひと月後、グレンの姉は、無残な遺体となって発見されたのだ。

「誰がどう見ても尋常な状態じゃなかった。どこにも傷はない。毒の痕跡もない。もちろん病気でもない。目は恐怖に見開かれ、口は叫ぶように大きく開けられたまま、肉体だけが朽ちていた。ミイラ化していたんだ。たったひと月という短期間で、しかも亡骸は城下町を囲む周壁の向こう、堀の中に打ち捨てられていたのにね。調べてみたら、内臓はすべて液化して流出し、体内の水分という水分が蒸発したように失われていた」

ランベルトの口調は淡々としている。ティコは身震いが止まらない。

「事故とも自殺とも殺人とも、判断できなかった。そもそも、どうすればそんな死に方ができるのか、そこからして判らなかった。結局、死因は不明のまま彼女は葬られ、家族も友人たちもそれで諦めようとしていた。でもグレンはただ一人、納得しなかったし、諦めもしなかった。なぜ姉がそんな死に方をしなければならなかったのか、絶対に突き止めると言い張った。……だけどあいつは当時、一介の兵卒でしかなかったからね。高位貴族のことを調べるどころか、宮殿に入ることも難しい。それで僕のところに来たんだ」

どうしても真実を知りたい。そのための協力を頼みたい。引き換えに、どんな命令にも従うし、自分の生命もこれからの人生もすべて渡す。グレン・ルーラントという人間を、どのように使っても構わないから。

手をつき、頭を地面に擦りつけて、グレンは自分自身を差し出した。

外を歩いていた王子の目の前に突然飛び出してきて嘆願するという、普通なら死罪になってもおかしくない命知らずの暴挙をランベルトは気に入って、彼を貰い受けることにしたのだという。

いきなり第三王子の側仕えとして取り立てられたグレンに、周囲の目は厳しかった。彼は家の中だけでなく、この城でも孤立していたことになる。仲間も友人も拒絶し、向けられる悪意と嘲笑をやり過ごして、グレンはひたすら黙ってランベルトに仕え続けた。

　ただひとつの目的のために。

「僕の側近という地位を手に入れ、宮殿内をある程度自由に動くことができるようになってから、グレンはずっと機会を窺っていた。なにしろ相手は迂闊に近寄れないところにいる人物だからね。おまけに用心深く、警戒心も強い。声をかけることも難しくて、何度も歯噛みしていたよ」

　ティコは小刻みに揺れる手を口元に持っていき、息を吸い込んだ。ぐるぐると思考が巡って、目が廻りそうだ。そんな、じゃあ——

「それが、ヴェロニカ……?」

　混乱と動揺で、掠れるような小声しか出なかったが、ランベルトはこともなげに頷いた。

「そのとおり。国王の愛人であり、宮廷内で最も権力を握っている女だ。七年前、グレンの姉はヴェロニカの侍女に選ばれ、宮殿に出仕した途端に死んだ。すべてを知っているのはあの女をおいて他にない。グレンはこの七年の間、いつも同じことを考えていたよ。姉はどうして死んだのか。なぜあんな死に方をしたのか。誰が、どういう理由で、どんな手段で、姉を殺したのか」

　頭のてっぺんから、一気に血の気が引いた。グレンの叫びが耳に蘇る。

その回答のすべてを与え、彼の背中を押したのは、ティコに他ならなかった。

——そうか！　そういうことだったのか！

＊＊＊

「ミレナ・ルーラントという名前を覚えているか？」

グレンの問いに、ヴェロニカは彼の顎を撫でる手を止め、首を傾げた。

「ミレナ？　さあ……」

とぼけているわけではないらしい。この女は本当に、その名を覚えていないのだ。顔も覚えていないかもしれない。いやきっと、これまで贄にしてきた者すべて——グレンの姉も、哀れな子どもたちも、どんな名前でどんな顔をしていたかなんて、これっぽっちも記憶に残していないに違いない。

グレンはこの七年、姉を忘れたことなど一日としてない。いつも穏やかに笑う、優しい人だった。両親から疎まれていたグレンのたった一人の味方でいてくれた。願っていたのは彼女の幸せ、ただそれだけだったのに。

自分自身よりも大事に思っていたその人の生命も人生も、呆気なく奪われてしまった。

あんなにも無残な形で、すっかり変わり果てた可哀想な姿になって。

あの時、宮殿に上がる姉を止めてさえいればと、何度己を呪っただろう。

グレンの腹の中で、黒い感情がとぐろを巻いて、鎌首をもたげた。

「……あんたが七年前、侍女として召し上げた女性だ。まだ十九歳になったばかりの、若い娘だった」

「侍女……」

考えるように呟いて、ヴェロニカは突然、弾けるような笑い声を上げた。

「ああ、あの娘ね！　思い出したわ、そういえばそんな名前だったかしら。当時はわたくしも術を試行錯誤していた途中で、あの子はちょうどいい実験台だったのよ。でもあの件で、やっぱり使うなら子どものほうがいいと思ったわ。だって身体が大きいと、死体の後始末が面倒なんですもの。ちょっとした騒ぎにもなってしまったし……あら、じゃああなたは、あの娘の身内？　年齢からして、姉弟かしら。あの子もねえ、きっと喜んでいるわよ。だって特別美しくもない、若さだけが取り柄の女なんて、年を取ったらみっともなくなるばかりで、生きている価値もなくなるんだから――」

ひゅっと空気を裂いて、グレンが剣を横薙ぎに払う。ヴェロニカは素早く後方に飛び退り、閃く刃を避けた。

その顔には、楽しそうな笑みが乗ったままだ。人間味のない作り物じみた笑顔を見て、グレンの背中にぞくりとした悪寒が走った。

美しいこの顔の下に隠れているのは、一体どんなおぞましい化け物なんだ？

「愚かだこと。姉の復讐（ふくしゅう）のために、のこのことここまでやって来たというわけ？」

赤い唇から出る声音には、嘲笑の響きがある。グレンはひとつ息を吐いて、気持ちを落ち着かせた。

ティコの話では、魔術は魔法円がなければ発動させられないはず。だったら、そんなものを用意させる隙を与えずに攻撃すればいいだけだ。

「そうだな、長い間それればかり考えていたよ」

姉を殺した犯人を突き止めて、その死の理由を明らかにした後は、必ず自分の手でそいつの息の根を止めてやろうと心に決めていた。それがグレンの人生の唯一の目的で、果たした後のことは何も考えないようにしていた。

死んでもいいし、ただ命令に従うだけの「生きた死人」になってもいい。自分の生には、なんの未練も興味もなかった。人にも物にも決して執着しなかったのは、グレンには「その先」が存在していなかったからだ。

それが、どこでどうして狂ってしまったのか。

「──だがここに来たのは、復讐のためじゃなく、ティコの未来を守るためだ。彼女は彼女が望むように生きればいい、誰にもその邪魔はさせない。そして、これ以上の犠牲も出させない。あんたには今ここで消えてもらう」

剣先を突きつけてそう言うと、ヴェロニカはまた笑った。可笑しくてたまらない、というように白い喉を仰け反らせて哄笑する。グレンは表情を変えず、床を蹴って大きく一歩を踏み出した。

振りかぶった剣が、もう少しでヴェロニカに届く──というところで。

グレンの動きがぴたりと止まった。

自分の意志ではなかった。腕が中途半端なところで固まり、踏み出した足が縫い留められたかのように動かない。力を振り絞っても、目には見えない何かがグレンの身体を絡め取っていて、抗えない。

噴き出した汗が顔を濡らした。

「だから愚かだというのよ。ねえグレン、なぜわたくしが自ら黒塔に足を運ばなかったと思う？　せっかく見つけたマルティンの弟子、本当ならもっと早く自分のものにしてしまいたかったのに」

ヴェロニカの笑いが歪んだ。

「それはね、魔術師は自分を守るため、あらゆる仕掛けを身の回りに施すのが常識だからよ。魔術師の許を無警戒に訪れるのは、蜘蛛の巣に自ら飛び込んでいくようなもの。いくら貧相な小娘とはいえ、あのマルティンの弟子というからには、何をしてくるか判ったものじゃない。だからねえ、わたくしは慎重に、あの子を外側から少しずつ弱らせて追い詰めて、死にそうになったところで、確実に手に入れるつもりだったの。途中でランベルト王子が介入してこなければ、とっくにそうなっていたわ。あの王子は本当に目障りね」

そこで、楽しそうにくすくす笑った。

「魔術師である以上、ティコという子もそう簡単には、こちらの守備範囲内に入ってこなかったでしょうね。舞踏会場であの腹立たしい『まがい物』を目の前で殺し、挑発してやっても、なお用心深かった。でも、あなたの考えなしな行動のおかげで、手間が省けたわ。これであの娘は、すぐにでもここに来ざるを得ない。……だってモタモタしてると、あなた、死んでしまうんですもの。ねえ？」

どうやら今この場で、なんらかの魔術が発動しているらしい。グレンは歯を食いしばり、目だけを動かして、術の元になっているものを探した。

ヴェロニカはただそこに立っているだけだ。ティコのように魔法円に手や指を置いている様子はない。ティコとは発動条件が違うということか。いや……

ヴェロニカと自分の足元に視線をやった瞬間、閃くように悟った。下に敷かれているのは円形の敷物。そうか、そういうことか。

魔術師はあらゆる仕掛けを身の回りに施すのが常識だって？　だったら黒塔のあの部屋にも、これと同じように、何かの細工がしてあったということだろうか。ティコはいつもソファに大人しく座ってグレンを迎えるだけだったが。

しかし考えてみたら、毎回毎回決まって同じ位置にいるというのもおかしな話だ。それに彼女は座りながら、小さな丸テーブルを気にする素振りをよく見せていた。

ひょっとしたら、あの天板の裏に、魔法円が仕込んであったか。

なんだよ、だったらそれも教えてくれればよかったのに。

内心で愚痴ってから、思い直した。いや、きっと時間があれば、説明してくれたはずだ。グレンが文句を言おうものなら、またあのしれっとした顔で、「だって非力でか弱い田舎娘なんだから、これくらいの自衛はしないと」と開き直ったに決まっている。

「ああ、くそ……」

身体は動かないのに、忌々しげな声は口から滑り落ちた。それとともに、無性に笑いの発作が込み上げてくる。まったくなんて抜け目のない娘なのだろう。

ちっともか弱くなんてない。一筋縄ではいかない。その手強さが腹立たしくも楽しい。

こんなにも悔しく、こんなにも痛快な気分になるのは、きっと相手がティコだからだ。彼女ともっとたくさん話をしてみたかった。今度こそ隠し事をせず、自分を偽ることもせず、正面から向き合って。

……こういうのを、未練と呼ぶのか。

くくっと喉の奥で笑うグレンを見て、ヴェロニカが唇の端を吊り上げた。

「あら、どうしたの？　怒りと恐怖でどうにかなっちゃった？　それとも、すっかり観念したということかしら。でもどちらにしろ、無事に帰してはあげられないけど。あなた可愛い顔してるから、わたくしの新しいお人形さんにしてあげてもよくてよ」

「可愛い？　俺が？」

訊ねると、ヴェロニカが笑みを深めて「ええ」と答えた。とろけるように甘く、魅力的な声だ。その視線は舐めるようにグレンの上から下へと動いている。

グレンはふっと笑った。まっすぐ彼女を見返し、きっぱりと言う。

「俺よりもティコのほうがよほど可愛いと思うがな。それに引き換え、あんたはこの世の中の誰よりも、穢れに満ちて、醜悪だ」

ヴェロニカの顔から笑いが消えた。

＊＊＊

「それでグレンは、ヴェロニカのところに？」

急くように訊ねると、ランベルトは苛つくほどのんびりと「そうだろうね」と肯定した。

「馬鹿なことを……」

ティコは額に手を当てて呻いた。グレンはまだ魔術がどういうものか理解していない。なんの準備もなく向かったところで、みすみす罠の中に入り込むようなものだ。

「礼拝堂だろう？　グレンがさ、自分が戻らなかったら、外からあの建物に火を点けて燃やしてくれって……あ、これは口止めされていたんだった」

まったく隠すつもりのない言い方をして、ランベルトは白々しく口元に手を当てた。ティコの顔からますます血の気が引いていく。

それでグレンはランベルトに別れの挨拶をし、ティコの足止めを頼んだのか。

これが最後だからと。

グレンはここに戻るつもりがない。ヴェロニカとの相討ちを狙っているのか、少なくとも、これ以上の被害者が出るのを食い止めようとしている。自らを犠牲にしても。

そうなったら、もう、二度と会えない。

「……早く、行かないと」

蒼白になったティコの唇から、勝手に言葉が滑り落ちる。その小さな呟きを耳にして、ランベルトが面白そうに首を傾げた。

「行くのかい？　礼拝堂に？　なんでまた？　このまま黒塔に引きこもっていたほうが楽じゃないか。大事なことは黙って、余計な真似はしない。確かにそれが賢明さ、何もしなければ自分が傷つくことはないんだから。君は今までだって、そうしてきただろう？」

次々に飛んでくる辛辣な言葉が刃のように胸を抉り、ティコはくしゃりと顔を歪めた。事実なだけに、何も言い返せない。

「君が行けば、状況は変わるかもしれない。でもその行為は、それだけの力がある、と自ら証明することでもあるよ。そうしたら君は今後、他の連中の思惑に巻き込まれていくだろう。それが判っていても、その危険を冒すというのかい？　これまでずっとそうすることを避けていたのに？」

「わたしは……」

そうだ、ティコはいつもそうだった。森の中に、そしてこの黒塔の中に閉じ込もったまま、何の行動も起こさず事態の推移をただ見ていただけ。

マルティンの連絡が途絶えてから半年の間、森を出て捜しに行くこともしなかった。

もっと早く自分のことを話していたら、グレンは今もここにいたのかもしれない。

それはすべて、ティコが臆病だったからだ。外の世界に出て行くこと、人を信じることが怖かったからだ。そして結局何もしないまま、何も得られず、何かを失い、後悔することを繰り返す。

ティコはずっと、恐怖心から頑なに自分の目を閉じ続け、事実を見据える勇気も出せない、弱く頭でっかちの子どもでしかなかった。

「君はどうしてここを出る？　義務？　責任？　罪悪感？　グレンのため？　そんな理由なら、このままどこにも行かず、じっとしていたほうがいい。それがあいつの願いでもあるんだから」

ティコはぎゅっと拳を握りしめた。

……どうして？

「姉の件にしろ、君に対する気持ちにしろ、グレンは自分の真実を見極めて、その上であの女のところに行くことを決めたんだ。だったら君も、成り行きのまま、感情的に行動すべきではない。自分の心を見据え、きちんと考えて結論を出すことだ。さあ、どうする？　ティコ」

「――ヴェロニカのところへ行く」

ティコは顔を上げ、今度こそ決意を込めてはっきりと口にした。

確かにティコは臆病でちっぽけで、師匠には到底及ばないくらい、どこもかしこも未熟な存在であろうけれど。

それでもグレンは、こんな自分を信じてくれたのだ。

だったらティコは、せめてその信頼に応えられるような人間でありたいと願う。

「誰かのためじゃない。今の自分がそうしたいから。ここで何もしなければ、わたしは自分を許せないと思うから。これから自分自身を信じて生きていくために――わたしはわたしのために行く」

ランベルトはティコを見返して目を細め、彼らしくもない柔らかい声で言った。

「そう。それじゃ、行っておいで」

ヴィラ城敷地内にある礼拝堂は、尖塔を戴く重厚な建物だ。

正面中央にある円形の高窓には色ガラスが嵌め込まれ、その上の壁に神話の一場面をかたどった立体的な彫刻がある。こんな雨降りの夜ではなく、天気の良い昼間に見れば、さぞかし神聖で美麗な建物であるのだろう。

礼拝堂の大扉の前には、男が二人倒れていた。流血はあるが、失神しているだけで命に別状はなさそうだ。その身体を跨いで通り過ぎ、扉を開けて中へと入る。

ラデクが見せてくれた景色を辿り、そのまますたすたと迷いもせずに長椅子の間を抜けて奥へと進んだ。関係者しか入れなそうな目立たない入り口から地下へと通じる階段を下り、棺の脇を通り、黒い扉の取っ手に手をかける。

それを開けてまず視界に入ったのは、両手と両膝を床についたグレンの姿だった。

「グレ──」

「ティコ、敷物の上に乗るな！」

思わず駆け寄ろうとしたところで、鋭い警告が飛んできて動きを止めた。グレンは汗びっしょりで苦痛に耐えながら、こちらに厳しい顔を向けている。

空中に浮かんだままの足を後ろに向けて床に下ろし、ティコはすぐ目の前の敷物をまじまじと見つめた。

「あら、汚いカエル、役立たずの犬ときて、最後はみすぼらしい濡れネズミ」

頭からフードを被ったマント姿のティコを見て、ヴェロニカが笑い声を立てる。

「この恰好のほうが『らしい』でしょう？　魔術師同士、真っ向から対決といこうじゃありませんか」

ティコは言い返して、敷物をぐっと摑み、端部分を勢いよく引き剝がした。

その下には、巨大な魔法円が血のように真っ赤な色で床に直接描かれていた。塗料でも使ったのか、こするくらいでは消えなそうだ。

「姑息なことをしますね」

何も知らずにこの敷物の上に乗ると、そこにヴェロニカがいる限り、術で自在に動きを封じられる。手を使わずとも、身体の一部が魔法円に接していれば、魔力はそこから注入することが可能だ。

「まあ、ひどい言い方。あなただってあの黒塔で、同じことをしていたでしょう？」

「自衛のために。わたしはか弱い女の子なので」

グレンが這いつくばった姿勢のまま、ぶつぶつと何かを言った。

しかし言わせてもらえば、ティコがあの部屋に仕掛けていたのはもっと小規模で、さほど攻撃性のないものだ。こんなにも暴力的で物騒な術と一緒にされるのは、不本意極まりない。

これはまるで、無差別に牙を剝いて嚙みついてくる獣ではないか。

しかもすでに多くの人々を食い殺している。術を行使しているヴェロニカがあまで平然と立っていられるのは、今までに奪い取ってきた他者の生命エネルギーが、この魔法円の中に溜め込まれているということだろう。

ティコはマントの中でごそごそ手を動かすと、一枚の紙を取り出してシュッと投げた。その紙は刃物のように空気を切り、吸い付くようにグレンの足元へと飛んでいく。敷物に触れた途端、バチッと音がして、小さな火花が散った。

「……っ、動ける」

ティコが放ったのは、術を弾く魔法円が描かれた護符だ。

束縛が外れて、自由になったグレンが素早く身を翻し、魔法円の内側から脱出した。横ざまに倒れ込んで、激しく咳き込む。身体がこまかく痙攣し、唇の端から鮮血が溢れた。

「邪魔が入ったわね、死ぬまでじわじわといたぶってやろうと思ったのに」

苦悶に喘ぐグレンを冷ややかに眺め、ヴェロニカは薄く笑んだ。それっきり彼の存在は無視して、ティコのほうに向き直る。お遊びを終え、ようやく転がり込んできた獲物を前にして、高揚するように鼻孔を膨らませた。

ティコはそちらではなく、じっとグレンを見つめていた。口元の血をぐいっと腕で拭い、乱れた呼吸でグレンもこちらを向く。

「……すまない、ティコ。俺のせいで」

「気にしないで。もともとこれは、わたしがしなくちゃいけないこと。わたしはやっと、自分の意志で外に出ることができた。それはグレンのおかげなの」

笑みを浮かべてそう言ってから、ティコはようやくヴェロニカのほうに顔を戻した。まっすぐに立って彼女と対峙する。フードの下から覗く目は、静かな怒りに燃えて底光りしていた。

「……師匠はどこ？」

「あら、奇遇ね。わたくしも今、それとまったく同じ質問をしようとしていたところよ。マルティン・セルシウスはどこにいるの？」

返ってきた言葉に眉根を寄せる。ティコをからかって楽しんでいるのかと思ったが、向けられた目の端には、わずかに苛立たしさがちらついていた。

「あなたが師匠に何かをしたんでしょう？」

「何かって？　そうね、あの年寄りのことはずっと長い間、捜し続けていたわ。アーモス王を誑かして権力を振るい、莫大な金をつぎ込んで、利用できるものは何でも使って捜していたのよ。だけど、ちっとも尻尾を掴ませやしない。出涸らしのような老いぼれのくせに、まったく忌々しいったらなかったわ」

「なぜ、そうまでして？」

「決まってるじゃないの、不老不死の術を得るためよ。あんなに年を取って汚らしくなってから肉体の時間を止めても意味がない。今のうちに、若く美しいこの時に、不老の術を手に入れないと。そうすればわたくしはこの世のすべてを手に入れられる。永遠の若さと美しさ、お金も、権力も、栄光も、すべて、すべてね！」

ヴェロニカは熱っぽく語ったが、ティコはうんざりした。聞いてみれば、なんともありふれた動機だ。過去、どれほどの人間がこれと同じことを言って、マルティンを捕まえようと躍起になっていたことか。

「師匠は不老不死なんかじゃない。寿命もあれば、年も取る。ただそれが他の人よりも長くゆっくりしているだけ」

本人はそれを「特異体質」だと言っていた。魔力と同じように、生命エネルギーも保有量がそれぞれ異なる。マルティンの場合は、その両方が他の人と比べて異様に多いのだ。

「嘘よ！」

そして当人が何度そう説明しても、周りは誰も信じない。何か秘術があるはずだと決めつけて引き渡しを迫り、勝手に争いの種にしてしまう。話が通じないのだから、逃げるしかない。マルティンがヴィラ城を出ることになったのも、長いこと同じ場所に暮らせないのも、それが理由だ。

加齢が遅くて外見にあまり変化がないことを周囲から不審がられるため、同じところに居着くのは五年が限度。大きすぎる魔力と生命エネルギーという、自身が望んだわけでもないものをふたつも背負わされたマルティンは、その運命を粛々と受け入れて、孤独に各地を放浪して生きてきた。

だから似たような境遇のティコを放っておけず、憐れみ、同情し、心配して、面倒を見てくれたのだ。

「ねえ知っていて？　人の生命エネルギー……生命霊気はね、取り出して結晶化すれば、『賢者の石』と呼ばれるものになるのよ。賢者の石は卑金属を貴金属に変え、人間を不老長寿にする。どうすればそれが作れるのか、わたくしは必死になって研究したわ。でも、だめ。人の身体から生命エネルギーを根こそぎ抜き取ることはできても、結晶化することも、自分に取り込むこともできなかった。せいぜい術を使う時の糧にするくらいよ。だけどマルティンなら、そのやり方を知っているに違いないわ。そうでしょう？」

ヴェロニカが目を輝かせて身を乗り出す。無邪気なくらいのその態度には、なんの罪の意識も感じられなかった。

くだらない、とティコは思った。そんなことのためにこの女は、次から次へと人の命を食い潰してきたというのか。賢者の石なんて作れたとしても、それに何の意味がある？

そんなものは誰も幸せにはしないのに。

「あの能無し国王は当てにならないから、自分でもマルティンを見つけ出す方法を模索していたわ。そして半年前、ようやく術が完成した。魔力を記憶し、その持ち主の元へと導く術よ」

そう言いながら、ヴェロニカは敷物の上を移動して、テーブルに載っていた薄い小冊子を取り上げた。

「マルティン・セルシウスの手稿。これにマルティンの術がかけてあったの。その術は複雑に重ねがけしてあって外すことはできなかったけど、別に構やしないわ。本人を捕えた後、直に聞けばいいことだものね」

マルティンが唯一、この城に残していった自分の痕跡だ。ヴェロニカはその魔力の匂いを嗅ぎ取って追跡し、ようやくマルティンの居場所を掴んで急襲した。

「――でも、もう少しというところまで追い詰めたのに、逃げられてしまったわ。大分弱らせてやったはずだけど、あの死にぞこない、今頃どこにこそこそと隠れているのかしらね。辿っていた魔力も消えて、見失ってしまった」

肩を竦め、吐き捨てるような口調になった。今ではもう、あの舞踏会での上品さはすっかり剝がれ落ちて、その下にある蓮っ葉な素顔が露わになりつつある。

マルティンに逃げられたヴェロニカは、そこで舵を切り替えた。その高い鼻をうごめかし、もうひとつ、彼の魔力の匂いが残っているほうへ。

マルティンの時は逸る気持ちを抑えられず、自分が動いて失敗した。だから今度は国家の権力を使い、じっくりと時間をかけて追い込むことにしたのだという。

「捕まえてみたら、そちらはいかにも力のなさそうな小娘で、肩透かしを食ったけどね。でもマルティンをおびき寄せる餌くらいにはなるでしょ。大事な弟子がこちらの手に落ちたと知れば、あの爺だってどこかの穴倉から這い出てくるに決まってるわ」

「……なるほど」

長い話だったが、マルティンはどこかに潜伏しているらしいことが判って、ティコは安心した。どれくらいのダメージを負ったのか定かではないが、そこは師匠の力を信用するしかない。

「だったら、わたしがやることはひとつ」

両手を広げて、手の平をヴェロニカに向ける。

そこにそれぞれ魔法円が描かれているのを見て、ヴェロニカは驚いたように口を開きかけた。

「――あなたを倒して、師匠とグレンとわたしの自由を取り戻す」

ティコは膝を折り、床の巨大魔法円の上に両手を置いた。

その瞬間、パアッと弾けるようにして光が激しく明滅を始めた。五芒星の輝きがいっそう増し、赤い魔法円が白光に包まれる。

いきなり首に縄をつけられた獣が、抵抗して暴れ出すように。

「馬鹿ね！　そんなことをしてどうしようっていうの!?　判ってるの？　自分の身体に直接描いた魔法円なんて、魔力の消耗が酷くなるだけよ！　あっという間に涸れ果てるわ！」

しかしそれでも、魔法円の反応の大きさは予想外だったのか、ヴェロニカは慌てたように自分も腰を落として両手を床についた。魔力を注ぎ込むためには、その姿勢が最も効果的だ。

「そんなことをわたしが知らないとでも？　だったら聞くけど、ひとつの魔法円に、二人の術者が魔力を流した場合、どうなると思う？」

その問いにヴェロニカは答えを返さなかった。そんなの考えたこともない、ということか。独学で魔術を身につけたならその努力は驚嘆に値するが、自分にとって必要なものだけを追究し、大事な基礎を疎かにしていれば、当然それに対するツケはこういう重要な局面で廻ってくる。

「ふたつの異なる力は互いに干渉し、反発し合うことになる。そして最終的に、魔力の強いほう、大きいほうに、もう一方の魔力が呑み込まれるという現象が起きる。魔術師なのだから、正々堂々と魔力で戦わなければね」

それを聞いて、ヴェロニカは唇を大きく吊り上げた。魔力の強く大きな者が勝者になるのなら、結果は判りきっていると確信したのだろう。なにしろ相手は引きこもりの、地味で冴えない田舎娘だ。これまで使ってきた魔術は、いずれも微々たる魔力しか必要としない単純なものばかりだった。

「だったらお望みどおり、一息で呑み込んであげるわよ！」

高笑いするヴェロニカの魔力が増大した。ティコは両手に力を込めてそれを押し返しながら、さっきまでグレンのいた場所に視線を向ける。

ヴェロニカのほうはもうグレンの存在などすっかり忘れているらしく、そちらを気にする素振りもなかった。あれは「普通の人間」、何ができるものかと侮っているのだろう。

グレンはもうそこにはいない。気づかれないよう移動して、今は本棚の陰にいる。ヴェロニカからは死角になる位置だ。

ふらついた足でなんとか立って、彼もまたティコのほうに視線を向けている。目が合うと、小さく頷いた。

満面の笑みだったヴェロニカは、危険信号を発するような魔法円の明滅が一向に収まらず、魔力を注ぐティコの体勢が微動だにしないことに気づくと、次第にその顔に不審さを浮かべるようになった。

そして魔法円に目をやり、はっきりと表情を強張らせた。

「なっ……!?」

そこにある文字が、少しずつ変化し始めていたからだ。

こすろうが磨こうが消えないはずの古代文字。それがぐにゃりと歪んで徐々に形を変えて、生き物のようにぞろりと動き、位置を変える。

自分の構築した魔法円が、他の人間によって、まったく別のものに書き換えられていく。

その光景を目の当たりにして、彼女は驚愕した。

魔法円が乗っ取られる。

ヴェロニカははじめて取り乱し、叫ぶような甲高い声を上げた。

「こんな、こんな馬鹿な……!　あり得ない！　あんた一体、何をしたの!?」

「──あなたの魔法円を、『上書き』する」

両手の平に描いてある魔法円は、そのためにティコ自身が構築したものだ。ヴェロニカの作った魔法円が書き換えられ始めたのは、それがティコの魔力に屈服しかけているという証だった。完全に支配できれば、この獣はティコを主人と認めて従う。

ヴェロニカにもそれは判ったらしく、目がいっぱいに見開かれた。ここに至って、馬鹿にしていた娘と己との力量の差を悟り、愕然としているようだった。

「あたしの魔力より、あんたの魔力のほうが強くて大きいということ!?　そんなこと、あるわけない！　あたしの力はご主人様に上乗せしてもらっているんだから！　ねえ、そうでしょう、ご主人様！」

縋るようにそう言って、ヴェロニカは宙の一点に視線を向けた。幼子が助けを求めるように切実で、混乱しきった瞳をしている。暴れる獣を押さえつけて制御しようと必死になっていたティコも、顔から汗を噴き出しながらちらっとその方向に目をやり、眉をひそめた。

ヴェロニカが顔を向けているところには何もない。ただの空間があるだけだ。影すら浮かんでいない。なのに彼女はそこに何かの姿を見て、そして救いを求めている。

この部屋には、最初から、ヴェロニカとグレン以外の存在はなかった。

空中に据えられている彼女の目には、何が見えているのだろう。ティコには見えない、人ならぬものか。あるいは、何人もの命を強引に奪い取り、人の道を踏み外した者の妄執が生み出した幻か。

「なんなのよ、あたしが何をしたっていうのよ！　あたしは何も悪くない！　特別な力を持っているのに、それを自分のために使って何がいけないの⁉」

特別な力。ヴェロニカもまた、その言葉を使った。

「……っ」

ぐらりと気持ちが乱れた。

その途端、変化し続けていた文字の動きがぴたりと止まる。

ティコは歯噛みして意識を引き戻した。集中が逸れるとそれだけ魔力の放出が弱まる。

現在、ふたつの力はまるで綱引きをしているように、互いに拮抗した状態だ。少しでも気を許せば、この獣はすぐさまティコに襲いかかり魔力を食い尽くそうとするだろう。

そうなったら、もう手がつけられない。

その時、ドン！　という音がして、壁際にあった本棚が大きく揺れた。重量のありそうな分厚い本がドサドサと落ち、直撃を受けそうになったヴェロニカが悲鳴を上げて、自分を庇うため魔法円から片手を離した。

止まっていた上書きが再開した。ティコは小さく息をつく。

「邪魔するんじゃないわよ、人間！」

急いで手を戻し、ヴェロニカが苛立たしげに罵る。その表情には最初の時の余裕はもうない。

本棚を蹴飛ばしたことでまた苦痛がぶり返してきたグレンは胸を押さえて座り込んだが、ざまみろ、と言いたげに口角を上げていた。

「知らないでしょう、グレンはこう見えて、意外と負けず嫌いで大人げなくてしつこい性格なんだから」

ティコがそう言うと、グレンは口を動かして何かを唸った。苦しくて声が出ないようだが、文句を言っているらしい。

「『文化と芸術の間』では、わたしだって痛かった。一方的に命を奪われた人たちと、残された人たちは、もっと苦しい思いをした。……あなたは、それを知るべきだった」

きっぱりと言い放ってから、ティコは下を向いた。

顔を俯かせると同時に、ぼとぼとと大粒の汗が床に滴り落ちる。自分の表情が苦しげに歪んでいることを、ヴェロニカに気づかれたくはない。

強気に振る舞っているのはグレンだけではなく、ティコもまた同様だ。

一度に大量の魔力を解放したせいで、目が眩み始めている。両手はさっきから大きく震えっぱなしだ。早く決着をつけなければ、いずれ遠からず、ティコの生命エネルギーのほうが先に枯渇する。

――ティコ、おまえは驚くほど膨大な魔力を体内に秘めているけれど、だからこそ余計に気をつけなければいけないよ。

魔術を習い始めた頃、マルティンはしつこいくらいそう忠告した。小さな身体に収まりきらないほどの大きすぎる魔力を上手にコントロールできず、しょっちゅう動けなくなるくらい疲弊してしまった当時のティコを心配していたのだろう。

使う時は少しずつ、ゆっくりと。決して体内にある魔力を一気に放出するような真似をしてはいけない。ティコの魔力量は半端なことでは尽きたりしないから、術が止まらず、生命エネルギーばかりがどんどん流出していくことになるよ。

ティコのそれは残念ながら人並みだ。なくなってしまえば、おまえは死ぬことになるのだからね。

……ごめんなさい、師匠。言いつけを破ります。

ティコの魔力に押され、ヴェロニカは両手を床につけたままじりっと後ずさった。引き攣った表情を再びこちらに向け、非難するように怒鳴る。

「マルティンの弟子、あんただってこれまで人間たちに苦汁を飲まされてきたはずよ、そうでしょう!?　人とは違う力があるからって、責められ、苛められ、疎外されて！　あたしは小さい頃からこの力のために何度も嫌な目に遭ってきたわ！　どれだけの人間があたしを好きなように虐げ、嬲ってきたと思う!?　親でさえ、あたしを気味悪がっていた！　自分にはできないことができるからって、人は怖れ、妬み、蔑み、笑い、利用する！　その力を使ってやり返すことの、何が悪いのよ！　理不尽に理不尽を返し、奪われたものを奪うことの、何が罪なの!?」

ティコはぎゅっと強く目を瞑った。手が使えたら、耳も塞ぎたいくらいだ。ヴェロニカの言葉のひとつひとつが、尖った矢となって胸を突き刺してくる。

ヴェロニカは、まるでもう一人のティコだった。母を失った後、マルティンという導き手に出会わなければ、こうなっていただろう自分自身。

母を殺した村人たちを恨み、人間というものを憎み、自分は特別だと思い込んで、他者を見下し、傷つけることを躊躇しない。

進む道が少し違っていたら、ティコもきっと今頃、彼女と同じことを叫んでいたはずだ。

理不尽に理不尽を返し、奪われたものを奪うことの、何が悪い!?

二人の違いは、ただ運が良かったか悪かったかの差に過ぎない。

……いや、もしかしたら、今のティコの中にも「ヴェロニカ」は存在しているのかもしれない。

全身を引き絞られるような苦痛が襲う。肺が捩れるようで、呼吸も上手くできない。魔力にはまだ余剰があっても、生命エネルギーのほうが底をつきそうだ。

床についた両手が揺れていた。そして気持ちもぐらぐらと揺れている。だめ、だめだ。ヴェロニカの言葉に動揺してはだめ。もっと集中しなければいけないのに。

一瞬、ふうっと意識がなくなりかけた。目の前が暗くなる。床につけていた手が浮き上がろうとした、その時だ。

後ろから、がしっと誰かに力強く身体を支えられた。床から離れつつあった手が、別の大きな手によって上から包まれ、そのまま元の位置に戻される。

背中が温かい。

「ティコ、しっかりしろ!」

グレンの叱咤する声が耳元で聞こえた。

まだ回復していないのだろう。さっきから無茶の連続なのだから当然だ。息が荒く、ティコの手に重ねられた彼の手もまた震えている。

触れ合ったその部分から新たな力が流れ込んでくる気がして、ティコは驚いて目を見開いた。

枯渇しかけたエネルギーが少しずつ補給されていくような――グレンは魔力持ちでも魔術師でもないのだから、そんなことがあるはずないのに。

「あんなやつの言葉を耳に入れなくていい。君は君だ、ティコ。君はあの女とは違う。いいか、どんなものであれ、備わった力をどう使うのか、善となるか悪となるかは、それを持つ人間によって決まるんだ。君はその力を使って人を助けることを選んだ。嫌悪が憎悪には変換されない、自分が受けた不幸を他人には与えようとしない、それがティコだ。俺はちゃんと知ってる！」

グレンの言葉は、マルティンが言ったこととよく似ていた。

――どんな人間も清濁を併せ持っていて、どちらが表に出るかは、その者の心の強さ弱さによって決まる。おまえもそうだし、私もそうだ。私は弱いが、おまえはもっと強くなれる。

そうなのかな、師匠。わたしは強くなれるかな？　ヴェロニカに――こうなるかもしれなかった自分、あるいはこうなるかもしれない自分に、打ち勝つことができるかな？

一人では無理でも、二人なら。

「馬鹿馬鹿しい、綺麗事（きれいごと）よ！　あんたもまた、薄汚い人間じゃないの！　あたしたちのように特別な力を持った魔術師は、あんたら人間とは違う！　何をしても許される、特別な存在なのよ！」

「うるせえ引っ込んでろ、性悪女！」

ヴェロニカの叫びに、間髪を容れずグレンが吼える。彼は意外と、気性の荒い面があるらしい。

朦朧となりながら、ティコは小さく笑った。

こうやって少しずつ、グレンは新しい顔を見せてくれる。そのたび、自分はもっと彼の別の顔を知りたくなるのだ。

ティコはやっぱり、ヴェロニカのような生き方はしたくない。つらくても悲しくても、恨み憎しみの念に引きずられたくはない。怖くても困難でも、目を閉じたままではいたくない。

森を出て、人の中で暮らし、その上でこの力をどう使えばいいのかを考えたい。

魔術師もまた人だ。

ティコは眉を上げ、唇の両端をきつく引き締めた。動揺が去り、強い意志だけが残る。

体内を巡る魔力を手の平の一点に絞って放出した。

汗で滲んだ視界の中、魔法円は大半が上書きされていた。その輝きは室内を明るく照らすまでになっている。あともう少し。ティコの命が尽きる前にやり遂げなければ。

「う……」

噛みしめた歯の間から苦しげな声が漏れる。頭が割れるように痛い。

あちらの魔力を抑え込み上書きが終わるのが先か、ティコの生命エネルギーが完全に失われ人生が終わるのが先か。いや駄目だ。自分が倒れたら、誰がヴェロニカを止められる？

諦めない。もう二度と、グレンも他の誰かも、この力で傷つけることは許さない。

その瞬間、ちりん、と鈴の音が聞こえた。

幻聴だと思った。その音は、今ここで聞こえるはずのないものだ。鈴を首のリボンにつけた黒猫は、まだ黒塔の窓台で丸くなって寝ているはず。

黒く長い尻尾がすぐ前を横切る。ティコは唖然として目と口を開けた。どうしてその姿がここにあるのか判らない。

召喚もしていないのに、使い魔が勝手にやって来るなんて。

「黒真珠……ヤナ？」

呟くようなその声に、黒猫は、にゃあ、と美しい鳴き声を上げて返事をした。

空中からいきなり出現した使い魔は、くるんと一回転してティコの傍らに綺麗に着地した。止める間もなく、優雅な仕種で前脚を差し出して、魔法円の上にぺたりと置く。

その途端、眩しい光芒が弾けた。金色をした光の線が一条伸びて、まっすぐヴェロニカへと向かい、その肉体を射し貫く。

ヴェロニカが大音量の悲鳴を上げ、自分の顔を両手で覆った。

「きゃあああっ、あ、熱い！　あたしの顔……！　顔がっ！」

反発していたもうひとつの魔力が途切れ、術者がティコのみとなった魔法円は、一気に上書きを完成させた。ティコの魔力がヴェロニカの魔力を呑み込み、凄まじいほど膨らんで甚大になった力を蓄え、術が発動する。

「魔術師ティコ・メイヤーの名において命ずる！　今まで奪い取った人たちの生命エネルギーを、すべて空に還しなさい！」

魔法円が刹那、激しく光り輝いた。

それが収まると、今度は分散したいくつもの白い光の塊が、ひとつずつゆっくりと浮き上がった。無数の輝きが天井を抜け、さらに高みへと昇っていく。

……無慈悲に奪われた命がこれで救われるとは思わないが、せめて安らかな眠りに就けるよう、祈るしかない。

幸いこの上は礼拝堂だ。きっと神様が手助けしてくれるだろう。

グレンは無言で、光の行き先を見届けるようにじっと見つめている。

姉のことを考えているのだろう。彼の瞳は悲しげだが、死者を悼む静かな敬虔の念が込められていた。

ティコも最後まで見送ってあげたかったが、その前に限界が来た。力の抜けた身体ががくっと前のめりに倒れ、貪るように空気を吸い込む。どっと噴き出した汗が全身を濡らし、目も開けられない。

「ああ、ああ、ああ！」

ヴェロニカの悲痛な叫びが耳を打った。

曖昧になってきた意識下で、なんとか薄目を開けると、ヴェロニカは自分の顔に両手を当てて髪を振り乱し、泣き喚いていた。指の間から覗くその顔はもう、以前の彼女のものとはかけ離れたものになっている。

ぴんと張っていた瑞々しい肌が水分を失って皺だらけになり、締まった肉は下に垂れ、斑点のような染みがあちこちに浮き出た姿は、どう見ても老婆のものだ。

「なんで、どうして!?　あたしの顔が、身体が！　どうなってるの、なんとかしてよ、あたしの若さが！　美しさが！　助けて、助けてよ、ご主人様あっ！」

本当に存在しているのかどうかも判らない「ご主人様」は、救いの手を差し伸べてはくれなかった。ヴェロニカを助ける者は誰もいない。そうしている間にも老化は進み、彼女の絶望はどん底まで深まっていく。

「どうして、どうしてよ！　なんであたしがこんな目に、なんで……あ、あんたのせいで、あんたのせいでええっ！」

ヴェロニカが怒りと憎しみに満ちた形相でティコを睨(にら)みつける。絶叫しながら血走った目でこちらに手を伸ばしてきたが、ティコはもうそれを避ける力が残っていなかった。床に倒れたまま、ただ見ていることしかできない。

グレンが全身で庇(かば)うようにティコの上に覆い被(かぶ)さった。

狂暴な指が猛然とした速度で迫ってくる。だがそれは、彼の首にかかる寸前で、ぴたりと動きを停止させた。

皺だらけの指先が、軟らかい土くれに変化したかのように、ボロッと崩れ落ちる。

ヴェロニカが大きく目を見開いた。

彼女のその肉体は、端から崩壊し始めていた。血も出ない。肉も落ちない。だが形を保っていられない。全身がまるで泥で固めて乾燥させたかのごとく脆(もろ)くなり、次々に剝落(はくらく)するように欠けていく。

腕が、胴が、足が、そして頭が。それらは、崩れるそばから、消し炭のような黒い塵(ちり)となって空中に散失していった。

断末魔の叫びとともに、ヴェロニカの存在は跡形もなく消滅した。

最後には、何も残らない。

ティコは目を逸らすことなくそれを見届けた。

なんて寂しく、なんて虚しい生の終わりだろう。それが今まで他人の生命エネルギーに頼ってきた反動なのか、強引な魔術の行使がこういう形で彼女にしっぺ返しをしたのか、ティコには判らなかった。

……あるいはこれが、「神の罰」というものか。

「ティコ、ティコ、大丈夫か！」

グレンがティコを抱いて懸命に名を呼んでいるが、それに返事をすることもできなかった。もう手も足も動かない。

だったらせめて、口が動くうちに言っておかないと。

「グレン……」

「ティコ、しっかりしろ。すぐに医者を呼ぶから」

医者は役に立たないと思うが、グレンが眉を下げて懇願するような顔をしているので、口には出さないでおいた。まあいいや、グレンの気が済むようにすればいい。でもとりあえず、あの王子を部屋から追い出して欲しい。

そんなことを思いながら、ティコは彼に笑いかけた。

「あのねグレン……わたしたちもそろそろ、『未来』に目を向けることにしようか」

たくさん迷って悩むだろうし、大変なこともいろいろあるのだろうけど、でもまあ、それも悪くはない。頑張って「この先」のことを考えよう、お互いに。

——よくやったね、ティコ。

景色がぼんやりと霞んでいく中、どこかで鈴の音とともに、師匠の優しい声が聞こえたような気がした。ふわりと頭を撫でるような感触は、グレンの手なのか、一陣の風なのか、それとも。

——おまえのような弟子を持てたことは、私の長い人生の中で最大の喜びであり、誇りだよ。

それを聞き終わる前に、ティコは再び意識を手離した。

今は少し眠ろう。次にまた目覚めるために。

エピローグ

からりと晴れた空は雲ひとつなく、澄んだ青色をしていた。

素晴らしく良い天気である。気候も程よく、時々吹き渡る風も清々しい。周囲は色鮮やかな花々が可憐に咲き誇り、緑は爽やかに陽の光を浴びて、甘い香りと心地いい葉擦れの音を運んでくる。

最高の眺め、極上の場面だ。こうもすべてが調和し揃うことなど、これからの人生において、そう何度もないだろう。

しかしティコは不機嫌だった。

「……どうしてここに殿下がいるんです？」

聞いていなかった。ようやく起き上がれるようになり、グレンに外に出てみないかと誘われて二つ返事で了承したのは、二人でゆっくり話ができるものだと思ったからだ。

ヴィラ城内の庭園にお茶の支度がしてあると言われ、用意された淡い色合いのワンピースまで着て、そわそわしながら足を運んでみれば、すでにそこにはランベルトが先に来ており、茶を飲みながら寛いでいたという次第。

そりゃ、機嫌だって悪くなる。

仕方なく三人でテーブルを囲んだものの、ティコの仏頂面は直らない。むくれてグレンを見ると、皿に載せた菓子を黙ってこちらに押しやってきた。詫びのつもりらしい。

「どうしてって、気を利かせてこういう場をわざわざ設けてあげたんだけど？　君も僕に直接礼を言いたいだろうと思って」

若干殺伐とした雰囲気を気にも留めず、ランベルトは平然として言った。

「はあ？」と思わずティコの口から低い声が出る。

「礼って何ですか」

「事態が丸く収まったのは僕のおかげだろう？」

「殿下が一体何をしましたっけ」

「ん？　何を言ってるのかな。何もかもが結局、僕の思い描いたとおりに進んだじゃないか。宮廷に巣くっていた害悪がひとつ消え、グレンは長年の望みが叶い、眠れる魔術師は遅まきながらようやく目覚めた。どれも、僕が動かなければ歯車は上手く廻らなかっただろう？」

「腹立つぅ……」

ランベルト自身はほとんど何もしていないのに、その言い方だとすべてが彼の手の平で転がされていたかのようだ。結果だけ見れば否定できないのが、なおさら忌々しい。

「ティコがぐうぐう呑気に寝ていた間に、後片付けをしたのも僕だ。君、あの後、まる二日間も目を覚まさなかったんだよ。グレンは朝から晩まで君の傍にべったりくっついて離れないし、不便で参った。食べないし眠らないし一言も喋らないし、グレンのほうがよっぽど死にそうな顔を……」

だらだらと続く愚痴を遮るように、グレンが大きな咳払いをする。表情はいつもとあまり変わらないが、耳が少し赤かった。

話題を変えるためか、グレンはティコのほうを向いて、現在の状況を説明した。

「一時期大騒ぎだった城内も、最近になってようやく落ち着いたところだ。宮廷人というのは、新しい話題があればすぐそちらに飛びついていくからな。そのうちヴェロニカという女がいたことすら、忘れていくだろう」

忽然と姿を消したヴェロニカを巡って、少し前までは、様々な噂や憶測が飛び交っていたらしい。だが、礼拝堂地下室の異様な実態が明らかになると、人々はその名を出すのも憚るようになったという。

「あそこに並んでいた本の中には、悪魔崇拝に関するものも多数あったようだね」

ランベルトがカップを傾けながら、さらりと言った。

だから宮廷の人々は彼女について口を噤むのだ。国王の愛人だった女性が、悪魔と契約をした本物の「魔女」であったとなれば、国を揺るがす大問題になる。

今ではもう、ヴェロニカの記録も肖像画もすべて焼却処分された。彼女に入れ込んでいた国王は気落ちして、寝込んでしまったそうだ。ランベルトは相変わらず屈託のないニコニコ顔で、「そのまま死ねばいいのにねー」と明るく言っていたが。

「ティコはどう思う？　あの女は本当に、悪魔を呼び寄せたと思うかい？」

その問いに、ティコは首を傾げた。

ヴェロニカが「ご主人様」と呼んでいた存在が、悪魔と呼ばれるものであったのかどうか。それは正直、判らないとしか言いようがない。ティコの目には何も見えなかったし、ヴェロニカの魔力以外のものはあの場から感じ取れなかった。

彼女はどうやって「生命エネルギーを人体から抜き取る」などという邪法を完成させたのか。魔力を上乗せしてもらった、という言葉も引っかかる。不可解な事柄はまだ残っているけれど。

「……悪魔がいたとしたら、それはヴェロニカの心の中にいたんじゃないですか。わたしはそう思います」

ヴェロニカは、人間が決して足を踏み入れてはいけない領域まで入り込んでしまった。人への侮蔑と憎悪が、歪んだ喜悦と矜持が、膨れ上がった自尊心と卑屈さが、そして、もしかしたら少しはあったかもしれない罪悪感が、彼女の精神を蝕んだ。それが「ご主人様」という形になって現れたのではないかとティコは考えている。

この世のすべてを手に入れる、と言っていたヴェロニカ。結局、彼女が本当に手に入れられたものは、何かひとつでもあったのだろうか。

いくら人にはない力を持っていたとしても、際限のない欲望はいずれ必ず破綻を迎えて報いを受ける時が来る、ということだ。

それを深く胸に刻んで、これからの戒めにしようと思う。

「それで、マルティンの居場所は判ったのか？」

グレンの問いに、ランベルトもこころもち前に身を乗り出した。興味津々という顔つきをしている。グレン経由で事の次第を聞き出してから、知りたくてうずうずしていたらしい。きっと、今日この場を設けたのもそれが大きな目的のひとつだったのだろう。

が、ティコは首を横に振った。

あの後、かけられていた術を外してマルティンの手稿を読んだが、師匠の行方を示すような手がかりは何も書かれていなかったのだ。

――そこにあったのは、本当の意味での、「マルティン・セルシウスの日記」だった。

若かった頃の彼が抱いた懊悩と焦燥。なぜ自分だけが「化け物じみた」魔力と生命エネルギーを持って生まれてしまったのかと、彼は煩悶し続けていた。

そして、自分という存在が争乱の種になることも危惧していた。すでに周囲では、マルティンの存在を疎ましく思っている者もいる。国王であり盟友でもあるカミル三世は庇ってくれるが、このままヴィラ城に残っていればそのうち災いが起きることは間違いない。

いっそ死んでしまったほうがいいのか。ならばどうしてこの世に生を受けたのか。どうして自分はこのような力を持っているのか。どうしてどうしてと思い悩む姿が、手稿には生々しく記されていた。

――一体、この力をどう使えばいいのか。

ティコと同じことを考えていた、かつてのマルティン。いや、もしかすると彼は今でも自分自身にその問いを発し続けているのかもしれない。

この手稿を城に置いていったのは、自分と同じ魔術師に見つけて欲しいと願っていたからなのだろうか。

「ヤナは一向に師匠のところに帰る気配がないし……」

使い魔の黒猫は、あれから何を話しかけても問いかけても、にゃあとしか鳴いてくれない。あの時ヴェロニカにとどめの一撃を放った、絶大な魔力も感じられない。以前と変わらず、黒塔の窓辺でくるんと丸まってのんびり眠っている。

「ラデクも……」

ティコは目を伏せて、ため息をついた。グレンが眉を下げ、「そうだな」と同情の相槌を打つ。

「ラデクは気の毒だったな。ティコもしばらくは寂しいだろうと思うが……」

「寂しいっていうか」

はあー、と息をついた時、ティコのワンピースの胸元からぴょんと何かが飛び出した。テーブルの上に姿を現したそれを見て、驚愕したグレンが大声を上げる。

「おま……ラデク!?　生きて……え……いや、でも、大きさが」

どっしりと重量感のある手の平サイズだった緑のカエルは、今では二本の指先に乗るくらいの、ちんまりとした小型カエルになってしまっている。

新生ラデクは、吸盤のついた小さな四本指を開いて踏ん張り、ぷうっと喉元を膨らませ、ケロケロと軽やかに鳴いた。

ああー、鳴き声までこんなに可愛らしくなっちゃって……

「死んだんじゃなかったのか!?」

「使い魔がそんなに簡単に死ぬわけないじゃない。でも、これじゃ当分の間、仕事を頼むのは無理みたいね」

また元どおりの大きさになって使い魔として働けるまで、しばらく時間がかかりそうだ。元気になったらすぐにでもマルティンを捜しに行こうと思っていたのだが、ヤナとラデクがこの調子なので、まずはどこに取っ掛かりを見つけたものか、見当もつかない。

グレンには無謀だと反対され、どうしてもというなら一緒についていくと強硬に言われてしまった。さすがに目的地も定まらない旅路に彼を巻き込む気にはなれない。

「それなら、このままヴィラ城にいればいい。ここなら国中から情報が集まってくるからね、君にとっても都合がいいだろう?」

ランベルトに提案され、ティコは口を曲げた。

「あの黒塔で?」

ティコは現在もそこで寝起きしているが、外からの錠はもうかけられていない。

「嫌かい? ヴェロニカの騒動があって、君の存在なんてすっかり忘れられているから、誰も気にしないと思うけど。ああ、だったらグレンと同じところに住むのでもいいよ」

ガチャンガチャンとふたつの場所でカップが皿にぶつかる音がした。

赤くなった二人には目も向けず、ランベルトは澄ました顔でお茶を楽しんでいる。

「こ……これからどうするかは、まだ決めかねてます。結論を出すまであの場所を提供してくれたら助かりますけど」

なるべくグレンのほうには視線をやらずにティコが返事をすると、ランベルトはあっさり頷いた。

「構わないよ。君に魔術師として働いてもらいたい、という僕の希望は変わらないから」

「殿下の手駒になるのは気が進みません」

「なんで？　もしかして君、僕のこと好きじゃないの？」

なぜそこで驚いたような顔をするのか、ティコのほうがさっぱり判らない。

「蛇蝎のごとく嫌っていますが、それがなにか」

「ええー、ひどいなあ。僕はグレンよりもずっと地位も身分もお金もあって、気品があって頭も良くて顔もいいのに。どこが気に入らないんだろう」

そういうところすべてが嫌いだ。

「大体、そんなことを言われたら、僕の妻だって可哀想じゃないか」

ティコは今までで最大の衝撃を受け、座っていた椅子からずり落ちかけた。

「……は!?　殿下、結婚してるんですか!?」

「そうだよ。知らなかった？」

「知りませんよ！　ええっ、この腹黒なろくでなしに、奥さんが⁉」

「こらティコ、さすがに無礼だぞ。それに殿下は『ろくでなし』なんじゃなくて、正真正銘の『人でなし』なんだ」

「ははは、二人とも、不敬という言葉を知ってるかい？　そもそも何をそう驚くことがあるのかな。僕はこの国の第三王子なんだから、配偶者なんていうのは小さい頃から否応なしに決められて当然だろう」

「殿下は何歳なんですか」

「今さらその質問？」

「ぜんぜん興味がありませんでした」

「二十三だよ。君も年上に対して敬意を払うということを、そろそろ覚えたほうがいい」

グレンよりもひとつ下か。それでもう妻がいるのが普通なのか。ティコはどうも世間に疎い。ちらっとグレンに目をやると、彼は慌てて手と首を横に振った。

「グレンは殿下の奥さんを知ってるの？」

「一応……でも、あまり公の場に出てこない方でね。俺は表立って殿下の近くに侍ることが少ないから、まともに見たことはほとんどない。別に興味なかったし」

この二人の主従関係はどうなっているのだ。

ない。

「僕の近くにいれば、いつか会わせてあげられるけど。どうする？」

興味がないと言えば嘘になるが、いくらなんでもそんな理由でこの先のことは決められ
ない。

ティコが言葉を濁すと、ランベルトはやれやれというように息を吐いて、肩を竦めた。

「確かに僕の腹は黒いほうだと思うよ。父親だろうが兄弟だろうが、邪魔なら蹴落とす気満々だ。……でもそれは、この国や民のことを考えていないというのと同義ではない」

ティコは目を瞬いてランベルトを見た。

「こちらに伸びてくる無数の手が見えるのに、前方を塞いでいるやつらが邪魔で、その手を取ることができない。それって苛々するだろう？　しかもそいつらは自分たちのお喋りや遊びに夢中で、そこに何があるのか気づいてもいないんだ。だったらそういう連中を排除して、自分が前に出るしかないじゃないか。そのために強引なことをする場合もある、という話だよ。だけどそのやり方が気に入らなかったら、いつでも実力行使で止めればいい。他の人間にはできなくても、変わった力を持つ君ならできるかもしれないよね」

ランベルトがそんな風に考えていたとは思ってもいなくて、ティコは驚いた。

手駒というのは、もしも自分が行き過ぎたり道を踏み外したりした時に、それを止める役割を担う者、という意味もあったのか。

もしかしたら、これまで彼がさんざんティコとグレンを煽るような真似をしていたのは、二人がそうなるのを期待してのことだったのかもしれない。単に面白がっていただけ、という可能性も否定しきれないが。

「自分と同じ腹の黒いやつや、首を縦に振るだけの人形を傍に置いて、何が楽しいのさ」

そしてその考えは、ティコにも理解できる。自分が持つ力の大きさを自覚している者は、常にそのことに対して警戒していなければならないのだ。

慢心しないように。欲に溺れてしまわないように。怒りで我を忘れることのないように。また理不尽な出来事が降りかかった時、ティコがその力を誤った方向で使いそうになっても、傍に誰かがいてくれれば、正しい道に引き戻してくれるかもしれない。ランベルトが言っているのも、そういうことだ。

……もしもランベルト王子が本当に、この国を変えられるのなら。

ティコも少しだけ、そこに自分の夢も乗せてもらいたいと思う。もうヴェロニカのような人間が現れない国。そしてティコの母や、グレンの姉や、町の子どもたちのような、弱い立場の人々の、悲しい犠牲が出ない国だ。

魔術師として、自分の力をそうやって使えたらいい。

「師匠の無事を確認してから、の話ですけど」

ティコは真面目な顔をして答えた。

「――前向きに、考えてみます」

それを聞いて、ランベルトがにっこりした。

グレンも穏やかに目元を緩め、小さく頷く。

「そうだな。俺もそろそろ前を向いて、これから何ができるか、『未来』というやつを考えてみるかな……君と一緒に」

囁(ささや)くような最後の一言は、耳に届く前に風に乗って消えていった。

どこもかしこも前途多難な道のりではあるけれど、ティコはようやく一歩を踏み出す。

外の世界は厳しいこともあるが、きっと楽しいこともあるはずだ。

空は美しく澄み渡り、明るい陽射(ひざ)しが三人を優しく包み込んでいた。

番外編　グレンの魔術師観察記録

○月○日

礼拝堂の事件からひと月が経過した。

ティコは今も黒塔の中で、師匠であるマルティンの情報を得るため魔術の研究を続けている。

彼女の机は常に大量の書物と魔法円が描かれた紙で埋め尽くされているが、未(いま)だに魔術というものが理解しきれていない自分には、何がなんだかさっぱりだ。

たとえば、その詳細や仕組み。何ができて何ができないのか。どんな利点があり、逆にどんなことが欠点となり得るのか。そういうことがまるで判らない。

ティコに質問をしても、悲しいかな、彼女は説明が非常に下手くそだった。魔力を持っていない人間に教えるのは難しいという言い分は判るが、それにしたって、一の次に通常の二ではなく、いきなり三や五に論旨がすっ飛んでしまうのは、どう考えてもティコの性格に原因があるような気がする。

れない。

だが、基本的なことを頭に入れておかなければ、今後に問題が生じることになるかもし

他の何者からもティコを守り、懸命に自力で立とうとする彼女の支えになろうと決めたのに、魔術についての知識がないと、何もできないという事態になり得る。後になって悔やんでも手遅れだ。

どうしたらいいかあれこれ思い悩んでいたら、ランベルト殿下が「それならしばらくはティコの様子を観察してみればいいんじゃないの」と助言をしてくれた。

今のティコなら、日々どんな時にどういう魔術を使うのか、目の前で見せてくれるだろう。それを記録として残していけば、自然と理解できるようになっているはずだ、と言う。

殿下のことだから別に親切心からそんなことを提案しているわけではないのだろうが、他に良い案も思いつかないので、とりあえずやってみることにした。

記録というと大げさだが、ティコの普段の日常や、彼女と一緒にいて気づいたこと感じたことなどを、日記のつもりで書き綴（つづ）っていこうと思っている。

○月○日

最近、ティコは新しい魔術式の構築に取り組んでいるという。

どういうものかと訊ねると、ふふっと笑って、「ある特定の人物に対してのみ発動する魔術」と教えてくれた。彼女がこういう年齢相応の笑顔を見せるようになったのは、ここ最近だ。

「どんな術が発動するんだ？」

「背中が痒くなる」

は？　と聞き返したが、ティコは楽しそうなままだった。

「近頃、城下町で、身体が痒くなる実が大繁殖してるって、グレンが言ってたでしょ？」

そう問われて、意味が判らないながらも頷く。

どこからか種が大量に飛来したのか、とある厄介な植物が一斉に増えて、町の住人たちが非常に迷惑している、という話を確かにティコにした。その植物は細くて柔らかい棘に覆われた小さな実をたくさんつけて、それが服にくっつくと、身体が非常に痒くなるらしい。

痛みはないものの、一度痒くなるとなかなか治らない。夜は寝られないし、子どもなどはその部位をずっと掻きむしってしまうため、血が滲んでくることもあるという。

「それを聞いて、閃いたの。寛いでいる時や気取った顔で人と話している時に、突然背中が痒くなる術よ。どんなに探しても服には何もついていないのに、なぜか痒い。人前だと背中に手を廻してモゾモゾするわけにはいかないし、ものすごくイライラするでしょ？　どう？」

「…………」

意見を求められたが、なんとも答えようがない。

「ちなみにそれが完成したら、使う相手になる特定の人物って？」

「ランベルト殿下」

「…………」

どうやらまた殿下と一悶着あったらしい。この二人はとことん相性が悪いのか——いやはっきり言って、嫌っているのはティコだけで、殿下はひたすら面白がっているだけなのだが、よく喧嘩をしては（というか、ティコが殿下に一方的に遊ばれては）、キーキーと怒っている。今回はよほど腹に据えかねることをされたのだなと想像できた。

単なる嫌がらせのためにそこまで手の込んだことをしなくても……とは思うが、真剣な顔で机に向かうティコを見たら止めるのも憚られ、頑張れよ、と言うに止めておいた。早いところ魔術が完成するのを祈るべきかどうか、迷う。

○月○日

嫌がらせ魔術は少々行き詰まっているようだ。どういうところが難しいのかティコが延々と説明してくれたが、例によってまったく判らなかった。

同じ生体の防御反応によるものでも、「痛み」を生じさせるのは簡単で、「痒み」は難しいとのことである。魔術で人を痒くさせるのは難しい、ということは判ったが、それが今後何かの役に立つのかということが判らない。

もしかしたら高度に学術的なことなのかもしれないが、半面、ものすごく馬鹿馬鹿しいことを聞いているような気にもなる。どちらが正しいのだろう。

いやそんなことより、術式構築に没頭するあまり、だんだんティコが不健康になってきたことのほうが問題だ。どうも彼女は研究に熱中すると寝食を忘れてしまうタイプのようで、黒塔を訪ねると、前回の食事がまるで手をつけられずそのまま放置されている、ということが何度かあった。

今日もやっぱりそうだったので、叱りつけて机から引き剝がし、新たに運んできた食事を取らせ、強制的にベッドに放り込んでやった。ティコは最初ぶうぶう文句を言っていたが、少ししたらあっという間に寝息を立てて眠ってしまった。やっぱり寝不足だったのだろう。

殿下を少しだけイライラさせるために、自分のほうが身体を壊したら意味がない。

ひょっとして、ティコは森の中でいつもこんな生活を送っていたのかなと思う。母親を亡くし、師匠のマルティンと別れてからは、ずっと一人きりで。

怒る人も、心配する人も、誰もいないから。

その寝顔を少し眺めてから、部屋を出た。

……やっぱり殿下への嫌がらせを止めさせたほうがいいんじゃないだろうか。

○月○日
気分転換をしようという名目で、ティコを塔から連れ出した。

殿下に頼んで許可をもらい、馬で少し遠出をすることにした。城下町を抜けて市門を出ると、建物がほとんどなくなり一気に見晴らしが良くなる。はじめて馬に乗るということで緊張していたティコだが、綺麗(きれい)な川が流れている場所まで行くと、顔を輝かせた。

こういう広々とした野原のほうが、彼女の好みに合うのだろう。ミニサイズになってしまったカエルのラデクも、ティコのワンピースの胸元から飛び出し、水辺でぴょんぴょんと跳ねて嬉(うれ)しそうだ。

しかしこいつ、どうしていつもあそこから出てくるんだ？　フードとかポケットとかの他の場所でもいいんじゃないか？　ぼーっとした無害な顔をしているくせに、若返ったからって何かいかがわしいことでも考えてるんじゃないか？

今度ティコに、首からかけられるラデク用の巾着を贈ってやろう、と決心した。

休憩がてら、川の近くで軽食を取り、ティコといろいろ話をする。自然の中だからか、いつもより彼女の目元が和らいでいた。まあ、城の中だと、なんだかんだ殿下に邪魔されることも多いからな。

家族のことを聞いたが、ティコは父親の顔を知らないのだそうだ。その男は恋人に子ができたと判ると、早々に逃げてしまったという。

未婚で子を孕んだ母親は家族から冷たく当たられ、故郷を追われ、小さな村に辿り着いて、娘と二人でつつましく暮らし始めた。

結局そこでも最後は不幸なことになってしまったが、母親との貧しくも楽しい暮らしを語る時のティコの顔は、ほんのりと優しげだった。

つらい記憶は消えなくても、温かく幸福な思い出も彼女にはちゃんと残っている。きっとそれが現在のティコの芯の部分を支えているのだろう。

自分とヴェロニカの道を分けたのはただの運だとティコは言うが、それだけのはずがない。

今も彼女の母親は、愛しい娘を守っている。

○月○日

ティコがきちんと食事をして睡眠を取っているか心配で、頻繁に黒塔に足を向けていたら、殿下に「まるで巣で待つ雛に餌を運ぶ親鳥だね」とからかわれた。もとはといえばあなたのせいなんですが、と返したいのをぐっとこらえる。ここで殿下に警戒させるのは得策ではない。毎日魔術の研究に情熱を傾けているティコのためにも、どうせだったら嫌がらせを完遂させてやりたい。

食べ物の好き嫌いはないというティコだが、甘いものは特別というところはやっぱり女の子だ。そういえば最初の頃、か弱い田舎娘を演じながらも、焼き菓子や果物には素直に手を伸ばして口に運んでいたっけ。

考えてみれば、いきなり虜囚として塔に閉じ込められて怯える若い娘が、あんな風に食事も菓子もぺろりと平らげるはずないよな、普通。

プラムとクリームを詰めた小さなタルトの差し入れをどっさり携えて塔に行くと、ティコは大喜びした。

しかし、今は食べられない、と困った顔で言う。見れば、机の上には数枚の魔法円を描いた紙とともに、例の実がたくさん散らばっていた。それらを開いたり分解したりしているものだから、ティコの手は実から出た緑の汁でべたべただ。もちろん手袋はしているが、確かにこれでは他のことに手が使えないだろう。

実の傍らには植物図鑑や薬草学についての本も多く積まれている。魔術は多方面の学問も必要だとは聞いたが、こんなことまで調べないといけないのだろうか。

タルトを見てあまりにもの欲しげな顔をするから、ひとつ摘まんでティコの口まで持っていってやった。ティコは赤くなって動きを止めていたが、しばし逡巡した後で、我慢できなくなったのか、ぱくっと食べた。

これじゃ本当に親鳥だ。口元が緩みそうになるのをなんとか耐えた自分は偉い。

美味しそうに菓子を頬張る姿が微笑ましくて、持っていった分すべてを与えてしまったら、ティコは満腹になりすぎて夕飯を食べられなくなった。反省した。これから間食はほどほどの量にしよう。

ん？　そういえばこの記録、何のために書き始めたんだっけ？

○月○日

黒猫ヤナはもともと師匠のマルティンの使い魔で、現在はティコを仮の主として使役しているのだという。

ラデクは探索専門、じゃあヤナの能力は？　とティコに訊ねたら、目を逸らして誤魔化されたので、何か後ろ暗いところがあるようだ。いつか聞き出してやる。

ヴェロニカとの対決の場でこの猫が重要な働きをしたらしいことは聞いているが、実を言うとよく判らない。黒猫の姿は見た……ような気はするものの、あの時は光が眩しすぎてほとんど見通しがきかなかったからだ。

彼女は今も窓台で優雅に寝そべっている。こうしていると、ごく普通の猫にしか見えない。

「やあ、ヤナ」

と声をかければ、にゃあ、と返事をする。使い魔は通常、主人以外には無関心なのだそうで、「どうしてグレンにはこんなに愛想がいいのか判らない」とティコは不思議そうに首を傾げた。

「まるで、グレンは信頼しても大丈夫、って言ってるみたい」

とまで言うので、さすがに笑ってしまった。

猫なんてそもそも気まぐれなものだから、別に大した意味はないのだろう。

そう思いながらヤナのほうを向くと、彼女はこちらと目を合わせて、茶目っ気たっぷりに片目を瞑った――ように見えた。

一瞬固まった。

だが、一度瞬きをしたら、黒猫は眠そうに欠伸をしていた。滑らかな毛並みに包まれた身体を伸ばし、再び目を閉じてしまう。

気のせい、だと思う。きっとそうだ。

○月○日
ティコの新しい魔術は頓挫した。

術式は構築できたが、発動させるためには殿下の背中、しかも素肌に直接触れなければいけないらしい。

無理……とティコがうな垂れていたので、慰めておいた。

でもそんなこと、最初の段階で判らないものかな、と思っていたら、ティコがぴらりと一枚の紙を渡してきた。目を通してみると、何かの名称や分量がずらずらと書き連ねてある。これなんだ？　と訊くと、ティコはそっぽを向いた。

「痒みを発生させる研究の過程で、痒みを抑えるやり方も判ったから。そこに書いてある薬草を使えば、痒み止めにかなり効果的な薬が作れると思う。今のわたしには必要ないものだし、グレンなら、町にそういう伝手くらいあるんじゃないの」

そういえば、ティコはそちら方面にも知識と経験があるのだったと思い出した。

もしかして最初から——とは思ったが、聞いてもたぶん絶対に認めないだろう。これはあくまで、殿下への嫌がらせの副産物。そう言い張る姿が想像できて、つい笑みが浮かんでしまう。

黒塔の魔術師は頑固で意地っ張りで素直じゃなくて、時々、可愛い。
○月○日
殿下に観察記録の進捗(しんちょく)はどうだと訊かれ、内容をかいつまんで話したら、呆(あき)れた顔で言われた。

「……おまえ、それはただの惚気(のろけ)日記だろう」

今、この文書を永遠にどこかに封印するか、火にくべて灰になるまで燃やしてしまうか、猛烈に悩んでいる。

グレン・ルーラント

あとがき

こんにちは。このたびは本書「黒塔の眠れる魔術師」を手に取っていただき、どうもありがとうございます。

この話の主人公であるティコは、大変な人嫌いで、おまけにかなり頑固な性格です。それでなくても、嘘と秘密とそれぞれの思惑が入り乱れる状況下で、誰かを信用するというのは非常に困難なこと。

互いに誠実であるという前提がない場合、何が信頼の礎となり得るのか。自分が見る他人とは、単にその人の一面に過ぎないのではないか。だったら結局「人を信じる」ってどういうことで、何が必要なんだろう?

そんなことをティコと一緒に考えながら書いた話です。お読みくださる方には、固く閉ざされた扉が少しずつ開いていくさまを楽しんでいただけましたら幸いです。

最後に、素敵なイラストを描いてくださったKU先生、書籍化の過程でお世話になったすべての方々、応援してくださる皆様に、心よりお礼申し上げます。

雨咲（あまさき）はな

富士見L文庫

黒塔の眠れる魔術師
囚われの娘と知られざる禁術

雨咲はな

2022年4月15日　初版発行
2024年5月30日　再版発行

発行者　山下直久
発　行　株式会社KADOKAWA
〒102-8177　東京都千代田区富士見2-13-3
電話　0570-002-301（ナビダイヤル）

印刷所　株式会社KADOKAWA
製本所　株式会社KADOKAWA
装丁者　西村弘美

定価はカバーに表示してあります。

ISBN 978-4-04-074466-7 C0193